U0943189

Yilin Classics

JULES VERNE

经/典/译/林

Vingt mille lieues sous les mers

海底两万里

[法国] 儒尔·凡尔纳 著

沈国华 钱培鑫 曹德明 译

译林出版社

图书在版编目（CIP）数据

海底两万里／（法）儒尔·凡尔纳著；沈国华，钱培鑫，曹德明译．
—南京：译林出版社，2019.5（2024.1重印）
（经典译林）
ISBN 978-7-5447-7571-7

Ⅰ.①海…　Ⅱ.①儒…　②沈…　③钱…　④曹…　Ⅲ.①科学幻想小说－法国－近代　Ⅳ.①I565.44

中国版本图书馆CIP数据核字（2018）第259235号

海底两万里［法国］儒尔·凡尔纳／著　沈国华　钱培鑫　曹德明／译

责任编辑　唐洋洋
特约编辑　唐洋洋
装帧设计　陈天岷
校　　对　张　萍
责任印制　颜　亮

原文出版　Librairie Générale Française, 1998.
出版发行　译林出版社
地　　址　南京市湖南路1号A楼
邮　　箱　yilin@yilin.com
网　　址　www.yilin.com
市场热线　025-86633278
排　　版　南京展望文化发展有限公司
印　　刷　南京爱德印刷有限公司
开　　本　880毫米×1240毫米　1/32
印　　张　11.625
插　　页　4
版　　次　2019年5月第1版
印　　次　2024年1月第21次印刷
书　　号　ISBN 978-7-5447-7571-7
定　　价　38.00元

译 序

一八六五年夏天,乔治·桑读完凡尔纳的小说《气球上的五星期》和《地心游记》之后,给凡尔纳写了一封信。女作家在信中写道:“先生,感谢您在两部扣人心弦的作品中写了那些亲切和蔼的语句,它们使我忘了深深的悲痛,帮助我顶住痛苦的担忧。对您的两本书,我只感到一丝怅惘,那就是我已经把它们读完了,可是没有十多本可供我继续读下去。我希望您不久将我们带进大海的深处,让您笔下的人物乘着这些潜水机旅行,您的学识和想象力能够使之尽善尽美。”文学史家们认为,乔治·桑的信是促成《海底两万里》这部“海洋小说”诞生的直接动因。

乔治·桑的建议也许折射出时代的风尚,因为此时此刻,奔驰的蒸汽机车缩短了人们与大海的距离,去海边度假蔚然成风;画家们纷纷到大西洋之滨捕捉天光水影,透纳、布丹的海景画风靡一时;在文坛,雨果的小说《海上劳工》和米什莱的著作《大海》相继问世……海洋正日益进入大众的视野,走进人们的生活,人们期待接触、了解神秘的海洋。

除此而外,凡尔纳写“海洋小说”与自身的条件有关。他本人一八二八年出生在濒临大西洋的南特市,从小与大船东们比邻,直到二十岁才离开家乡去巴黎发展,所以对海洋怀着特殊的感情。他先后拥有三条小船。一八六八年七月,凡尔纳购入“圣米歇尔号”时,正赶上写《海底两万里》,一部分手稿就是在诺曼底、布列塔尼海面以及英吉利海峡上写成的。他在给出版商埃泽尔(一八一四—一八八六)的信中慨叹道,海上航行“给想象力提供了多么丰富的养料”!天时地利人和,无怪乎凡尔纳将乔治·桑的信奉为至宝,不但久久珍藏,而且立刻投入创作,历时三年,写得非常用心,生怕把这么好的题材写砸了。

《海底两万里》先以连载的形式，从一八六九年三月二十日到一八七〇年六月二十日在埃泽尔于一八六四年创办的《教育和娱乐》杂志上与读者见面。埃泽尔对十九世纪法国文学起过不可或缺的作用①，他在一八六二年与凡尔纳相识，《教育和娱乐》杂志问世后，请凡尔纳为文学版撰稿，从此开始小说连载。本书的上篇于一八六九年十一月二十八日出版，下篇在一八七〇年六月十三日出版，初版卖了五万册②。考虑到当时法国的内忧外患（普法战争、巴黎公社）的形势，可以说《海底两万里》从一开始就受到读者的欢迎。

那么小说为什么受欢迎？

首先因为作者领着读者做了一次动人心魄的海底远游。小说中的长度单位“里”是法国历史上的古里，长度因省份的不同而有所差异，还有古驿里、古陆里和古海里之分。阿罗纳克斯教授在书中用的是古陆里，一古陆里大约等于四公里，因此，海底两万里就是能够绕地球两圈的八万公里。“鹦鹉螺号”从日本海出发，进入太平洋、大洋洲，然后到达印度洋，经过红海和阿拉伯隧道，来到地中海。潜艇经过直布罗陀海峡，沿着非洲海岸，径直奔向南极地区。然后沿拉美海岸北上，又跟随暖流来到北海，最后消失在挪威西海岸的大旋涡中。在将近十个月的海底旅程中，“鹦鹉螺号”以平均每小时十二公里的航速，让读者随着尼摩艇长和他的“客人们”饱览海底变幻无穷的奇异景观和各类生物。整个航程高潮迭起：海底狩猎，参观海底森林，探访海底的亚特兰蒂斯废墟，打捞西班牙沉船的财宝，目睹珊瑚王国的葬礼，与大蜘蛛、鲨鱼、章鱼搏斗，反击土著人的围攻等等。凡尔纳自始至终运

---

① 戈蒂埃、缪塞、欧仁·苏、乔治·桑等作家都愿意找他出书，巴尔扎克的《人间喜剧》、斯丹达尔的《红与黑》、《巴马修道院》，以及雨果的《小拿破仑》、《惩罚集》、《静观集》、《历代传奇》等都由他亲自过问出版。他曾经资助波德莱尔，发表过左拉的早期小说。

② 凡尔纳一生写了八十本小说，其中《八十天环球旅行》的初版数量最高（十万零八千册），《气球上的五星期》第二（七万六千册），《海底两万里》位居第三（五万册），不过如今《海底两万里》无疑名气最大。

用“登峰造极”的手法(法国当代小说家米歇尔·布托语),把读者带到最远的极地、最深的海沟,让他们观赏最大的珍珠……让主人公处在最危险、最绝望的境地,向读者展示自然的力量,让他们在强烈刺激、震惊之余感到极大的精神和审美享受。十九世纪下半叶,“异国风情”曾经受到不少作家、画家青睐和读者的追捧,《海底两万里》的“奇妙旅行”为异域风情另辟蹊径,给人耳目一新的感觉。在此之前,凡尔纳已经写了《气球上的五星期》、《地心游记》和《从地球到月亮》等以“上天入地”为题材的小说,这部“海洋小说”也就格外引人注目。

从结构上说,《海底两万里》是一部出色的悬念小说。小说从海面上“怪兽”出没,频频袭击各国海轮,搅得人心惶惶开始,到“鹦鹉螺号”被大西洋旋涡吞噬为止,整部小说悬念迭出,环环相扣。小说展示的海底风光固然迷人,但是读者,或者说主人公始终被一个谜团所困扰,他始终在思考,想解开这个谜:尼摩艇长究竟是什么人?这位天才的工程师、知识渊博的学者为什么如此仇视人类社会?他漫游海底的目的是什么?何时是旅途的终点站?阿罗纳克斯、龚赛伊和尼德·兰屡次逃跑的努力似乎都在无意间被挫败,他们能否重返大地、获得自由?这场海底万里行究竟如何收场?老的疑团刚解开,新的困惑又摆在面前,整部小说就在这种一波未平、一波又起的氛围中展开。凡尔纳小说的悬念完全可以同希区柯克的悬念片媲美,在同时期的法国文坛上独树一帜。凡尔纳早年醉心于戏剧、特别是喜剧创作,娴熟地掌握了戏剧中的情节跌宕、起承转合的技巧,写小说的时候,自然能够把小说写得滴水不漏,将读者牢牢地吸引住。纪德在回答何为文学功能时曾说过“让人不得安宁,就是我的任务……”他的话似乎与《海底两万里》的写法不谋而合。

十九世纪中期,西方的自然科学迅速发展,增强了人类征服自然的能力。在当时读者的眼中,“海底两万里”的魅力之一,在于它描写了“科学”的神奇和力量。“奇妙无比”的“鹦鹉螺号”就是集时代最新科技知识大成的代表,涉及电力、化学、机械、物理、气象、采矿、动力学等等。尼摩艇长书房里的一万两千册藏书囊括了“人类在历史学、诗歌、小说和科学方面最卓越的成就”。他的客厅则是名副其实的博物馆,收集了“所有自然和艺术的珍品”。整部小说动用大量篇幅,不厌其烦地介绍诸如海流、鱼类、贝类、珊瑚、海底植物、海藻、海洋生物循环系统、珍珠生产等科学知识,成为名副其实的科学启蒙小说。但是作者介绍的不是严格意义上的科学理论,凡尔纳本人没有受过正规的科学训练,也不阅读科学著作,而是从拉鲁斯百科辞典之类的辞书或者科普文章中学习科学知识,通过阅读报纸杂志,了解科学进展动态,间接地吸取知识。他有时候甚至整段抄录字典,或者将科普文章浓缩之后写进自己作品里。“鹦鹉螺号”的构思就是来自在塞纳河进行的潜水艇试验,以及一八六七年世界博览会上展示的潜水艇。尽管凡尔纳被誉为“科学小说”奠基人,尽管他将当时科学发展的最新成果写进小说,尽管他的解释天衣无缝,甚至还常常像拉伯雷那样借助一连串精确的数字来营造真实效果,但是凡尔纳的成功不在于他是二十世纪的工程师,而在于他仍然是十九世纪的诗人。他站在时代的门槛上,看到了人与机器结合的巨大力量,机器成为人的精神和体力的延伸,成为征服自然、造福人类的工具。他把“科学小说”写得诗意盎然,理性的外表下透出一股强烈的浪漫主义气息,从而感染读者。

进入二十世纪之后,评论家们丰富了对小说人物的评价,有人认为《海底两万里》是一部“男性小说”,因为故事主要在阿罗纳克斯、龚赛伊、尼德·兰和尼摩艇长这四个男人之间展开;有人发现它是本“歧视妇女”的小说,只有在凄惨的海难死尸和亡人的照片上才能看到女性形象;还有人从“鹦鹉螺号”和尼摩艇长的雪茄中看出了男性性器官象征,潜艇在冰山受困、穿越阿拉伯隧道都带有性活动的暗喻,从而把《海底两万里》称做潜意识性小说……学者们的这些诠释,虽然不乏新意,但是也有些牵强附会,连作者本人也未必有这样的初衷。对于无数读者来说,深深留在脑海中的无疑是绝顶智慧、无限富有、温文尔雅又享有绝对权威的尼摩艇长;是“与人类断绝关系”、“丝毫不受人类社会规范约束”、单枪匹马反对人类社会秩序的斗士,是声称“我就是法律、正义”的替天行道的复仇天使。尼摩形象处理上有过一番波折。起初凡尔纳准备把尼摩写成波兰人,参加反对沙皇的起义而被满门抄斩,因此专门袭击俄国轮船复仇。但是出版商埃泽尔与俄国有着良好的商业往来,考虑到图书以后在俄国的销路,建议把尼摩写成反对奴隶制的英雄。可是凡尔纳执意不从,结果双方妥协,隐去人物的身世,这种神秘气氛反而增加了人物形象的深度,因此双臂抱在胸前、默默面对大海的尼摩艇长就成为具有普遍意义的文学人物了。凡尔纳在人物处理上运用了对比手法:尼摩艇长在暗处,其他人物都在明处,尼摩艇长的性格身世神秘莫测,令人捉摸不透,而阿罗纳克斯、龚赛伊、尼德·兰都透明到了极点。阿罗纳克斯是学者的典型,知识高于一切,为了探究科学的奥秘,不惜牺牲自由。龚赛伊是典型的仆人,对主人忠心耿耿;捕鲸手尼德·兰则是平民的代表,成天想着两件事:美食和逃跑。不同的性格在“鹦鹉螺号”这个密封的空间内摩擦、冲撞,成为情节发展的内在动力。

《海底两万里》的成功离不开最引人注目的特点——描写。埃泽尔曾经给凡尔纳作品作序说:“其实,他的目的在于概括现代科学积累的有关地理、地质、物理、天文的全部知识,以他特有的迷人方式,重新讲述世界历史。”所以描写势必成为实现这个目的的手段。凡尔纳时而借助教授、尼摩艇长,特别是龚赛伊口述,时而透过舷窗向外张望,或者走出潜艇实地观察。从描写的手法上,大致有照相式的实录(例如从舷窗观看神奇的海底、悲惨的海难),更多的是先描写后解释(例如涉及珊瑚、海绵纲、珍珠、海藻的段落),这种写法营造出令人信赖的“科学感”,描写发展到极致就是一连串术语的罗列,如教授观赏尼摩艇长收藏的珊瑚、贝壳;“走火入魔的分类狂”龚赛伊对各种鱼类进行分类等。这些描写不厌其详,不仅表现出作者的严谨态度,而且给人身临其境的真实感。作者的语汇丰富,许多术语深奥冷僻,普通读者难以全部理解,而这种隔阂反而营造出一种诗意,奇异的音韵结合又产生出美感,所以有人称凡尔纳的描写与马拉美的象征主义诗歌有异曲同工之妙,他那叠加的名词犹如马赛克瓷砖,拼出一个迷人的神话世界。

凡尔纳一生写了八十部小说，几乎部部成功，深受读者喜爱。尽管如此，他在十九世纪始终未能进入主流作家的行列；翻开文学史，很难找到凡尔纳的名字。究其原因，是因为十九世纪下半叶的法国文学以揭露社会黑暗、抒发内心痛苦为主流，而凡尔纳的小说大多积极向上，赞美科学，歌颂人性，与当时的审美观背道而驰。令人欣慰的是，《海底两万里》曾经启发天才诗人兰波写出著名的长诗《醉舟》，一九五八年首次抵达北极的原子能潜水艇就是以"鹦鹉螺号"命名的，小说十多次被搬上银幕，改写成连环画；一九六六年法国推出《海底两万里》袖珍本时，印数高达十万册，它在中国也被推荐为中学生必读的世界名著。"鹦鹉螺号"载着一代又一代的读者，潜入"大海的深处"，继续领略自然的奥妙，感悟人生的哲理。

最后，衷心感谢我的多年好友弗朗索瓦丝·维里-巴贝尔（Françoise VIRY-BABEL）夫人从凡尔纳的故乡惠赠原著，促成此项译事。

钱培鑫

CONTENTS · 目录

上　篇

下　篇

上 篇

一 飞驰的礁石

一八六六年发生了一件稀奇古怪的事，出现了一个无法解释、也未得到解释的现象，人们也许还记忆犹新。那年，各种传闻沸沸扬扬，把港口居民搅得心神不安，令内陆公众兴奋不已，海员们更是显得特别激动。欧洲和美洲的商人巨贾、船东、船长和艄公，世界各国的海军军官，然后是欧美两大洲的各国政府，一时间里都对这件事表示了极大的关注。

事情的原委是这样的：一段时间以来，好几艘船在海上遇见一个“庞然大物”，一个长长的梭状物体，时而磷光闪烁，体积不知比鲸鱼大多少，行动速度也大大超过鲸鱼。

不同船上的航海日志关于目击这个庞然大物的记载，比如这个物体或生物的结构、闻所未闻的速度、令人惊讶的行动能量、看似天生的特殊活力，还是相当吻合的。如果说这是一头鲸鱼，那么它的体积大大超过了当时海洋动物学记录在案的动物。居维叶①、拉塞佩德②、杜美利勒先生和德·卡特法热③先生都不会接受存在如此巨大的海洋动物的观点，除非他们见过，或者说，除非他们以学者眼光亲眼见过。

如果撇开这头海怪只有200英尺长的保守估计和把它说成一海里宽、三海里长的夸张判断，把多次观察到的结果进行折中，我们可以肯定地说，

① 居维叶（1769—1832）：法国自然学家。

② 拉塞佩德（1756—1825）：法国作家、博物学家。

③ 德·卡特法热（1810—1892）：法国博物学家、人类学家。

如果这头与众不同的动物真的存在，那么它的体积确实远远超过鱼类学家们迄今认可的各种鱼类。

然而，这头海怪确实存在，事实本身已经毋庸否认。鉴于人类迷恋神话的天性，世界各地的人们为这种神奇现象而激动也就不难理解了。至于把此事斥为无稽之谈，这也是不可取的。

事实上，一八六六年七月二十日，加尔各答—布纳齐汽轮航运公司的“希金森总督号”汽轮在距离澳大利亚东海岸五海里的地方遇见这个会游动的庞然大物。起初，贝克船长以为碰到了一座无名巨礁。他正准备测定其准确的位置时，只见这个海怪身上射出两根水柱，呼啸直上，足有 150 英尺高。所以说，除非这座礁石上有一口间歇性热喷泉，否则，“希金森总督号”汽轮真是遇上了迄今无人知晓的海洋哺乳动物，混杂着空气和水汽的水柱是从它的鼻孔里喷射出来的。

同年七月二十三日，西印度—太平洋汽轮航运公司所属的“克里斯托瓦尔·哥伦布号”汽轮，在太平洋洋面上观察到了同样的事实。如此说来，这头不同凡响的鲸鱼能够以令人吃惊的速度从一个地方游弋到另一个地方，因为“希金森总督号”汽轮和“克里斯托瓦尔·哥伦布号”汽轮仅仅在间隔三天的时间里，分别在相距 700 海里的两个方位见到了它。

两个星期以后，在距离“克里斯托瓦尔·哥伦布号”汽轮遇见它 2 000 海里的地方，国营航运公司“赫尔维西亚号”船和皇家邮船公司“香农号”邮船在位于美国和欧洲的大西洋洋面上相向近舷航行时，在格林威治子午线以西北纬 42 度 15 分、西经 60 度 35 分的位置同时发现了这头海怪。从两条船此次同时观察到的情况来看，人们相信能够估计这头哺乳动物的长度至少在 350 英尺以上，因为“香农号”邮船和“赫尔维西亚号”船虽然艏艉长 100 米，但仍没有超过这头海怪的长度。此前，最大的鲸鱼，出没于阿留申群岛勒库拉玛克岛和吕穆居立克岛附近海域的鲸鱼也从没超过 56 米——甚至还没有达到这个长度。

有关的报告接踵而至：“贝雷尔号”大西洋邮船再次观察到这头海怪；伊泽曼舰队的“埃特纳号”舰与它擦肩而过；法国“诺曼底号”驱逐舰全体军官做了有关笔录；菲茨-詹姆斯分遣舰队司令的全体参谋在“克莱德勋爵号”舰上进行了非常可靠的测定。这一切在当时着实使舆论哗然，为之轰动。在民性轻浮的国家里，人们把它当做笑料。而英国、美国和德国等严谨、务实的国家则对此表示了极大的关注。

这头海怪在各大中心城市成了时髦的话题，人们在咖啡馆里为它赞叹不已，在报纸上对它进行冷嘲热讽，甚至把它搬上了舞台。各家报纸正好不失时机地炮制奇闻轶事。那些小报不断报道各种虚构的巨型动物，从北冰洋的白鲸——可怕的“莫比・狄克”到北海巨妖“克拉肯”（它可以用触角缠绕500吨重的大船，然后将它拽入海底深渊）。有人甚至引经据典，搬出了亚里士多德①和普林尼②的观点（他俩都承认这些巨型海怪的存在）、彭托皮丹主教的挪威童话、保罗・赫格德的游记，以及哈林顿先生那些可信度不容置疑的航海报告。一八五七年，哈林顿在“加斯迪兰号”船上曾经见到过一条大蛇。迄今为止，这种大蛇只在“立宪号”船经过的海域出现过。

于是，轻信者和怀疑论者在学术团体内部和科学报刊上展开了没完没了的争论。“海怪问题”导致他们情绪激动。自诩忠于科学的新闻记者和那些自称相信神灵的同行发起了笔战，在这场值得纪念的论战中不仅耗费了大量的笔墨，而且有人还为此付出了流血的代价，因为海蛇引发的论战最终转化为对锋芒毕露者的人身攻击。

这场论战整整持续了六个月，论战的双方争执不休，互不相让。各家小报不遗余力地对巴西地理学院、柏林皇家科学院、大不列颠学术联合会、华盛顿史密森协会发表的论文，《印度群岛报》、摩亚诺神父主办的《宇宙》杂志、皮特曼主办的《消息报》上组织的讨论，以及法国和国外各大报纸科学专栏上刊登的文章进行大肆反驳。这些才华横溢的小报撰稿人滑稽地援引海怪怀疑论者们曾经引用过的林奈③的一句话“大自然不会造就不合理的东西”，并且要求他们的同时代人不要违逆大自然的意志，贸然相信什么“克拉肯”、大海蛇和白鲸“莫比・狄克”的存在，以及头脑发热的海员们的其他胡言乱语。最后，一家令人生畏的讽刺报纸的最受读者欢迎的一名编

① 亚里士多德（公元前382—公元前322）：古希腊哲学家和科学家，柏拉图的学生，亚历山大大帝的老师。

② 普林尼（23—79）：罗马博物学家。

③ 林奈（1707—1778）：瑞典博物学家。

辑，草草撰写了一篇概述性文章，像希波吕忒[①]那样给这头海怪以致命的一击，在世人的谈笑声中结束了这场旷日持久的论战。最终，还是机智战胜了科学。

在一八六七年的头几个月里，海怪问题似乎已经盖棺定论，看来不会再被旧事重提。然而，就在这个当口，公众又了解到一些新的事实真相。不过，这不再是一个亟待解决的科学问题，而是一个必须回避的严重而又现实的危险。问题完全变成了另一种性质：海怪变成了小岛、露出海面的岩礁、巨礁，而且是一座难以捉摸、变幻莫测、漂泊不定的巨礁。

一八六七年三月五日，蒙特利尔海洋运输公司的“摩拉维安号”轮夜间行驶到北纬 27 度 30 分、西经 72 度 15 分的海面时，右舷后半截撞到了一座这一海域任何航海图上都没有标明的礁石。当时，“摩拉维安号”轮凭借风力和自身 400 匹马力的功率，以每小时 13 节的速度航行。如果不是“摩拉维安号”轮船体坚固，那么触礁以后一定会开裂，连同它从加拿大载来的 237 名乘客一起葬身大海。

这起事故发生在五点拂晓时分。出事后，值班官员们赶紧跑到船尾，极其认真、仔细地观察洋面，除了距离船艉三链[②]的地方激起一个巨大浪花——犹如这里的海面刚受到猛烈的撞击——以外，没有发现任何异常的情况。“摩拉维安号”轮没有遭受明显的损坏，准确地记录下出事地点以后，又继续它的航程。它是触上了暗礁，还是撞上了沉船的残骸？当时无从知晓，直到上坞检查船底时，才发现“摩拉维安号”轮的龙骨已经部分破损。

这起就其本身而言极其严重的事件，倘若不是三个星期之后，在相同的情况下重复发生，那么也许会像许许多多类似事件一样被人们遗忘。新发生的碰撞事故也仅仅因为受损船只的国籍及其所属公司的声望才引起极大轰动。

无人不知英国船东库纳德的赫赫大名。一八四〇年，这位精明的英国实业家用三条 400 马力、1 162 吨位的轮动木船，创立了经营从利物浦到哈

① 希波吕忒：亚马孙族的女皇，一说被赫拉克勒斯在夺其腰带时所杀，一说被赫拉克勒斯掳去后赠与忒修斯为妻。

② 链：旧时的距离单位，一链约合二百米。

利法克斯班轮的邮船公司。八年以后，这家公司的装备扩充到四条650马力、1 820吨位的轮船，过了两年又增加了两条马力和吨位更大的轮船。一八五三年，库纳德公司刚获得继续经营快寄邮件运送特许权以后，相继添置了“阿拉伯号”、“波斯号”、“支那号”、“斯戈蒂亚号”、“爪哇号”、“俄罗斯号”等一流航速的邮船。这些邮船是继“大东方号”轮之后吨位最大的海轮。到了一八六七年，这家公司已经拥有一支由12条船组成的船队，其中有八条轮动式邮船，四条螺旋桨邮船。

笔者之所以做这么一番简单的交代，是想让读者了解这家因善于经营而闻名的海运公司的规模。没有一家跨洋海运企业在经营上比它更加灵活，取得比它更大的业绩。二十六年来，库纳德公司的邮船已经横渡大西洋2 000次，从来没有航行失败的记录，没有一次延误，没有遗失过一封信件，更没有人员或船只损失。因此，虽然法国与它展开了有力的竞争，但旅客们仍然喜欢搭乘库纳德公司的船。最近几年的官方统计资料也是这样反映的。因此，库纳德公司最豪华的一艘邮船出事，会引起如此轰动，也就不足为奇了。

一八六七年四月十三日，海上晴空万里，微风正适合航行。1 000匹马力的“斯戈蒂亚号”邮船正以13.43节的时速航行在北纬45度37分、西经15度12分的洋面上。邮船的水轮完全正常地拍打着海水。这时，邮船吃水6.7米，排水量是6 624立方。

下午四点十七分，乘客们正聚集在大厅里一起用午餐，“斯戈蒂亚号”邮船左舷水轮稍后的船体被轻轻地碰了一下。

不是“斯戈蒂亚号”撞上了什么，而是它被一种钻孔的利器——而不是钝器——戳了一下。这次碰撞感觉很轻。要不是理仓员爬到甲板上呼喊：“船要沉没啦！船要沉没啦！”恐怕船上没有人会为这起碰撞感到不安。

起初，乘客们惊恐万分，不过安德森船长很快就稳住了大家。事实上，沉船的危险还没到迫在眉睫的地步。再说，“斯戈蒂亚号”的七个船舱是用不透水的密封壁隔开的，个把窟窿进水应该能够顶住，不至于导致严重的后果。

安德森船长赶紧下到漏水的底舱，发现海水已经进入第五个船舱，从进水的速度判断，漏水的窟窿一定很大。万幸的是，这个舱里没有蒸汽锅炉，不然的话,炉火早就被海水淹灭了。

安德森船长下令立即停船,并且命一名水手潜水查明船体受损的情况。不一会儿工夫,就查清船体吃水线以下被撞了一个直径两米的大窟窿。这么大的窟窿是无法堵住的了。于是,"斯戈蒂亚号"邮船不得不在水轮处于半淹的状态下继续航行。这时,"斯戈蒂亚号"邮船距离克利尔海岬还有300海里,延误了三天才缓缓驶进公司的船坞。利物浦全城居民都为这次延误忧虑万分。

"斯戈蒂亚号"邮船上坞以后,工程师们对它进行了检查。他们简直都不敢相信自己的眼睛。船体吃水线以下两米半的地方有一个光边的等腰三角形缺口,钢板上的裂痕整齐划一,恐怕用钻孔钳也不能打得这样精确无误。钻这个窟窿的钻孔工具肯定不是普通的淬火技术能够制作的。因为它在以神奇的力量向前冲击,穿透四厘米厚的钢板之后,还能做出一个无法解释的倒退动作使自己脱身。

这就是最近发生的事件,重新又让舆论轰动起来。从此以后,凡是原因不明的海难事件统统都归咎于这个海怪。这只虚构的动物负起了所有海上失事的责任。遗憾的是,沉船事件接连发生,次数频繁。在维利塔斯局①每年跟踪记录消失的3 000艘船舶中,因下落不明而判定失踪的汽轮或帆船不下200艘!

然而,这个"海怪"不管是否存在,因为船舶失踪而充当了替罪羊。由于它的存在,各大洲之间的交往变得日益危险。人们明确表态,坚决要求不惜一切代价除掉这头巨鲸。

① 维利塔斯局:法国技术监督机构。

二

赞成与反对

发生上述事件的时候，我刚从美国内布拉斯加州的艰苦地区从事一项科学探索项目回来。我作为巴黎自然博物馆的客座教授，受法国政府委派参加了这次探险。我在内布拉斯加州工作了六个月，随身携带着一些珍贵的收集品，临近三月底到达纽约。启程回法国的日期定在五月初。于是，我正好利用等待的时间，对采集来的矿物、动物和植物标本进行分类整理。就在这个时候，发生了“斯戈蒂亚号”邮船事件。

我当然熟悉这个时兴的话题。我怎么会不了解这件事呢？我反复阅读欧美的各家报纸，可是对此事的认识却没有进展。这个奥秘使我感到困惑。我游离于极端的看法之间，形成不了自己的观点。大海里有什么东西，那是毋庸置疑的，谁要是怀疑这一点，那么就请他们用手指去摸摸“斯戈蒂亚号”邮船被撞的窟窿。

我到纽约时，这个问题正成为人们议论的热点。某些智商不高的人提出了诸如浮动的小岛、漂泊不定的礁石之类的假设。这样的假设理所当然地遭到了摈弃。因为，除非这座礁石内部有一台机器，否则，怎么能够以如此神奇的速度移动呢？

同样，根据其移动的速度，认为有一个浮动的船体或遇难船只的巨大残骸存在的观点，也是不可信的。

那么，这个问题就只剩下两种可能的解释，由此形成了两个截然对立的派别：一派认为，这事由一种力大无比的海怪所为；另一派则说它是一艘动力极大的“潜水”船。

然而,这后一种假设虽然可以接受,但在两个世界所进行的调查面前,也无法站住脚跟。因为某个普通人拥有这样一种机械装置的可能性微乎其微:他在何时何地请人制造这种机械装置呢?制造这样的机械装置后又如何守口如瓶呢?

只有一个国家的政府才可能拥有这样的摧毁性机器,在人类为成倍地提高武器杀伤力而绞尽脑汁的不幸年代,一个国家有可能背着其他国家试制这种骇人听闻的武器。继步枪以后,人类发明了鱼雷;继鱼雷之后又发明了水下撞锤。接着,又会发明各种相互对抗的武器。至少,我是这么想的。

但是,这种战争机器的假设在各国政府的庄严声明面前不攻自破。由于此事关系到人类的共同利益,而且跨洋航行受到了威胁,因此,各国政府的坦诚态度自然不容怀疑。再说,不管怎么解释,难道制造这种潜水艇能够在众目睽睽之下瞒天过海吗?在这样的形势下,个人要想保守住这个秘密已经十分困难,而对于一个行动受到敌对势力密切监视的国家来说,就肯定是不可能的了。

因此,在英国、法国、俄国、普鲁士、西班牙、意大利、美国乃至土耳其等国作了一番调查之后,有关潜水艇的假设最终也遭到了否定。

尽管各家小报不断用笑话对这个海怪进行讥讽,但是它重新出现在海上。如此一来,人们的想象力很快就展开了自由翱翔的翅膀,甚至想入非非地认为这是一种神奇的鱼类。

我到纽约以后,就有好几人光临我下榻的住处,询问我对这件奇事的看法。我在法国曾发表过一部名叫《海底奥秘》的著作,四开本,分上下两卷。这部作品受到了学术界的推崇,我也因此成了博物学这个比较神秘的领域的专家。有人征求过我的意见。只要能够否定这件事的真实性,我一定会坚持绝对否定的态度。但是,不久,迫于无奈,我只好明确表示自己的看法。"巴黎自然博物馆教授、尊敬的皮埃尔·阿罗纳克斯先生",应《纽约先驱论坛报》之邀发表了自己的看法。

我迫不得已表明自己的观点,因为无法再保持沉默。我从政治和学术的角度讨论了这个问题的方方面面。下面是我发表在四月三十日《纽约先驱论坛报》上的一篇内容极其丰富的文章的节录。

"因此,"我在文章中写道,"在对各种不同的假设逐一进行认真的研究,摒弃所有其他假设之后,应该相信存在一种力大无比的海洋动物。

“我们对海洋深层一无所知，探测器也无法深入其中。海洋深处到底是个什么样的世界呢？海平面以下 12 000 米或 15 000 米的深处生活着或有可能生活着什么样的动物呢？这些动物的肌体构造又是怎样的呢？这一切几乎无法猜测。

“不过，摆在我面前的问题可以采用二难推理法加以解决。

“生活在我们这个星球上的所有生物，我们要么了解，要么不了解。

“倘若我们不了解所有的生物，倘若大自然还对我们掩盖鱼类学的某些秘密的话，那么最能够接受的假设就是承认某些鱼类甚或鲸类新种类或新种属的存在，而且它们有一个基本‘不能上浮’的生理构造，生活在探测器探测不到的海底水层；由于某一事件，突发奇想，抑或一时的任性，它们也会间隔很长一段时间偶尔浮出海面。

“相反，如果我们了解所有的生物，那么就必须从业已分类编目的海洋生物中找出我们正在议论的动物。在这种情况下，我倾向于接受存在一种独角巨鲸的猜测。

“普通的独角鲸身长一般只有 60 英尺。将这个长度扩大到五倍甚至十倍，再假设这种鲸类的力量与它的身材成正比，同时增强其进攻性武器的威力。你们就得到了所希望的动物。它就有‘香农号’船员们观察到的体魄、能够戳穿‘斯戈蒂亚号’轮钢板的触角和摧毁一艘汽轮所必需的力量。

“事实上，按照某些博物学家的说法，独角鲸长着一种像剑似戟的大牙，那是一根像钢铁一样坚硬的门牙，有人曾经发现过几枚扎在鲸鱼身上的这种牙齿，说明独角鲸总是能够成功地用牙齿攻击鲸鱼；还有人费力地从船底拔出过类似的牙齿。这些牙齿刺穿船底就像利锥钻酒桶一样轻而易举。巴黎医学院陈列馆就收藏着这样一根獠牙，牙长竟达 2.25 米，底宽 48 厘米！

“那么，不妨假设一下，如果这件‘武器’的威力能够扩大十倍，那只动物的力量也增加十倍。并且以每小时 20 海里的速度冲刺，再将它的速度乘以重量，那么足以产生导致海难事故的撞击力。

“因此，在获得更广泛的信息以前，我赞成巨型独角鲸一说。这种独角鲸嘴上不是长着形似利戟的獠牙，而是像装甲舰或战舰那样的冲角，而且拥有战舰的重量并具备战舰的驱动力。

“这样，无法解释的现象就得到了解释。当然，尽管已经有人瞥见、看见、感受和觉察到了,这一切也可能纯属子虚乌有。”

最后这一句话说明我自己也心里没有底。不过,我之所以这么说,是想在一定程度上维护一名教授的尊严,我也不想让美国人过分笑话。因为美国人真要是取笑起人来,是很厉害的。我给自己留了一条退路。其实,我倾向于接受存在“海怪”的说法。

我的文章引起了热烈的讨论,从而产生了巨大的反响。有不少读者支持我这篇文章的观点,因为我在文章中的解释可以让读者自由发挥自己的想象力。人类总喜欢沉湎于各种各样关于超自然生物的宏伟构想,而海洋正是人类进行宏伟构想的最佳载体,也是巨型动物——相比之下,陆地上的动物,大象或犀牛等,只能算是一些矮子——赖以生存繁衍的唯一环境。浩瀚无垠的海洋里生活着人类所知的最大的哺乳类动物,因此,也有可能隐藏着体大无比的软体动物和令人望而生畏的甲壳动物,如长达 100 米的大龙虾或重达 200 吨的大螃蟹!为什么没有这种可能呢?从前,各地质纪年时期的陆地动物,四足动物、四手动物、爬行动物和鸟类动物等,都是用巨大的模型塑造出来的。造物主用巨型模具将它们制造出来,岁月逐渐把它们缩小。既然海洋永恒不变,而地核却几乎在不断地变化,那么,在深不可测的海底,为什么就不可能隐藏着另一个纪元物种的巨大标本呢?大海为什么就不能在它的怀抱里蕴藏最后几种的巨型动物种类——它们的一年等于人类一个世纪,它们的一个世纪等于人类一个千年?

我仍然任凭自己遐想联翩,尽管我无权这样做,必须停止这种不切实际的幻想。在我看来,岁月已经把它们变成令人可怕的现实。我要重申,当时,舆论关注的是那只畸形动物的性质,而人们则无可争议地相信确有一种神奇动物,不过与传说中的海蛇毫无相似之处。

有些人只是把此事当做一个有待解决的纯科学问题,另一些人则更加实际,尤其在英、美两国,他们主张把这个可怕的海怪清除出大海,以保障越洋交通安全。各家工商报纸主要都从这个角度来讨论这个问题。为威胁要提高保险费率的保险公司辩护说话的《海运与商业报》、《劳埃德报》、《邮轮报》和《海洋殖民杂志》等发表的大量文章观点完全一致。

舆论界已表态,美利坚合众国率先发表声明。纽约已经着手准备,组织一支清剿独角鲸的远征船队。“亚伯拉罕·林肯号”高速驱逐舰已经在积极备航，以便尽早出征。各家兵工厂纷纷向急着要装备"林肯号"驱逐舰的法拉格特舰长敞开大门。

事情总是这样，当人们下决心追剿海怪时，它却踪影全无。整整两个月里，没听见有人谈论这件事，也没有任何船只遇见过它。这只"麒麟"似乎知道人类想要算计它，因为有关它的话题，人类谈论得太多了，甚至还通过大西洋海底电缆传送呢！所以，一些爱逗乐的人声称，这机灵家伙准是中途截获过电报，现在派上了用场。

这么一来，这艘为远征而装备了巨大捕捞装置的驱逐舰，便失去了行动方向。急躁情绪与日俱增。直到七月三日才有消息说，一艘从加利福尼亚州三藩市开往上海的汽轮于三个星期前在北太平洋洋面上又遇见了这只动物。

这条消息引起了极大的震动。法拉格特舰长奉命立即出征，一天也不能耽搁。船员的补给已经全部上船，煤舱也装满了煤炭。船员已全部到齐，整装待发，只等着下达点火、加热、起航的命令！哪怕只耽搁半天，也不会获得宽恕！更何况舰长本人也巴不得立即起航。

在"亚伯拉罕·林肯号"驱逐舰驶离布鲁克林码头前三小时，我收到了一封信。信封上写着：

第五大街旅馆，巴黎自然博物馆教授阿罗纳克斯先生启

纽约

信文是这样写的：

先生：

如果您愿意加盟"亚伯拉罕·林肯号"驱逐舰远征，合众国政府将会荣幸地看到由您代表法兰西参加这一事业。法拉格特舰长已为您准备好一个客舱。

顺致

友谊！

海军部秘书 J. B. 霍布森敬上

三

先生，悉听尊便

在收到霍布森的来信之前，我出征追剿独角鲸的欲望还没有试图穿越美国西北部的念头那么强烈。一读过这位尊敬的海军部秘书的来信以后，我最终明白了自己的真正志向，我一生的唯一追求，便是追剿这只令人类不安的海怪，把它从这个世界上清除掉。

可是，我刚刚完成了一次艰辛的旅行，疲惫不堪，只想休息。我只盼着早点回到自己的祖国，跟朋友们重逢，入住我那位于植物园里的小屋，欣赏自己心爱的珍藏！但是，没有什么能够阻止我。我忘却了一切：疲惫、朋友、珍藏。我不假思索地接受了美国政府的邀请。

“何况，”我心里想，“条条道路通欧洲。兴许，独角鲸还挺友善的，能把我带回到法国海岸！这个神气活现的家伙有可能在欧洲海域里被我们擒获——是为了自己高兴——我可要为巴黎自然博物馆带回不短于半米的戟状獠牙。”

可在这之前，我得去北太平洋寻找这头独角鲸。这与我回法国的路程可谓是南辕北辙。

“龚赛伊！”我不耐烦地喊道。

龚赛伊是我的仆人。这可是个忠心耿耿的小伙子，一个正直的弗莱米人。我每次出门旅行，都有他陪伴左右。我喜欢他，他也知恩图报。他遇事冷静，做人规矩，待人热心，对生活中发生的意外很少大惊小怪。他双手灵巧，什么都会做。虽然他名叫龚赛伊，要不是别人问他，他从不主动出谋划策。①

---

① 龚赛伊是法语“conseil”的音译，“conseil”一词在法语中有建议、主意等意思。

由于经常同我们巴黎植物园这个小圈子里的学者接触，龚赛伊逐渐学到了一些知识。我简直把他当成了一位专家。他非常精通博物学分类，而且能够以杂技演员的娴熟灵活把门、类、纲、亚纲、目、科、属、亚属、种、变种等分得一清二楚。不过，他也就这么点学问。分类，就是他的生活，其他方面却知之甚少。他对分类学理论十分投入，而对实践却不大感兴趣。我想，他恐怕分不清抹香鲸跟一般鲸鱼的区别！然而，这确实是一个正直、能干的好小伙子！

十年来，我科学考察走到哪里，龚赛伊就跟随到哪里，从不计较旅途遥远和辛劳。无论前往哪个国家，是中国还是刚果，不管旅程多么遥远，他从无怨言，提起旅行箱就走；去哪里都一样，他从不多问。而且，他身强力壮，肌肉结实，能抵抗任何疾病；他既不冲动，也不恼火，为人随和。

这个小伙子那年30岁了，同主人的年龄比是15:20。各位读者，请原谅我用这种方法来交代自己的年龄。

只是龚赛伊有一个缺点：太拘泥于礼节。他总是用第三人称跟我说话，简直令人讨厌。

“龚赛伊！”我又喊了一声。这时，我开始手忙脚乱地准备起行装来。

当然，我非常信任这个忠心耿耿的小伙子。平时，我从来不问他是否愿意跟随我去旅行。然而，这回可不同于往常。这次远征没有确切的期限，有可能会无限期延长，而且是一次极其危险的行动，是去追剿一头撞沉一艘驱逐舰就像砸碎核桃壳那么轻而易举的动物。世界上最沉着镇静的人对这次旅行也得考虑再三！龚赛伊会怎么说呢？

“龚赛伊！”我第三次叫他。

龚赛伊终于露面了。

“先生，叫我吗？”他进来时问道。

“是的，小伙子。快帮我准备一下，你自己也准备准备。我们两小时后出发。”

“悉听尊便，先生。”龚赛伊心平气和地答道。

“一分钟也不能耽搁。把我所有的旅行用品——外套、衬衣、袜子装到我的箱子里去，无须计数，不过尽量多带一些。要快！”

“那么，先生收集的标本怎么办？”龚赛伊提醒道。

“以后再说吧。”

“什么？先生的那些古兽、始马属等标本，以及动物的骨骼，怎么办呢？”

“寄存在旅馆里吧。”

“可先生的那只活鹿豚呢？”

“我们不在的时候，请别人喂养。另外，我会托人把我们的那群动物运回法国去的。”

“那我们不回巴黎了？”龚赛伊问道。

“回，当然要回去，”我支吾道，“不过得绕道。”

“只要先生愿意。”

“哦，小事一桩！只不过稍微绕点儿道。我们去搭乘‘亚伯拉罕·林肯号’。”

“先生觉得好就行。”龚赛伊平静地回答说。

“朋友，要知道，跟那头海怪有关……就是那头出了名的独角鲸……我们要把它从海洋里清除掉……两卷四开本著作《海底奥秘》的作者，是不能不随法拉格特舰长出征的。这是一个光荣的使命，不过……也是一个危险的使命！我们还不知道它在哪里！这些海怪也许非常任性！但我们还是得去！我们有一位勇敢的舰长！”

“先生到哪里，我就跟到哪里。”龚赛伊回答说。

“好好想想再说！我什么也不想瞒你。说不准，这是一次有去无回的旅行！”

“听先生的。”

一刻钟之后，我们的旅行箱收拾好了。龚赛伊干这种活易如反掌。我敢肯定，什么都不会遗漏，因为这个小伙子整理衬衣和外套，就像对鸟类动物或哺乳类动物进行分类一样在行。

旅馆电梯把我们送到中二楼前厅。我下楼梯来到底层。我在始终围满客人的大柜台前结清了账。我委托把一包包填塞好的动物标本和风干的植物标本运往巴黎。我还留下足够的钱托人喂养我的鹿豚。我跳上了一辆马车，龚赛伊跟在我后面。

这趟车费是20法郎。马车由百老汇大街一路驶到合众国广场，又沿第四大街行驶到与鲍威利街交会的路口，拐入卡特林街，一直行驶到第 34 号码头停下。然后，“卡特林号”渡轮连人带车、马把我们一起送到了布鲁克林。布鲁克林属于纽约大区，位于东部河的左岸。几分钟后，我们便抵达“亚伯拉罕·林肯号”驱逐舰停泊的码头。“林肯号”驱逐舰的两根大烟囱冒着滚滚黑烟。

我们的行李立即被搬到了“林肯号”的甲板上。我匆匆登上了驱逐舰，询问法拉格特舰长在哪里。一名水手领我登上艉楼，来到一名神采奕奕的军官面前。他向我伸出手来。

“是皮埃尔·阿罗纳克斯先生吗?”他问我说。

“正是，”我回答说，“您就是法拉格特舰长吧?”

“是的。欢迎您，教授先生！您的客舱早就准备好了。”

我向舰长告辞，好让他专心致志地备航。我由别人领着来到为我准备的客舱。

“林肯号”是为了新用途而精心挑选和改建的。这艘高速驱逐舰装备了过热装置，能使蒸汽增加到七个大气压。在这个压力下，“林肯号”驱逐舰平均时速可达到 18.3 海里。这个速度十分可观，但仍不足以同那头巨大的鲸鱼搏斗。

驱逐舰的内部装备符合这次远征的要求。我对自己住的房舱十分满意。它位于舰艇后部，面对军官休息室。

“这儿挺好的。”我对龚赛伊说。

“先生，请别见怪。”龚赛伊回答说，“就像寄居蟹钻进了蛾螺壳一样舒服。”

我让龚赛伊拾掇好我们的旅行箱，自己则重新登上甲板，看他们做出航前的准备工作。

这时，法拉格特舰长正下令松开将“林肯号”拴在布鲁克林码头上的最后几根缆绳。如此看来，我要是迟到一刻钟，甚至更短的时间，“林肯号”驱逐舰不等我就会起航，我也就错过参加这次非同寻常、令人难以置信、具有传奇色彩的远征的机会了。然而，将来可能还会有人对这次远征的真实记录持怀疑态度。

法拉格特舰长连一天甚至一个小时也不愿耽搁，急着赶赴不久前海怪出没的海域。他叫来了舰艇上的轮机长。

“压力够吗?”舰长问道。

“够了,先生。”轮机长回答说。

“起航!”法拉格特舰长大声下令道。

这道命令通过压缩空气装置传到机舱。接到命令后,机械师们立即启动机轮;蒸汽呼啸,涌入半开半掩的进气阀。水平排列的长长的活塞此起彼落,乒乓作响,推动着主轴的摇杆。螺旋桨的叶片连续拍打着海水,而且不断加速。“林肯号”驱逐舰在满载前来送行的观众的渡轮和小汽艇的“夹道”欢送下庄严地驶离港口。

布鲁克林码头和纽约东部河沿岸的街道黑压压地站满了好奇的人群。50 万人发自肺腑的三声欢呼声响彻云霄。成千上万条手帕在密集的人群头顶挥动,表示向“林肯号”致敬,此番情景一直延续到“林肯号”行驶到哈得孙河口纽约城所处的长形半岛的尖端。

哈得孙河右岸别墅星罗棋布,风景如画;“林肯号”驱逐舰沿着新泽西州一侧顺流而下;两岸要塞林立,纷纷鸣炮,向“林肯号”致意。“林肯号”则连升三次美国国旗还礼,国旗上 39 颗星在驱逐舰后桅斜桁上闪闪发光。接着,“林肯号”改变了航速,驶进了有航标指示的航道。航道沿着桑迪·霍克沙洲顶端形成的内港画了一道弧线。当驱逐舰驶近沙洲时,再次受到成千上万名观众的欢呼。

由渡轮和小汽艇组成的欢送船队一直尾随着“林肯号”驱逐舰行驶,直到标志着纽约港入口的两座灯塔为止。

此时,正好是下午三点。领航员离开“林肯号”,登上一艘小艇,朝着停泊在下风口等待他的双桅纵帆船驶去。炉火烧得更旺了,螺旋桨加快了打水的节拍,“林肯号”沿着长岛低平、黄色的海岸行驶。晚上八点,长岛的灯光被甩在了西北方,“林肯号”在黑茫茫的大西洋洋面上全速前进。

四
尼德·兰

法拉格特舰长是一名优秀的海员,他指挥"林肯号"完全称职。他和他的船已经混为一体,他是它的灵魂。关于鲸的问题,他自己从来没有产生过丝毫怀疑,他不允许在他指挥的船上讨论这只动物是否存在。如同某些虔诚的妇女完全是出于信仰,而不是理智相信海怪的存在那样,他确信它的存在。这只海怪当然存在,他要把它从海中除掉,他曾经为此发过誓。他简直就是罗德岛上的一名骑士,戈佐岛上迎头痛击前来掠夺海岛蛇妖的狄乌斯代迪特。要么是法拉格特舰长消灭独角鲸,要么就是独角鲸把法拉格特舰长撞死,没有任何折衷的余地。

"林肯号"驱逐舰的全体军官都支持他们上司的观点。在舰艇上,常常能听到他们在议论、探讨、争辩和测算着各种同海怪相遇的概率。他们时刻注视着辽阔无垠的大西洋洋面。不止一人抢着要到顶桅横桁上自愿去值班。要是换在别的场合,遇到这种苦差事一定是牢骚满腹。只要太阳还没落山,船桅四周总是挤满了水手,甲板虽然烫得他们脚底疼痛难忍,他们还是抬脚在那儿歇凉。然而,此时"林肯号"的艏柱还没碰到令人犯怵的太平洋的海水呢。

至于林肯号上的全体海军士兵,他们只希望能遇上独角鲸,将它钩住,拖上船来,并且将它剁成碎块。他们全神贯注地注视着洋面。况且,法拉格特舰长许诺过,不管是见习生抑或水手,水手长还是军官,只要发现了独角鲸,就可以得到2 000 美元的奖金。我让读者自己想象,"林肯号"舰上的双双眼睛是如何扫视洋面的。

至于我，当然也不甘心落后，我不会把自己分内的日常观察工作留给别人去做。这艘舰艇有许许多多的理由应该命名为“阿耳戈斯”[①]。船上唯独龚赛伊与众不同，他对我们以极大的热情关注的问题表现得非常冷淡，与全船高涨的热情形成了明显的反差。

我说过，法拉格特舰长精心为“林肯号”配备了各种捕捉巨鲸的装备，专业捕鲸船恐怕也不比“林肯号”装备精良。我们的驱逐舰配备了各种知名的捕捉器具，从手投鱼叉到发射倒钩箭的铳、打野鸭的开花弹，一应俱全。艏楼上架了一门改进型的后膛炮，炮筒壁非常厚实，炮口却很小。这种型号的大炮大概在一八六七年的万国博览会上展出过。这种珍贵武器由美国制造，能轻松地发射四公斤重的锥形炮弹，平均射程为 16 公里。

因此，“林肯号”舰上可以说是各种武器样样都有。而且，还请来了捕鲸大王尼德·兰。

尼德·兰是加拿大人。此人身手不凡，在他从事这一危险职业的生涯中还从来没有碰到过真正的对手。他机智灵活，沉着勇敢，本领高强，除非是非常狡猾的大头鲸，或是特别诡诈的抹香鲸，一般的鲸鱼很难逃过他的捕鲸叉。

尼德·兰大约四十岁，身材高大，六英尺多高，体魄强壮，神态严肃，生性内向，有时行为过火，一惹就怒。他的外表十分引人注目，敏锐的目光特别能烘托他的容貌特征。

我觉得，法拉格特舰长把他这样一个人聘请到“林肯号”上来不失为明智之举。从眼神及膂力来看，他一人就能顶得上全舰官兵。我找不出更加妥当的比喻，只能说他像一架高倍望远镜，同时又像一门炮弹已经上膛、随时准备发射的大炮。

与其说尼德·兰是加拿大人，还不如说他是法兰西人。虽然他不善交际，但我应该承认，他对我存有某种好感。这大概是我的国籍吸引了他吧。对他来说，这可是一个机会，能够说说加拿大某些省份仍然通用的拉伯雷[②]时代的语言，而我则有机会听听这种古老的语言。这位捕鲸手祖籍魁北克。

---

① 阿耳戈斯：希腊神话中的百眼巨人。

② 拉伯雷（1483—1553）：法国作家、人文主义者。

在这个城市还隶属于法国时期，他们家族就已经成了勇敢的渔民部落。

渐渐地，尼德·兰对交谈产生了兴趣，我也喜欢听他讲述在北冰洋海域冒险的经历。他经常用诗一般的美妙言语讲述他捕鱼和与鱼搏斗的故事。他的故事如同一部史诗，我觉得仿佛是在聆听一位加拿大籍荷马诵吟北极地区的《伊利亚特》①。

我之所以要尽我所知、如此详尽地描述我这位勇敢的同伴，是因为我们已经成了好朋友，而且是在最恐怖的环境中产生和结成的牢不可破的友谊把我们紧紧地联系在了一起。啊！勇敢的尼德！但愿我能够再活上一百年，好更长久地把你铭记在心！

那么，尼德·兰此时对海怪问题持什么样的看法呢？我应该承认，他几乎不相信有独角鲸存在；船上，唯有他与大家的信念相左。他甚至回避这个话题。不过，我相信总有一天会让他开口的。

七月三十日那个美妙的夜晚，也就是我们出发后三星期，"林肯号"驶抵与勃朗岬同纬度的海域、相距巴塔哥尼亚海岸30海里的海面。那时，我们已经穿过南回归线，麦哲伦海峡在南面离我们不到700海里。要不了一个星期，"林肯号"驱逐舰就可以在太平洋上劈波斩浪。

我和尼德·兰一同坐在艉楼上，一边漫无边际地闲聊，一边望着神秘的大海。迄今为止人眼还无法望见大海的深处。我很自然地将话题引到了独角巨鲸上，并且分析了我们这次远征成功或失败的种种可能。后来，由于尼德·兰一言不发，只是听我说话，我便直截了当地逼他开口。

"我不明白，尼德，"我问他说，"你怎么会不相信我们要追剿的这头鲸鱼的存在呢？你如此不信，难道说有什么特别的理由吗？"

捕鲸手在回答前，对我凝视了一会儿，习惯地用手拍了拍他那宽大的前额，闭上眼睛，像是沉思了一会儿，终于开口说道：

"也许有吧，阿罗纳克斯先生。"

"不过，尼德，你是一名职业捕鲸手，熟悉海洋大哺乳动物。凭着想象，你应该不难接受关于存在巨鲸的假设。既然如此，你何必还要充当怀疑这种假设的最后一人！"

---

① 《伊利亚特》：又译《伊利昂记》，古希腊史诗，相传为荷马所作。

“您弄错了,教授先生。”尼德·兰回答说,“普通人可以相信有横越天空的奇特彗星存在,在地球内栖居着远古时期的怪兽,可天文学家、地质学家们决不会接受这类无稽之谈。捕鲸人也一样,我追捕过许多鲸鱼,也刺伤过不少,而且还杀死过好几头。可是,不管这些鲸鱼多么有力,身上长着什么,无论它们的尾巴还是它们的长牙,绝不可能击破一艘汽轮的钢板。”

“可是,尼德,已经有过独角鲸用牙齿戳穿船壳板的事例。”

“戳穿木船,那是可能的。”加拿大人回答说,“不过,我从来没有见过。所以,除非有确凿的证据,否则,我是不会相信长须鲸、抹香鲸、独角鲸会有这么大的力量。”

“听我说,尼德……”

“不,不,教授先生,除了这件事,我什么都可以听您的。说是大章鱼,也许还……”

“那就更不可能了,尼德。章鱼是一种软体动物,它的名字本身就说明它的肉一点都不结实。章鱼不属于脊椎动物门,哪怕它有500英尺长,也不会对‘斯戈蒂亚号’或者‘林肯号’之类的船只造成任何危害。因此,与北海巨妖或其他这类海怪有关的传闻都是些天方夜谭。”

“那么,博物学家先生,”尼德·兰以略带嘲讽的口吻继续说,“您仍然坚持认为有一种巨大的鲸类动物存在喽?”

“是的,尼德,我可以肯定地再说一遍,我的肯定是有事实根据的。我相信存在一种哺乳动物,躯体构造坚实,就像长须鲸、抹香鲸或海豚一样,属于脊椎动物门,长着一根角质长牙,具有极强的穿凿力。”

“嗯。”捕鲸手哼了一声,摇了摇头,一副不愿被轻易说服的神态。

“请注意,可敬的加拿大人,”我继续说道,“假如有这样一种动物存在,假如它生活在海洋深处,假如它出没于离水面几海里的深水层,它必然长着一副无与伦比的坚实机体。”

“那么,为什么一定要有如此坚实的机体呢?”尼德·兰问道。

“因为生活在海洋深水层,要抵挡海水的压力,就必须具有无可估算的力量。”

“真的?”尼德眨了眨眼睛看着我。

“真的，引用几个数据就能轻松地向你证明这一点。”

“噢！数据！”尼德反驳道，“数据可以随心所欲地凭空捏造。”

“这是实验得到的数据，尼德，而不是纯数学数字。听我说，假定 32 英尺高的水柱压力相当于一个大气压的压力。实际上，水柱要小于这个高度，因为我们说的是海水，其密度要大于淡水。那么，尼德，当你潜入水中时，你的上面有多少倍于 32 英尺的水，你的身体就得承受同倍数大气压的压力。也就是说，每平方厘米的面积要承受相同倍数公斤的重量。依次推算，水深 320 英尺，要承受十个大气压；水深 3 200 英尺，100 个大气压；水深 32 000 英尺，约合 2.5 海里，要承受 1 000 个大气压。这就等于是说，如果你能到达海底这个深度，那么你的身体每平方厘米就得承受 1 000 公斤的重量。可是，我的朋友，你知道你身体表面有多少平方厘米吗？”

“不知道，阿罗纳克斯先生。”

“大约有 17 000 平方厘米吧。”

“有这么多吗？”

“事实上，由于一个大气压的压力略高于每平方厘米一公斤的重量，因此，你身体 17 000 平方厘米的表面积就要承受 17 568 公斤的重量。”

“我怎么感觉不到呢？”

“你是感觉不到的。你之所以没有被这么大的压力压扁，是因为进入你体内的空气具有相同的压力。体外压力和体内压力相互抵消，从而达到完美的均衡状态。你才能够毫不费力地承受这些压力。不过，在水里可就是另一码事喽。”

“噢，原来如此！”尼德·兰回答说，“因为水围着我，但并没有进入我的体内。”他听得更加认真了。

“说得对，尼德。因此，在海平面以下 32 英尺，你要承受 17 568 公斤的重量；在 320 英尺的深处，你承受 10 倍于此的重量，即 175 680 公斤；在 3 200 英尺的深处，你要承受 100 倍的重压，即 1 756 800 公斤；在 32 000 英尺的深处，你要承受 1 000 倍的重压，即 17 568 000 公斤。这样，你就会被压扁，就像是从水压机平台上拖下来似的！”

“喔哟，这么厉害！”尼德·兰嚷道。

“好吧，我尊敬的捕鲸手，如果有一些脊椎动物，身长数百米，体宽与身长成比例，生活在同样深的海洋底层，它们身体的表面积有数百万平方厘米，那么它们要承受的重压必须以十亿公斤来估算。现在，你可以计算一下，要经得起这么大的重压，它们骨架的承受力和机体的力量必须有多么大。”

“那它们的躯体必须是用八英寸厚的钢板制作的，犹如铁甲驱逐舰。”尼德·兰回答道。

“就像你所说的那样，尼德，现在你想想，这样一个庞然大物以一列快车的速度撞击一艘船的船体，会产生多么大的破坏力。”

“是的……正是……也许……”加拿大人回答说。他虽然在这些数据面前有点动摇，但还是不愿服输。

“怎么样，被我说服了吧？”

“有一点我被您说服了，博物学家先生，那就是，如果海底有这样的动物存在，那么它们一定像您所说的那样厉害。”

“固执的捕鲸手，如果没有这样的动物，那么‘斯戈蒂亚号’所发生的事故又该如何解释呢？”

“说不定是……”尼德·兰支吾道。

“往下说！”

“因为……这是编造的！”加拿大人回答说。他无意识地重复了阿拉哥①的著名回答。

不过，这样的回答只能说明这位捕鲸手的固执，而不是别的。那天，我没有和他再理论下去。“斯戈蒂亚号”船的事故是无可否认的。船体被捅了个窟窿，以至于非得堵上不可。当然，我也不认为有这么个窟窿存在，就能够更说明问题。不过，这个窟窿总不会是平白无故自己捅出来的。既然它不是被暗礁或者潜水器撞的，那么肯定是某种动物的穿孔利器所为。

依我看，根据以上推定的种种理由，这头动物应该属于脊椎动物门，哺乳动物纲，鱼类，鲸鱼目，与长须鲸、抹香鲸或海豚同属一科。至于它应该被归入的属，分入的种，那是今后要澄清的问题。要解决这个问题，就必须解

① 阿拉哥(1786—1853)：法国著名物理学家和政治家。

剖这头人类陌生的怪物;要解剖它,就得捉住它;要捉住它,就得用钩箭击中它——这是尼德·兰的事了;要击中它,就得发现它——这就是“林肯号”全体官兵的事;要见到它,就得碰上它——这要看运气了。

五

瞎转悠

“林肯号”舰航行了一段日子,并没有遇到什么意外情况,只不过发生了一个小插曲,让尼德·兰显示了高超的本领,同时也证明他是一个非常值得信赖的人。

六月三十日,在马尔维纳斯群岛附近的洋面上,我们向一些美洲捕鲸船打听消息,但他们对这头闹得沸沸扬扬的独角鲸一无所知。不过,他们中的门罗号船长知道尼德·兰也上了“林肯号”,请求尼德帮他们捕捉业已发现的鲸鱼。法拉格特舰长很想领教一下尼德·兰的捕鲸本领,就允许他到“门罗号”船上去。我们这位加拿大人真是福星高照,他一箭双雕,一头鲸鱼被刺中了心脏,另一头在追逐了几分钟以后也被擒获!

毫无疑问,如果那头海怪撞在尼德·兰的捕鲸叉上,我不敢担保它能占得上风。

“林肯号”驱逐舰沿着美洲东南海岸以惊人的速度航行。七月三日,我们驶抵与贞女岬同一纬度的麦哲伦海峡入口。可是,法拉格特舰长不愿在这条曲曲弯弯的海峡里航行,因此从合恩角绕道而行。

“林肯号”的全体官兵一致赞同舰长的做法。是啊,在这么一条狭窄的海峡里怎么可能遇到独角鲸呢!许多水兵都肯定地说,这海怪太大,进不了海峡!

七月六日，下午三点时分，“林肯号”在南面15海里的海域绕过合恩角这座孤零零的小岛。这座远在美洲大陆南端的岩石岛，荷兰海员硬是用他们故乡城市的名字“合恩”来命名。“林肯号”朝着西北方向行驶。第二天，我们驱逐舰的螺旋桨终于拍击到了太平洋的海水！

“睁大眼睛！请大家睁大眼睛！”“林肯号”水兵们一遍又一遍地喊道。

他们把双眼睁得出奇的大。那些确实有点被2 000美元的悬赏弄得炫目的眼睛和望远镜，一刻都没有休息。不分白天黑夜，大家注视着洋面。夜视者们凭借自己的夜视能力，获得悬赏的概率自然要比其他人高出百分之五十。

我虽然几乎不为金钱的诱惑所动，不过也并不因此而成为船上注意力最不集中的人。除了花几分钟吃饭，睡几小时觉以外，无论日晒雨淋，我都不离开甲板一步。我时而靠在艏楼的舷墙上，时而凭靠着船尾的护栏，贪婪地注视着海面上被“林肯号”犁出的滔滔白浪，直到望不见为止！有多少次，当任性的鲸鱼在波涛中露出浅黑色的脊背时，我同“林肯号”的全体官兵一起激动不已。顷刻，水兵和军官们争先恐后挤出船舱，拥向甲板。个个气喘吁吁，目光混浊，注视着鲸鱼的一举一动。我不停地眺望，不停地观察，视网膜生疼，眼睛都快要瞎了。可龚赛伊却仍然无动于衷，他用一种平静的语气重复对我说：

“如果先生愿意把眼睛再睁大一点儿，兴许能看得更清楚一些！”

每次发现动物，“林肯号”都要改变航向，迎面向它们冲去，不是一般的长须鲸，就是普通的抹香鲸。不一会儿，它们便在一片咒骂声中逃遁。结果，每次都是空欢喜一场。

还好，天气晴朗。我们一直在良好的气候条件下航行。这时是南半球气候恶劣的季节，因为这个区域的七月份相当于我们欧洲的一月份。幸运的是，海上风和日丽，任凭极目远望。

尼德·兰始终表现得那么不肯轻信。除非轮到他值班，否则，他故意对洋面不屑一顾——至少在没有发现鲸鱼的时候是如此。他那令人赞叹的眼力本可以派上大用场。可是，这个执拗的加拿大人在一天二十四小时中，有十六个小时是躲在自己的房舱里度过的，不是看书，就是睡觉。我曾经多次责备他漠不关心。

“啊！”尼德·兰总是这样回答我说，“什么都没有，阿罗纳克斯先生。

就算是有什么动物,我们能有这么好的运气遇上它吗?我们难道不是在瞎转悠吗?据说,有人在太平洋又见到过这头没法找到的海怪。就算是真的。可是,自那次不期而遇,已经又过去了两个月。依您说的那头独角鲸的脾气,它是不甘心长时间地闲待在同一海域里的!它行动极其方便。何况,教授先生,您比我更加清楚,大自然做事决不会自相矛盾,如果一种生性迟缓的动物不需要迅速行动的能力,大自然不会平白无故地赋予它这种功能。因此,即使真有海怪存在,也早就远离我们而去!"

对于他的这段高论,我不知该怎么回答。显然,我们是在盲目行驶。可是,不这样做又有什么办法呢?因此,我们的机会非常有限。然而,没人对成功产生怀疑,船上没有一个水兵打赌说不存在独角鲸和近期内不会出现。

七月二十日,我们从西经 105 度驶经南回归线。同月二十七日,我们又从西经 110 度越过了赤道。测定我们所在的方位以后,林肯号径直向西行驶,进入了太平洋中部海域。法拉格特舰长的想法是对的,我们最好进入深水海域航行,驶离海怪看来始终不愿意靠近的大陆和岛屿。"因为大陆和岛屿附近的海域,对它来说水太浅了!"水手长如是说。于是,我们的驱逐舰驶经土阿莫土群岛①、马克萨斯群岛②、夏威夷群岛附近的海域,走东经 132 度越过北回归线后,朝向中国海驶去。

我们终于来到了海怪最后出现的海域!老实说,这船上的日子真不好过。人人都心动过速,将来还可能患上难以治愈的动脉瘤。全体船员神经极度紧张,我都没法形容。大家废寝忘食。凭栏远眺的水手每天要发生二十来次的错误判断或幻觉,每一次都会引起人们难以承受的恐惧。因恐惧引起的激动天天要重复二十来次,我们一直处在一种极度兴奋的状态。因此,不久免不了会出现反应。

事实上,反应很快就发生了。整整三个月,难熬的三个月,每一天都犹如一个世纪!"林肯号"走遍了太平洋的北部海域,时而向被发现的鲸鱼冲去,时而猛然改变航线,时而突然掉转船头,时而停船不动;冒着毁坏机器的危险,时而全速前进,时而紧急刹车。从美洲海岸到日本海岸,没有"林肯

---

① 土阿莫土群岛:太平洋中南部法属波利尼西亚北部群岛。

② 马克萨斯群岛:太平洋中南部法属波利尼西亚北部群岛。

号”没有到过的地方。可是，一无所获！除了浩瀚无垠的茫茫大海，什么独角巨鲸，什么水下海岛，什么遇难船骸，什么漂泊不定的礁石，还有什么超自然的东西，踪影全无！

于是，反应接踵而至。先是大家灰心丧气，接着疑虑心理随之乘虚而入。“林肯号”上出现了一种新的情绪，三分由羞愧所致，七分因狂怒而起。大家因自己轻信幻想而觉得“愚蠢至极”，但更多的则是恼怒。一年来堆积成山的充分论据顷刻间土崩瓦解；人人都只想着补回愚蠢地牺牲掉的吃饭和睡觉的时间。

由于人类变幻不定的本性，好从一个极端走向另一个极端，当初远征事业最热烈的拥护者必然变成最狂热的反对者。反应从底舱开始，由司炉工传染到军官。要不是法拉格特舰长固执己见，林肯号驱逐舰必定会掉头南下。

然而，这次注定不会有结果的追寻也不可能再持续更长的时间。“林肯号”无可指责，为了成功它已经竭尽全力。一艘美国海军舰艇上的全体官兵，从来都没有如此耐心，这样热忱。失败不能归咎于他们。现在，除了返航，别无选择。

返航的意见已经向舰长提出，舰长拒不接受。水手们毫不掩饰他们的不满情绪，舰艇上的工作因此受到了影响。我不想说，舰上会发生兵变。不过，法拉格特舰长坚持了一段合理的时间以后，就像昔日的哥伦布那样，要求大家再忍耐三天。三天之内，海怪仍不露面，舵手就将舵轮旋转三圈，“林肯号”便朝着欧洲海域驶去。

舰长是在十一月二日做出许诺的。这个许诺的最初效果是重新鼓起了全舰官兵的低落士气。大家又重新认真地观察起洋面来。人人都想最后再看上一眼海洋，以便留下这次远征的记忆。望远镜急躁不安地扫个不停，这是在向独角巨鲸发出的最后挑战。独角鲸对这张“到庭应审”的传票置之不理是没有道理的！

两天过去了。“林肯号”在低速航行，全体官兵想方设法吸引独角鲸的注意力或者刺激它的麻木神经，万一这头动物正好就在这一海域里哩。大块大块的肥肉被拖在船后——我应该说，鲨鱼倒是称心如意。“林肯号”一抛锚停航，就放下许多小船驶向四面八方，不会落下一块未经搜索的海面。

到了十一月四日晚上，这一个海底奥秘依然没有被揭开。

十一月五日中午，规定的期限快要到了。时间一到，从不食言的法拉格特舰长就要朝东南方向航行，“林肯号”就得最终驶离太平洋北部海域。

此时，“林肯号”正位于北纬31度15分、东经136度42分的海域。日本陆地就距离我们不到200海里。夜幕即将降临，舰上刚打钟报时，敲响了八点。乌云滚滚，遮住了上弦月前的月牙。大海在“林肯号”艏柱下平静地泛着波涛。

此时，我倚靠在船头右舷舷墙上。龚赛伊待在我身旁，凝视着前方。“林肯号”的水兵们都俯身靠在桅索上，注视着渐渐变窄、变暗的海平线。军官们举起小型夜用望远镜在越来越深沉的暮色中扫视。在透过云团的月光的映照下，暮色苍茫的洋面时而闪烁着丁点亮光。没过一会儿，亮光完全被黑暗所吞噬。

我观察龚赛伊的神色，发现这善良的小伙子多少也受到了舰上普遍情绪的影响。至少，我有这种感觉。也许，他的神经第一次在好奇心的驱使下颤动起来。

“哎，龚赛伊。”我对他说，“这是获得2 000美金悬赏的最后机会了。”

“请先生允许我就此事说两句，”龚赛伊回答说，“我从来没有指望得到这笔赏钱。合众国政府就是悬赏十万美金，恐怕也不会因此而贫困潦倒。”

“说得对，龚赛伊。总之，这是一件蠢事。我们太轻率了，竟然会参与其中。浪费了多少时间，白白倾注了多少激情！否则，我们六个月以前就已经回到法国了……”

“早就回到了先生的小套房，”龚赛伊答道，“先生的陈列室。我也恐怕早已给先生的化石分好了类！先生的鹿豚也被关进了植物园的笼子里，而且会吸引首都所有的好奇者前来参观呢！”

“龚赛伊，正是这样。我想，不用说，别人会怎样笑话我们呢！”

“可不是，”龚赛伊平静地回答，“我想一定会有人嘲笑先生的。我不知该不该说……”

“说吧，龚赛伊。”

“那么，先生将咎由自取！”

“确实如此！”

“一个人有幸成为先生这样的学者,那么就不应当冒险……”

龚赛伊没来得及说完恭维话。一个人的说话声打破了众人的沉默。那是尼德·兰的声音,他喊道:

“喂!大伙关心的东西,在下风处,就横在我们近旁!”

六 全速前进

听到这声叫喊,所有的船员都冲向捕鲸手,舰长、军官、水手长、水兵、水手,就连轮机师们也离开了机舱,司炉们也抛下了锅炉不管。停船的命令已经下达,“林肯号”只靠余力在滑行。

可是,黑夜沉沉,我暗自思忖,就算这位加拿大人的眼力再好,他怎么能看见,他能够看见什么呢。这时,我的心都要跳出来了。

然而,尼德·兰并没有弄错,我们大家很快都看到了他指给我们看的那个物体。

在距离“林肯号”右舷后半截两链的地方,海水好像是被水下面发出的光照亮了。这绝不是普通的磷光现象,这一点谁都不会搞错。正如一些船长曾经在报告中提到的那样,这头海怪潜伏在距海面几托阿兹①深的水下,而且能发射一种非常强烈而又无法解释的光亮。这般强烈的光亮一定来自某种强大的光源,在海面上形成一个长长的椭圆形区域,圆心有一个炽热的焦点,发射出夺目的光芒,离焦点越远,光线就越弱。

“这只不过是许多磷光分子聚集在一起发光而已。”一位军官大声

① 托阿兹:法国旧时的长度单位“toise”一词的音译,合 1.949 米。

说道。

“不，先生，”我自信地反驳说，“海参或樽海鞘等绝不可能发射如此强的光。这种光基本上是电光……再说，你们看，快看！它动了！在前后移动！向我们冲过来了！”

“林肯号”上一片哗然。

“安静！”法拉格特舰长制止说，“迎着风，满舵，倒车！”

水手们冲向船舵，机械师们火速回到机舱。“林肯号”紧急刹住了，接着向左舷转了半圈。

“右舵，前进！”法拉格特舰长命令道。

舰长的命令一一付诸实施，“林肯号”舰迅速离开光源。

我说错了。舰艇想远离光源，但那头超自然的动物却以双倍的速度逼近舰艇。

我们都屏住呼吸，呆立着一言不发，我们不是恐惧，而是惊呆了。这头动物像玩似的追上了我们，绕着当时以 14 节的时速行驶的“林肯号”兜了一圈，并用它像光束一样的电光幕将我们的舰艇笼罩了起来。然后，它游出两三海里远，留下一道长长的磷光尾迹，好像特快列车抛在身后的滚滚烟雾。突然，这头海怪从昏暗的海平线边发起冲击，以一种惊人的速度向“林肯号”迅猛扑来，在离舰艇外侧 20 英尺的地方又猛然打住，并且突然熄灭了光亮——而不是潜入水中，因为光亮不是逐渐消失的——仿佛强烈的光源一下子耗尽了似的！随后，它又出现在战舰的另一侧，可能是绕过去的，也可能是从船底下钻过去的。一场毁灭性的撞击随时可能发生。

然而，我对“林肯号”的行为感到惊讶。它在逃遁，没有发起进攻；它本该追剿海怪，现在反而被海怪追逐。于是，我指责法拉格特舰长。一向镇静自如的舰长，此时脸上也显出一种莫名的惊恐。

“阿罗纳克斯先生，”他回答我说，“我不知道我们面对的是一头多么厉害的海怪，我不愿意在这一片黑暗之中贸然拿我的舰艇冒险。再说，怎样攻击这个不知其底细的家伙，又怎么来防御它呢？等到天亮，我们就会取得主动。”

“舰长，您对这头海怪的种类还有什么疑问吗？”

“没有疑问，先生。显然是一头巨大的独角鲸，而且还会发电。”

“也许吧。”我又补充说，“我们不能靠近它，就像不能接近电鳗或电鳐一样。”

“没错。”舰长回答道，“它要是具有雷电般的力量，那么它一定是造物主造出的最可怕的动物了。因此，先生，我必须谨慎行事。”

全舰官兵整夜各就各位，严阵以待，没人想到要睡觉。既然“林肯号”速度上无法与海怪匹敌，干脆就减缓了航速，以低速航行。独角鲸的速度也放慢下来，悠闲地随波行进，它似乎根本不打算撤离竞技场。

午夜时分，海怪不见了。更确切地说，如同一条大萤火虫“飞走”了。它逃走了？大家都不希望发生这种事，害怕的就是这一招。可是，凌晨一点差七分，只听见一声震耳欲聋的呼啸，如同极强的压力激起的水柱所发出的呼啸声一般。

我和法拉格特舰长、尼德·兰三人当时都在艉楼上，正用贪婪的目光朝着漆黑的洋面张望。

“尼德·兰，”舰长问道，“你常听到鲸鱼咆哮吗？”

“是的，先生，但没听到过能给我带来2 000美金的鲸鱼一样的叫声。”

“不错，你有权得到这笔赏金。不过，告诉我，它们用鼻孔喷水时都有这样的响声吗？”

“是的，先生。不过，这头鲸的叫声更大，无法相比。因此，没错，在我们这片海域中一定有一头鲸。”捕鲸手补充说道，“先生，如果承蒙允许，明天日出时分，我们向它发两句话。”

“就怕它没有心情听你说话，兰师傅。”我用一种不大信服的口吻答道。

“我要靠近它，直到只相隔四鲸叉的距离。”这位加拿大人争辩说，“到时候，它就不得不听了！”

“不过，你想接近它，”舰长又开口说道，“是不是我得为您准备一条捕鲸船呢？”

“那当然，先生。”

“不会是拿我部下的生命去冒险吧？”

“还有我的生命呢！”捕鲸手冷冷地回答。

凌晨两点左右，昨天夜里的那个光源又出现在“林肯号”上风处五海里的洋面上，和先前一样亮。虽然隔着那么远，虽然风声和海水的声音都很大，但是，它尾巴击水的巨大响声，甚至喘息的声响依然清晰可辨。这头巨大的独角鲸探出海面呼吸，空气进入肺部时，犹如蒸汽进入 2 000 匹马力机器的大汽缸那样。

“唔，”我心想，“一头力量抵得上一个骑兵团的鲸鱼，肯定是一头很特别的鲸鱼！”

“林肯号”枕戈待旦，人人做好了战斗准备。沿舷墙已经安装好捕鲸装置。“林肯号”的二副命人给那些喇叭口短铳装好弹药，它们能够把捕鲸箭发射到一海里以外。他还下令给长枪装上致命的开花弹。最强大的动物挨了开花弹也会一命呜呼。尼德·兰正在埋头磨他手中那把令鲸生畏的渔叉。

早晨六点，东方开始破晓，曙光初现的时候，独角鲸的电光消失了。七点，天已大亮，可是浓密的晨雾大大降低了能见度，最上乘的望远镜也无法穿透浓雾。“林肯号”上，失望和懊恼的情绪油然而生。

我爬上舰艇后桅杆。一些军官已经登上桅杆顶。

八点，洋面上雾气滚滚，晨雾渐渐散去。海面越来越宽，天空也变得明朗起来。

忽然，尼德·兰又像昨天夜里那样叫起来。

“它在那儿，在左舷后面！”捕鲸手惊叫起来。

所有的目光都投向他所指的方向。

在距离“林肯号”一海里半的地方，一个长长的浅黑色躯体露出波涛，足有一米高。它的尾巴剧烈摆动，搅成一个巨大的旋涡。从来没有见过哪种鱼的尾巴能如此剧烈地拍打海水。它所过之处留下白浪滚滚的航迹画出一道长长的弧线。

我们的驱逐舰靠近了鲸鱼。我随心所欲地观察它。“香农号”和“赫尔维西亚号”船的报告有些夸大了它的体积，据我估计，它的长度只有 250 英尺。至于它的宽度很难估计。但就我观察，我觉得它比例非常协调，非常完美。

正当我在观察这个庞然大物时，两道水汽交融的射流从它的鼻孔喷薄而出，竖起了两道足有 40 米高的水柱，它的呼吸方式把我深深地吸引住了。我最终得出结论，它属于哺乳纲，单一豚鱼亚纲，鱼类，鲸鱼目，……科。至此，我就无法再往下细分了。鲸鱼目共分三科：长须鲸、抹香鲸和海豚，独角鲸属于最后一科。这些科包括好几种属，属又分成种，种又分为变种。它应归入哪个科、属、种、变种，现在我还搞不清楚。但是，我相信，在上天和法拉格特舰长的帮助下，我会完善我的分类工作的。

全舰官兵都在焦急地等待着舰长的命令。舰长仔细观察了这头动物以后，派人叫来了轮机长。轮机长迅疾跑来。

"先生，"舰长问道，"蒸汽压力够吗？"

"够了，先生。"轮机长答道。

"好，加大火力，全速前进！"

这道命令得到了三声欢呼。战斗的号角已经吹响。不一会儿工夫，"林肯号"舰上的两根烟囱喷吐出滚滚浓烟，甲板随着颤动。

"林肯号"在螺旋桨的猛力推进下向前疾驶，径直向那头海怪冲去。海怪听任"林肯号"驶到100码以内，仍不屑潜入水中，而只是慢慢后退，同"林肯号"保持一定距离。

这样的追逐持续了三刻钟左右，"林肯号"没能靠近那头鲸。显然，照这样追法，"林肯号"永远也追不上它。

法拉格特舰长勃然大怒，手捻着下巴上稠密的胡须。

"尼德·兰呢？"他喊了一声。

加拿大人奉命赶到。

"兰师傅，"舰长问道，"您没有改变主意，仍然建议我放出小艇吗？"

"不必了，先生，"尼德·兰回答说，"因为我们捉不到这家伙，除非它自愿被擒。"

"那怎么办呢？"

"先生，如有可能，尽量开足马力。我吗，如蒙允许，我会爬到艏斜桅支索上。等我们的船靠近鲸鱼时，我就将鲸叉投出去。"

"就这么着，尼德。"法拉格特舰长回答说。"轮机长，"舰长喊道，"加大马力！"

尼德·兰爬到了艏斜桅支索上。炉火越烧越旺，螺旋桨每分钟旋转43转，蒸汽从节气阀溢出。测速仪被扔进了海里，"林肯号"此时的船速到达了18.5海里。

可是，这头该死的动物也以每小时18.5海里的速度移动。

一小时过去了，"林肯号"一直保持这样的速度追赶，就是追赶不上这头海怪！对于美国海军最快的一艘战舰来说，这是莫大的耻辱。愤怒的情绪在官兵中蔓延。水手们咒骂海怪，海怪却对此不屑一顾。法拉格特舰长这会儿不光是捻他的胡须了，而是用牙齿在嚼胡须。

轮机长再次被叫到舰长的跟前。

“马力开足了没有？”舰长问道。

“是的，先生。”轮机长回答。

“进气阀满负荷了？”

“六个半大气压。”

“将负荷增加到十个大气压。”

这纯粹是一道美国式的命令！恐怕在密西西比河上想甩开对手的船只都不会这样做！

“龚赛伊，”我对站在我身旁的忠实仆人说，“你是不是明白，我们的船可能会爆炸？”

“先生，高见！”龚赛伊答道。

我认为，有这种可能，不过倒也并非不乐意冒这个险。

进气阀已经处于满负荷状态；炉膛里加满了煤炭；鼓风机把炉膛里的煤炭吹得直冒火焰。“林肯号”又加快了速度。桅杆一直颤动到底座，烟囱太细，滚滚的浓烟勉强挤出来。

测速仪又一次被扔进了海里。

“多少，舵手？”法拉格特舰长问道。

“19.3 海里，先生。”

“把炉火烧到最旺！”

轮机长听从了命令。气压表显示已达到十个大气压。可是，那头鲸鱼似乎也加大了马力，因为它改用 19.3 海里的时速前进，居然毫无难度。

多么惊心动魄的追逐！我无法描绘我的感情，我从头到脚都在颤抖。尼德·兰手握鲸叉，坚守着岗位。有好几次，这头鲸让我们靠近它。

“我们追上了！我们追上了！”加拿大人高声大叫。

然而，每当他准备投鲸叉时，鲸鱼总是迅速躲开了，我估计，它的速度不低于 30 海里。而且，在我们以最大的速度行进时，这头鲸鱼居然还围着我们转了一圈，戏弄我们！船上的人都被气得大叫起来！

直到中午，我们还和早上八点时一样，没有丝毫进展。

法拉格特舰长决定采用一些更直接的方式。

“哼！”他说，“这家伙比我们‘林肯号’跑得快！那么好吧！我们来看看它能不能甩开炮弹。水手长，叫炮手们到船头集合。”

前甲板的大炮立即装上了炮弹，并且瞄准了海怪。炮声隆隆，可是，炮弹却从鲸鱼上方数英尺处飞了过去，落到半海里以外的海里。

“换一名好炮手来！”舰长命令道，“谁能击中这头恶魔，赏500美金！”

一个胡子灰白的老炮手——他的神情迄今仍浮现在我眼前——目光镇静，神态从容，走近大炮，调整炮位，瞄了许久。轰隆一声巨响，全体官兵齐声欢呼，炮弹击中了目标，打在了那家伙身上。但奇怪的是，炮弹在海怪圆溜溜的身上擦了一下，掉进了两海里以外的海里。

“怪了！”老炮手大怒，“这无赖身上披着六英寸厚的铁甲！”

“该死的！”法拉格特舰长诅咒道。

追逐重新开始了。法拉格特舰长俯身对我说：

“我要一追到底，追到我们的驱逐舰爆炸为止！”

“应该这样，您说的对！”我回答说。

大家只能希望这个动物会耗尽力气，它总不可能像蒸汽机一样不知疲劳吧。不过，事与愿违，海怪没有丝毫疲惫的样子。

不过，“林肯号”舰应该受到称道，它不知疲倦地坚持战斗。根据我的估计，“林肯号”在倒霉的十一月六日的白昼里行驶的路程不下500公里！可是，夜幕重又降临，暮色笼罩着波涛汹涌的洋面。

这时，我以为我们的冒险就此结束了，我们将永远见不到这头海怪了。可是，我错了。

晚上十时五十分，电光重又出现在我们前面三海里的洋面上，而且与昨天夜里出现的电光一样纯净、一样强烈。

独角鲸像在那儿一动不动。也许，它白天跑累了，现在睡着了，任凭海浪拍打自己？机会来了！法拉格特舰长决定利用这次机会。

他下达了命令。“林肯号”放慢速度，小心翼翼地向前行进，以免将对手吵醒。在洋面上碰到熟睡的鲸鱼，成功地袭击它们，这种事并不少见。尼德·兰就曾不止一次擒获熟睡的鲸鱼。于是，这位加拿大人又回到艏斜桅支索上守候着。

我们的驱逐舰悄然无声地靠近那头动物，在距离它两锚链远的地方关了机，凭着惯性滑行。舰上的人都屏住了呼吸。甲板上一片寂静，我们距离炽热的光源不到100英尺，亮光越来越强烈，令我们睁不开眼睛。

这时，我倚在艏楼的护栏上，看见尼德在我下面，一手抓着桅绳，另一手挥动着那柄令人生畏的鲸叉。他距离那头一动不动的动物还不到20英尺。

突然，他猛地举起胳膊，将鲸叉掷了出去。只听到“哐当”一声，鱼叉好像击中什么坚硬的东西。

电光忽然熄灭了，两道巨大的水柱同时冲到“林肯号”的甲板上，像瀑布似的从船头冲向船尾，冲倒了所有的人，冲断了所有桅绳。

接着，发生了可怕的撞击，我没来得及抓住什么，就被猛地扔出护栏，掉进了大海。

七

种类不明的鲸鱼

虽然这次突然落水使我措手不及，但是，我仍然很清楚地记得当时的感觉。

我一下子坠入约20英尺深的水中。意外的坠海并没有使我昏头，我水性很好，虽然不敢与约翰·拜伦①和埃德加·坡②两位游泳好手相比，但是并没有昏头，我使劲蹬踩了两下，浮上了水面。

---

① 约翰·拜伦(1723—1786)：英国航海家。

② 埃德加·坡(1809—1849)：美国诗人，酒后在小溪中溺水而死。

我第一个想法,就是寻找“林肯号”。舰上有人注意到我失踪吗?“林肯号”是不是改变了航向?法拉格特舰长是否放了救生艇?我还有没有指望获救?

沉沉的黑夜,我隐约瞥见一团黑黑的物体渐渐地在东方消失,它的航行灯慢慢消失。那是“林肯号”。我顿时觉得完蛋了。

“救命!救命!”我一边大声呼救,一边绝望地朝“林肯号”游去。此时,我身上的衣服开始碍事,湿淋淋地贴在身上,影响我划水。我正在下沉,喘不过气来……

“救命!”

这是我发出的最后一次叫喊。我嘴里进了海水。我拼命挣扎不让自己沉下去……

忽然,一只有力的手抓住了我的衣服,我觉得被猛地提出水面。然后听见,没错,听见耳边响起了这么几句话:

“如果先生不嫌,就靠在我的肩膀上。这样,先生游起来就更自在些。”

我一把抓住我忠实的龚赛伊的一条胳膊。

“是你!”我说,“原来是你!”

“是我,”龚赛伊回答说,“我来为先生效劳。”

“你也同时被撞落大海的?”

“不。我是为先生效力的,就跟先生来了!”

这个可敬的小伙子,倒觉得这一切非常自然!

“那么,驱逐舰呢?”我问道。

“驱逐舰!”龚赛伊转过身来回答说,“我看先生最好不要对它抱太大的希望。”

“你说什么?”

“我是说,在我纵身跳入大海的一刹那,我听到舵手们在惊叫:‘螺旋桨和舵被撞碎了……’”

“撞碎了?”

“是的!被海怪的牙齿撞碎的。我想,‘林肯号’只被撞了一下。不过,我们的情况非常不好,它已经没有舵了。”

“这下,我们完了!”

“也许是吧。”龚赛伊平静地回答，“不过，我们还能坚持几小时。几个小时，可以做许多事！”

龚赛伊表现得如此沉着镇静，大大鼓舞了我。我更加使劲地划水了。可是，潮湿的衣服却像铅袍一样紧紧地把我包裹住，严重妨碍了我的行动。我眼看就要支持不住了，幸好被龚赛伊及时发现。

“请先生允许我把衣服撕了。”他说。

他将一把打开了的折刀插入我的衣服，从上到下一刀把衣服划开，然后敏捷地扯掉衣服。而这时，我要为我们两个人划水。

然后，我也帮他剥去衣服。完了，我俩继续“并驾齐驱”。

可是，形势依旧非常危险。“林肯号”上的人可能没有发觉我们失踪。即使注意到了，处在下风处的“林肯号”没法掉头来救援我们，因为它的舵坏了。因此，只能指望舰上的那些救生艇了。

龚赛伊冷静地进行了这样的推理，并且制定了相应的计划。多么卓越的性格！这个冷静的小伙子就像在家里的起居室那样镇定自若。

既然我们唯一的获救机会是得到“林肯号”上救生艇的接应。我们就决定坚持、等待。于是，我决定分配使用我们两个人的力量，不能把两人同时弄得筋疲力尽。我们商定，我俩一人仰面平躺，双臂交叉，两腿伸直，由另一个负责划水，推着他前进。两人每隔十分钟轮换一次，交替进行。这样，我们就能漂流好几个小时，也许能够支撑到天亮。

尽管获救的机会渺茫，可是，希望在每个人的心里又是如此的根深蒂固！再说，我们有两个人在一起。最后，我敢断言——虽然这看来不太可能——即使我千方百计地要泯灭我心中的一切幻想，即使我想“绝望”，我也无法做到。

林肯号与那头鲸鱼相撞大约发生在夜里十一点。我估算了一下，我们得游上八个小时才能挨到天亮。我们交替划水，勉强能够坚持到天亮。大海风平浪静，节省了我们不少力气。有时，我用自己的目光搜索沉沉的夜幕。可在黑暗中，只能见到我们划水溅起的粼粼波光。我眼看着泛光的波浪打在我的手上而破碎，明镜似的海面波光闪烁。我们仿佛沐浴在水银之中。

凌晨一点左右，我感到极度疲惫，四肢因剧烈痉挛而变得僵直起来了。

龚赛伊不得不托住我，保全我俩性命的重任就落到了他一个人肩上。没过多久，我就听见这个可怜的年轻人累得气喘吁吁；他的呼吸变得急促起来。我明白，他也支持不了多久了。

"丢下我吧，别管我了！"我对他说。

"放弃先生不管，绝对不可能！"他回答说，"我已经拿定主意，就是死也要死在先生之前！"

这时，风把一大块云朵吹向了东方，月亮透过云层露出了笑容。月光洒落在海面上，波光闪烁。月亮老人慈祥的光辉又重新激发了我们的力量。我又抬起头来，环顾四周。我看见了"林肯号"，它在五海里开外，远远望去漆黑一团，但是没有救生艇的踪影！

我想呼喊。相距如此之远，呼喊又有何用！我双唇肿胀，发不出一点声音。龚赛伊还能费劲地说上几句。我听到他在重复地呼喊：

"救命啊！快来救命！"

我们暂时停止划水，仔细听着。虽然耳朵因充血而嗡嗡作响，可是，我又好像听到有人在回答龚赛伊的呼救声。

"你听见了吗？"我低声问道。

"听见啦！听见啦！"

龚赛伊发出一声绝望的呼叫。

这次，不可能再听错了！一个人的声音在答应我们！是另一个不慎跌落海洋的遇难者？是"林肯号"撞击造成的又一个受害者吗？或者是"林肯号"放下来的救生艇上的人在黑暗之中呼叫我们？

龚赛伊撑着我的肩膀，使出了全身的力量，而我则忍受着最后一次痉挛。他奋力地踩水，半个身体露出了水面，沉落下来时已是精疲力竭。

"你看见了什么？"

"我看见……"他小声说道，"我看见……我们最好别说话……保存点气力吧……"

他看见了什么？不知为什么，此刻，我落水后脑海里第一次闪过海怪的身影！……然而，刚才听到的那个声音……如今已经不再是约拿[1]躲进鲸

---

① 约拿：《圣经·旧约》中的希伯来先知，相传被一条大鱼吞噬，三天后又被活着吐出。

鱼肚里的神话时代了！

龚赛伊仍然拖着我。他不时抬起头来，看看前面，发出一声试探的呼喊，答应他的声音越来越近。我勉强能够听到那个声音。此时，我已经精疲力竭，手指僵硬，手也已经握不成拳头了；我的嘴因痉挛而张开着，灌满了苦涩的海水；我浑身发冷；我最后一次将脑袋探出水面，随后就沉了下去……

就在这个时候，什么坚硬的东西撞了我一下。我本能地紧紧把它抱住。随后，我觉得有人在拽我，把我拉出了水面。但是我不能呼吸，昏了过去……

当然，多亏对我进行有力的按摩和人工呼吸，我很快就苏醒过来。我微微睁开了眼睛。

“龚赛伊。”我低声喊道。

“先生是叫我吗？”龚赛伊答应说。

这时，月亮快要从海平面上消失了。在月亮的余晖下，我看到一张面孔，这不是龚赛伊的面孔。我立即认出了他。

“尼德！”我惊喜地喊道。

“先生，是我。我是来追奖金的！”这位加拿大人回答道。

“你也是撞船时坠入海里的？”

“是的，教授先生。不过，要比您幸运，我几乎是立刻就站在一个漂浮的小岛上。”

“小岛？”

“或者，更加确切地说，就是站在我们的大独角鲸上。”

“尼德，快说清楚点。”

“我只是明白了，我的鲸叉没能刺穿它，碰到它的皮就钝了。”

“为什么？尼德，为什么呢？”

“教授先生，是因为那个畜生全身是钢板！”

此时，我需要振作精神，恢复我的记忆，保证我的话句句准确无误。

这位加拿大人最后说的几句话突然改变了我的看法。我急忙爬上半潜在海里的怪物，或者说作为我们避难所的东西的最高处，我在上面跺了跺脚。显然这东西坚硬无比，难以穿透，而不是有着柔软躯体的海洋哺乳动物。

不过，这种坚硬的物体可能是一种骨质背甲，类似于诺亚时代以前的多骨动物。我可以将这个海怪归入海龟或鼍之类的两栖爬行动物。

噢,不对!我脚下这块浅黑的"背脊"平滑光泽,没有鳞状花纹。当它受到撞击会发出金属般的声响。虽然难以置信,但它仿佛是螺栓固定的钢板镶拼而成的。看我在说什么呀!

没什么可怀疑的啦。现在应当承认,这个动物,这头海怪,这个引起整个学术界兴趣,令东西半球的海员为之震惊、不知所措的自然怪物,是某种更加令人惊讶的东西,这是一个人类制造的"怪物"。

即使我发现最具传奇性、最富神话色彩的生物的存在,也不会令我震惊到如此地步。神奇的东西出自造物主之手,这一点也不难理解。然而,突然亲眼看见人类自己奇妙地实现了原以为办不到的事,怎么不叫人难以相信!

现在,没有什么可犹豫的了。我们是躺在一艘潜水艇的背上,根据我的判断,它形状像一条巨大的钢鱼。对此,尼德·兰早已发表了他的看法。而我和龚赛伊只能同意他的观点。

"那么,"我说,"这船里是否装着某种动力装置,并且配备了一组船员进行操作?"

"那当然。"捕鲸手回答说,"不过,我在这个浮动的岛上待了三个小时,还没有看到任何动静。"

"这船没有动过?"

"没有,阿罗纳克斯先生。它随波漂流,不过自己没有动过。"

"可是,我们都知道,它的速度很快,这一点不用怀疑。而且,这么快的速度需要有机器来推动;有机器,就得有轮机师来操作。因此,可以下结论,我们得救了。"

"噢?"对此,尼德·兰仍持保留态度。

正在这时,好像是要证明我的推论似的,这个怪物后部的海水沸腾起来,它无疑是由螺旋桨推动的。我们刚来得及抓住它那露出水面约 80 厘米的顶部,幸亏它行驶的速度不太快。

"只要它在水面上行驶,"尼德·兰低声说道,"我并不在乎。但是,如果它心血来潮,潜入水中的话,我们肯定必死无疑!"

这位加拿大人说得一点不错。因此,眼下最要紧的是必须跟这台机器里的人取得联系,不管是什么样的人。我在它露出水面的部位寻找开口,或者舱盖,或者说,"人进出的洞口"。但是,在钢板的接缝处牢牢地钉着一排排凸出、均匀的螺栓。

而且，月亮已经消失。我们被笼罩在一片漆黑之中。只得等待天亮，再想办法进入这艘潜水艇。

看来，我们的生死完全取决于这艘船神秘的掌舵人的一时兴致。如果他们潜入水中，那么，我们就彻底完蛋！排除这种情况，我倒不怀疑能够与他们取得联系。因为，倘若他们自己不能制造空气，那么就必然会不时地浮到海面上来，补充他们呼吸所需的氧气。所以，船上肯定有一个开口，把空气输送到船里。

至于寄希望于法拉格特舰长前来救援的想法，现在不得不彻底放弃。我们被拖着西行，船速比较缓慢，我估计，每小时也就12海里。螺旋桨极有规律地击打着海水，船体有时浮上来一点，溅起朵朵浪花。

清晨四点时分，潜水艇加快了航行的速度。海浪迎面扑来，我们被弄得晕头转向，难以招架。幸好，尼德的手触到了一个固定在钢脊顶部的系缆环，我们可以紧紧地抓住它。

漫长的黑夜终于过去了。凭借我凌乱不整的记忆，我不可能把当时的印象完整地描述下来。只有一个细节我记忆犹新。记得，在海上风浪暂时平静下来的间隙，我好像多次听到一种模糊不清的声音，仿佛是一种从远方传来的短促的和声。这种海底航行的奥秘究竟何在？全世界都在寻求对它的解释，但毫无结果。这艘怪艇里生活着什么样的生物？这艘艇借助于哪种机械力才能以如此惊人的速度行驶？

天亮了，晨雾笼罩着我们，不过没多久就消散了。我正想仔细观察这艘艇由平台构成的顶部时，感觉到船体在渐渐下沉。

“嘿！见鬼！”尼德·兰叫了起来，用脚把钢板跺得铮铮作响。“开门啊，对我们友好一点！”

可是，在螺旋桨旋转的轰鸣声中，很难让他们听到他的声音。幸好，艇停止了潜水。

突然，船里发出一阵用力推动钢板的声响。一块钢板被掀了起来，露出一个人。他怪叫了一声，马上又钻了进去。

过了一会儿，八个五大三粗的蒙面汉子，悄悄地出现在我们面前，把我们架进了他们那艘令人害怕的潜水艇。

八 动中之动

这起突如其来的绑架以闪电般的速度就干净利落地完成了，我和我的伙伴们还没来得及弄清是怎么回事。我不知道他们被带进这座浮动的监狱会有什么感受，而我却不由自主地打了个寒战，浑身冰凉。我们到底在跟谁打交道？也许是跟一伙新型的海盗打交道，他们以自己的方式在海上谋生。

狭小的舱口盖板刚在我身后关上，我就被一片漆黑所包围。我的眼睛习惯了外界的光明，顿时什么也看不清。我感觉光脚踩在一架铁梯的阶梯上。尼德·兰和龚赛伊被他们用力架着，跟在我后面。走到梯子底部时，一扇门开了，待我们进去，就被砰的一声关上了。

我们三人被关押在一起。关在什么地方？我说不上来，也想象不出来。周围一片漆黑。几分钟以后，我的双眼仍没有看到一丝黑夜里那种若隐若现的亮光。

此时，尼德·兰对他们的“款待”方式非常恼怒，正在尽情地发泄自己的愤慨。

“活见鬼！”他叫喊道，“这些人对待客人简直就像喀里多尼亚人，只差还没有吃我们的肉了！如果他们要吃掉我们，我也不会感到吃惊。不过，我要声明，我决不会束手待毙！”

“冷静点！尼德友，冷静点！”龚赛伊心平气和地规劝道，“现在不是发火的时候。我们还没有被放进烤盘。”

“放进烤盘？当然没有，”加拿大人反驳道，“不过肯定被扔进了烤炉！周围一片漆黑。好在我的猎刀还佩在身上，用得着它的时候，我照样能看清楚。这些海盗,看他们谁敢先对我下手……"

"尼德,别发怒!"我劝捕鲸手说,"不要无为地发火,对我们没有好处。谁知道,他们也许在偷听我们说话!先弄清楚我们在什么地方再说。"

我在黑暗中摸索着前行。走了五步,我碰到了一堵铁墙,其实是用螺钉衔接起来的铁板。接着,我转了回来,撞到一张木桌,桌旁放着几条板凳。这间牢房的地板上铺着一层厚厚的新西兰麻席,因此我们走路没有脚步声。光秃秃的墙上没有门窗的痕迹。龚赛伊反方向转了半圈,和我撞在了一起。接着,我们来到这间房舱中央。这间房舱长约20英尺,宽约十英尺。至于高度,尼德·兰虽然身材高大,但也没法测出来。

半个小时过去了,没有任何动静。突然,我们的眼前的极度黑暗变得光照夺目。我们的牢房顿时灯火通明。也就是说,牢房里充满了一种非常强烈的发光物质,我最初简直忍受不了。从这种光的亮度和强度来看,就是这种电光在这艘潜水艇四周造成了美妙的磷光现象。我不由自主地闭上眼睛以后,又把它们张开,这才发现发光的介质是从舱顶一个粗糙的半圆体中发出来的。

"我们终于看得清了!"尼德·兰高喊道。这时,他手握猎刀,正准备自卫。

"是的。"我回答道,并且大胆地提出了自己不同的看法,"不过,我们的处境并不因此而明朗。"

"先生,请耐心点。"龚赛伊冷静地安慰我说。

突如其来的灯光使我看清了里面的一切。舱里只有一张桌子和五条板凳。看不到舱门,也许是被封闭了。我们听不到丁点声响。舱里死一般沉寂。船在行驶?浮在洋面上?还是潜到了深海里?我无法知道。

不过,那只球体不可能无缘无故地亮起来。因此,我希望,船上的人会很快露面。假如他们忘记了这里有人,就不会为牢笼开灯。

我没有猜错。门闩发出了声响。门开了,进来两个人。

其中的一个,身材不高,肌肉结实,肩膀宽阔,四肢发达,颅骨坚挺,黑发蓬松,胡须稠密,目光敏锐,具有一种法国普罗旺斯人特有的南方人气质。狄德罗[①]说得对,人的动作具有隐喻,这个矮个子的确为这句话提供了一个

---

① 狄德罗(1713—1784):法国启蒙思想家、唯物主义哲学家和文学家。

活生生的证据。人们会感觉得到，他平常说话有滥用拟人、借代或换置等修辞手法之嫌。可惜我根本无法证明这一点，因为他在我面前始终说一种我完全听不懂的独特语言。

另一个陌生人更值得为他做一番详细的描述。格拉第奥莱[①]或恩格尔的弟子也许一看到他的模样就可以知道他的为人。我一下子就识别出他的主要特征：自信，因为他的脑袋高傲地矗立在肩部轮廓所形成的弧线上，那双黑色的眼睛总是冷漠、自信地注视着周围的一切；镇静，因为他苍白而不是红润的肤色说明他生来好静；刚毅，眉宇间肌肉的急速收缩就能证明这一点；最后是热忱，因为他深沉的呼吸表明他生命力旺盛。

我还要补充几句，此人十分高傲，他那坚定沉着的目光似乎折射出高深的思想。按照相面先生的说法，从他的整体形象来看，从他的举止表情总体看，他具有一种不容置疑的直率性格。

有他在场，我不由自主地放下了心，并且看好我们之间的会晤。

我看不出他年龄是三十五岁还是五十岁。他身材高大，前额饱满，鼻梁挺直，嘴唇轮廓明显，牙齿整齐，两手纤细、修长——用相手术语来说，非常"通灵"，也就是说，完全可以与一个高尚、热情的心灵相配。他肯定是我平生遇到的最值得敬佩的人。他还有一个细微的特征：他那双相距稍远的眼睛能够把更多的景物收入眼帘。他不但视野宽阔，而且眼力也好于尼德·兰，这一点我留待以后再加以证实。当这个陌生人盯视的时候，他总是紧皱双眉，圆瞪双目，收缩视野。他就是这样凝目远眺的！多么犀利的目光，远处缩小了的物体都被它放大了，仿佛能窥视别人的灵魂！透视在我们眼睛看来一片混沌的海水！探测海洋深处的奥秘！……

这两个陌生人头戴海獭皮贝雷帽，脚穿海豹皮靴，身上衣服是用一种特殊布料做成的。衣服虽然紧身，却丝毫不妨碍他们的行动。

两人中间个子高的那位——显然是指挥官——他默默地仔细地打量了我们，但一言未发。然后，他转过身去，与他的同伴用一种我听不懂语言交谈起来。这是一种响亮而又和婉的语言，发音抑扬顿挫。

另一个人则不停地点头作答，并说了两个或者三个我们完全听不懂的

① 格拉第奥莱（1815—1886）：法国生理学家。

词。接着,他看了我一眼,好像是在直接询问我。

我用纯正的法语回答说,我一点都不懂他的话。不过,他似乎没理解我的意思,此时场面变得很尴尬。

“先生就讲讲我们的来历。”龚赛伊对我说道,“这两位先生兴许能听懂几句!”

于是,我一五一十地重新开始讲述我们的探险经过,连一个细节也没有遗漏,而且尽可能地吐字清楚。我说出了我们的身份及姓名,后来还做了正式的介绍:阿罗纳克斯教授;他的仆人龚赛伊;捕鲸手尼德·兰师傅。

这个目光温和、镇静的人极其认真地倾听我讲述,甚至彬彬有礼,温文尔雅。不过,他脸上流露的表情,丝毫不能表明他听懂了我叙述的故事。当我说完之后,他还是一言不发。

看来只好用英语来试试喽。我们或许可以用这种几乎世界通用的语言来与他们沟通。我懂英语,还有德语,能够流畅地阅读,但讲起来不够准确。可眼下,无论如何要让他们明白我们的意思。

“来,该轮到你了。”我对捕鲸手说道,“你来说吧,兰师傅,把你肚子里所装的盎格鲁—撒克逊人的那种最纯正的英语全抖搂出来吧!争取比我走运!”

尼德·兰没有推让,他把我刚才讲过的故事又重复了一遍。我基本能够听懂。内容一样,只是表现形式不同而已。这位加拿大人受性格的驱使,讲起话来手舞足蹈,十分生动。他强烈抗议他们无视人权,把他囚禁起来,质问他们依照什么法律将他扣押起来,他援引人身保护法,威胁要控告非法监禁他的人。他来回走动,指手画脚,高声大叫。最后,他做了一个颇具表现力的手势让对方明白,我们快要饿死了。

这可是千真万确,不过我们几乎忘记了饥饿。

捕鲸手费了九牛二虎之力,但并不比我更能让对方明白他的意思。我们的造访者连眉头都没皱一下。对此他惊愕万分。显然,他们既不懂阿拉戈[①]的语言,也不会法拉第[②]的语言。

---

① 阿拉戈(1786—1853):法国天文学家和物理学家。

② 法拉第(1791—1867):英国物理学家和化学家。

在白白浪费了我们的语言资源以后，我觉得十分难堪，真不知该怎么好。这时，龚赛伊向我自荐道：

“要是先生允许，我就用德语跟他们说。”

“怎么，你会讲德语？”我惊讶地问道。

“作为佛兰德人当然会喽，先生不会因此而不高兴吧？”

“恰恰相反，我非常高兴。说吧，小伙子。”

于是，龚赛伊便以平静的语气又一次把我们的来历详细地叙述了一遍。可是，虽然叙述者说得抑扬顿挫，委婉动听，但德语也一样没能产生效果。

最后，迫于无奈，我不得不尽可能搜索早年学的、我还记得起的语言，我尝试着用拉丁语讲述我们的遭遇。西塞罗①一定会塞住耳朵，把我赶进厨房。不过，我还是应付了下来。结果，同样是白费力气。

最后一次尝试仍然以失败而告终。那两个陌生人用我们听不懂的语言交谈了几句后，便退了出去。临走时，他们甚至没有向我们做出一个各国通行的安慰手势。门又关上了。

“无耻！”尼德·兰嚷道。这已经是他第20次发火了。“怎么？我们跟他们这帮家伙讲法语、英语、德语和拉丁语。可这些混蛋不屑应答，真没教养！”

“尼德，别发火！”我劝怒不可遏的捕鲸手说，“发火是没有用的。”

“可教授先生，您难道不知道，”我们这位易怒的同伴回答说，“我们完全有可能被饿死在这个铁笼子里？”

“唔！”龚赛伊说，“只要理智点，我们还可以坚持很久！”

“两位朋友，”我说道，“不要失望。我们目前的处境非常糟糕。你们得容我好好考虑考虑，先谈谈你们对这艘船的船长和船员的看法吧。”

“我的看法早已说过了，”尼德·兰抢白道，“他们全是混蛋……”

“好吧！我来问你，他们是哪一个国家的？”

“混账国？”

“尼德友，你说的这个国家在世界地图上还找不到呢。显然，这两个陌生人的国籍难以确定。他们不是英国人，不是法国人，也不是德国人，我们

---

① 西塞罗（公元前106—公元前43）：古罗马政治家、演说家和哲学家。

能够肯定的也就这些。不过,我想说的是,这个艇长和他的助手是出生在低纬度地区的人。他俩具有南方人的特征。那么,他们会不会是西班牙人,土耳其人,阿拉伯人,或者是印度人呢?凭他们的容貌特征,我无法确定。至于他们的语言,我们是绝对听不懂的。”

“瞧!这就是不懂所有语言的烦恼。”龚赛伊回答说,“或者说,没有一种通用语言的不便!”

“通用语言有什么用!”尼德·兰回答说,“你们难道没看见?这些人有自己的语言,一种好让老实人没法向他们要饭吃才创造的语言!不过,在地球上的任何国家里,张开嘴巴、叩牙齿的意思难道还不明白吗?无论是在魁北克、土阿莫土岛或者巴黎,还是它们的对跐地,不就是说:我饿了,给我点吃的吗!”

“噢!”龚赛伊说,“不过有些人太愚蠢,所以他们……”

没等龚赛伊说完,门又开了。船上的一位侍者走了进来。

他给我们送来了衣服,是海上穿的上衣和短裤,衣服是用一种我没见过的布料缝制的。我赶紧拿来穿在身上,我的两个同伴也学我的样穿上了衣服。

这时,船上的侍者——没准是哑巴,或者聋子——收拾好桌子,摆了三份餐具。

“这还说得过去,”龚赛伊说道,“是个好兆头。”

“算了吧!”耿耿于怀的捕鲸手说,“在这里,你还想有什么鬼东西好吃的?不就是海龟肝、鲨鱼脊肉、海狗排罢了!”

“待一会儿再说吧!”龚赛伊说。

每道菜的盛器上都盖着银质钟形盖,对称地摆放在铺着桌布的餐桌上。我们在餐桌前坐了下来。可以肯定,我们是在与一些文明程度很高的人打交道。要是没有通明的电灯,我会以为自己是坐在利物浦的阿黛尔菲饭店或巴黎大饭店的餐厅里。不过,我还得说,餐桌上没有一点面包和酒。喝的水倒是冰凉、清澈。可是,只有水喝——这不合尼德·兰的胃口。在分给我们的几道菜中,我认出了几种烹饪讲究的鱼。还有几道美味可口的菜肴,我甚至说不清它们是用动物肉还是植物做的。至于餐具,品位高雅,精致考究。每一件餐具,调羹、刀叉、盘子,上面都刻有一个字母,旁边还有一条作为题铭的格言。按照原样抄录如下：

MOBILIS IN MOBILI

动中之动！这句格言只要将其中的介词“IN”译成法语“中”而不是“上”，就正好适用于这艘潜水艇。字母N也许就是指挥这艘潜水艇的神秘人物姓氏的头一个大写字母吧。

尼德和龚赛伊并没有考虑这么许多。他们在狼吞虎咽地吃饭，我随即也像他们一样吃了起来。再说，我对我们的命运也放心了。因为在我看来，事情已经很明了，我们的东道主并不想把我们饿死。

然而，人世间的事总会有个了结，一切都会过去，即使十五个小时没有吃饭、饥饿难忍这样的事也不例外。我们吃饱以后，又感觉到迫切地需要睡觉。与死亡抗争了一夜之后，这也是一种很自然的反应。

“说实话，我马上就能睡着。”龚赛伊说。

“我也是，我要睡了！”尼德·兰接着说道。

话音刚落，我的两个伙伴已经躺倒在舱里的地毯上，不一会儿就酣睡了。

而我虽然也有强烈的睡眠欲望，可没有那么容易入睡。太多的思绪浮现在我的脑际，太多的疑问急待澄清，太多的画面出现在我半合的眼前！现在，我们在哪里？是什么神奇的力量把我们带到了这里呢？我感觉到——或者更确切地说，我以为感觉到——这机器正在朝海洋的最底层下潜。此时，可怕的噩梦缠住了我。我在这神秘的避难所里隐约看到各种各样不知名的动物，这艘潜水艇好像是它们的同属，跟它们生活在一起，一样地张牙舞爪，一样地狰狞可怕……渐渐地，我的思绪平静了下来，我的想象迷失在蒙眬的睡意中，不久我也酣然入睡了。

九

尼德·兰的怒气

我不知道我们睡了多久，但一定睡了很长时间。因为一觉醒来，身上的疲劳已经完全消除。我第一个醒来，我的同伴们仍一动不动地躺在那里，好像一堆没有生命的货物。

我从还不算太硬的床褥上起来，觉得头脑已经清醒，思路也畅通多了。于是，我又重新仔细端详起我们的牢房来。

牢房的内部陈设丝毫没变。牢房还是牢房，囚犯还是囚犯。不过，那个侍者趁我们睡觉的工夫将桌子已经收拾干净。如此看来，没有任何迹象表明我们的处境很快会改变，我认真地思忖，我们会不会注定要在这只笼子里无限期地生活下去。

想到这里，我似乎觉得更加难受。虽然我的脑子不像昨天那样胡思乱想，但我觉得胸口闷得发慌。我的呼吸变得困难起来。浑浊的空气已经影响我两肺的正常活动。虽然牢房还算宽敞，但我们显然已经消耗了里面大部分的氧气。事实上，每个人一小时要消耗掉100升空气所含的氧。可是，这牢房里的空气含有几乎等量的二氧化碳，因此变得难以呼吸。

当务之急就是要更换牢房里的空气。毫无疑问，这艘潜艇里的空气大概需要更换了。

我的头脑里浮现出一个问题。这座浮动的"住所"，它的主人如何解决这个问题呢？他是采用化学方法获得空气？用氯酸钾加热释放氧气，通过氢氧化钾吸收二氧化碳？如果是采用这种方法，他们就得同陆地保持某种联系，以便补给换气所需的原料。他们或者只是将压缩空气储存在储气舱里，然后根据船上的需要再将空气释放出来？也有这种可能。或者是采用更方便、经济的方法，从而也是更有可能被采用的方法，就像鲸鱼一样，仅仅是浮出水面来呼吸，每隔二十四小时更换一次空气。不管怎样，无论他采用哪一种方法，对我来说，得马上想办法更换空气。

事实上，我已经不得不加快呼吸，尽可能吸纳这间牢房里仅剩的一点氧气。就在此时，一股散发着海洋气息的纯净空气迎面扑来，我感到一阵凉爽。这正是海风，含碘的海风，沁人心脾的海风！我张大嘴巴，贪婪地、大口大口地呼吸着，我的两肺充满了清新的分子。与此同时，我感觉到一阵摇晃，横摇的幅度不是很大，不过能明显地感觉到。这艘艇，这个钢铁怪物显然是刚刚浮出洋面，像鲸鱼那样在呼吸空气。因此，我们马上弄明白这艘艇是如何供氧的了。

我一边敞开肺叶，尽情地呼吸着纯净的空气，一边在寻找通气管，或者说，给我们输送有益健康的气体的管道。我很快便如愿以偿。房门上面有一个通风孔，新鲜的空气从这里进来，为缺氧的牢房更换空气。

我正在继续我的观察，尼德和龚赛伊在新鲜空气的刺激下，几乎同时苏醒过来。他们揉了揉眼睛，伸了伸胳膊，立刻站了起来。

"先生睡得好吗？"龚赛伊问道，还是像往常一样地彬彬有礼。

"很好，好小伙子。"我答道，"尼德·兰师傅，你呢？"

"非常好，教授先生。可不知道，是不是我弄错了，我觉得现在好像呼吸到了海上的空气。"

一名海员是不会弄错的。接着，我给这位加拿大人讲述了在他熟睡时发生的事情。

"没错！"他说，"这完全能解释当'林肯号'舰艇接近这头所谓的独角鲸时我们听到的那种咆哮声。"

"完全正确，兰师傅。那就是它在呼吸！"

"可是，阿罗纳克斯先生，我不知道现在几点了，但至少也该是吃晚饭的时候了吧？"

"吃晚饭的时候？我可敬的捕鲸手！告诉你，现在起码是吃午饭的时候了，因为从昨天到现在，已经是第二天了。"

"这么说，"龚赛伊插话说，"我们已经睡了二十四个小时了。"

“我想是的。”我回答道。

“我完全同意。”尼德·兰插嘴说，“管他是午饭还是晚饭，管他送什么来，那位侍者都会受到欢迎。”

“最好，午饭和晚饭一起送来！”龚赛伊说。

“说得对，”加拿大人赞同地说，“我们有权吃两顿饭。至于我嘛，肯定是照单笑纳。”

“别着急！尼德，再耐心等等！”我说，“显然，这些陌生人并不想把我们饿死。因为，如果他们想饿死我们，那么昨天那顿晚饭就毫无意义了。”

“不过，他们不会把我们养着长膘！”尼德反驳道。

“我完全不同意你的说法。”我回答说，“我们绝对没有落入吃人肉者的手中。”

“就凭一顿饭不能妄下结论。”加拿大人神情严肃地说，“谁知道，这些人有多长时间没有吃到鲜肉了。要真是这样，像我跟教授先生和您的仆人三个身体健壮的大活人……”

“尼德·兰师傅，别胡思乱想啦！”我回答捕鲸手说，“尤其不要因此而向我们的主人发火，这样只会把事情弄糟。”

“不管怎样，”这位捕鲸手说，“我饿得要命，午餐也好，晚饭也罢，怎么就不见人送来呢。”

“兰师傅，”我劝告说，“应当遵守船上的规定。我想，我们的肚子赶在了厨师长的前头。”

“是的，我们应该适应就餐的时间。”龚赛伊心平气和地插进来说。

“朋友，我现在可是认识你了。”急性子的加拿大人辩驳道，“你不急不恼的，总是那么平静！你能把饭后经挪到饭前经之前来念。你情愿饿死，也不会抱怨！”

“抱怨又有什么用呢？”龚赛伊问道。

“抱怨可以出出怨气呀！这样已经不错了。如果这些海盗——我这样称呼他们是出于尊重，因为教授先生不让我叫他们食人肉者，我也不想违逆教授——如果这些海盗以为能把我关在这只笼子闷死，而听不到我发火时的咒骂，那么他们是搞错了！好吧，阿罗纳克斯先生，请您坦率地告诉我，您认为他们会不会把我们长期关在这只铁盒子里呢？”

“说真的，尼德友，我知道的并不比你多。”

“可是，您到底是怎么想的呢？”

“我以为，我们无意中发现了一个重大的秘密。因此，如果这艘潜水艇上的人有意保守这个秘密，而且他们又认为这要比我们三人的性命更加重要，那么，在我看来，我们的处境就非常危险。情况要是相反，那么吞食我们的这个怪物一有机会，就会把我们送回我们同类居住的世界。”

“就怕他们把我们纳入他们的编制，”龚赛伊说道，“就这样把我们扣留下来……”

“直到一艘比‘林肯号’更快或更加灵巧的驱逐舰前来捣毁这个海盗窝，然后把我们和它的全体官兵再一次送到主桅桁上去呼吸空气。”尼德·兰插上来说道。

“说得好，兰师傅！”我称赞道，“可据我所知，人家还没有向我们提出这方面的建议。因此，现在就讨论在发生这种情况时应该采取的对策未免有点为时过早。我再说一遍，我们要耐心等待，见机行事，决不能没事找事。”

“教授先生，我不这么认为！”捕鲸手申辩道，就是不愿松口。“应该有所作为，总不能坐着等死。”

“兰师傅，依你，应该怎么办呢？”

“逃跑！”

“在陆地上越狱已经够困难的了。要从一所海底监狱逃出去，在我看来，是绝对行不通的。”

“喂，尼德友。”龚赛伊发问说，“你怎么回答先生的不同看法？我可不相信一个美洲人居然会理屈词穷！”

捕鲸手显得十分尴尬，一言不发。在运气不佳的情况下，越狱是绝对不可能的。加拿大人有一半像法国人。尼德·兰师傅的回答表明了这一点。

“这么说来，阿罗纳克斯先生，”他思索了一会儿又接着说，“您难道没有想过，越狱不成的人应该干什么吗？”

“没有，我的朋友。”

“这很简单，准备在监狱里待下去。”

“那当然！”龚赛伊说道，“在里面待着总要比不上不下强！”

“不过，是在撵走狱卒、看守和卫兵之后。”尼德·兰补充说道。

“尼德，你在说什么呀？你当真想夺下这艘船？”

“当然当真！”加拿大人答道。

“这不可能。”

“先生，您倒是说说为什么不可能。说不定能交上好运，我不明白我们有什么理由不加以利用。倘若这架‘机器’里只有二十来个鸟人，我想，是吓不倒两个法国人和一个加拿大人的。”

看来，与其争论不休，还不如采纳捕鲸手的建议。于是，我只好回答说：

“兰师傅，我们等机会再说吧！不过，在机会到来之前，我求你，千万不要鲁莽。我们只能见机行事，有利的时机靠发火是发不来的。所以，你得答应我愿意受点委屈，不要动辄就发火。”

“我答应，教授先生。”尼德·兰以一种让人放不下心的口吻回答说，“我不说一句过火的话，不做一件暴露我情绪的事。即使不能如愿按时提供饭菜，我也认了。”

“说话算数，尼德。”我对加拿大人说。

然后，我们停止了谈话，我们各人独自思索起来。我承认，尽管捕鲸手做了保证，但我却不抱任何幻想。我对尼德·兰所说的有利时机表示怀疑。这艘潜水艇上一定配备了足够的人手，才能够如此稳当地行驶，因此，一旦交手，我们将面对十分强大的对手。此外，最重要的是获得自由，而我们现在却被囚禁着。我想不出任何办法从这个密不透风的钢铁牢房里逃出去。只要这艘潜艇的指挥官有什么秘密需要保守——看来至少有这种可能——他就不会允许我们在潜艇上自由行动。现在的问题是，他会不会采用暴力把我们干掉，或者哪一天把我们扔在陆地的某个角落？这可是个未知数。在我看来，所有这些假设似乎都能成立，因此，必须具有捕鲸手的胆略和本领才有希望重新获得自由。

我明白，尼德·兰的脑子在不停地思考，他的想法也变得越来越乖戾。我渐渐又听到他不停地在骂骂咧咧，并且看到他的举动也重新变得咄咄逼人起来。他坐立不安，犹如一头被困在笼子里的猛兽，不停地转来转去，要不就是对着墙壁拳打脚踢。时间在过去，我们已经饥饿难忍。可这回，那个侍者就是没有出现。如果他们真的对我们没有恶意的话，那么一定是把我们这几个海难者的处境遗忘得太久了。

尼德·兰饥饿难熬,显得越来越激动了。尽管有约在先,但我真的非常担心他见到潜艇上的人会按捺不住自己而爆发出来。

又过了两个小时,尼德·兰显得更加激动。这个加拿大人不停地大喊大叫,但毫无作用。钢板墙无动于衷。我甚至听不到潜艇上有丁点声响,死一般的寂静。潜艇纹丝不动,因为我感觉不到螺旋桨运转的震动。它也许潜入了大海的深渊,同陆地断绝了关系。这种阴森森的寂静令人心惊肉跳。

至于我们被遗弃和被隔离在牢房深处的这种处境,我不敢估计会持续多长时间。与艇长见面以后,我心中升起的种种希望在逐渐破灭。此人温存的目光、慷慨的外表和高雅的举止,正在从我的记忆中消失。我仿佛重新看到了这个令人难以捉摸的人物应有的真实面目——冷酷无情。我觉得他不通人性,毫无同情心可言,十足是一个跟人类结下不解之仇的不共戴天的敌人!

但是,这个人把我们关在这间狭小的牢房里,由着我们因饥饿难熬而生出种种可怕的企图,是不是存心要把我们饿死?这个可怕的想法强烈地萦绕着我的脑际,再加上想象力的推波助澜,我感到一种莫名的恐惧正向我袭来。龚赛伊依然镇静如故,尼德·兰却在咆哮。

这时,外面传来了声响。金属地板上响起了一阵脚步声。钥匙插进了锁孔,门开了,那个侍者终于又出现在了门口。

我还来不及做出反应上前拦阻,加拿大人已经扑向了这个不幸的人,将他掀倒在地,掐住他的脖子。侍者被尼德·兰这双力大无比的大手掐得喘不过气来。

正当龚赛伊试图从捕鲸手的双手下拉出这个被掐得半死的不幸的人,我也准备助他一臂之力的时候,我突然听到了几句法语,被钉在原地:

“安静点,兰师傅。还有您,教授先生,请听我说!”

十
海洋人

说话的人是这艘潜艇的指挥官。

听到这些话，尼德·兰赶紧站了起来。被掐得喘不过气来的侍者在他上司的示意下，踉踉跄跄地走了出去，丝毫没有流露出对加拿大人应有的不满。这恰恰说明，这位指挥官在潜艇上享有很高的威信。龚赛伊不由自主地产生了兴趣，我则惊得发愣，我们都默默地等待着这出戏的收场。

这位指挥官双臂交叉，倚着桌角，仔细地打量着我们。他为什么迟疑不言呢？是否后悔刚才不该用法语说话？我们不妨这样认为。

经过片刻沉默——我们谁也不想打破这种沉默——之后，他平静而富有感染力地说道：

"先生们，我会说法语、英语、德语和拉丁语。我本来可以在我们初次见面时就回答你们，不过，我想先认识你们，然后再考虑考虑。你们的经历复述了四遍，内容完全一致，这使我确信了你们的身份。我现在知道，偶然的机遇让我见到了负有出国考察使命的巴黎博物馆博物学教授皮埃尔·阿罗纳克斯先生、他的仆人龚赛伊和美利坚合众国海军驱逐舰'亚伯拉罕·林肯号'驱逐舰上的加拿大籍捕鲸手尼德·兰。"

我欠身表示同意。艇长没有提问，因此我无须作答。此人说法语流畅自如，不带一点口音。他遣词造句恰到好处，口才出众。但是我并不"觉得"他是我的同胞。

他继续说道："先生，我现在才来再次造访，您大概会觉得耽搁得太久了吧。那是因为明确了你们的身份之后，我需要认真考虑应该如何处置你们。我犹豫再三,非常不幸的是你们跟一个同人类断绝了关系的人在打交道,你们的到来打扰了我的生活……”

“我们不是故意的。”我说。

“不是故意的?”这人稍微提高了说话的声音反问道,“那么,‘林肯号’驱逐舰在海上到处追剿我们,也不是故意的?你们登上这艘驱逐舰,这也不是故意的?你们的炮弹打在我的潜艇上,难道也不是故意的?尼德·兰师傅用捕鲸叉叉我,这难道也不是故意的吗?”

我突然发现在他的这些话里蕴涵着一种被克制住的愤怒。然而,面对这一连串的诘问,我有一个理由充分的回答。于是,我就说了出来:

“先生,您也许不知道您在美洲和欧洲引起了多大的争论吧。您也不会知道与您的潜水艇冲撞导致的海难事故在这两大洲引起的舆论轰动吧。对于唯有您知道个中原委的奇怪现象的无数假设,种种猜测,我不想一一列举。不过,您应该知道,‘林肯号’舰一直追到太平洋,还始终以为是在追捕某种强大的海怪,必须不惜任何代价把它从海洋里清除掉。”

艇长嘴角上露出了一丝微笑,接着换了一种比较平静的口吻回答说:

“阿罗纳克斯先生,您敢肯定那艘驱逐舰追逐和炮击的不是一艘潜水艇,而只是一头海怪?”

这个问题令我尴尬。因为法拉格特舰长肯定不会犹豫,他一定会认为,摧毁这样一艘潜水艇跟消灭独角鲸一样,都是他的职责。

“先生,您可要明白,”这个陌生人继续说道,“我有权把你们当做敌人对待。”

我没有回答,原因当然不言自明。一旦到了理由最充分的论据可以被武力推翻时,谈论这类话题还有什么意义呢?

“我犹豫了很久,”艇长接着又说,“我没有任何义务款待你们,如果我要抛弃你们,那么就不会有兴趣再来看望你们了,而会把你们放回到曾经被你们当做避难所的潜艇平台上,然后潜入海底,忘掉你们曾经存在过。这难道不是我的权利吗?”

“这也许是野蛮人的权利!”我回答说,“绝不是文明人的权利!”

“教授先生,”艇长态度强硬地反驳道,“我不是您所谓的文明人。我已经出于只有我本人有权认为成立的理由而同整个人类社会决裂。因此,我丝毫不受人类社会规范的约束。我劝您再也不要在我面前提及那些东西!”

他的话说得掷地有声。怒气和蔑视使这个陌生人的双目发亮。我隐约猜测到,这个人有过痛苦的过去。他不仅置身于人类社会的法律之上,而且追求严格意义上的绝对独立和自由。既然他在地面上击溃了一切企图反对他的努力,那么谁还敢到海底下去追捕他呢?什么样的船能够抵挡他的潜艇的冲撞呢?不管装甲有多厚,又有哪一艘船能经得起潜艇冲角的撞击?世上难道没有人能够对他的所作所为提出责问?如果他还相信上帝,如果他还有良心,那么只有上帝和良心才是他能够服从的唯一判官。

这些想法掠过我脑海的时候,这位陌生人却沉思不语。我恐惧的心里还带着几分好奇,我用目光打量着他,大概跟俄狄浦斯注视斯芬克斯时的情景相像。

经过很长时间的沉默之后,这位指挥官又开口说话了。

“我之所以犹豫不决,”他说道,“因为我思忖,我的利益可以与人类固有的天生怜悯心相吻合。既然命运将你们送到了这里,你们就留在我的潜艇上吧。你们在这里是自由的,当然这也是相对而言的。为了换取这种自由,你们得答应我一个条件,口头答应就可以了。”

“请说吧,先生!”我答道,“我想这一定是一个正直人所能接受的条件吧?”

“是的,先生。这个条件是这样的:某些意外事件可能会迫使我将你们锁在房舱里,关上几小时,也许是几天,这要看情况而定。我绝对不想使用暴力,我希望你们在这种情况下,比任何其他情况都更能够被动服从。如果你们能按这些要求做,我给你们负全部责任,一切与你们毫不相干,因为由我决定不让你们看不该看的东西。你们是否接受这个条件?”

这样看来,潜艇上一定有许多离奇的事情,而且是受到人类社会规范约束的人所不能看的事情!与将来我会遇到的种种意外事件相比,眼前这一件不可能是最不意外的。

“我们接受。”我回答说,“不过,先生,请允许我提一个问题,就一个。”

“请吧,先生。”

“您刚才说过,我们在您的潜艇上完全自由?”

“是的,完全自由。”

“我斗胆要问的是,这种自由的含义。”

“就是自由走动,自由观看甚至观察这里所发生的一切——除极少场合以外——总之,就是我和我的同伴享受的自由。”

显然,我们彼此都没有领会对方的意思。

“对不起,先生,”我又说道,“可是,这只不过是囚犯可以在被关押的牢房里走动的自由。我们不能仅满足于这一点自由。”

“然而,你们必须满足于这点自由!”

“什么!这样,我们就永远见不到我们的祖国、我们的朋友和我们的亲人了!”

“没错,先生。而且也永远地摆脱了世俗这副难以忍受的枷锁,可人类还把它当成了自由呢。这样做也许没有您想象的那么难受吧!”

“啊!”尼德·兰惊叫起来,“我可不能答应不想法子逃走!”

“我并没有要求你答应,兰师傅。”艇长冷冷地答道。

“先生,您这是仗势欺人,简直是残酷!”我不由得发起火来。

“您错了,先生。这便是宽大!你们是我的战俘。我一句话就能把你们重新扔入海底,但我还是把你们留了下来。你们攻打过我,你们是来窃取世上没人应该知道的秘密——关于我生活的秘密。你们以为我还会把你们送回到那块不应该再知道我下落的陆地上去吗?绝不可能!扣押你们,并不是为了保住你们,而是为了保住我自己!”

这番话说明这位指挥官已经拿定主意,再据理力争也是白费口舌。于是,我又说道:

“先生,如此看来,您仅仅是让我们在生与死之间进行抉择。”

“一点不错。”

“朋友们,对于这样一个问题,实在是没有什么可回答的。”我说道,“幸好,我们对这位指挥官没有作过任何承诺。”

“是的,先生。”这位陌生人答道。

接着,他用一种比较温和的口吻继续说道:

“现在,您得让我把我要对您说的话讲完。我了解您,阿罗纳克斯先生。您,甚至您的同伴,恐怕不该如此抱怨将您跟我的命运联系在一起的偶然机会。在我最喜欢的科学书籍中,您将会发现您出版的那本关于海底世界的著作。我常常阅读这本书。您的著作包括了陆地上科学所能涉及的一切。不过,您并不是什么都懂,也没有亲眼看见一切。所以,让我告诉您吧,教授先生,您不会后悔在我潜艇上度过一些时光的。您将会去那奇妙王国遨游,惊奇或惊愕有可能会成为您日常的精神状态。那不断呈现在您眼前的景色会令您百看不厌。下一次环游海底世界——说不定是最后一次,有谁能知道呢——时,我会在曾经漫游过多次的海底重新看见我曾经研究过的一切,您也将成为我科学研究的合作伙伴。从这一天开始,您将生活在一个崭新的环境里,您将见到未曾有人——因为我和我的同伴们已经排除在外——看到过的东西。多亏了我,我们这颗星球将会向您揭示它自己最后的奥秘。"

我无法否认,这位指挥官的这一席话对我产生了很大的效果,正好击中了我的要害。我暂时忘记一个人的自由是任何崇高事物也不能替代的。不过,我打算将来再解决这个严重的问题。所以,我回答说:

"先生,尽管您已经同人类断绝了关系,但是您肯定没有完全抛弃人类的情感。我们是海难事故的幸存者,被您仁慈地救到了您的潜艇上,这一点我们将永生难忘。至于我本人,我并不否认,尽管对科学的兴趣会迫使放弃对自由的需要,我们的相遇带来的机遇是对我很好的补偿。"

我以为这位指挥官会跟我握手,承认我们之间的契约。但是,他没有这么做,我真替他惋惜。

"最后一个问题。"当这个神秘的人物想要离开时,我又说。

"请吧,教授先生。"

"我该怎么称呼您?"

"先生,"这位指挥官回答说,"对于您来说,我只不过是尼摩艇长。而对于我来说,您和您的同伴们不过是'鹦鹉螺号'上的乘客。"

尼摩艇长叫了一声。一个侍者走了进来。艇长用我听不懂的奇怪语言向他吩咐了几句,然后转过身来,对加拿大人和龚赛伊说:

"请跟他走,到你们的房舱去用餐吧!"

"没人会拒绝!"捕鲸手答应道。

他和龚赛伊终于走出了这间将他们禁闭了三十多个小时的牢房。

"现在,阿罗纳克斯先生,我们的午餐也已经准备好了,请让我来给您领路。”

“悉听尊便，艇长。”

我跟在尼摩艇长后面，一出舱门，就走在一条灯光通明的过道里，类似于船上的纵向通道。约莫走了十来米，第二扇门在我面前打开。

于是，我步入餐厅。室内装潢考究、陈设别致：餐厅两侧矗立着高大的有乌木花饰点缀的橡木餐具柜；柜内波纹型的隔板上，价值难以估计的陶器、瓷器和玻璃器皿、餐具晶莹透亮。天花板顶灯的光线倾泻在金银盆、碟上，使它们变得光彩照人；精美的天顶画使顶灯的光线变得柔和悦目。

餐厅正中央摆着一桌丰盛的菜肴。尼摩艇长指了指我该坐的座位，请我入席。

“请坐，”他对我说，“您一定饿坏了吧？请多吃点。”

这顿午餐有好几道菜，全是海鲜。其中，有几道我说不出名字的菜，也不知是用什么原料做的。应该说，菜做得不错，尽管有一种特别的味道。不过，我还是很快就适应了。我觉得这些不同的食品含有丰富的磷，因此我认定它们都是海产品。

尼摩艇长看着我，我什么也没有问他。可是，他还是猜透了我的心思，主动地回答了我渴望向他提出的问题。

“这些菜大多您没有吃过，”他告诉我说，“不过，您尽管放心地吃。这些菜既卫生又富有营养。我已经有很久没吃陆地上的食物了，我的健康并没有因此而受到影响。我船上的人个个身强体壮，他们吃的东西全都跟我一样。”

“如此说来，”我回答道，“所有的食物都是海产品喽？”

“是的，教授先生，海洋为我提供了我需要的所有东西。有时，我撒下拖网，等到收网时，捕获物多得快把网撑破了；有时，我在人类看来无法生存的海洋里狩猎，追捕那些生活在海底森林里的猎物。我的牧群就像尼普顿老牧人的牧群一样，在无边无际的海底牧场上无忧无虑地吃食戏耍。在那里，我拥有巨大的产业，供自己开发利用，而造物主亲手为它播撒各类种子。”

我带有几分惊讶地看了看尼摩艇长，开口说道：

“先生，我完全理解您的渔网能够为您提供各种美味的鱼。我勉强还能理解，您在海底森林里捕捉野味；可是，我不明白，在您的菜谱里怎么会有肉菜，尽管很少？”

“先生，”尼摩艇长回答我说，“我从来不吃陆地动物身上的肉。”

“那么，这个呢？”我指着一个盘子里剩下的几片肉问道。

“教授先生，您以为是陆地动物身上的肉的东西，其实，只不过是海龟的脊肉罢了。这盘是海豚肝，您还以为是猪肉杂烩。我的厨师是一位烹调高手，并且懂得储藏各类海鲜。请品尝所有菜肴吧！这是一种罐头海参，马来人会说它是世上无与伦比的珍馐；这是奶油，是用鲸鱼乳房里挤出来的奶做的；我们吃的糖是从北海的墨角藻中提炼出来的；最后，我要请您尝尝银莲花果酱，其味道能与最美味的果酱媲美。”

我一一品尝着餐桌上的菜肴，与其说是出于对美食的嗜好，还不如说是出于好奇。尼摩艇长那些叫人难以置信的故事把我给迷住了。

“阿罗纳克斯先生，这海洋可是奇妙无比、取之不尽的衣食之源。它不仅供给我吃的，而且还提供我穿的。您现在身上穿的衣服的布料，是用某些贝类动物的足丝织成的，染成了古红色，而且用我从地中海海兔毛中提炼的紫色加以点缀；您在您的房舱梳妆台上看到的香水，是用海生植物经过蒸馏萃取而制成的产品；您睡的床褥上铺的是海洋里最柔软的大叶藻；您写字用的笔是鲸鱼的触须，墨水是墨鱼或枪乌贼分泌的体液。现在，我食用的一切取之于大海，有朝一日我将悉数归还！”

“艇长，您热爱大海吧！”

“是的，我热爱大海！大海就是一切！它覆盖了地球十分之七的表面，大海的气息纯净健康。在这浩无人烟的海洋里，人绝不会孤独，因为他会感觉到在他的周围处处都有生命在蠕动。大海只是一种超自然和奇妙生活的载体；它不是别的什么，而是运动，是热爱。正如你们的一位诗人所说的那样，大海就是无限的生命力。其实，教授先生，自然界中的矿物、植物和动物三界，在海洋里也同样存在。就动物界而论，海洋里主要有四群植形动物、三类节肢动物、五类软体动物、三类脊椎动物——即哺乳动物、爬虫动物以及无数成群的鱼类。鱼类是动物中不可计数的一类，有13 000多种，而其中只有十分之一生活在淡水里。大海还是自然界的巨大仓库。可以说，地球始于海洋，说不定将来还会最终归于海洋呢！大海宁静无比，它不属于独裁者。在海面上，独裁者们还能够行使某些极不公正的权利，相互争斗，弱肉强食，把陆地上的种种暴行带到了海上。然而，在海平面以下30英尺的海里，他们的权力就鞭长莫及，他们的影响便销声匿迹，他们的威势也荡然无存！啊！先生，要生活，就生活在大海里，只有海洋里才有名副其实的独立！在这里，我不需要承认什么主宰；在这里，我享受着充分的自由！”

尼摩艇长正说得兴致勃勃的时候，突然停了下来。他是否无意识地超越了他自己平时的谨慎？他是否说得太多了呢？有一会儿工夫，他不停地来回踱步，显得非常激动。接着，他的情绪便平静了下来，脸上重又恢复了往常的冷漠。他转过身来，对我说道：

“教授先生，现在您要是愿意参观‘鹦鹉螺号’，我将听候吩咐！”

十一 “鹦鹉螺号”

尼摩艇长站起身来，我跟在他的后面。餐厅底端，一扇双层门开了。我走进一个面积与我刚离开的餐厅一般大的房间。

这是一间图书室。高大的紫檀木书架上镶嵌着铜饰，一层层宽大的隔板上整齐地摆放着清一色的精装图书。书架紧贴四壁而放，内侧正对着一排栗色三人皮沙发，沙发曲线适宜，坐上去极其舒适。此外，还有一些轻巧的活动托书架，可以随意调节距离，供读者阅读时将书放在上面。图书室中央放着一张大桌，桌上凌乱地放着各种小册子，其中还有几张过期的旧报纸。布置和谐的图书室里灯光通明，光线是从四只镶嵌在天花板上的磨砂玻璃球形顶灯照射出来的。我真的很欣赏这间布置精巧的图书室，简直不能相信自己的眼睛。

“尼摩艇长，”我对我的主人说，他刚在一张长沙发上躺下。“这样一间图书室，就是放在各大洲的许多宫殿里也毫不逊色。一想到这间图书室能伴随您一同遨游海底世界，我由衷地为之赞叹。”

“教授先生，您倒是说说，到哪里能找到比这儿更隐秘、安静的地方？”尼摩艇长问道，“您在博物馆的工作室能有这样安静、闲适吗？”

“没有，先生。我还要说一句，跟您这儿相比，我的工作室就显得太寒酸了。您这里有六七千册藏书吧？”

“12 000 册，阿罗纳克斯先生。这些书籍是我与陆地的唯一联系。不过，从我的‘鹦鹉螺号’首次潜入水里的那一天起，人类世界对我来说就已经不复存在了。那天，我购买了最后一批书，最后一批小册子，最后一批报纸。从那以后，我就认为人类不会再有思想，也不会再著书立说了。教授先生，而且这些书现在就可随您支配，您可以随意使用。”

我谢过尼摩艇长，走近书架。书架上全是各种文字撰写的科学、伦理学和文学类书籍。不过，我没有看见一本政治经济学方面的著作，这类书籍潜艇上似乎严厉禁止。我发现一个奇怪的细节：所有的书籍都没有分门别类，也没有按语种分开摆放。书籍这样混放，表明‘鹦鹉螺号’艇长随手拿起任何一本书都能流畅地阅读。

在这些藏书中间，我发现有古代和现代大师们的代表作，也就是说，全都是人类在历史学、诗歌、小说和科学方面最卓越的成就，从荷马①到雨果②，从色诺芬尼③到米什莱④，从拉伯雷到乔治·桑⑤夫人的作品，一应俱全。不过，这里的藏书主要是科学书籍，机械、弹道、水文地理、气象、地理、地质等学科的书籍不会少于博物学方面的著作。我明白，这些学科是艇长重点研究的学问。我在这里的藏书中看到了有洪堡⑥全集、阿拉戈全集，以

---

① 荷马（约公元前9—公元前8世纪）：古希腊吟游盲诗人，著有史诗《伊利亚特》和《奥德赛》。

② 雨果（1802—1885）：法国作家、浪漫主义文学运动领袖。

③ 色诺芬尼（公元前570？—公元前480？）又译克塞诺芬尼：古希腊诗人、哲学家。

④ 米什莱（1798—1874）：法国历史学家。

⑤ 乔治·桑（1804—1876）：法国小说家。

⑥ 洪堡（1769—1859）：德国自然科学家。

及傅科[①]、亨利·圣-克莱尔·德维勒、夏斯莱、米尔恩·爱德华兹[②]、卡特法热、廷德耳[③]、法拉第、贝特洛[④]、塞奇司铎[⑤]、彼特曼、莫里[⑥]少校、阿加西[⑦]等人的著作；还有科学院的论文、各地理学会的会刊等等。我的两卷著作也放在了显著的位置，也许正是这两本书使我得到了尼摩艇长比较善意的接待。在约瑟夫·勃特兰[⑧]的著作中，他那本名为《天文学奠基人》的书使我得以推算出一个确切的日期。我知道这部书于一八六五年出版，由此可以断定，"鹦鹉螺号"的建造不会在这之前。依此推算，尼摩艇长开始他的海底生活最多不过三年时间。当然，我希望能发现更新的著作好让我准确地确定他下海的时期。我会有时间来进行这项研究的。但现在，我可不愿意耽误更多的时间去参观、欣赏"鹦鹉螺号"上的奇迹。

"先生，"我对艇长说，"我感激您供我使用这里的藏书。这里是科学的宝库，我一定善加利用。"

"这个舱室不仅是图书室，而且同时还是吸烟室。"尼摩艇长说。

"吸烟室？"我惊叫道，"这么说，潜艇上还可以吸烟？"

"那当然。"

"如此说来，先生，我不得不认为您跟哈瓦那还保持着某种联系。"

"毫无联系，"艇长回答说，"阿罗纳克斯先生，请尝尝这支雪茄。这支雪茄虽然不是来自哈瓦那，不过要是您内行的话，您一定会喜欢它的。"

我接过他递给我的雪茄，烟的样子有点像专销英国的哈瓦那雪茄，不过看上去像是用金箔卷制而成的。我在一只架在精制青铜架上的小火盆边点燃了雪茄，痛快地抽了几口，感到浑身舒坦。我喜欢吸烟，但已经有两天没有抽了。

"味道好极了！"我说，"可这不是烟草做的。"

---

① 傅科(1819—1868)：法国物理学家。

② 米尔恩·爱德华兹(1800—1885)：法籍比利时生理学家。

③ 廷德耳(1820—1893)：英国物理学家。

④ 贝特洛(1827—1907)：法国有机化学家。

⑤ 塞奇司铎(1818—1878)：意大利天体物理学家。

⑥ 莫里(1806—1873)：美国水文学家，海洋学创始人之一。

⑦ 阿加西(1835—1910)：美籍瑞士博物学家。

⑧ 约瑟夫·勃特兰(1822—1900)：法国数学物理学家、法兰西科学院院士。

“是的，”艇长回答说，“这种烟草既不是来自哈瓦那，也不是来自东方。这是一种富含烟碱的海藻，也是大海恩赐的，不过数量极其有限。先生，抽不到哈瓦那雪茄，您不会觉得遗憾吧？”

“艇长，从今天起，我再也看不上哈瓦那雪茄了。”

“那您就随便抽吧，别管它们的来历。虽然没有烟草专卖局对它们做过检验，但我想，它们的质量不会因此而不好。”

“当然不会。”

这时，尼摩艇长推开一扇门，它正对着我走进图书室的那扇门。我走进一间宽敞的客厅，里面灯火辉煌。

这是一间斜角矩形大厅，长十米，宽六米，高五米。天花板有淡雅的阿拉伯花纹点缀，镶嵌在天花板上的顶灯放出白昼一般柔和的亮光，洒落在这间陈列室里的各件珍藏上。这里是一个名副其实的博物馆，一只智慧、慷慨的手将所有自然和艺术珍品全部收集在这里，并且艺术地对它们进行了搭配，这一点显然不同于画室。

客厅四周的墙上张挂着图案严肃的壁毯，30来幅出自大师之手的名画装点着客厅的四壁。画框形状一致，每幅画之间由闪闪发光的盾形板隔开。在这里，我看到了一些价值连城的油画作品，其中大部分我曾经在欧洲的私家收藏展或是在绘画展上见过。古代各流派大师的作品主要有拉斐尔①的一幅圣母像、达·芬奇②的一幅圣母像、柯勒乔③的一幅美女画、维塞里奥④的花神像、韦罗内塞⑤的一幅膜拜图、牟利罗⑥的一幅圣母升天像、霍尔拜因⑦的一幅肖像画、贝拉斯格斯⑧的一幅修士像、里贝拉⑨的一幅殉教画、鲁

---

① 拉斐尔（1483—1520）：意大利文艺复兴鼎盛时期画家、建筑师。

② 达·芬奇（1452—1519）：意大利文艺复兴时期画家、雕塑家、建筑师和工程师。

③ 柯勒乔（1494—1534）：意大利文艺复兴时期重要画家，创作了大量的油画和天顶画。

④ 维塞里奥（1490—1576）：威尼斯画家。

⑤ 韦罗内塞（1528—1588）：意大利文艺复兴后期威尼斯画派主要画家。

⑥ 牟利罗（1618—1682）：西班牙巴洛克画家。

⑦ 霍尔拜因（1497—1543）：德国肖像画家和装饰艺术家。

⑧ 贝拉斯格斯（1599—1660）：西班牙画家。

⑨ 里贝拉（1591—1652）：西班牙画家。

本斯[①]的一幅主保瞻礼节图、特尼尔斯[②]的两幅风景画、吉拉尔・道[③]、米苏[④]和波特[⑤]的肖像画、杰里柯[⑥]和普吕东[⑦]的两幅油画、巴克于森和维奈[⑧]的海景图。在现代绘画中,有署名德拉克洛瓦[⑨]、安格尔[⑩]、德刚[⑪]、特卢瓦翁[⑫]、梅索尼埃[⑬]、杜比尼[⑭]等的作品。在这间豪华陈列室隅角的雕像柱座上,还摆放着几尊缩小的大理石和青铜仿古雕塑。"鹦鹉螺号"艇长所预言的那种惊愕开始攫住了我的心。

"教授先生,"这时,这个怪人开口说道,"请原谅我如此不拘礼节,在如此凌乱的客厅里接待您。"

"先生,"我回答说,"我虽然不想知道您到底是什么人,但是否可以说您是一位艺术家?"

"最多是一名业余爱好者,仅此而已。过去,我喜欢收藏这些人类用手创作出来的美丽作品。那时,我是一个贪婪的探求者,一个不知疲倦的搜索狂。所以,我得以收集到一批价值颇高的珍品。这是陆地留给我的最后一些纪念品;对于我来说,它已经死了。在我看来,你们那些现代艺术家跟古代艺术家一样,他们同样也已经有两三千年的历史了。所以,我把古代和现代艺术家混为一谈,大师无所谓年代。"

"那么,这些音乐家呢?"我指着韦伯、罗西尼、莫扎特、贝多芬、海顿、梅

---

① 鲁本斯(1577—1640):佛兰德画家,巴洛克艺术代表人物。
② 特尼尔斯(1610—1690):佛兰德画家。
③ 吉拉尔・道(1613—1675):荷兰画家。
④ 米苏(1629—1667):荷兰画家,师从吉拉尔・道。
⑤ 波特(1625—1654):荷兰油画家、铜版画家。
⑥ 杰里柯(1791—1824):法国画家、浪漫主义画派的先驱。
⑦ 普吕东(1758—1823):法国画家。
⑧ 维奈(1714—1789):法国画家。
⑨ 德拉克洛瓦(1798—1863):法国浪漫主义画家。
⑩ 安格尔(1780—1867):法国画家。
⑪ 德刚(1803—1860):法国画家。
⑫ 特卢瓦翁(1810—1865):法国画家。
⑬ 梅索尼埃(1815—1891):法国画家。
⑭ 杜比尼(1817—1878):法国风景画家。

耶贝尔、埃罗尔德[①]、瓦格纳、奥柏[②]、古诺[③]以及许多大师的乐谱说。这些乐谱散乱地摆放在一架大管风琴上，管风琴占去了客厅的一堵墙壁。

“这些音乐家，”尼摩艇长回答我说，“他们都是奥菲士[④]的同时代人。因为年代的差别会在死人的记忆中消失——我已经死了，教授先生，跟您那些长眠在地底下六英尺的朋友们一样已经不在人世！”

尼摩艇长收住了话匣子，沉默不语，像是陷入了沉思。我非常激动地端详着他，静静地分析着他脸部的奇怪表情。他臂肘支撑在一张精致的拼花桌子的角上，双目不朝我看一眼，仿佛忘记了我的存在。

我没有妨碍他沉思，继续观赏客厅里丰富的珍奇收藏。

与艺术作品相比，自然界的稀罕物占据了很大的地方。它们主要是植物、贝壳和其他海洋生物。它们也许都是尼摩艇长的个人新发现。大厅中央，喷水池里的水柱在电灯光的烘托下，重又落到了用砗磲贝壳制作的盛水盘里。这只海洋中最大的无头软体动物的贝壳，它那月牙形边缘的周长大约足有六米，比威尼斯共和国赠送给弗朗索瓦一世的那几只美丽的砗磲贝壳还要大许多。巴黎圣绪尔比斯教堂用它们制作了两个巨大的圣水缸。

在盛水盘的四周，别致的铜架玻璃橱内，分门别类地陈列着最为珍贵的海洋生物标本，上面还贴着标签。这些海洋生物就连博物学家们也从没见过。我作为博物学教授此时所感受到的喜悦，是可想而知的。

这里还陈列着植形动物门中的水螅类和棘皮类的珍奇标本。在水螅类中，有笙珊瑚、扇形珊瑚、叙利亚柔软海绵、马鲁古群岛[⑤]的海木贼、磷光珊瑚、奇妙的挪威海逗点珊瑚、各式各样的伞形珊瑚、海鸡冠目、整整一个石珊瑚系列——我的老师米尔恩·爱德华兹曾那么卓有远见地对它们进行过分类。在石珊瑚系列中间，我看到了一些惹人喜爱的伞形石珊瑚、波旁岛的眼形珊瑚、安的列斯群岛的“海神车”、各种各样的美丽珊瑚，以及所有各种稀奇古怪的珊瑚骨——能汇集成海岛，有朝一日这些海岛又会变成大陆。外

---

① 埃罗尔德(1791—1833)：法国作曲家。

② 奥柏(1782—1871)：法国歌剧作曲家。

③ 古诺(1818—1893)：法国作曲家。

④ 奥菲士：希腊神仙，相传善弹竖琴。

⑤ 马鲁古群岛：位于印度尼西亚东北部。

表多刺的棘皮类动物的全套标本收藏主要有海盘车、海星球、转星球、流盘星、海胆、海参等。

任何一个不大容易激动的贝壳类专家，倘若站在这里看见另外为数更多的软体动物门标本玻璃陈列柜，那么都一定会惊得目瞪口呆。我看到了一套价值难以估计的标本，可是没有时间对它进行详细描述。我在此只略举一二，权作备忘而已：印度洋里的美丽王槌贝，贝上规则有序的白色斑点，在红、棕两种底色的烘托下显得格外鲜明；大海菊蛤色彩艳丽，全身长满棘刺——在欧洲博物馆里属于珍稀标本，我估计价值两万法郎；新荷兰岛海域常见但却很难捕捉到的槌贝；塞内加尔富有异国情调的唇贝——两瓣白色贝壳就像肥皂泡沫一样易碎，几乎一吹就碎；爪哇的几种喷水壶贝，形似石灰质管子，边缘有叶状皱褶，深受业余收藏者的青睐；马蹄螺青黄色的在美洲海域能够捕捉到，棕红色的生长在新荷兰岛海域，这里陈列的青黄色马蹄螺是在南极海域发现的星形螺，棕红色的来自墨西哥湾，其中最珍稀的要数新西兰的美丽马刺形贝。此外，还陈列着令人赞叹不已的硫磺质泰丽纳贝，珍贵的西苔列和维纳斯贝，特兰格巴尔海滨的格子花盘贝，光灿灿的蹄贝，中国海的鹦鹉绿贝，锥形贝类中几乎无人知晓的圆锥贝，印度和非洲作为货币使用的各种各样的瓷贝，东印度海域最珍贵的贝壳“海誉”；最后是纽丝螺、燕子螺、金字塔螺、海蛤蚧、卵形贝、螺旋贝、僧帽贝、笔螺、铁盔贝、朱红贝、油螺、竖琴螺、岩石螺、法螺、化石螺、纹锤螺；袖形贝、双翼贝、帽贝、透明贝、棱形贝，分类学把最美妙动听的名字赋予了这些娇柔、易碎的贝壳。

除此之外，在一些专门的格子里，陈列着一串串美丽无比的珍珠，在电灯光下晶莹闪烁。其中有从红海海贝里取出的玫瑰红珍珠，有从鸢尾鲍里取出的绿珍珠。此外，还有黄珍珠、蓝珍珠和黑珍珠，它们是各大洋里的各种软体动物以及北极海域一些贻贝的奇妙产物。最后是几枚价值无法估量的珍珠，是从最为珍奇的珠母中取出的。其中有些珍珠比鸽蛋还大，价值超过旅行家塔韦尼埃①以300万卖给波斯国王的那颗珍珠，而且比马斯喀特②

① 塔韦尼埃(1605—1689?)：法国旅行家。

② 马斯喀特：阿曼首都。

伊玛目的另一颗我以为举世无双的珍珠更加珍贵。

如此看来,要计算出这里所有收藏品的价值可以说是不可能的事。尼摩艇长为购置这些珍奇收藏一定花费了好几百万。我暗自思忖,他从哪里弄来这么多钱满足自己的收藏爱好呢。就在这时,我的思绪被下面一番话打断了:

“教授先生,您已经仔细观看了我的贝壳收藏。它们当然会使一位博物学家产生兴趣。不过,对于我来说,它们另有与众不同的魅力。因为,它们是我亲手采集的,地球上没有一个海域我未曾去搜寻过。”

“我理解,艇长,我理解漫步在这些珍宝之间所产生的喜悦。您就是亲手创造属于自己的财宝的人。欧洲没有一座博物馆拥有类似的海洋珍藏。不过,如果我为这些珍藏用尽了赞美之词,那么我对装载这些珍藏的船只还有什么可说的呢!我根本不想更多地了解您的秘密。然而,我得承认,‘鹦鹉螺号’所配备的动力、操纵它的器械设备,以及驱动它的原动力,所有这些都极大地唤起了我的好奇。我发现这间客厅四周的墙壁上悬挂着一些仪器,可我对它们的用途一无所知。我是否能够知道……”

“阿罗纳克斯先生,”尼摩艇长回答我说,“我曾经对您说过,您在这艘潜艇上是自由的。因此,‘鹦鹉螺号’上没有不准您去的地方。您尽管仔细参观,我很乐意为您充当导游。”

“我真不知道该怎样感谢您,先生。不过,我不会滥用您的好意。我只想知道,那些物理仪器是派什么用的……”

“教授先生,我房间里也有相同的仪器。到了那里,我会高兴地向您解释它们的用途。不过,在此之前,请您先去参观一下为您准备的客舱,您应该知道自己在‘鹦鹉螺号’上是如何安顿的。”

我跟在尼摩艇长的身后,穿过客厅斜角的一道门,又回到潜艇的纵向通道里。他带着我向前走去。在这里,我所看到的不是一间客舱,而是一间床、梳妆台和其他各式家具一应俱全的雅致房间。

我只有感谢我主人的份了。

“我的房间就在隔壁,”他一边对我说,一边打开他的房门,“我的房门对着我们刚才离开的那间客厅。”

我走进艇长的房间。房间里陈设朴实无华,几乎像修士的僧房。一张铁床,一张写字桌,一些梳洗用具;光线暗淡。房间里没有任何现代的起居用品,只有一些生活必需品。

尼摩艇长指着一把椅子对我说:"您请坐。"

我坐了下去。他便开口说话。

十二

电的世界

"先生,"尼摩艇长指着悬挂在他自己房间墙上的仪器对我说,"这些就是'鹦鹉螺号'航行时所需要的仪表。这里如同在客厅一样,我时时注视着这些仪表。它们会告诉我潜艇在海洋上的确切位置和方向。其中,有些是常见的仪表,比如温度计,指示'鹦鹉螺号'潜艇的内部温度;气压计,测试大气压力,同时预报天气变化;湿度计,指示空气里的湿度;风暴预测计,内中的混合物一旦分解,就预示暴风即将来临;罗盘,用于指明航向;六分仪,依据太阳的高度测定船舶所处的纬度;经度仪,可用于测定船所处的经度;最后是昼夜望远镜,'鹦鹉螺号'浮出水面时可以用它来观察四周海域。"

"这些都是航海家常用的仪器,"我回答道,"我知道它们的用途。可是,那些仪器想必是用来满足'鹦鹉螺号'的特殊需要的。我面前的这个刻度盘,上面有一根指针在晃动。这不就是压力表吗?"

"对,这就是一只压力表。通过与海水接触,它能测出外部海水的压力,从而向我指示潜艇所处的深度。"

"那么,这些新式探测仪呢?"

"这些是温度探测仪,用来测定不同水层的温度。"

“那另外这些我猜不出用途的仪器呢?”

“教授先生,关于它们,我要为您做一些解释。”尼摩艇长说道,“不知您是否感兴趣?”

他沉默了一会儿,然后说道:

“这里有一种原动力。这种原动力强烈、听话、快捷、方便,能适合各种用途。可以说,它是我们潜艇的主宰,我们一切都要靠它。它给我光,供我热,是我潜艇上所有机械装置的灵魂。这种原动力就是电。”

“电!”我意外地惊叫道。

“是的,先生。”

“但是,艇长,您这艘潜艇的航行速度极快,这同电能对不上号啊。迄今为止,电的动能仍然非常有限,只能产生很小的动力!”

“教授先生,”尼摩艇长回答说,“我这里用的电可是非同一般。我能够告诉您的就是这么多。”

“先生,我并不想寻根问底,只是对这样的效果感到非常惊讶。不过,我还有一个问题。如果您觉得不便,就不要回答。您用来制造这种不可思议的原动力的元素一定会很快用完的吧?比如说锌。既然您跟陆地完全断绝了联系,那么您用什么来取代这种元素呢?”

“这个问题将得到回答。”尼摩艇长回答说,“首先,我要告诉您,海洋底下蕴藏着锌、铁、银、金等矿藏,开采它们也非常切实可行。所以,我根本不需要依靠陆地来补给这些金属,我只向大海索取发电的原料。”

“向大海索取?”

“是的,教授先生。发电的办法多的是。譬如说,我将铺设在不同水层的金属线连成电路,通过金属线感受到的温差就能产生电能。不过,我更喜欢采用一套比较简便的方法。”

“什么方法呢?”

“您知道海水的成分吧。在1 000克海水里,96.5%是水;大约2.66%是氯化钠;此外是少量的氯化镁、氯化钾、溴化镁、硫酸镁、硫酸盐和碳酸钙。因此,您不难发现,海水含有比重可观的氯化钠。而我,就从海水中萃取这种钠,再用它来构成我所需要的元素。”

“是钠吗?”

“是的，先生。钠和汞混合，就能生成一种用以替代本生[①]电池中锌元素的汞合金。汞是耗用不尽的，消耗的只是钠，而大海向我源源不断地供应我所需要的钠。此外，我还要告诉您，钠电池应该是目前能量最大的电池，其电动力是锌电池的两倍。”

“艇长，我完全明白您具有获取钠的有利条件。海水含钠，这没错。可是，需要将它生产出来，总之，需要将它提炼出来。那么，您又是怎样解决这个问题的呢？您的电池当然可以用来提炼钠。不过，要是我没有弄错的话，电动器械所耗用的钠量恐怕要超过提炼出来的钠。这样，您为了生产钠而耗费的钠会超过您所生产出来的钠！”

“因此，教授先生，我不是使用电池里的电能来提取钠。我只是利用陆地上的煤炭产生的热能。”

“陆地上的？”我特地强调问道。

“要是您愿意的话，我们就说是海里的煤炭。”尼摩艇长改口说。

“这么说，您能够开采海底煤矿？”

“阿罗纳克斯先生，您会有机会目睹我开采煤炭的。我只不过要求您稍微耐心一点，因为您有时间做到这一点。我仅仅提醒您这么一点：我所有的一切全都取之于海洋——利用海洋发电，电能为‘鹦鹉螺号’供热、光、动力。总之，海洋给予‘鹦鹉螺号’生命。”

“但是，电还能给您呼吸的空气吗？”

“哦！我能够制造我需要的空气。不过，没有这个必要，因为我愿意的话，我就浮到海面上去。虽然电不向我供给可呼吸的空气，但它至少能驱动功率强大的气泵，把空气储存在专门的储气舱里，这样就能够根据需要延长我在海底深水层里逗留的时间，而且我想在下面待多久就待多久。”

“艇长，”我接着话题说，“我只能表示钦佩。很明显，您已经找到了人类有朝一日有可能发现的东西，这就是电所能产生的真正动能。”

“我不知道他们会不会发现。”尼摩艇长冷冷地回答道，“不管怎样，您已经领教了我应用这种宝贵的原动力的一种用途。它以阳光所没有的均匀性和连续性给我带来了光明。现在，请看看这座时钟。它是电动的，走时非

---

① 本生(1811—1899)：德国化学家。

常准确，能击败最准确的计时钟的挑战。我把它分为二十四小时，就像意大利时钟一样。因为，对于我来说，无所谓白天黑夜，也没有太阳与月亮之分，只有这种我能把它带入海底的人造光！瞧，现在是上午十点。”

“妙极了。”

“电还有另外一种用途。挂在我们眼前的这个刻度盘，用来指示‘鹦鹉螺号’的航行速度。一根电线把它同计速器的螺旋叶片连接起来，刻盘上的指针会告诉我潜艇的实际航速。瞧，现在，我们正以每小时15海里的中等速度行驶。”

“真是神了！”我回答说，“艇长，我很清楚，您利用这种原动力完全有道理，因为它可以用来替代风力、水力和蒸汽。”

“我还没有介绍完电的用途呢！阿罗纳克斯先生。”尼摩艇长站起身来，“您如果愿意的话，就请您随我来看看‘鹦鹉螺号’的尾部。”

确实，我已经了解了这艘潜水艇的整个前面部分。以下就是从潜艇中央到艏凸的准确布局：餐厅五米长，由一堵密封即不透水的隔墙同图书室隔开；图书室长五米；大客厅长十米，有另一堵密封隔墙与艇长的房间隔开；艇长的房间长五米；我的房间长2.5米；最后是一个7.5米长的储气舱，一直伸展到潜艇艏柱。潜艇前部总长35米。密封隔墙上都开有门，用橡胶填料密封，万一“鹦鹉螺号”出现个把漏水窟窿，仍能保证潜艇的安全。

我跟在尼摩艇长的后面，穿过艇翼的纵向通道，来到潜艇的中央。那里两堵密封隔墙之间有一个像升井一样的装置，一架铁梯沿着内壁向上通往井口。我向艇长打听这个梯笼的用途。

“通往小艇。”艇长回答道。

“什么，您还有一艘小艇？”我相当惊讶地问道。

“当然有。一艘性能极好的小艇，轻便，而且不会沉没，想去钓鱼或者兜风就用它。”

“那么，当您想登上小艇的时候，就不得不浮到海面上去喽？”

“完全没有这个必要。这艘小艇被固定在‘鹦鹉螺号’船体上部，藏在一个为它专设的空腔里。小艇全身都装上了甲板，用坚固的铆钉固定，绝对密封。这架井梯通往‘鹦鹉螺号’上一个供人进出的舱口，与小艇侧旁一个口径相同的舱口衔接。我正是通过这两个舱口上下小艇的。潜艇上的人负责关‘鹦鹉螺号’的舱门；而我则关小艇上的舱门，这一切都用夹紧螺栓来完成；我一松开螺栓，小艇就会以极快的速度浮出海面。然后，我打开至此一直密封紧闭的盖板，竖起桅杆，或扬起风帆或荡起双桨，在海上游览。”

“可是，您怎样回潜艇呢？”

“我用不着回来，阿罗纳克斯先生。是‘鹦鹉螺号’来找我。”

“按照您的命令吗？”

“是的，按我的命令。一根电线在我和它之间保持着联系。我发一封电报就行了。”

我已经被这些奇闻所陶醉，说道：“的确，没有比这更简便的了。”

越过通往平台的梯笼以后，我见到一间长两米的房舱，龚赛伊和尼德正在那里狼吞虎咽，看样子他们还挺高兴的。接着，有一扇门通往厨房，厨房有三米长，夹在宽敞的食品储藏室中间。

厨房里，烧炒炖烤样样用电，比使用煤气还要方便、省事。电线从炉子下面把热能传送给海绵铂，热量分布均匀、连续。电还能对蒸馏器进行加热，经过蒸发汽化，生产出优质饮用水。厨房旁边有一间浴室，设施舒适，有冷热水可供随意使用。

潜艇船员的房舱就挨着厨房，有五米长。可惜，舱门关着，我看不见舱里的内部陈设。不然的话，我也许就能够知道操纵“鹦鹉螺号”潜艇需要多少名船员了。

潜艇的尾部竖着第四堵密封隔墙，将船员的房舱与机舱隔离开来。我走进机舱，尼摩艇长——无疑是一流的工程师——把各种驱动设备都安排在了这里。

这间机舱灯火通明，不下20米长，自然分成两个部分：第一部分是发电设备；第二部分则是驱动螺旋推进器运转的装置。

一进机舱，我就觉得这里充斥着一种独特的气味，刺鼻难闻。尼摩艇长发现了我的感觉。

“这是使用钠过程中散发出来的气体，”他对我解释说，“这就是美中不足的地方。不过，每天早晨，我们都要用大风量给机舱进行通风，消除这种气味。”

然而，我还是以一种显而易见的兴趣观看“鹦鹉螺号”潜艇上的机器设备。

"您瞧,"尼摩艇长对我说,"我使用的是本生发电装置,不是伦可夫[①]发电装置。伦可夫装置功率不太强。本生装置虽然部件不多,但功率强大,经验证明较好。发出来的电输送到潜艇的尾部,通过大电磁铁作用于由杠杆和齿轮组成的特殊传动装置,然后推动螺旋桨主轴。螺旋桨的直径有六米,螺距 7.5 米,最大转速可达到每秒钟 20 转。"

"那么,能达到多大的航速呢?"

"每小时 50 海里。"

其中还有一个问题,不过我并没有坚持要弄懂:电怎么能产生如此强大的功率呢?这种几乎是无穷的力量是从哪里来的呢?是来自采用一种新型线圈所产生的过电压,还是来源于一种能够无限增大传动效果的新的杠杆系统[②]?这就是我不明白的地方。

"尼摩艇长,"我开口说道,"我看到了结果,可我不想对它们进行解释。我亲眼看见'鹦鹉螺号'的航行速度快于'林肯号'舰艇,现在明白了其中的原因。但是,仅仅了解它的航行速度是不够的。还必须看它在哪里航行!向右、向左、向上、向下的行驶情况!您怎样潜入海洋深处?您会遇到不断增强的阻力,估计有数百个大气压。您又是如何重新浮出水面呢?最后,您怎样能够停留在您认为合适的深度呢?我这么问是不是太冒昧了?"

"不,教授先生,一点也不。"他稍稍迟疑了一下,回答我说,"既然您是不可能离开这艘潜水艇了,那就请跟我到客厅里来吧。那才是我们真正的工作室。在那里,您会了解到您应该知道的关于'鹦鹉螺号'的一切!"

---

① 伦可夫(1803—1877):德国物理学家。

② 确切地说,有人谈起过这种发明:一种新的杠杆装置能够产生巨大的力量。那么,这位发明人是否见过尼摩艇长?——原注

十三

几组数据

没过一会儿工夫，我们嘴里叼着雪茄，坐在客厅的一张长沙发上。艇长拿出一幅详图放在我的眼前。这是"鹦鹉螺号"潜艇的平面图，包括剖面图和正视图。接着，他就用下面这番话开始了描述：

"阿罗纳克斯先生，这些就是您所搭乘的这艘潜艇各部位的尺寸。潜艇的船体是一个很长的圆柱体，两端呈圆锥形，很像一支雪茄烟。这种形状在伦敦建造的好几条船舶上已经采用过。这个圆筒从头到尾的长度正好是70米；潜艇的横梁最宽处是八米。因此，这艘潜艇与你们的那些高速汽轮不同，不是完全按照1:10的宽度和长度比建造的。不过，它的船身已经足够长了，外部轮廓也相当流线型，航行时排水方便，不会遇到任何阻力。

"利用以上两个尺寸，您可以很方便地计算出'鹦鹉螺号'的表面积和体积。它的面积是1 011.45平方米，体积是1 500.2立方米。换句话说，当潜艇潜入水中时，它的排水量或重量是1 500立方或1 500吨。

"当我绘制这艘用于海底航行的轮船的平面图时，我要求船身的十分之九沉入水中，以保持平衡，浮出水面部分占十分之一。所以，它的排水量在这样的条件下只有其体积的十分之九，即1 356.48立方米。也就是说，船的重量吨位数与这个数字相同。因此，根据以上尺寸数据来建造这艘潜艇，它就不能超过这个重量。

"'鹦鹉螺号'船体由里外两层船壳构成。里外两层船壳用角钢连接，因此，船体非常牢固。的确，多亏了这种细胞性构架，船体像一块实心的铁块一样坚固。船壳板相互粘结，不用铆钉铆接，因此不易弯曲断裂。由于钢板连接工艺完善，船体结构匀称，因此能够禁得起最汹涌的海浪的颠簸。

“船体钢板密度与海水密度之比10:7或10:8。外层船壳钢板的厚度不会小于50毫米，重达394.96吨。里层船壳，光龙骨就厚500毫米，宽250毫米，重达62吨；再加上机器设备、压舱物、各种附件和装饰物，以及内部隔板和横向支撑等，总重量高达961.62吨。这个重量再加上前面的394.96吨，船体总重量不就达到了1 356.58吨？这下，您明白了吗？”

“我明白了。”我回答说。

“因此，”艇长继续说，“在上述条件下，‘鹦鹉螺号’下水以后，有十分之一的船体露在水面上。然而，如果我安装若干个总容积等于船体十分之一的储水舱，即容量为150.72吨，如果我将它们装满水，这时船的排水量或重量就达到了1 507吨，而且船体将完全沉入水中。情况就是这样，教授先生。这些储水舱就安装在‘鹦鹉螺号’潜艇两翼的下部。当我打开水阀，储水舱就装满了水，潜艇就会沉下，没入到水面的位置。”

“好的，艇长。这样，我们将要谈到一个真正的问题。您可以让潜艇下潜到海平面，这一点我能理解。但是再往下一点，潜入海平面以下，您的潜水艇难道不会遇到一种压力，一种由下往上的浮力吗？这种力量估计是水深30英尺为一个大气压，也就是说，每平方米一公斤。”

“完全正确，先生。”

“因此，除非您将‘鹦鹉螺号’潜艇灌满海水，否则，我不明白您怎么将它潜入海中？”

“教授先生，”尼摩艇长回答说，“请不要混淆静力学和动力学，不然就可能导致严重的错误。无须花很大的力气可以到达海洋下层，因为物体均有下沉的倾向。请和我一起推论。”

“请吧，艇长。”

“当我要想使‘鹦鹉螺号’下沉而需要确定它应该增加的重量时，我只需注意海水随深度而缩小的体积就行了。”

“那是。”我回答说。

“然而，虽然说水并非绝对不可压缩，但至少压缩的余地非常小。根据最新的计算结果，在一个大气压下，或者说每下潜30英尺深，水只能压缩百万分之四百三十六。如果潜艇要下潜到1 000米深的水层的话，我只要考虑水在相当于1 000米水柱，即100个大气压下的体积压缩量。此时，水的压缩量就是千分之四百三十六。因此，我必须把潜艇的重量增加到1 513.7吨，而不是1 507.2吨。所以，只需增加6.5吨重量。”

“这么多就够了？”

“是的，阿罗纳克斯先生。这个计算结果很容易验证。不过，我还有几个总容量为100吨的补充储水舱。所以，我可以下潜到很深的水层。当我想浮上来贴着海平面时，我只需排清补充储水舱里的水！如果我想要‘鹦鹉螺号’浮出水面十分之一，那么只需排尽所有储水舱中的水就行了。”

对于依据这些数据进行的推理，我无可反驳。

“我同意您的计算结果，艇长。”我回答说，“既然经验每天都在证明这些结果是正确的，我再表示怀疑就有居心叵测之嫌。可是，我现在还感受到一个实际困难。”

“什么困难，先生？”

“当‘鹦鹉螺号’潜入到1 000米的水层时，它的船壳就得承受100个大气压的压力。因此，如果此时您想排空补充储水舱，以减轻潜艇的重量，并使它浮出水面，那么水泵的功率就非得大于100个大气压，或者每平方厘米100公斤的压力。由此，这么大的功率……”

“电就能为我提供这么大的功率，”尼摩艇长没等我说完就回答说，“我再向您重复一遍，先生，我这些机器的动能近似于无穷大。‘鹦鹉螺号’上的水泵力大无比。您应该领教过。那次，它们对‘林肯号’舰艇喷射的水柱犹如瀑布，势不可挡。再说，我使用补充储水舱，只是为了潜入海平面以下1 500至2 000米的中度深水层，其目的是为了爱护设备。因此，当我心血来潮，想游览一下距离海平面两三法里以下的深水层时，我可以采用其他操纵方法，就是时间长一点，但效果并不差。”

“什么方法？艇长！”我急切地问道。

“看来，我一定得告诉您如何操纵‘鹦鹉螺号’啰。”

“我很想知道。”

“驾驶这艘潜艇，令其左转或右转，一句话，要它改变水平的行驶方向，我使用安在艉柱后面的普通的大尾叶舵，用操舵盘和滑轮组来操纵。不过，我还可以在潜艇内借助于有力的操纵杆来变换两块安在潜艇两侧吃水线中央的翼板，以上下或下上纵向操纵‘鹦鹉螺号’。翼板是活动的，能够变换各种位置。翼板一旦与潜艇保持平行，潜艇便水平行驶；如果翼板倾斜，那么‘鹦鹉螺号’就根据翼板倾斜角度，同时在螺旋桨推力的作用下，沿着我所要求的对角线下沉或上浮。而且，如果我想以较快的速度浮出水面，那么就合上推进器的离合器，海水的压力会促使‘鹦鹉螺号’垂直上浮，就像一只充足氢气的气球直往上升。”

“太好了！艇长。”我喊道。“可是，舵手怎么能够看见您在水里给他指明的航行路线呢？”

“舵手在透明玻璃的驾驶舱里掌舵。玻璃舱位于‘鹦鹉螺号’船体上部的突出部位。”

“玻璃能够抵挡这么强大的压力吗？”

“绝对可以。水晶玻璃虽然经不起撞击，但抗压性能却很好。根据一八六四年在北方海域进行的电光捕鱼试验结果表明，这种玻璃有七毫米厚就能够承受16个大气压的压力，而且可以让分布不均匀的强热射线透过。何况，我所使用的玻璃其中央厚度不小于210毫米，也就是说，其厚度是当时实验玻璃的30倍。”

“我接受这种解释，尼摩艇长。可话得说回来，要想看清楚，就得有足够的光亮来驱散黑暗。我在思忖，在漆黑的海水里怎样……”

“在驾驶舱的后面，安装了一个大功率的电光反射器，它发射出的光线能够照亮两海里半以内的海域。”

“啊！了不得！真了不得！艇长，现在，我终于明白了那所谓独角鲸发出的磷光是怎么回事了。这种磷光曾使陆地上的所有学者感到困惑！顺便问一下，那起曾引起极大反响的‘鹦鹉螺号’与‘斯戈蒂亚号’相撞的事件是一次意外事故吗？”

“纯属意外，先生。发生相撞事故时，我正在海平面以下两米的水层航行。不过，我看到那艘船并没有受到重创。”

“是的，先生。但是，您同‘林肯号’的相撞呢？”

“教授先生，我因此要向英勇的美国海军最优秀的战舰表示歉意。不过，这可是他们在惹我，而我是被迫自卫反击！况且，我只是让这艘驱逐舰不能再来烦我。它也没有大碍，可以到距离最近的港口去修复。”

“啊！艇长。”我充分信赖地大声说道，“您的‘鹦鹉螺号’可真是一艘奇妙无比的船！”

“是的，教授先生。”尼摩艇长动情地回答说，“我爱它，就像爱我自己的亲生骨肉！如果你们的船在变幻莫测的海洋上航行随时有可能遇到危险；如果在海上的第一印象正如荷兰人詹森所说的那样：犹如坠入深渊的感觉，那么在‘鹦鹉螺号’上，我们就无所畏惧，无须为船体变形而忧心忡忡。因为潜艇的双层船壳犹如钢铁一样坚固，它不会因船身横摇纵摆而断缆，没有可被风吹走的帆，也没有因压力过大而会爆炸的锅炉；不必担心发生火灾，因为潜艇是用钢板建造的，而不是木材造的；它不使用会用完的煤炭，因为它的机械原动力是电能；不用害怕发生碰撞，因为它在深水里独往独来；它不必经受狂风暴雨，因为它能在水下几米深的地方享受绝对的宁静！先生，这就是它的优点。这是一艘卓越超群的艇！对于这艘艇的建造，设计师比建造者更有信心。而建造者又比艇长更有信心。如果真是这样的话，那么请您理解，我对我的‘鹦鹉螺号’是多么信赖，因为我同时是这艘艇的艇长、设计师和建造者！”

尼摩艇长口才雄辩，很有感染力。他两眼闪耀着火花，说话时比画的动作充满了激情，他完全变了一个模样。是啊！他爱自己的船，犹如父亲爱自己的孩子一样！

这时，一个也许是冒昧的问题不禁冒了出来。我忍不住问道：

“这么说来，您是工程师喽，尼摩艇长？”

“是的，教授先生，”他回答我说，“当我还是陆地居民的时候，我曾在伦敦、巴黎和纽约深造过。”

“可是，您怎么能够秘密地建造这艘令人赞叹的‘鹦鹉螺号’呢？”

“阿罗纳克斯先生，潜艇的每一个部件都是来自地球不同的地方，而且是用假地址运到我这儿来的。龙骨是在克勒索①铸造的；推进器主轴由伦敦庞尼公司铸造和加工；船体钢板由利物浦的利尔德工厂出品；螺旋桨由格拉斯哥的斯科特工厂制造；潜艇上的储水舱由巴黎嘉伊公司生产；它的主机由普鲁士克鲁普工厂制造；船艏冲角是在瑞典的摩达拉工厂制造的；精密仪

① 克勒索：位于法国索恩—卢瓦尔省。

器来自纽约的哈提兄弟公司；等等。这些制造商都收到了署名不一的设计图。”

“可是，”我又问，“部件制造好以后，还得进行组装、调试啊？”

“教授先生，我在大洋中一个荒无人烟的小岛上修建了自己的厂房。我的工人，也就是我现在的好伙伴们，在那里接受了我提供的培训，和我一起把我们的‘鹦鹉螺号’安装好。竣工以后，我们就放火烧毁了我们留在荒岛上的痕迹。我有能力的话，就会下令炸平这个小岛。”

“想必，这艘潜艇的造价一定不菲吧？”

“阿罗纳克斯先生，钢铁船的造价是每吨位 1 125 法郎，而‘鹦鹉螺号’的容量是 1 500 吨，其造价就是 168.7 万法郎，包括装备费用在内一共是 200 万法郎。再加上船上的艺术和其他收藏品，总价值达四五百万法郎。”

“尼摩艇长，再提最后一个问题。”

“说吧，教授先生。”

“您一定很富有吧？”

“无限富有，先生。我能够轻而易举地清偿法国上百亿的债务！”

我看着这个如此对我说话的怪人。他以为我就那么容易轻信？将来，我一定能了解真相。

十四

黑流

地球被海洋覆盖的面积大约是 3 832.558 万平方公里，即 380 亿公顷，海水的体积是 22.5 亿立方海里，可以形成一个直径为 60 法里、重达 300 亿亿吨的球体。而且，要想知道这个数目的大小，就必须设想，100 亿亿与 10

亿之比就好比10亿与1之比。也就是说,10亿当中有多少个1,100亿亿当中就有多少个10亿。而海水的总量差不多相当于陆地上所有的江河4万年流淌到大海的水量。

在地质年代,继火的纪年之后是水的纪年。起初,地球到处被海洋覆盖。后来到了志留纪,山峰才渐渐显露,岛屿露出了海面,接着又因发生局部性洪水而被淹没。岛屿重新露出来时已经连成一体,形成了大陆,最终固定为地理上所说的陆地,就像我们今天见到的一样。地球上陆地、岛屿和冰山从江海湖河那里"夺走"了3 765.7万平方海里的面积,也就是说1 291 600万公顷。

大陆把海洋分成了五大部分:北冰洋、南冰洋、印度洋、大西洋和太平洋。

太平洋从南到北位于北极圈和南极圈之间,东西两端在亚洲和美洲之间,横跨145度的经度,是地球上最平静的海洋,洋面辽阔,海流缓慢,潮汐一般,雨水充沛。我的命运召唤我在最奇特的环境下首先历险的,就是这个海洋。

"教授先生,"尼摩艇长对我说,"要是您愿意,我们就准确地记录我们现在所处的位置,确定这次航行的起点。现在是十二点差一刻。我要浮到海面上去了。"

艇长按了三下电铃。水泵开始将储水舱的水排出;气压表的指针通过指示不同的气压在反映"鹦鹉螺号"的上升运动。接着,指针不动了。

"我们到了。"艇长说道。

我走上通向平台的中央扶梯,脚踏在一层层金属阶梯上,从打开着的舱口来到"鹦鹉螺号"的顶部。

平台仅露出海面80厘米。"鹦鹉螺号"的艏艉呈纺锤形,使得潜艇就像一根长长的雪茄。我注意到船体的钢板稍微有点鳞状叠盖,犹如陆地上大爬虫身上覆盖的鳞甲。因此,我自然明白,不管用多好的望远镜,这艘潜艇看上去总是像一头海洋动物。

在平台中央附近,那艘一般隐匿在潜艇船体里的小艇微微隆起。潜艇的艏艉竖立着两个不高的箱笼,箱壁倾斜,部分镶有厚厚的透明玻璃。其中一只箱笼是"鹦鹉螺号"的驾驶舱,另一只箱笼里装着大功率的导航电灯。

天空晴朗,景色迷人。长长的潜艇几乎感觉不到大海的波动。轻微的东风吹皱了海面。海平面没有丝毫雾气遮拦,任凭极目远眺。

洋面上一览无遗,没有一块礁石,没有一座小岛,也看不到"林肯号"的踪影。一片浩瀚无垠的汪洋大海。

尼摩艇长捧着他的六分仪,测量了太阳的高度。借此,他能知道潜艇目前所处的纬度。他等了几分钟,直到太阳垂直于海平线。

他在观察的时候,手臂肌肉丝毫也不颤动,仪器仿佛是握在大理石的雕像的手中,纹丝不动。

"现在是正午,"他说道,"教授先生,您想在什么时候……"

我朝着日本海岸微微泛黄的海面投去了最后的一瞥,然后下扶梯回到了客厅。

这时,艇长在测定方位,根据时间计算经度,并且用过去做的时角观测记录进行检验。然后,他对我说:

"阿罗纳克斯先生,我们现在位于西经 137 度 15 分……"

"您是根据哪种子午线计算的?"我急忙问道,本指望艇长的回答兴许能向我披露他的国籍。

"先生,"他回答我说,"我有根据巴黎、格林威治和华盛顿子午线调节的不同精密时计。不过,为了表示对您的敬意,我今后就参照巴黎子午线来计算。"

我从他的回答中没有获得任何想知道的信息,也就没有再坚持。艇长接着又说道:

"参照巴黎子午线计算,我们现在的方位是北纬 30 度 7 分、西经 37 度 15 分。也就是说,我们现在距离日本海岸大约 300 海里。我们的海底探险旅行于今天十一月八日中午十二时开始。"

"上帝保佑我们!"我应答道。

"教授先生,"艇长补充说道,"现在,我让您自己研究。我把航线定在东北偏东方向,水深 50 米。这是些标记清晰的航海图,您可以根据航海图对照我们的航线。这个客厅就供您使用。请允许我告辞了。"

尼摩艇长向我告辞,走出了客厅。我独自一人,陷入了沉思。我的思想全都集中在了"鹦鹉螺号"潜艇这位艇长的身上。我将来是否能知道这个自称不属于任何国家的怪人究竟是哪一个国家的人呢？他对人类怀有仇恨，也许会伺机进行可怕的报复，是谁激起了他的仇恨呢？他是不是一个怀才不遇的学者，一位——用龚赛伊的话来说——“受过别人迫害”的天才，一位现代的伽利略，抑或是一名像美国人莫里那样学术生涯因政治革命而夭折的科学家呢？现在，我还说不准。命运把我抛到了他的艇上，我的生命掌握在他的手里。他冷淡却又客气地收留了我。不过，他从来不握我向他伸出的手，也从不向我伸出手来。

整整有一个小时，我陷入了苦思冥想，千方百计地想揭开这个对我来说如此有趣的秘密。接着，我的目光一直盯着桌子上的大幅地球双半球平面图，我把手指按在刚才标出经、纬度交点的地方。

海洋里有许多洋流，就如同大陆上有江河。那是一些特殊的潮流，通过它们的温度、颜色能够辨别出来，其中最值得关注的就是众所周知的墨西哥暖流。海洋科学研究确定了地球上五条主要洋流的位置：第一条在北大西洋；第二条在南大西洋；第三条在北太平洋；第四条在南太平洋；第五条在南印度洋。早在里海和咸海与亚洲各大湖汇集成一片汪洋时，北印度洋可能还存在过第六条洋流。

在地球双半球平面图刚才标明的经纬度方位的地方，有一条洋流流经这里，日本人称之为黑流。这条暖流在热带阳光的垂直辐射下，形成于孟加拉湾，穿过马六甲海峡，沿着亚洲海岸北上，一直到阿留申群岛，在北太平洋画了一条圆弧线，顺流夹带着樟树干和当地的其他物产，以自己的纯靛蓝色和暖和的水温与太平洋的波涛形成鲜明区别。“鹦鹉螺号”就是要在这条暖流中穿行。我目送着它，看着它消失在浩瀚无垠的太平洋里。我正觉得自己跟“鹦鹉螺号”一起在太平洋里随波逐流的时候，尼德·兰和龚赛伊出现在客厅门口。

我这两位忠实的伙伴看到眼前这么多的奇妙物品，顿时惊呆在那里。

“我们是在什么地方？在什么地方啊？”这位加拿大人大声嚷嚷道，“是在魁北克博物馆吗？”

“如果先生乐意的话，”龚赛伊开口说，“还不如说是在索美拉大厦好！”

“朋友们，”我示意请他们进来，同时回答说，“你们既不是在加拿大，也不是在法国，而是在‘鹦鹉螺号’上，在海平面以下 50 米深的水层里。”

“既然先生这么肯定，当然应该相信先生喽！”龚赛伊回答说，“不过，说实在的，看到这个客厅就连我这样一个弗莱米人都感到吃惊。”

“那么，你就好好吃惊吧，我的朋友。好好看看！对于你这样能干的分类学者来说，这里有许多事情可做。”

我并不需要对龚赛伊进行鼓励。这个好小伙子已经在俯身观看陈列柜了，口中念念有词，说出了一大串博物学家常用的术语：腹足纲、油螺科、瓷贝属、马达加斯加蚧蛤种等等。

与此同时，对贝类学几乎一窍不通的尼德·兰向我打听起关于和尼摩艇长谈话的情况。他想知道，我是否弄清尼摩艇长是什么人，从哪里来，要到哪里去，他要把我们带到多深的海底？他向我提出了许许多多的问题，我根本来不及回答。

我把自己所知道的一切都告诉他了，或者倒不如说，我把连我自己也没有弄明白的一切都告诉了他。然后，我问他，他这一边到底听见或看到了什么。

“什么也没有看到，什么也没有听见！”加拿大人回答说，“就连船员的人影都没有看见一个。会不会船上的人也都是用电做的？”

“电人？”

“说实在的，我真会这么想。可是您，阿罗纳克斯先生，”尼德·兰总有他自己的想法，“您就不能告诉我这艇上一共有多少人吗？10个，20个，50个，还是100个？”

“这个我也说不上来，兰师傅。而且，请相信我，现在，你必须放弃夺取或者逃离‘鹦鹉螺号’的念头，这艘艇是现代工业的杰作，要是见不到它，我会遗憾的！有多少人只是为了能够欣赏到这些奇妙的东西，就会乐意接受我们眼下的处境。因此，您必须保持镇静，我们得尽量仔细地观察我们周围发生的事。”

“仔细观察？”捕鲸手叫嚷道，“我们什么也看不见。在这个铁笼里，外面的东西什么也看不到。我们像盲人一样在瞎跑，在盲目地航行……”

尼德·兰还没有把话说完，客厅里突然一片漆黑，伸手不见五指。天花板上的顶灯熄灭了，熄灭得如此迅速，以至于我们的眼睛产生了疼痛的感觉，一种同从黑暗里突然来到明亮处一样的感觉。

我们都没做声，而且一动不动，不知道发生了什么意外，也不知道等待着我们的是福还是祸。突然又传来了一阵滑动的声响，仿佛两侧的船板都在活动。

“这下全完了！”尼德·兰嚷道。

“水母目！”龚赛伊口中仍念念有词。

突然，犹如白昼一样的光线透过椭圆形的洞孔，从客厅四周照射进来。海水在电光的照射下变得晶莹透亮。两块水晶玻璃把我们与大海隔开。起初，我一想到这易碎的水晶玻璃板随时有可能破裂，心里就犯怵。幸好，水晶玻璃板里有强劲的铜质构架支撑，因而具有几乎无穷大的强度。

“鹦鹉螺号”潜艇周围一海里的范围内，海水清澈透明。多么美妙的景色啊！只有神来之笔才可能画就！又有谁能够描绘光线透过海底水层的奇特效果，以及光线在海洋上下水层间色差递减的柔和呢？

海水的透明度众所周知。大家都知道海水比涧溪还要清澈。海水中所含的呈悬浮状态的矿物质和有机物质，甚至增加了它的透明度。在安的列斯群岛的某些海域，人眼能够透过 145 米深的海水清晰异常地看到沙床，而太阳光的渗透力好像能达到 300 米的深度。但是，“鹦鹉螺号”在这个流体的世界里遨游，电光就发生在水波中间。这已经不再是明亮的水，而是液体的光。

艾伦伯格相信海底有磷光照明。如果我们接受他的假设，那么，大自然一定为海底居民准备了非常奇妙的景色。我能够凭借海底光亮的千变万化来评价海底美景。客厅的每一边都有一扇窗户朝向这海底深不可测的深渊。客厅里的黑暗更加衬托出外面的明亮，我们贴着玻璃向外张望，就像这块纯水晶玻璃是一座巨大的水族馆。

“鹦鹉螺号”仿佛是停着一动不动，这是因为水中没有参照系。不过，潜艇冲角劈开的水纹时而以极快的速度从我们眼前掠过。

我们如痴似醉，胳膊肘支撑在舷窗前，我们谁也没有打破因惊愕而营造的沉静，直到龚赛伊开口说：

“你不是想看吗？尼德友，那就好好看吧！”

“太奇妙了！太奇妙了！”加拿大人赞不绝口，被一种不可抗拒的诱惑所深深地吸引，把自己的愤怒和逃跑计划全都扔在了脑后。“为欣赏这么美丽的景致,赶再多的路也值!"

"啊!"我叫喊起来,"我明白这个人的生活啦!他为自己营造了另外一个世界,准备了许多震撼人心的奇观!"

"可是鱼群呢?"这位加拿大人提醒说,"我怎么没看见鱼群啊?"

"这对你无关紧要,尼德友,"龚赛伊抢白说,"你又不认识它们。"

"我!一个打鱼人……"尼德·兰大声嚷道。

在这个问题上,这两个朋友发生了争执。因为他们都认识鱼,但方式却完全不同。

众所周知,鱼属脊椎动物门中的第四纲,也就是最后一纲。人们已经给鱼类下了非常确切的定义:"用鳃呼吸的双循环冷血、水生脊椎动物。"鱼类有两种不同的类别:硬骨鱼,即脊柱是硬骨脊椎;软骨鱼,即脊柱是软骨脊椎。

这个加拿大人也许知道这种区别,但龚赛伊则懂得更多。现在,他和尼德结下了友谊,但不能承认自己的知识不如尼德。因此,他这样对尼德说:

"尼德友,你是鱼的克星,一个打鱼能手。你曾经大量捕捉这种有趣的动物。不过,我敢打赌,你不知道怎样对它们进行分类。"

"怎么不知道!"捕鲸手一本正经地回答说,"鱼可分为可食用鱼和不可食用鱼!"

"这可是贪食者分类法,"龚赛伊反驳道,"你能告诉我,你知道硬骨鱼与软骨鱼之间的区别吗?"

"大概能吧,龚赛伊。"

"那么,你还能细分这两大类鱼吗?"

"我不会。"加拿大人答道。

"那么,尼德友,听我告诉你吧,请记住!硬骨鱼类可细分为六目:第一目是棘鳍目,上颌完整,能够活动,两鳃呈梳状。这一目一共包括 15 科,也就是说,包括已知鱼类的四分之三。典型的有河鲈。"

"相当好吃。"尼德·兰插嘴说。

"第二目,"龚赛伊继续说道,"腹鳍目,腹鳍垂在腹下,位于胸鳍后向,而不是长在肩骨上。这一目分为五科,包括绝大部分淡水鱼。典型的有鲤鱼、白斑狗鱼。"

“啐！”加拿大人一副不屑一顾的神情，“尽是些淡水鱼。”

“第三目，”龚赛伊继续道，“短鳍目，腹鳍连在胸鳍下，并且紧悬在肩骨上。这一目包括四科。典型的有鲽鱼、黄盖鲽、大菱鲆、菱鲆和鳎鱼等。”

“都是些味道鲜美的鱼，好极了！”捕鲸手大声叫好。他只知道从食用的角度看待鱼类。

“第四目，”龚赛伊不紧不慢地继续说道，“无鳍目，体长，无腹鳍，皮厚、常黏糊。这一目只有一科。典型的有鳗鱼、电鳗。”

“味道一般，极其一般！”尼德·兰插嘴说道。

“第五目，”龚赛伊说道，“总鳃目，鳃完整、灵活，鳃呈簇须状、成对沿鳃弓排列。这一目只有一科。典型的有海马、海蛾鱼。”

“这鱼难吃，一点也不好吃！”捕鲸手应答道。

“最后，第六目，”龚赛伊说道，“固颌目，颌骨固定在颌间骨一侧，形成上颚。上颚的颚弓与头盖骨连在一起，固定不动。这一目鱼没有真正的腹鳍，只有两科。典型的有单鼻鲀、翻车鲀。”

“用锅煮这种鱼连锅都会被糟蹋掉！”加拿大人叫嚷着。

“你明白了吗？尼德友。”学者龚赛伊问道。

“一点也不明白，龚赛伊友。”捕鲸手回答道，“不过，你尽管接着说吧，你这个人真有趣。”

“至于软骨类，”龚赛伊不慌不忙地接着说道，“它们总共只有三目。”

“那太好了！”尼德说道。

“第一目，圆口目，两颚相连，形成一个活动的圆环；鱼鳃上有许多小孔。这一目只有一科。典型的有七鳃鳗。”

“爱吃的人挺喜欢吃的。”尼德·兰应答着。

“第二目，横口亚目，鳃同圆口目相似，下颚可活动。这一目是软骨类中最重要的一目，包括两科。典型的有鳐鱼和角鲨。”

“什么？”尼德·兰大声叫嚷着，“鳐鱼跟鲨鱼归在同一目？好吧，龚赛伊友，为了鳐鱼，我劝你不要把它们放在同一个鱼缸里！”

“第三目，”龚赛伊没有理睬他，继续说道，“鲟鱼目，鳃旁长有鳃盖骨，通常只能开启一条缝隙。这一目分为四属。典型的有鲟鱼。”

“好啊！龚赛伊友，你把最好吃的鱼放在了最后。起码，我是这么认为的。全说完啦?”

“是的,完了。好尼德,”龚赛伊回答说,“不过,我得提醒你,你虽然知道了这些知识,但其实仍是一无所知。因为科又能细分为属,属又可细分为亚属、种、变种……”

“瞧!龚赛伊友,”捕鲸手身体俯在玻璃板上叫道,“瞧,那么多种鱼游过来了!”

“真的,是鱼!”龚赛伊叫喊起来,“我们像是在水族馆前观赏!”

“不对,”我纠正道,“水族馆只是一个笼子,可这些鱼是自由的,它们像在天空中自由翱翔的鸟儿!”

“哎!龚赛伊友,请你说出它们的名字,说呀。”尼德·兰嚷道。

“我可没有这个本事。”龚赛伊回答说,“这就要请我的主人出场喽!”

其实,这个可敬的小伙子,这个走火入魔的分类狂,根本不懂得博物学。我不知道他是否能区分金枪鱼和舵鲣。总之,他和加拿大人完全相反,后者倒能够毫不迟疑地说出所有这些鱼的名字来。

“这是一条鳞鲀。”我说道。

“像是一条中国鳞鲀!”尼德也不甘示弱。

“鳞鲀属,硬皮科,固颌目。”龚赛伊低声说。

要是尼德和龚赛伊两人的知识能合在一起,那么肯定是一名出色的博物学家。

加拿大人没有说错。确实有一群鳞鲀,身体扁平,表皮粗糙,背鳍带刺,在“鹦鹉螺号”周围游来游去,晃动着两侧尖刺密布的尾鳍。没有再比它们的花纹更令人叹为观止的了:上灰下白,金色的斑点在螺旋桨打出的昏暗的旋涡里闪闪发光。在鳞鲀中间,有几条鳐鱼摆动着身子,活像一块迎风招展的桌布。在它们当中,我欣喜若狂地发现了一条中国鳐鱼,它上半身呈暗黄色,腹部为粉色,眼后两侧各长有三根刺。这是一种珍稀品种,在拉塞佩德那个年代甚至还不相信这种鱼的存在,拉塞佩德本人也只是在一本日本画册中见过这种鱼的模样。

在两个小时内,“鹦鹉螺号”受到了一支浩浩荡荡的水族部队的护卫。在它们戏耍、跳跃,竞相比美、比亮、比快的时候,我得以辨认出绿色的隆头鱼,有两条黑纹的绯鲷,弓形尾、背上有紫色斑点的白虾虎鱼,身体碧蓝、头部银白的日本鲭鱼——是日本海域里值得称道的鲭鱼,仅碧蓝一词就胜过任何描写——鱼鳍黄蓝斑斓的条纹鲷,尾鳍有一条黑纹的带纹鲷,线条典雅的环纹鲷,嘴活像笛子一样的笛嘴鱼或海山鹬——有几条足有一米长——日本蝾螈,多刺海鳝,以及眼睛小而有神、大嘴利牙、六英尺长的海蛇等等。

我们始终赞叹不已,兴致至极,惊叹声此起彼伏。尼德叫出鱼的名字,龚赛伊则加以分类。我却为这些鱼儿优美的游姿、斑斓的色彩而陶醉。我从来没有碰到过这样的机会,能到现场观赏自由生活在自然环境下的动物。

我不可能一一枚举所有这些令我眼花缭乱的鱼儿,它们简直就是日本海和中国海里的全部鱼种。汇集到这里来的鱼比天空中的鸟还要多,它们无疑是被光芒四射的电光吸引来的。

忽然,客厅重又亮如白昼,钢铁防护板重新被关闭,迷人的景色也随即消逝。但是,很久很久,我却仍然沉浸在梦幻之中,一直到我的目光注意到壁板上悬挂着的仪器,头脑才清醒过来。罗盘始终指示着东北偏北方向;气压计指示着五个大气压,相当于 50 米的水深;而电动测速仪表明潜艇的时速是 15 海里。

我在等候尼摩艇长,但他没有露面。这时,时钟敲响了五点。

尼德·兰和龚赛伊回他们自己的房舱去了,而我也回到了自己的房间。房间里已经为我准备好了晚餐,有美味的玳瑁汤、白切羊鱼肉、单做的羊鱼肝——味道可口,还有金鲷脊肉——我觉得比鲑鱼好吃。

这天晚上,我一直在看书、做笔记和思考。后来,睡意袭人,我便和衣躺倒在铺着大叶藻的床褥上,酣睡了过去。此时,“鹦鹉螺号”正在穿越湍急的黑流。

十五
一封邀请信

翌日,十一月九日,我整整睡了十二个小时以后才苏醒过来。龚赛伊照例过来询问"先生睡得好吗",接着就是伺候先生。他没有叫醒他的朋友,加拿大人还在酣睡,仿佛他这辈子只会睡觉。

我任凭这个好小伙子随心所欲地喋喋不休,几乎没有搭理他。我关心的是为什么昨天观景时不见尼摩艇长露面,希望今天能见到他。

很快,我换上了足丝布料制成的衣服。这种料子引起了龚赛伊的关注,而且不止一次。我告诉他,这些料子是用一种光滑柔软的细丝织成的,而这种细丝是由地中海海岸盛产的一种叫"肘子贝"的贝壳吐在礁石上的。从前,人们用它来制作漂亮的衣料、袜子、手套,因为这种细丝十分柔软,而且又非常保暖。所以,"鹦鹉螺号"的船员完全可以穿着这种价廉物美的衣服,无须使用陆地上生产的棉花、羊毛和蚕丝。

我梳洗完以后,便来到宽敞的客厅,但里面空无一人。

于是,我开始研究那些堆放在玻璃柜里的贝类学珍藏,翻阅收藏丰富的植物标本集,里面有许多珍稀的海洋植物,虽然已经风干,但仍然保留着令人赞叹的色彩。在这些珍贵的海洋植物标本中,我发现了一些轮生海苔、孔雀团扇藻、葡萄叶藻、粒状水马齿、猩红柔软海藻、扇形海菰、样子像扁平蘑菇的海藻——长期以来一直被归入植形动物这一类,最后是完整的一组褐藻。

一天过去了,我始终没能享受尼摩艇长光临的荣幸。客厅的防护板也没有开启,也许,他们是不想让我们对这些美好的东西生厌。

"鹦鹉螺号"仍保持着东北偏东的航向,时速12海里,深度保持在海平面以下50至60米左右。

十一月十日,依然没有人来看我们,一样的寂寞冷清。我没有见到艇上任何人的踪影。尼德和龚赛伊与我一起度过了大半天的时间。他们都为艇长莫名其妙的不露面感到困惑不解。这个怪人病了?他想要改变处置我们的计划?

按照龚赛伊的说法,我们毕竟享受着完全的自由,我们的伙食丰盛、讲究。我们的主人信守着他的诺言,我们不能抱怨。再说,我们的奇遇居然让我们享受到了如此优厚的待遇,我们没有权利指责他。

这一天,我开始记日记,以便记下这次远征中的种种奇遇。这样做,我可以极其准确地讲述这些奇遇。顺便说一个有趣的细节,我是在用大叶藻做的纸上写日记。

十一月十一日清晨,"鹦鹉螺号"潜艇内弥漫着新鲜的空气,我知道我们又浮出了海面,以补充氧气。我走向中央扶梯,登上了平台。

此时是早上六点,天色阴沉,大海呈灰色,但却平静,几乎没有什么波浪。尼摩艇长他会来吗?我希望能在平台上遇见他。可是,我只见到被"囚禁"在玻璃舱里的操舵手。我坐在潜艇放小艇的隆起部位,舒坦地呼吸着带海腥味的新鲜空气。

在阳光的照射下,晨雾渐渐地消散。旭日东升,光芒四射,映红了大海。大海犹如被导火线引燃而火焰熊熊。彩霞四散,色泽变淡,煞是好看。无数的"猫舌云"①预示着全天有风。

可是,对于连风暴都无所畏惧的"鹦鹉螺号"来说,一点儿小风又能对它奈何!

因此,我正在欣赏这令人赏心悦目的日出景色,心旷神怡、精神焕发,听见有人登上平台。

我正准备上前招呼尼摩艇长,可来人却是潜艇上的大副。我和艇长第一次见面时,他当时在场。他在平台上径直前行,仿佛没有发现有我在场。他举起高倍望远镜,极其认真地观察着海平线。观察完毕后,他走近舱门,

---

① 边缘呈齿状的小块白色薄云。——原注

说了以下一句话。我把这句话记了下来,因为每天早晨,在相同的情形下总能听到他说这句话。这句话是这样拼写的:

“Nautron respoc lorni virch.”

这句话的意思,我可说不上来。

说完这句话,大副便又钻进了潜艇。我想,“鹦鹉螺号”又要继续它的海底航行了。于是,我也钻进舱门,由纵向通道回到了自己的房间。

这样的日子重复持续了五天,情况没有发生任何变化。每天早晨,我都要登上平台;同样的那句话还是由同样的人说出;尼摩艇长仍然没有露面。

我已经拿定主意不想再见他。十一月十六日,当我与尼德和龚赛伊一起回到我的房间的时候,我发现了一张留给我的便条。

我急不可待地展开便条,条子上的字迹洒脱、清晰,而且有点哥特体风格,令人想起德文字体。

条子是这样写的:

“鹦鹉螺号”上的阿罗纳克斯教授先生启

尼摩艇长邀请阿罗纳克斯教授先生参加明晨在克雷斯波岛森林举行的狩猎活动。他期待教授先生拨冗光临,并高兴地看到他的同伴能伴随同行。

“鹦鹉螺号”潜艇指挥官:尼摩艇长

一八六七年十一月十六日

“是去狩猎!”尼德喊道。

“在克雷斯波岛森林!”龚赛伊补充说。

“这么说,他要登陆了,这个家伙?”尼德·兰问道。

“我觉得,这一点便条中写得很清楚。”我把便条重读了一遍,说道。

“那么,应当接受邀请,”加拿大人显得十分激动,“一踏上陆地,我们就可以另做打算。再说,能吃上几块新鲜的野味,我也不会感到不高兴。”

尼摩艇长明显对大陆和岛屿持反感态度,现在却邀请我们去森林狩猎。我不想解释这其中的蹊跷,只是回答说:“先看看克雷斯波岛再说吧。”

于是，我在地球双半球平面图上查阅起来，在北纬32度40分、西经167度50分的方位找到一个小岛。这个岛屿是在一八〇一年由克雷斯波船长发现的。在旧时的西班牙地图上都叫洛加·德·拉普拉塔，意即“银礁”。距离我们所在的方位大约有1 800海里，此时“鹦鹉螺号”已经稍有改变航向，朝东南方向驶去。

我把这个隐没在北太平洋的小岩礁指给我的同伴们看。

“虽然尼摩艇长有时也上陆地走走，”我对他们说，“但至少只能选择一些绝对荒无人烟的岛屿。”

尼德·兰摇了摇头，一言不发，随后跟龚赛伊一起走了。那个沉默寡言、不露声色的侍者伺候我吃过晚餐之后，我便睡下了，但依旧心事重重。

第二天，十一月十七日，等我一觉醒来，我觉得“鹦鹉螺号”纹丝不动。我赶紧穿上衣服来到客厅。

尼摩艇长已经在那里等候我。他站起身来招呼我，并且问我陪他一起去狩猎是否方便。

由于他只字未提他一个星期没有露面的原因，我又不便打听，只是回答他说，我和我的同伴随时准备跟他出发。

“不过，先生，”我补充说道，“请允许我向您提一个问题。”

“请吧，阿罗纳克斯先生。要是我能回答，我一定回答。”

“那好，艇长，既然您已经与陆地断绝了一切关系，您怎么会在克雷斯波岛上拥有自己的森林呢？”

“教授先生，”艇长回答我说，“我所拥有的森林不需要太阳，既不需要阳光，也不需要阳光提供的热能。森林里没有狮子、虎豹光顾，也没有任何其他四脚兽出没。只有我一个人知道这个森林。它根本不是陆地森林，而完全是海底森林。”

“海底森林！”我大声叫道。

“是的，教授先生。”

“您愿意带我去看海底森林？”

“没错。”

“步行去？”

“是的，甚至不会弄湿您的双脚。”

“而且还要狩猎?”

“是的,还要狩猎。”

“手中握着猎枪?”

“是的,手握猎枪。”

我看了一眼“鹦鹉螺号”的指挥官,丝毫没有流露向他表示恭维的神情。

“毫无疑问,他的脑子出了毛病。”我心里想,“他生了一个星期的病,甚至现在还没有痊愈。真遗憾! 我宁愿他性格乖僻一点,总要比发疯强!”

我的想法明显地流露在我的脸上,而尼摩艇长却视而不见,只是要我跟着他。我抱着听天由命的心态跟在他身后。

我们来到餐厅,午餐已经准备好了。

“阿罗纳克斯先生,”艇长对我说,“我邀请您共进午餐,请不要客气。我们边吃边聊。我是答应过您去森林里走走,可没有向您许诺过那里会有餐馆,绝对没有。现在,请尽量多吃一点,晚饭有可能很晚才能吃。”

我没有推辞,接受了邀请。午餐十分丰盛,有鱼、海参和美味的植形动物,而且还加上了多种非常有助于消化的海藻一起烹饪。饮料是清水。我学艇长在清水里加了几滴发酵酿制的利口酒。这种利口酒是按照坎察加岛人的方法,从一种叫“掌状蔷薇”的海藻中提炼出来的。

起先,尼摩艇长只顾吃饭,一言不发。后来,他才对我说:

“教授先生,当我建议去克雷斯波岛森林狩猎的时候,您还以为我这个人出尔反尔、自相矛盾吧? 当我告诉您是去海底森林的时候,您又以为我发疯了吧? 教授先生,永远不能如此轻率地评价一个人。”

“可是,艇长,请相信……”

“请先听我说。然后,您就会明白是否应该指责我发疯或者出尔反尔。”

“那么,请吧。”

“教授先生,您和我都很清楚,人只要备有可供呼吸的空气,就能在水里生活。工人们在海底干活时身穿防水服,头戴金属帽,借助充气泵和节流阀,就可以获得水面上的空气。”

“那是一整套潜水设备。”我说道。

“是的，没错。但是，在这种情况下，人是不自由的。他与充气泵连接在一起，靠一根橡胶管输送空气，这简直就是一根把他拴在陆地上的锁链。假如我们也用这种方法与‘鹦鹉螺号’连接在一起，那么就不可能走远。”

“依您，采用什么方法才能行动自由呢？”我问道。

“那就是使用您的两位同胞鲁凯罗尔和德纳卢兹发明的器械。不过，为了适合我的用途，我对他俩的发明进行了改进。这样，您可以带上它在新的生理条件下从事冒险，而您的身体器官却不会受到任何伤害。这个器械有一只厚壁储气罐。我以 50 大气压的压力将空气储存在储气舱里。然后，像士兵背背包一样，用背带把储气罐绑在使用者的背上。储气罐的顶端有一个匣子，罐里的压缩空气在一个控气装置的控制下，变成正常气压后通过匣子流出。未经改进的鲁凯罗尔器械有两根橡胶管从铁匣子里通出来，与戴在使用者嘴巴和鼻子上的喇叭罩连接在一起。其中，一根橡胶管用来吸气，另外一根则用来呼气。使用者根据呼吸需要用舌头决定开启哪一根管子。但是，我在海底要承受巨大的压力，因此我得像潜水员那样，头上戴一只铜质球形头盔，而那两根用于吸气和呼气的管子就接在头盔上。”

“真是无可挑剔，尼摩艇长。可是，您所携带的空气很快就会用完的。一旦空气中的含氧量低于百分之十五时，就不再适宜呼吸。”

“这是肯定无疑的。但是，我告诉过您，阿罗纳克斯先生，‘鹦鹉螺号’上的充气泵可以对空气进行高压储存。这样，这套潜水器械的储气舱便能提供九到十小时的可呼吸空气。”

“我没有什么异议了。”我回答说，“不过，我还想请教一个问题。艇长，您在海底怎么照明呢？”

“用伦可夫照明灯，阿罗纳克斯先生。呼吸用的储气舱是背在背上的，而照明灯则挂在腰带上。灯的电源是一块本生电池。电池不是使用重铬酸钾，而是用钠发电。一个感应线圈把电能收集起来，传送给一只特殊装置的灯泡。灯泡里有一根弯曲的玻璃管，管内只有少许二氧化碳气体。接通电源以后，灯泡里的气体便会持续发出一种白光。有了这样的装备，既可以呼吸，又能够看清。”

“尼摩艇长，对于我所提出的所有疑虑，您都进行了如此无可辩驳的回答。我也不敢再有什么疑虑了。不过，即使我被迫接受鲁凯罗尔潜水器械和伦可夫照明灯，可对于您配备给我的猎枪仍持保留态度。”

“那可绝对不是火药枪。”艇长回答道。

“这么说，是一支气枪喽？”

“可以这么说吧。我们潜艇上又没有硝石、硫磺和木炭，您叫我怎么制造火药呀？”

“何况，”我回答说，“在水下射击，在一个密度相当于空气 855 倍的环境下射击，必须克服强大的阻力。”

“这不是理由。有些枪支，继富尔顿[①]发明之后，经英国人菲利普·科尔和伯莱、法国人菲尔西以及意大利人兰迪等人加以改进，安装了一个特殊闭锁机关，可以在您所说的条件下射击。不过，我得向您重申，我的枪不用火药，而是用‘鹦鹉螺号’上的充气泵可以为我大量供应的压缩空气来代替。”

“可是，这种压缩空气很快就会用完的。”

“怎么！我不是有鲁凯罗尔储气舱吗？需要时，它会向我供气的。为此，只需安装一个专门的气阀就行了。阿罗纳克斯先生，过一会儿，您看了就明白了。在海底狩猎，用不着耗费太多的空气和子弹。”

“不过，我觉得，在这种半明半暗的光线下，在密度大大高于空气的液体环境里，子弹打不远，而且难以造成致命的杀伤力。”

“先生，恰恰相反。使用这种枪发出的每一枚子弹都会产生致命的杀伤力。而且，动物一旦被击中，无论伤势多么轻微，都会像被雷击一般倒下。”

“为什么？”

“因为这种枪发射的不是普通子弹，而是一些由奥地利化学家列尼布洛克发明的小玻璃球。我储备了不少。这种玻璃球外面裹着一层钢皮，又因里面夹有铅块加重了分量。它们是名副其实的小莱顿瓶，里面有高压电能，碰到轻微的撞击，就会爆炸。即便是再强壮的动物被击中以后，即刻就会倒下。我还要补充一点，这些玻璃弹个儿不比四号枪弹大，普通的弹盒可以装十发。”

“我没话可说了。”我从餐桌席上站起来说道，“现在，我只需去取枪了。而且，您去哪里，我就跟着您上哪里。”

---

① 富尔顿(1765—1815)：美国工程师、发明家和画家。

尼摩艇长领着我朝“鹦鹉螺号”的尾部走去。经过尼德和龚赛伊的房舱时，我叫他俩快跟着我们一起走。

接着，我们走进机舱附近船舷的一间小屋，在里面换上了猎装。

十六

漫步海底平川

确切地说，这间斗室是“鹦鹉螺号”的军火库和衣帽间，墙上挂着 12 套潜水器械，供去海底漫步的人使用。

尼德·兰看到挂在墙上的潜水衣，流露出厌恶的神情，不愿穿上。

“我的好尼德，”我劝他说道，“克雷斯波岛森林，那可是海底森林！”

“那又怎样？”捕鲸手眼看着品尝鲜肉的美梦破灭了，非常沮丧地说，“您呢，阿罗纳克斯先生，您也要钻进这种橡皮套里？”

“这可是一定要穿的，尼德师傅。”

“您有您的自由，先生。”捕鲸手耸了耸肩，嘟囔着说。“可我，决不会钻到这种套子里去，除非别人强迫我。”

“没有人强迫你，尼德师傅。”尼摩艇长回答他说。

“龚赛伊也要冒这个险？”尼德问道。

“先生去哪里，我就跟到哪里。”龚赛伊回答说。

艇长叫了一声“来人”，两名船员应声过来帮助我们换上了沉重的防水服。防水服是用橡胶做的，没有接缝，这样能承受强大的压力，犹如一副既柔软又坚固的盔甲。上衣和裤子连在一起，裤脚连着厚厚的鞋子，鞋底是用沉重的铅板做的。上衣胸部有铜片支撑，像护胸甲一样保护胸部不受海水挤压，好让肺部自由呼吸；衣袖连接着经过柔软处理的手套，毫不影响双手的活动。

那些样子笨重的潜水服,如软木护胸甲、无袖潜水衣、潜海服、潜水沉箱等,它们全是发明于十八世纪,并且在当时颇受青睐。但是,与眼前这些经过改进的潜水服相比,显而易见,两者之间相差甚远。

我同龚赛伊、尼摩艇长和他的一个同伴——一个膂力过人的赫拉克勒斯[1]——我们很快就穿好了潜水服。只剩下把那只金属球形头盔套在我们各人的头上就行了。不过,在戴上头盔之前,我要求艇长让我们看看将要佩带的猎枪。

"鹦鹉螺号"的一位船员递给我一支普通的猎枪,枪托是钢片做的,中间空心,体积相当大,用来储存压缩空气。一个由扳机控制的气门将空气送入枪管。空心的枪托内有一只弹盒,可以装20发电弹。子弹借助一个弹簧会自动上膛。因此,一发子弹射出去以后,另一发就会自动补上。

"尼摩艇长,"我说道,"这把枪完美无缺,而且使用也方便。我只求一试为快。可是,我们怎么下到海底呢?"

"教授先生,'鹦鹉螺号'此刻已下潜了十米,我们只要走出潜艇就行了。"

"可是,我们怎么出去呢?"

"看我的。"

尼摩艇长把头伸进了球形头盔。我和龚赛伊也照他的样子做,可少不了还要听那位加拿大人嘲讽地祝贺我们"狩猎愉快"。潜水服的衣领是一个内壁装有螺纹的铜圈,金属头盔就拧在衣领上。头盔上有三个用厚玻璃防护的大孔,只要在球形头盔里转动脑袋,就可以朝各个方向观望。等头盔固定好后,我们就背起鲁凯罗尔储气罐,然后打开气阀。我本人觉得呼吸如常。

我把伦可夫照明灯挂在腰带上,手持猎枪,准备出发。可是,说实在的,我身体被"囚禁"在沉重的潜水服里,双脚又被铅底鞋"钉"在了潜艇的甲板上,简直是寸步难移。

不过,这种情形是早已料到的。我觉得有人把我推进了与衣帽间相连的一间小舱。我的同伴们在我后面也被推了进来。我听见一道密封门重新

---

① 赫拉克勒斯:罗马神话中的大力神。

在我们身后关上的响声,我们周围一片漆黑。

几分钟以后,一声刺耳的鸣叫声钻进我的耳朵。我感觉有一股寒气从脚底一直升到胸口。显然,有人打开了水阀,外面涌进来的海水正在淹没我们,小舱很快就灌满了海水。此时,“鹦鹉螺号”潜艇侧旁的一道门也打开了,一道半明不暗的光线照在我们身上。过了一会儿工夫,我们双脚就踩到了海底。

现在,我怎么才能把这次海底漫游给我留下的印象重新描绘出来呢?要讲述这样的奇事,语言显得多么苍白无力!当画笔都无法把水中的特殊效果表现出来时,文字又怎么能够再现呢?

尼摩艇长走在前头,他的同伴离我们几步远,跟在后面。我和龚赛伊相互挨着,好像通过金属“甲壳”能够交谈似的。我已经不觉得身上衣服、鞋子和储气罐的沉重了,也感觉不到那厚厚的球形头盔的重量。我的脑袋在这圆球内转动,犹如一枚果仁在果核里滚动。所有这些物体浸在水里,就失去了自身的部分重量。它们失去的重量等于它们排开的海水的重量。由此,我得以更加深刻地领会阿基米德发现的那条物理学定律。我不再是一个惰性物体,反而拥有较大的运动自由。

阳光一直照射到海面以下30英尺的水域,其穿透力令我吃惊。阳光轻而易举地穿透水层,使海水的颜色变淡。我能够清楚地分辨100米以内的物体。100米开外,海水微微呈现出渐次变深的蔚蓝色,接着远处变成了蓝色,最后消失在一片模糊的昏暗里。真的,包围在我周围的海水不过是一种“空气”,只是其密度要大于陆地上的空气,但它们的透明度却相差无几。我举目仰望,看到了平静的海面。

我们在平坦的细沙地上行走,但没有海滩上退潮时留下的痕迹。这块令人炫目的“地毯”,一面名副其实的反光镜,以惊人的强烈程度将太阳光反射回去。由此产生的强大反光在向四周辐射。如果我肯定地说,在30英尺深的海水里,我能像在大白天一样看得清楚,会有人相信吗?

炽热的沙层上覆盖着一层细得感觉不到的贝壳粉末,我在沙层上行走了刻把钟时间。“鹦鹉螺号”潜艇犹如一长条礁石,正从我的视野里逐渐地消失。可是,当夜幕降临到海底的时候,潜艇的舷灯放射出异常明亮的光柱,为我们返回潜艇提供了方便。一个只在陆地上看见过如此强烈的白光的人,是很难理解这种电光效果的。在陆地上,充斥于空气的尘埃使得灯光里充满了尘雾。可是在海面或海底，电光则能在无与伦比的纯净环境里弥散。

我们不停地向前行走，平坦而又辽阔的沙地仿佛漫无边际。我用双手拨开水帘，而水帘又在我身后合拢。我的足迹在水的压力下迅速消失。

某些有形物体在远处若隐若现，虽然很远，但还是被我收入了眼帘。我很快辨认了出来，那是海底礁石的美丽近景，礁石上覆盖着各种美丽无比的植形动物。我一下子就被这些别致的景色深深打动了。

现在是上午十点，阳光以相当倾斜的角度照射在波涛起伏的洋面上，像是通过三棱镜被分解折射了似的。水中的花朵、礁石、胚芽、介壳、珊瑚等在阳光的折射下，它们的边缘呈现出阳光的七彩。这真是一个奇观，令人赏心悦目。各种色调交错组合，构成了一个名副其实的五彩缤纷的万花筒，总而言之，宛如一位善于运用色彩的狂热画家的调色板！我为何不能把所有涌入我脑际的强烈感受告诉龚赛伊，并且同他竞相发出赞叹！我为何不能像尼摩艇长和他的同伴那样，运用手势来交流思想呢！因此，我只能不得已而求其次，跟自己自言自语。于是，我在头盔里大喊大叫，也许因自言自语而消耗了比平常多的空气。

面对这壮丽的景色，龚赛伊跟我一样，停止了行走。显然，这个好小伙子正在给眼前所有这些植形动物和软体动物进行分类，不停地分类。珊瑚虫和棘皮动物俯拾皆是：色彩斑斓的叉形虫、茕茕孑立的角形虫、纯洁无瑕的眼球丝虫（旧名“白珊瑚”）、蘑菇状耸起的菌生虫、吸盘贴地、形似花坛的海葵、星罗棋布的海星、瘤状的海盘车——真像水仙子手绣的精美花边，齿形的边饰因我们走动掀起的轻微波动而左右摇摆。把成千上万密布海底的软体动物的绝佳标本——环纹扇贝、槌贝、水叶甲、真会蹦跳的贝壳、马蹄螺、红冠螺、形似天使翅膀的风螺、叶纹贝——以及其他许许多多的海洋生物踩在脚下，我实在是于心不忍。但是，路还得要走！我们不断地向前走着。成群结队的僧帽水母在我们头顶浮动，它们的蓝色触须在随波漂动；有天蓝色花边点缀的望月水母乳白或粉色的伞膜，为我们遮挡阳光；更有那发光的水母，在黑暗中泛着磷光，为我们引路。

除了尼摩艇长向我做手势，叫我跟上以外，在四分之一海里的距离内，我几乎没有停止过观赏所有这些奇妙的海底景色。过后不久，海底景色发生了变化。继平坦的沙地之后是一片黏糊糊的淤泥，美国人叫这种淤泥

"乌阿兹",全由含硅或含钙的贝壳的分解物构成。接着,我们经过一片海藻地——未被海水卷走的深海植物,生机勃勃。这里的茂密草坪踩上去十分柔软,可以与最柔软的手织地毯媲美。我们不但脚下踩着翠绿,而且头上也顶着翠绿。兴旺的海藻家族(知名的就有2 000种以上)里的各种海洋植物在水中绿叶成荫。我看到水中漂浮着长长的墨角藻,有的呈球形,有的呈管状,还有红花藻、叶子纤细的鲜苔和酷似仙人掌的蔷薇藻。我发现,绿色植物距离海面较近,红色海藻生长在中层水域,而黑色或棕色的水生植物则占据了深层海域的花园和草地。

海藻真是大地万物的奇迹,植物世界的珍品。地球上最小和最大的植物都在海藻家族。有一种海藻能在五平方毫米内生长四万株肉眼看不见的胚芽;同样,也有人曾采集到500多米长的墨角藻。

我们离开"鹦鹉螺号"大约已有一个半小时了。天快中午了,我看到阳光垂直照射下来,没有折射。变幻莫测的色彩在渐渐地消失,碧绿和湛蓝的色差变幻也在我们的头顶上变得模糊起来。我们步调一致地行走着,脚踏着海底,发出了强烈的共鸣声。在海底,再微弱的声音也会以一种陆地人耳朵不习惯的速度传播开来。事实上,对于声音来说,水是比空气更加理想的传播媒体,声音在水中的传播速度是在空气中传播的四倍。

这时,海底开始陡峭起来。光线也跟着变暗了。我们来到100米深的海底,因此要经受十个大气压的压力。不过,我的潜水服是根据这样的要求设计、制造的,因此丝毫没有感觉到这么大的压力所产生的副作用,只是弯曲手指的时候,关节略感不适,而且很快也就消失了。身穿如此笨重的服装,步行了两个小时之后,理应感到疲惫,但我毫无疲惫的感觉。海水让我行走起来十分轻松。

到了300英尺深的水层,还能看见阳光,但十分微弱,已经不是强烈的光芒,而是浅红色的霞光,介于白昼与黑夜之间的那种光亮,不过足以让我们看清前进的道路,还不需要点亮伦可夫照明灯。

这时,尼摩艇长停了下来。他在等我,同时用手指着近处阴影里渐渐明显的几个大黑团。

"这就是克雷斯波岛森林。"我心里想。

我没有弄错。

十七

海底森林

我终于来到了海底森林边缘。这里也许是尼摩艇长拥有的众多领地中最美丽的一处。他把这处森林当做了自己的私产，对它行使各种权利，就像创世之初的人一样。再说，又有谁能够跟他争夺这一海底产业的占有权呢？还会有哪个更加勇敢的拓荒者会手持利斧来开发这片海底丛林呢？

森林里尽是高大的乔木植物。我们刚进入它那高大的拱形支架下，首先令我惊诧的是奇形怪状、纵横交错的枝叶——在此之前，我还从来未曾见过。

林间空地寸草不长；丛生的灌木枝条既不攀缘匍匐，也不弯腰下垂。所有植物的枝叶全都垂直向上。没有一根细茎，没有一条叶带，无论多细多薄，不都像铁杆一样挺拔向上。墨角藻和藤本植物，受其生长环境——海水密度的影响，都好像是沿着挺拔的垂线蓬勃向上地成长。而且，它们矗立在那里纹丝不动，我用手将它们扳开，过后，它们又迅速恢复原状。这里是垂直王国。

很快，我就习惯了这种奇怪的现象，同时也适应了周围的黑暗。海底森林的地面上布满了尖利的硬块，行走时难免不碰到。在我看来，这里的海底植物品种相当齐全，甚至比北极地区或者热带区域还要丰富。不过，有几分钟，我无意中混淆了动物、植物两界，错把植形动物当成了水生植物，误将动物当做了植物。然而，在这个海底世界里，动物和植物如此紧密地相处，又有谁能够保证不会弄错呢？

我注意到，这里植物界的所有产物与土壤只有很肤浅的联系。它们没有根系，只要是固体，不管是沙、贝壳、介壳或卵石，都可以支撑它们。它们不需要它们提供营养，只求有个支撑点。这些植物自生自灭，其生命的源泉就是那支撑和滋养它们的海水。它们大都不长叶子，而是奇形怪状的叶带，色彩也不丰富，只有玫瑰红、胭脂红、青绿、暗绿、浅黄、灰褐等颜色。我在这里看到的不是“鹦鹉螺号”潜艇上风干的标本，而是犹如开屏争艳的孔雀彩贝、朱红色的瓷贝、伸展着可食用的嫩芽的片形贝、纤细柔软高达 15 米的巨大海藻、一束束茎长在顶端的海草，以及其他许多无花的深海植物。一位风趣的博物学家曾经说过：“有趣的反常，奇怪的环境，动物在那里开花，而植物则无花可开。”

在如同温带树木一样高大的各种乔木植物之间，在它们“潮湿”的阴影底下，长满了鲜花盛开的荆棘丛，一排排植形动物树篱上像花一样盛开着花纹弯曲的斑纹脑珊瑚、触须透明的淡黄石竹珊瑚和草坪般丛生的石花珊瑚，还有像蜂鸟一样成群结队地穿梭于“树枝”之间的蝇鱼也赶来点缀这个梦幻般的仙境，而颌骨上翘，鳞甲尖利的黄色囊虫鱼、飞鱼、单鳍鱼等则像沙锥一样，围在我们左右戏水。

一点，尼摩艇长发出了休息的信号。我对这个建议相当满意。于是，我们就在海藻的绿廊底下躺倒休息，可是海藻细长的枝条像箭一般直竖着。

这片刻的小憩使我感到无比的舒服，美中不足的是不能交谈。不可能讲话，也不可能应答。我只能把笨重的头盔挨近龚赛伊的头盔。我发现这个可爱的年轻人两只眼睛因兴奋而发亮，而且还在防护罩里挤眉弄眼，做出各种极其滑稽的表情，以表示自己的满意。

这次海底漫游持续了四个小时，我为自己竟然没有强烈的饥饿感而感到非常惊讶。我的胃怎么啦？我也说不上来。相反，我像所有的潜水者一样，感受到一种难以克制的嗜睡欲。因此，我的双眼不一会儿就在厚厚的玻璃镜后面合了起来，我不由自主地陷入了昏睡状态。在休息以前，我是靠行走来克制自己的。尼摩艇长和他那位强壮的同伴躺在这清澈的水晶体里已经为我们做出了睡眠的示范。

我到底昏睡了多久，连自己也无法估计。不过，等我醒来的时候，我觉得太阳正在西下，尼摩艇长早已站起了身。我刚开始伸展四肢，一个不速之客的意外出现吓得我猛一下站立起来。

距离我们几步之遥的地方,一只一米高的巨大海蜘蛛正偷偷地盯着我,准备向我扑来。尽管我身上厚厚的潜水服足以保护我不被它咬伤,但我还是情不自禁地打了个寒战。龚赛伊和那位“鹦鹉螺号”的水手这时也都已经醒来。尼摩艇长向着他的这位同伴指了指那只可怕的甲壳动物。这只怪物挨了一枪托,被打趴了下去。我见到它那非常丑陋的脚爪在猛烈地抽搐。

这次遭遇使我想到一定还有其他更加可怕的动物,它们会时常出没于阴暗的海底。我的潜水服恐怕难以招架它们的攻击。在这之前,我并没有考虑到这样的问题。于是,我决心提高警惕。我还以为,这一次休息意味着我们这次海底远足的结束。可是,我错了,尼摩艇长非但没有往回走,反而继续进行他那冒险的旅程。

海底还在下斜,坡度愈发明显,我们来到了更深的海底。这时,大概三点左右,我们进入了一个峡谷。这个峡谷位于高峻的陡壁之间,有 150 米深。幸亏我们装备了精良的潜水器械,才得以超越大自然强加于人的 90 米深的极限。迄今为止,还未曾有人超越这个人类海底徒步旅行的极限。

虽然没有任何仪器可用来测量水深,不过,我敢肯定,我们已经在 150 米深的海底。而且我知道,即使在最清澈的海水里,阳光也不可能照射到这么深的海底。果真如此,这里更加黑暗,十步之外就什么也看不清了。于是,我摸索着行走。就在这个时候,我眼前忽地闪出一道相当强烈的白光。原来,尼摩艇长刚才打开了他的电照明灯。他的同伴跟着打开了自己的照明灯。随后,我和龚赛伊也点亮了各自的照明灯。我转动螺丝,接通线圈和玻璃弯管。这样,我们身上的四盏照明灯照亮了周围半径 25 米的海域。

尼摩艇长继续向森林深处进发,灌木植物愈见稀少。我发觉,在这里,植物的减少速度要快于动物。深海植物已经“背井离乡”,海底荒芜。大量的动物、植形动物、节肢动物、软体动物和鱼类却依然麇集在这里。

我一边走,一边在想,我们的伦可夫灯的光亮想必也会引来这黑沉沉的海底的某些居民。可转而一想不对,如果它们因被灯光吸引而向我们靠近,那么至少要离开我们一段令狩猎者感到遗憾的距离。曾有好几次,我看见尼摩艇长停下来,举枪瞄准。可瞄了一会儿以后,他又把枪收了起来,继续行走。

最终,大约到四点钟,我们结束了这次妙不可言的海底徒步旅行。我们眼前矗立着一座座壮丽的岩壁,宏伟壮观,花岗岩的峭壁上有阴暗的岩洞可见,但就是没有可以攀登的坡道。这就是克雷斯波岛礁岩的轮廓。这就是陆地。

尼摩艇长突然停了下来。他向我们做了一个停止的手势。此时,尽管我很想翻越这座悬崖,但也不得不停止了脚步。尼摩艇长的领地到此为止,他不愿越雷池一步。再向前走,那便是他再也不愿涉足的那部分地球。

我们开始往回走。尼摩艇长仍然走在我们这支队伍的前列,带领着我们勇往直前。我似乎觉得,我们不是从原路折回"鹦鹉螺号"。我们走的是一条捷径,道路崎岖难走,但却能迅速接近海面。不过,返回海洋浅层不能太快,不然的话,人的机体会因减压过快而导致严重的功能紊乱,从而给潜水者造成致命的内伤。很快,重新又出现了光明,而且越来越亮。同时,太阳已经离开海平面很近,阳光的折射又给水下物体蒙上了艳丽的七彩。

在海平面以下十米深的地方,我们行走在一大群各种各样的小鱼中间。它们比天空里的小鸟还要多,而且更加灵巧。不过,我们的视野里还没有出现任何值得我们开枪射击的水生猎物。

就在这时,我见到艇长迅速将枪托抵在肩膀上,在瞄准一个正在灌木丛中晃动的物体。我听到了一声轻微的子弹呼啸声,一只动物便在几步之外应声倒地。

这是一只漂亮的海獭,一只水生动物,海洋中唯一的四足兽。这只海獭足有 1.5 米长,想必非常值钱。这只海獭背上长着栗褐色的毛,肚皮呈银白色。这是一块人见人爱的裘皮。这种裘皮在俄罗斯和中国市场上十分抢手,柔软有光泽,少说也值 2 000 法郎。我非常欣赏这种珍稀哺乳类动物,圆脑袋,小耳朵,圆眼睛,像猫一样的白髭须,蹼足带趾,毛茸茸的尾巴。由于猎人的追击围捕,这种珍贵的食肉动物已经变得极其稀少,主要躲藏在太平洋的北极圈里。即使在那里,它们也濒临灭绝。

尼摩艇长的同伴前去捡起他们的猎物,扛在自己肩上,我们继续赶路。

我们在平坦的沙滩上行走了整整一个小时。沙滩常常上升到距离海面不足两米的水层。因此,我也常常看见我们自己清晰地映现在水中的倒影。在我们的头顶上有一群同样的人重复着我们的动作和姿势。各方面都相似,只有一点不同:他们走路时两脚朝天,脑袋向下。

另外还有一个视觉效果值得一提。云朵在天上飘过,聚散迅速;但仔细一想,我便明白,这所谓的云朵只不过是高低不一的海面涌浪,我甚至还看到被打碎的浪峰掀起白沫四溅的浪花。倒影还没有清晰到显现在我们头顶上飞翔的海燕的程度,而我却为海燕灵巧地从海面上掠过的高超本领惊讶不已。

就在这个时候,我亲眼看见了会让一名猎手心弦颤动的射击表演:一只展翅飞翔的大海鸟那么清晰可见,滑翔向我们飞来。当海鸟距离波涛只有几米时,尼摩艇长的同伴举枪便射,海鸟立马跌落在这位身手不凡的神枪手近旁,被他一把捉住。这是一只非常美丽的信天翁,远洋罕见的鸟种。

我们的远足并没有因这一插曲而中止。我们整整行走了两个小时,时而行进在平坦的沙地上,时而穿越难走的鲜苔草地。说实在的,我已经疲惫不堪,寸步难移。此时,我隐约看见半海里之外有一道朦胧的光线撕破了海底的黑暗。这是"鹦鹉螺号"潜艇的舷灯发出的光亮。要不了二十分钟,我们就可以返回潜艇。回到潜艇上,我就能呼吸自如了,因为我觉得储气罐里的氧气已经不多了。可是,我没有料到一个意外的遭遇耽误了我们返回潜艇的时间。

我走在尼摩艇长的身后,距离 20 来步远。我见他突然后转向我走来。他用他那双力大无比的手将我按倒在地,而他的同伴也对龚赛伊采取了相同的行动。开始,我对这起突如其来的袭击感到莫名其妙。不过,当我看到艇长也躺倒在我身旁,一动不动时,我也就放下心来。

我就这样躺在地上,正好躲在鲜苔丛后面。我发现有几个庞然大物从我们旁边游过,发出巨大的响声,同时还有磷光闪烁。

我的血都要凝固了。我已经辨认出来,这是凶猛异常的角鲨,我们正受到它们的威胁。这是一对火鲛,鲨鱼中最可怕的一种,尾巴硕大,目光暗淡无神,通过吻周围的小孔分泌出一种含磷的物质。这种火鲛力大无比,凶残异常。它们像铁一样坚硬的牙床可以轻而易举地把整个人咬成肉酱!我不知道龚赛伊是否正忙着给它们分类。而我此时却不是用一个博物学家的科学眼光,而是以一个危在旦夕的遇难者的恐惧目光,正在观察它们银白色的肚子和长满利牙的血盆大口。

非常幸运,这两条贪食的鲨鱼目光迟钝。它们从我们旁边游过,甚至连浅褐色的鱼鳍擦到我们，也没有发现我们。我们奇迹般地躲过了此劫。毫无疑问，在海里遇到角鲨比在深山老林碰到老虎还要危险。

半小时以后，在"鹦鹉螺号"舷灯的引导下，我们回到了"鹦鹉螺号"停泊的水域。潜艇的外层舱门依然开着。我们进入第一间小舱后，尼摩艇长便把门关上。接着，他按了一下电钮。我听到潜艇上的水泵开始运转起来，我觉得自己周围的水在下降。没过多久，小舱里的水就全抽干了。这时，里层舱门打开了。于是，我们回到了更衣室。

在更衣室里，我们有些费力地脱下了潜水服。等回到自己的房舱，我已经精疲力竭，瞌睡难忍，饥饿不堪，几乎要昏倒，但同时又仍然完全沉浸在这次出人意料的海底远足的回味之中。

十八

太平洋下四千里

第二天，十一月十八日早晨，我已经完全从昨天的疲劳中恢复过来。我便登上了"鹦鹉螺号"的平台，正好遇上大副在平台上说那句每日必说的话。当时，我心里在想，这句话与海况有关，或者更确切地说，这句话的含义是："我们什么也没发现。"

确实，洋面上空荡荡的，既无帆影也不见岛屿。克雷斯波岛露出洋面的高地在一夜之间已经踪影全无。海洋能吸收阳光中除蓝色以外的任何颜色，正在把蓝色的光线向四周反射。因此，大海被映成了令人叹为观止的靛蓝，犹如一块宽条纹的波纹织物，在波纹状海涛的作用下此起彼伏，匀称划一。

我正在欣赏海洋的壮丽景色，尼摩艇长也来到了平台上。他似乎没有发觉我也在场，只顾自己进行一系列的天文观测。观测结束后，他就走到舷灯旁，胳膊肘支撑在灯罩上，凝视着一望无际的大海。

与此同时，“鹦鹉螺号”潜艇上的20来名水手也出现在平台上。他们都是些身强力壮、生龙活虎的小伙子。他们是来收昨晚撒在船后面的渔网的。虽然他们的容貌都表明他们是欧洲人，但这些水手显然分属不同的国家。我认出他们中有爱尔兰人、法兰西人，还有几个斯拉夫人、一个希腊人或克里特岛人，想必我不会弄错。再说，他们都很少说话，而且他们之间使用的是一种我甚至猜不出其来源的民族语言。因此，我不得不打消询问他们的想法。

渔网拉上了潜艇。他们使用的是拖网，与诺曼底沿海的拖网相似，由一根浮纲和一条串起下层网眼的索链张开的巨大网袋组成。这些网袋由夹棕拖着横扫海底，把所经之处的海产一网打尽。这天，捕获到许多奇特品种的鱼：因动作滑稽而得了“小丑”绰号的海蛙鱼、长着触须的黑喋鱼、浑身覆盖红色细纹的波纹鳞鲀、毒液剧毒的月牙形鳆鱼、橄榄色的七鳃鳗、全身银鳞覆盖的海豹鱼、电力堪与电鳗和电鳐媲美的旋毛鱼、棕色横斜纹的鳞纹翅鱼、淡青色的鳖鱼、好几种虾虎鱼等等等等，不胜枚举。最后，还有几条个儿要大许多的鱼：一条一米多长的隆头加郎鱼、数条蓝白相间的美丽鲣鱼、三条身体矫健的金枪鱼——尽管它们以速度著称，但也没能逃出拖网。

我估计，这一网足有1 000多磅。虽然捕获物不少，但也并非惊人。因为，渔网要在海底拖上好几个小时，对整个海生动物世界进行扫荡。这样一来，我们倒是不会缺乏优质食品了，而且“鹦鹉螺号”的速度和电灯光的吸引力能够为我们源源不断地提供这样的食品。

各种被捕获的海鲜立即通过舱口被送往食品贮藏室。有些海鲜要趁鲜食用，剩下的海鲜将被保存起来。

鱼收拾好了，空气也补充完了。我以为，“鹦鹉螺号”潜艇又要起航继续它的海底旅行，我正打算回到自己的房间，尼摩艇长转身对着我，开门见山地说：

“瞧，教授先生。这海洋难道不也有真正的生命吗？它不是也有生气和温柔的时候吗？昨天，它像我们一样睡着了。宁静了一夜之后，它又苏醒了！”

他毫无寒暄之词，如此开门见山！别人难道不会以为，这个怪人在同我继续进行已经开始的交谈！

“您看，”他接着又说，“海洋在太阳的轻抚下正在苏醒！它又要开始自己的白昼生活啦！观察海洋机体的变化规律，的确是一项饶有兴趣的研究。它有脉搏，有动脉血管，它还会痉挛。我觉得，学者莫里很有道理，他发现海洋也有名副其实的循环系统，犹如动物的血液循环系统一样。”

毫无疑问，尼摩艇长并不指望我做任何回答。在我看来，跟他说“显然”、“诚然”、“您说得有理”之类的话也都是没有用的。或者确切地说，他是在跟自己说话，而且每句话之间都做很长时间的停顿。这就是一种有声沉思。

“是的，”他继续说道，“海洋真的有循环系统。要想启动海洋的循环系统，造物主只需对海洋加热、加盐，以及增加微生物就行了。因为，热能会导致海水密度差异，促使海洋产生顺流和逆流。蒸发汽化在极地几乎为零，而在赤道地带却非常活跃，导致热带海水和极地海水相互之间永不停止地对流。此外，我无意中还发现了海洋里自上而下和自下而上的水流，实实在在地构成了海洋的呼吸系统。我发现，海水分子在海面上受热以后，会沉入海水深处，在零下两度时密度达到最大，然后因遇到更低的温度而冷却，重量开始变轻，于是便上浮。在极地，您会看到这种现象所产生的结果。同时，多亏了有先见之明的大自然的这条规律，您还将明白为什么冰冻只会在水面上发生！”

正当尼摩艇长说完这句话的时候，我心里暗思：“极地！这个无所畏惧的人，是不是想把我们带到那里去！”

此时，艇长一言不发，两眼注视着眼前这片被他如此彻底、不断研究的海洋。接着，他又继续说道：

“海洋蕴藏着大量的盐。教授先生，如果您把溶解在海洋里的盐全部提炼出来，那么您就可以堆积450万立方法里的盐；如果把这些盐摊在地球表面，那么可以铺十米高的盐层。不过，请不要以为，有这么多盐的存在仅仅是大自然随意所为。其实，并非如此。盐使得海水不易蒸发，阻止海风带走过多的水蒸气。水蒸气一旦化为水的话，温带地区就会被淹没。为了保持地球一般结构的平衡发挥着多么重要的作用！”

尼摩艇长停了下来，甚至站起身来，在平台上踱了几步，又转身向我走来，并接着说道：

“至于纤毛虫，至于那些一滴水中就含有数百万、80 万个才重一毫克的微生物，它们的作用并非不重要。它们吸收海水里的盐，消化水中的固体物质。作为石灰质陆地的真正缔造者，它们生产着珊瑚和石珊瑚！而水滴呢，一旦矿物质被吸收掉以后，就会变轻，浮向海面，并在海面吸纳因水汽蒸发而留下的盐，然后又会变重下沉，为微生物带来可供吸收的新的物质。这样就会产生上下循环的双重对流，海洋处于不停的运动之中，生命也就周而复始了！生命充斥海洋，而且比在陆地上更加强烈，更加旺盛，更加无限。有人说过，海洋是人类的坟墓，却是无数动物——我也一样——的栖息天堂！”

尼摩艇长在说这番话的时候，面部表情发生着变化。而且，他的话在我的内心激发起一种非同寻常的激动。

“因此，”他补充说道，“海洋才是真正的生活场所！因此，我打算建设水城和海底住宅群，就像‘鹦鹉螺号’一样，每天早上浮出海面来呼吸新鲜空气。要是可能的话，就创建自由城市、独立城邦！而且，有谁知道某个暴君是否……”

尼摩艇长以一个猛烈的动作结束了这句话。随后，他直接问我，像是要驱赶一种不祥的想法：

“阿罗纳克斯先生，您知道海洋有多深吗？”

“艇长，我至少也了解一些我们所得到的主要探测数据。”

“能给我列举一二吗？以便于我在必要时进行核对。”

“下面是几个我还记得的数据，”我回答说，“如果我没记错，北大西洋的平均深度是 8 200 米；地中海的平均深度是 2 500 米。最引人注目的是在南大西洋南纬 35 度附近进行的几次探测，分别测得了 12 000 米、14 091 米和 15 149 米等不同的深度。总之，如果把海底整平，其平均深度估计大约为 7 000 米。”

“很好，教授先生。”尼摩艇长回答说，“我希望，我们将向您提供更加确切的数据。至于太平洋这片海域的平均深度，我可以告诉您，它只有4 000 米。”

说完，尼摩艇长便径直朝舱口走去，然后走下了铁梯。我跟着他下了梯子，回到大客厅里。潜艇的螺旋桨随即旋转起来。测速器指示的时速是每小时 20 海里。

一连几天，几个星期过去了。在此期间，尼摩艇长很少造访，我也很少见到他。“鹦鹉螺号”的大副定时测定潜艇的方位，并一一记录在航海图上。因此，我可以准确说出“鹦鹉螺号”的航行路线。

每天，龚赛伊和尼德·兰都要与我在一起度过好几小时。龚赛伊给他的朋友讲述我们徒步漫游海底时见到的异景奇观，加拿大人为没有与我们同行而后悔不迭；而我则希望还能有机会去观光海洋森林。

客厅舷窗的防护板几乎每天都要开启几小时，而我们则百看不厌，为能探索海底世界的奥秘而感到欣慰。

“鹦鹉螺号”的大致航向是东南，下潜深度保持在 100—150 米之间。然而，有一天，我不知道究竟为何，它使用自己倾斜的尾翼呈对角线下潜，驶入 2 000 米的深水区，温度计显示外面水温是 4. 25 摄氏度。在这个深度，各纬度的水温看来是相同的。

十一月二十六日，凌晨三时，“鹦鹉螺号”在西经 172 度越过了北回归线。二十七日，它驶抵桑威奇群岛①。一七七九年二月十四日，著名航海家库克②就在这里遇难。从我们的起点算起到现在，我们已经航行了 4 860 法里。这天早上，我登上平台，望见了相隔两海里的夏威夷岛，它是形成这个群岛的七个岛中最大的岛屿。我能清晰地分辨岛上已开垦区域的边缘，以及与海岸线平行的各大山脉和火山群，海拔 5 000 米的冒纳开亚山傲视全岛。在这一带海域，还能用渔网捞到孔雀珊瑚。这是一种外形美观的扁平水蛭珊瑚，也是太平洋这一带海域的特产。

“鹦鹉螺号”仍然朝着东南方向航行。十二月一日，“鹦鹉螺号”在西经 142 度越过赤道。四日，在太平洋上快速横穿，没有发生任何意外，不久我们就望见了马克萨斯群岛。我在南纬 8 度 57 分、西经 139 度 32 分、距离我们三海里的地方发现了奴库希瓦岛上的马丁岬头。马丁岬头是这个法属群岛最重要的岬头。我只看到远处丛林覆盖的山峦，因为尼摩艇长不喜欢贴

---

① 桑威奇群岛：夏威夷群岛的旧称。

② 库克（1728—1779）：英国海军上校、航海家、海洋探险家。

近陆地航行。在这一带海域，用渔网能捕获到一些漂亮的鱼种，其中有碧鳍金尾克里芬鱼，其肉鲜美无比；几乎无鳞、味道鲜美的赤裸鱼；骨鳃鱼；味如舵鲣的黑黄色塌萨鱼。所有这些鱼都值得送进"鹦鹉螺号"的配膳室。

离开了迷人的法属群岛以后，从十二月四日到十一日，"鹦鹉螺号"大约总共航行了2 000 海里。这次航行途中，我们遇到了一大群鱿鱼——一种非常接近于墨鱼的奇特软体动物。法国渔民们称它们为枪乌贼。它们属头足纲，双鳃目，与墨鱼和蛸鱼同属一目。古代博物学家对它们进行过专门的研究，它们曾为古代雅典民众辩论会的演说家提供了不少素材；据生活在加利埃尼斯[①]之前的希腊医生雅典娜说，它们同时还是有钱的希腊公民餐桌上的一道美味佳肴。

十二月九日夜里，"鹦鹉螺号"遇上了一大群喜欢夜游的软体动物，估计有数百万条。它们沿着鲱鱼和沙丁鱼的巡游路线，从温带海域向水温较暖的海域迁徙。我们透过厚厚的水晶玻璃，观看它们正凭借自身唧管的驱动力，以极快的速度在倒游，追逐着鱼类和软体动物，吞噬着小鱼，或者被大鱼吞噬。它们以无法描绘的方式胡乱地晃动着大自然赋予它们的触须，这些长在它们头部的触须宛如一根根长长的蛇形管。尽管"鹦鹉螺号"的航速很快，但是，有好几个小时都行驶在一大群软体动物中间。潜艇上的渔网捕捞到了无数的软体动物。其中，我认出了多比尼[②]为太平洋里的软体动物分过类的九个品种。

如上所述，在这次横渡太平洋期间，海洋不停地展现其各种奇妙无比、变幻无穷的景色，不断地更换布景和场面，令我们大饱眼福。我们不仅被吸引着要观赏造物主在海洋里创造的杰作，而且还要去揭开海洋深处骇人听闻的奥秘。

十二月十一日白天，我一直待在大客厅里看书。尼德·兰和龚赛伊通过开启的防护板一直在观看明亮的海水。"鹦鹉螺号"纹丝不动。潜艇上的储水舱已经盛满了水。潜艇位于1 000 米的深度，海洋这个深度的区域几乎没有什么动物栖息，只是偶尔有几条大鱼光顾。

---

① 加利埃尼斯(218—268)：罗马皇帝。

② 多比尼(1802—1857)：法国博物学家。

这时，我在读让·马塞的一本吸引人的书——《胃的奴仆》。当我正在品味书中的巧妙忠告时，龚赛伊打断了我的阅读。

“先生能过来一下吗？”他用奇特的语气对我说道。

“什么事啊，龚赛伊？”

“先生，请仔细看！”

我站起来，走到舷窗前，俯身向外张望。

只见电灯光下有一个黑黝黝的庞然大物，悬在水中一动不动。我仔细地对它进行观察，想辨认这头巨鲸的种类。突然，一个念头闪过我的脑海。

“一艘船！”我惊叫道。

“是的，”加拿大人应和道，“一艘沉没的船！”

尼德·兰没有看错。我们眼前是一艘沉船，折断了的侧支索仍然还挂在铁柱上。船体看上去依旧完好无损，这起海难事故最多才发生几个小时。这艘船的三根桅杆在离甲板两米处被拦腰砍断，这说明这艘被风刮得侧倾的帆船曾不得不放弃自己的桅杆。但是，帆船已经侧倾，灌满了海水，并且继续朝左舷倾斜。这具遇难船只的残骸横躺在波涛之中，其景惨不忍睹。不过，甲板上的情景更加凄惨：还躺着几具被绳索缠绕着的尸体！我数了数，一共四具——四具男尸，其中一具站着靠在舵旁；还有一具女尸，上半身探出艉楼甲板窗，双手举着一个孩子。这个女人还年轻。“鹦鹉螺号”的电灯光强烈地打在她的脸上，我得以辨出她那还没有被海水浸泡变形的面容。她在作最后的挣扎，把孩子举过自己的头顶。可是，这个可怜的小生命却用两只胳膊紧紧搂住母亲的脖子不放！四名海员死去的模样非常可怕，身体因抽搐而蜷缩着，拼命挣扎着，想挣脱将他们缠绕在船上的绳索。只有那个舵手的表情显得比较镇静，面容清晰、严肃，灰白的前刘海紧贴在前额，痉挛的双手仍握着舵盘，好像是要把这艘已经遇难的三桅帆船驶向大洋深处！

多么凄惨的景象！面对这刚刚发生的海难事故现场，可以说，面对在出事的最后一刻拍摄下来的沉船现场，我们大家默不作声，而我们温暖的心脏在剧烈地跳动！我看见几头巨大的角鲨为这些人肉诱饵所吸引，它们的眼睛里冒着火花，正在向前靠拢！

“鹦鹉螺号”仍在行驶，并且围着沉船绕了一圈。忽然，我看见船尾的牌子上写着：“佛罗里达号”，森德兰港。

十九

瓦尼科罗岛

这一幕是“鹦鹉螺号”沿途遇见的海难事故中的一个。自“鹦鹉螺号”在交通比较繁忙的海域航行以来，我们常常遇见已被海水腐烂了的遇难船只的残骸，在更深的水层还能看到已经锈蚀了的大炮、炮弹、铁锚、铁链和其他许多铁器。

我们一直乘着“鹦鹉螺号”航行，过着与世隔绝的生活。十二月十一日，我们望见了土阿莫土群岛。这个旧名叫布干维尔的“危险群岛”，呈东南偏东—西北偏西走向，位于南纬13度30分—32度50分与西经125度30分—151度30分之间，从杜西岛到拉扎雷夫岛，连绵500法里。群岛面积为370平方法里，由60多组岛屿组成，其中包括法国强制托管的冈比埃群岛。这些岛屿全是珊瑚石灰质岛。在珊瑚虫的作用下，地面不断缓缓上升，有朝一日，这些岛屿会连成一片。然后，这些新岛屿会跟邻近的群岛连接起来。这样，从新西兰和新喀里多尼亚岛到马克萨斯群岛将连成第五大洲。

那天，我在尼摩艇长跟前阐述了这一假说。他冷冷地回答说：

“地球所需要的不是新大陆，而是新人！”

说来也巧，“鹦鹉螺号”正好是朝着这个群岛中最奇特的一个岛屿——克莱蒙—托内尔岛驶去。这个海岛是在一八二二年由“密涅瓦号”轮贝尔船长发现的。这样，我就可以研究构成这一带太平洋岛屿的石珊瑚群岛。

石珊瑚——请不要与普通珊瑚混淆，石珊瑚的骨骼组织外表覆盖着一层石灰质硬壳。它的骨骼构造的变化驱使我的导师、著名的米尔恩·爱德华兹先生把它们分成五部分。这些分泌珊瑚骨的微小生物，数以十亿计地生活在细胞中。正是它们分泌的石灰质沉淀物形成了岩礁、暗礁、小岛和岛屿。这里,它们形成了一个圆环,中央围着一个礁湖或小内湖,其边缘缺口使之与大海相通。那里,它们筑成一道道类似于新喀里多尼亚岛和土阿莫土群岛沿岸的礁石屏障。在别处,比如留尼汪岛和毛里求斯岛,它们筑起了陡峭似高墙的岸礁;岸礁的外侧就是深不可测的大海。

仅仅距离克莱蒙—托内尔岛几链地远,沿着岛屿陡峭的海岸,我欣赏着这些微生物"劳动者"所完成的宏伟工程,内心发出由衷的赞叹。这些悬崖峭壁是被命名为多孔珊瑚、细孔珊瑚、星珊瑚和脑形珊瑚之类的石珊瑚的杰作。这类珊瑚虫专门在波涛汹涌的海洋表层生息繁衍。因此,它们是从上层开始它们的水下建筑的,在分泌物的支撑下逐渐往下深入。至少,达尔文的学说是这样解释珊瑚岛的形成的。在我看来,他的学说,比起那种把距离海面几英尺的山顶或火山峰说成是珊瑚虫造礁基础的理论,要来得高明。

我能够非常接近地观察这些奇特的悬崖峭壁,因为与它们垂直平行,探测器可以测到300多米深,"鹦鹉螺号"的电灯光照得这些晶莹闪烁的石灰质峭壁闪闪发光。

龚赛伊问我,这么巨大的悬崖峭壁需要多长时间堆积而成。我回答他说,学者们认为,一个世纪只能堆积八分之一英寸。我的回答令他惊讶不已。

"这么说,要形成这些高墙,"他问我说,"需要……"

"192 000年,我的朋友,这大大延长了《圣经》所说的天数。此外,煤的形成,也就是说,洪荒时期被淹没的森林的矿化,需要比这长得多的时间。不过,我要补充一点,《圣经》里说的一天其实是指一个时代,而不是两次日出的间隙,因为按照《圣经》上说的,太阳并非起始于创世这一天。"

"鹦鹉螺号"重新浮到海面上以后,这个海拔很低、被绿化覆盖的克莱蒙—托内尔岛的全貌被尽收眼底。岛上的珊瑚石显然因风化作用而变成了沃土。某一天,一粒种子被飓风从邻近陆地上卷起飘落在石灰岩风化层上,这里覆盖着已经腐烂的海鱼和海草,成为肥沃的原始土壤。一个椰子随波逐流,漂泊到了新形成的岛屿的海滩上。胚芽扎下了根,树苗渐渐长大,遏制了水分的蒸发;雨水汇集成了小溪;植被逐渐蔓延。攀栖在树干上的微生物、爬虫和昆虫顺流从位于上风口的岛屿飘到了荒岛。海龟来这里产卵,鸟雀在树上垒窝。就这样,动物在岛上生息繁衍,人类受绿化和沃土的诱惑也迁徙到了岛上。这些岛屿就是这样形成的,它们是微生动物的伟大杰作。

傍晚时分,克莱蒙—托内尔岛消失在远处,而"鹦鹉螺号"明显改变了航向。在西经 135 度与南回归线交汇以后,潜艇重新在热带海域朝着西北偏西方向航行。尽管夏日的太阳光照强烈,但是,我们一点也不感到炎热,因为在海面以下三四十米的地方,温度不会超过 10 至 12 度。

十二月十五日,我们从西边掠过了景色迷人的社会群岛和堪称太平洋明珠的婀娜多姿的塔希提岛。早晨,我在相隔几海里的海域远远望见这座岛屿上高耸的山峰。这一带海域为我们的餐桌提供了一些美味的海鱼:鲭鱼、鲣鱼、白化鱼。此外,还有多种属于鳗鱼类的海蛇。

"鹦鹉螺号"已经行驶了 8 100 海里。当它在汤加塔布群岛和航海家岛屿之间穿行的时候,潜艇上的计程器读数已是 9 720 海里。汤加塔布群岛是"阿尔戈号"、"太子港号"和"波特兰公爵号"全体船员遇难的地方,而航海家群岛则是拉佩鲁兹①的朋友——朗格勒船长被害的地点。接着,"鹦鹉螺号"又驶近维提群岛,土著人曾经在这里杀害了联盟号船的全体水手和指挥"可爱的约瑟芬号"船的南特人比罗船长。

该群岛南北连绵 100 法里,东西宽 90 法里,位于南纬 2—6 度,西经 174—179 度之间。维提群岛由许多岛屿、小岛和礁石组成,其中包括维提岛、瓦努阿岛和坎杜蓬岛。

这个群岛是由塔斯曼②于一六四三年发现的。同年,托里切利③发明了气压计;路易十四加冕登基。现在,且请读者诸君评判,这些事件中哪一件对人类最为有益。随后,库克于一七一四年,德·昂特加斯托④于一七九三年曾经来过这里,而最后是杜蒙·杜维尔⑤于一八二七年弄清了这一带海域的地形。"鹦鹉螺号"又驶近了魏利亚湾。这里曾是第一个弄清拉佩鲁兹海难事故秘密的迪隆船长历险的地方。

---

① 拉佩鲁兹(1741—1788):法国航海家。

② 塔斯曼(1603—1659):荷兰航海家。

③ 托里切利(1608—1647):意大利数学家、物理学家。

④ 德·昂特加斯托(1737—1793):法国航海家。

⑤ 杜蒙·杜维尔(1790—1842):法国航海家。

我们在这里用捞网捕捞贝类，这个海湾为我们提供了大量美味可口的牡蛎。我们听从塞内加[1]的告诫，在餐桌上将牡蛎剥开后大吃其肉。这些软体动物属于贝壳蚝类，在科西嘉岛十分常见。魏利亚湾一定盛产牡蛎。要不是由于种种毁灭性的原因，这种牡蛎必然会充斥整个海湾，因为有人计算过，一只牡蛎就能产 200 万个卵。

如果说尼德·兰师傅这次无须为自己的贪吃行为后悔的话，那是因为牡蛎是唯一不会导致消化不良的佳肴。其实，要提供一个人一天所必需的营养——315 克含氮物质，必须吃不少于 16 打的无头软体动物。

十二月二十五日，"鹦鹉螺号"在新赫布里底[2]群岛各岛屿之间穿行。这个群岛由基洛斯于一六〇六年发现，布干维尔曾于一七六八年来这里探险，库克又在一七七三年将它命名为新赫布里底。这个群岛主要由九个大岛组成，位于南纬 2—15 度、西经 164—168 度之间，西北偏北—东南偏南走向，长达 120 法里。我们的潜艇相当接近奥鲁岛航行。中午时分观察，这个海岛一片郁郁葱葱，高耸的山峰俯瞰着森林。

这一天是圣诞节。我觉得，尼德·兰为不能欢度圣诞而深感遗憾，因为耶稣教徒们十分迷恋这个阖家团聚的节日。

我已经有一个星期没见到尼摩艇长了。二十七日早晨，他走进大客厅，还是那副刚离开你五分钟的表情。这时，我正在双半球平面地图上寻找"鹦鹉螺号"的航行路线。艇长走过来，用手指着地图说：

"瓦尼科罗。"

这个名字像是有魔力似的。这就是拉佩鲁兹率领的船队失踪的群岛的名字。我猛地站了起来。

"'鹦鹉螺号'要带我们去瓦尼科罗群岛？"我问道。

"是的，教授先生。"尼摩艇长答道。

"这么说来，我能够上'罗盘号'和'星盘号'被撞沉的著名岛屿去看看喽？"

"只要您乐意，教授先生。"

---

① 塞内加(公元前 4—65)：古罗马哲学家、政治家和剧作家。

② 新赫布里底：现名瓦努阿图。

“我们什么时候能够到达瓦尼科罗群岛？”

“已经到了，教授先生。”我走上平台，尼摩艇长跟在我身后。我站在平台上，双目贪婪地向远方扫视。

在我们的东北方向，浮出两座大小不等的火山岛，周围环绕着40海里长的珊瑚礁。现在，我们就站在真正的瓦尼科罗岛面前，杜蒙·杜维尔硬给它取名探索岛。我们正好面对着位于南纬16度4分、东经164度32分的万奴小港。从海滩一直到岛内的山峦，全岛似乎都被绿荫覆盖，高476托阿兹的卡波哥山峰俯瞰着全岛。

“鹦鹉螺号”从一个狭窄的通道，穿过外围的礁石环，避开了海浪的拍打。这里的水深30—40法寻①。我发现，在红树的树荫下有几个土著人，正为我们驶抵岛屿而表现出极大的惊奇。看到我们这艘船长长的黑色躯体破浪前进，他们会不会以为是某种必须加以防范的可怕的鲸类动物呢？

这时，尼摩艇长询问我是否知道拉佩鲁兹遇难的情况。

“这件事妇孺皆知，艇长。”我回答他说。

“那么，就请您把妇孺皆知的事给我说说吧！”他用略带嘲讽的口吻坚持道。

“这很容易。”

我向他讲述了杜蒙·杜维尔在其最近的著作中提到的有关这起海难事故的情况。以下便是简要的梗概。

一七八五年，拉佩鲁兹和他的副手朗格勒船长受路易十六的派遣进行环球航行。他们登上了“罗盘号”和“星盘号”两艘轻型巡航舰起航以后，一去就杳无音信。

一七九一年，法国政府非常担心这两艘军舰的命运，装备了两艘大型运输舰“探索号”和“希望号”，由布鲁尼·德·昂特加斯托指挥，于九月二十八日离开布勒斯特港。两个月过后，从“阿尔贝马尔号”舰长、一个叫波温的人的陈述中得知，在新佐治亚岛沿海见到了遇难船只的残骸。然而，昂特加斯托并不知道这个消息——再说也不一定可靠，朝着海军部群岛驶去。亨特船长在一份报告中把这个群岛说成是拉佩鲁兹遇难的地点。

① 法寻：法国旧时水深单位，一法寻大约等于1.624米。

昂特加斯托指挥的搜索毫无结果。“希望号”和“探索号”甚至从瓦尼科罗群岛前经过,也没有停留。总之,这次航行非常不顺利,因为昂特加斯托和他的两名副手,以及船上的好几名水手,都付出了生命的代价。

一个非常熟悉太平洋的航海老手——迪隆船长第一个发现了遇难者无可争议的踪迹。一八二四年五月十五日,他的“圣帕特里克号”船经过新赫布里底群岛的蒂科皮亚岛附近,一个印度水手驾着一条独木舟上前来与迪隆船长搭讪,向他兜售一柄银剑,剑柄有用刻刀雕刻的文字印记。这个印度水手还声称,六年前他在瓦尼科罗岛逗留期间曾经见到过两个欧洲人,他们是多年以前在这里触礁遇难的船只上的船员。

迪隆猜测他所说的遇难船只就是拉佩鲁兹率领的船队。他们的失踪惊动了整个世界。迪隆曾打算去瓦尼科罗群岛,因为据那个印度水手说,那里还有许多遇难船只的残骸。但是,风和潮水没能让他如愿以偿。

迪隆又回到了加尔各答。在那里,他巧妙地说服亚细亚公司和印度公司对他的发现产生了兴趣。一艘名叫“探索号”的船交给他调遣。于是,一八二七年一月二十三日,他在一名法国代理人的陪同下起航出发。

“探索号”在太平洋上的好几个地方停泊,进行搜寻,于一八二七年七月七日在瓦尼科罗群岛停泊,地点正好是现在停泊“鹦鹉螺号”的万奴小港。

在那里,“探索号”搜集到了遇难船只的许多遗物:铁制用具、铁锚、滑轮上的铁链环、石炮、一枚口径180毫米的炮弹、天文仪器的残骸和船上环形顶饰的碎片。此外,还有一座铜钟,上面有这样一段铭文:“巴赞为我而造”,这是一七八五年前后布勒斯特军械局铸造厂使用的标记。因此,不可能再有任何疑问了。

迪隆为了充实他的证明材料,在出事地点一直待到十月份。随后,他离开瓦尼科罗群岛,去了新西兰,一八二八年四月七日停靠加尔各答。后来,他回到法国受到了查理十世非常热情的款待。

可是,在这之前,杜蒙·杜维尔因为不知道迪隆主持的搜寻工作,已经出发到别处寻找拉佩鲁兹遇难的地点。而且,他先前已经从一艘捕鲸船的报告中获悉,在路易西亚德群岛和新喀里多尼亚岛的土著人手中发现了一些徽章和一枚圣路易十字勋章。

在迪隆离开瓦尼科罗群岛两个月以后，杜蒙·杜维尔指挥着“星盘号”扬帆起航，驶抵霍巴特港停泊。在那里，他听说了迪隆取得的搜寻成果。此外，他还听说，加尔各答轮船公司“联盟号”船的大副，一个名叫詹姆士·霍布斯的，曾在一座位于南纬 8 度 18 分、东经 156 度 30 分的岛屿上登陆，发现过当地土著人在使用铁条和红布。

杜蒙·杜维尔感到相当困惑，他不知道是否应该相信由一些不太可信的报纸所报道的消息。然而，他决定沿着迪隆的航线继续搜寻。

一八二八年二月十日，“星盘号”驶抵蒂科皮亚岛，请一个在岛上定居的逃兵担任向导兼翻译，他的船便向瓦尼科罗群岛进发。二月十二日，“星盘号”望见了尼科罗群岛，一直围着环岛珊瑚礁行驶，只是到了二十日才驶进环岛珊瑚礁，停泊在万奴小港里。

二十三日，船上的多名职务船员上岛搜寻了一遍，找回了一些无关紧要的残余物品。当地土著人采取不承认和推诿的办法，拒绝带他们前往事发地点。这样的行为非常可疑，恰恰让别人认为他们曾经虐待过遇难的船员。而事实上，他们好像非常害怕杜蒙·杜维尔是前来为拉佩鲁兹和他的不幸同伴们报仇的。

不过，二十六日，当地土著人一方面在礼物的诱惑下，另一方面明白了无须担心会遭受任何报复行动，最后终于带领大副雅基诺先生实地察看“罗盘号”和“星盘号”出事的地点。

在出事地点，帕古和万奴礁之间，在三四法寻深的水里堆积着一些铁锚、大炮、铁锭和铅锭，表面都已经结了一层石灰质硬壳。“星盘号”船的救生艇和小船开到了这个地方，船员们费了好大的劲才把一个重 1 800 斤的铁锚、一门口径 80 毫米的铁炮、一块铅锭和两门铜炮打捞上来。

杜蒙·杜维尔向土著人打听得知，在两艘船触礁沉没以后，拉佩鲁兹又造了一条较小的船。可是，第二次又失踪了……在哪里失踪的，没有人知道。

于是，“星盘号”船的指挥官便在一丛红树下命人修建了一座衣冠冢，以纪念这位著名的航海家及其同伴们。这座衣冠冢只是一个坐落在石珊瑚上的简单四棱锥，里面没有放任何有可能引起土著人贪欲的金属品。

然后，杜蒙·杜维尔打算起航离开这个地方。可是，他的船员都染上了这个不卫生的海岛流行的发热病,而他本人也病得很厉害。所以,他们一直拖到三月十七日才起航。

与此同时,法国政府担心杜蒙·杜维尔还不知道迪隆搜寻工作的进展情况,于是就派遣一艘当时停泊在美国西海岸的“巴约纳号”小型护卫艇前往瓦尼科罗群岛。护卫舰由勒高朗·德·托洛姆林指挥。在“星盘号”船离开瓦尼科罗群岛后几个月,“巴约纳号”才驶抵瓦尼科罗岛,但没有发现任何新的线索,只看到当地人十分尊重拉佩鲁兹的坟墓。

这就是我给尼摩艇长讲述的故事的大致内容。

“这么说来,”艇长问我说,“这些遇难者在瓦尼科罗岛上建造的第三艘船沉没在什么地方,仍然没有人知道喽?”

“是的,没人知道。”

尼摩艇长没有吱声,而是示意我跟他到大客厅去。这时,“鹦鹉螺号”下潜了数米,客厅舷窗的防护板也打开了。

我急切地跑到玻璃前,只见海里覆盖着蕈类植物、管状植物和翠绿海草等的珊瑚石下,透过无数婀娜多姿的鱼——鲃鱼、条纹鱼、颅骨鱼、金鲷,我隐约发现捞网没能捞起的战舰残骸,如铁蹬索、铁锚、火炮、炮弹、绞车索具和艏柱等,全都是遇难船只的遗物,现在上面都长满了海藻。

正当我在张望这些令人伤感的遇难船只残骸的时候,尼摩艇长用一种严肃的口吻对我说道:“一七八五年十二月七日,拉佩鲁兹舰长率‘罗盘号’和‘星盘号’两艘军舰起航。他最初停泊在波坦尼湾,造访过朋友群岛、新喀里多尼亚岛,然后又驶往圣克鲁斯岛,中途停泊在哈巴依群岛的拿莫加岛,他的军舰驶进了瓦尼科罗群岛不知名的礁石丛里。‘罗盘号’走在前头,撞在了南岸的礁石上。‘星盘号’前去援救,也同样触礁沉没了。第一艘船几乎当场被撞得粉身碎骨;第二艘船搁浅在下风处,坚持了几天才沉没。当地的土著人相当热情地收留了遇难的船员。他们在岛上安顿了下来,并且还用两艘遇难大船的残骸修建了一条较小的船。有几名水手自愿留在了瓦尼科罗群岛,其他船员——体弱有病的——都随同拉佩鲁兹离开了那里。他们向所罗门群岛驶去,结果在这个群岛主要岛屿的西海岸失望岬和满意岬之间,连船带人全部沉入大海!”

“您怎么知道得这样清楚?”我惊讶地问。

"瞧,这就是我在最后一次出事的地方找到的一件遗物!"

尼摩艇长拿出一只上面有法国国徽印记的白铁盒子。它已经被海水腐蚀得锈迹斑斑。他打开铁盒,我看见里面有一沓已经泛黄但字迹仍然清晰可辨的纸张。

这正是法国海军大臣签发给拉佩鲁兹舰长的命令,页旁还有路易十六的御笔批示!

"唉!对于一个海员来说,这是善终!"这时,尼摩艇长开口说。"这里的珊瑚坟墓十分幽静!但愿上天别让我和我的同伴们葬身别处!"

二十

托雷斯海峡

十二月二十七日夜间,"鹦鹉螺号"超速驶离瓦尼科罗群岛。航向西南。三天工夫,它从拉佩鲁兹遇难的群岛驶抵巴布亚群岛的东南端,行程750法里。

一八六八年一月一日清晨,龚赛伊到平台上来找我。

"先生,"这个好小伙子前来祝福说,"能允许我祝贺一年顺利吗?"

"龚赛伊,怎么说话啊?当然可以,就像我在巴黎,在植物园自己的工作室里一样。我接受你的祝福,谢谢。不过,我想问你,在我们目前所处的情形下,你说'一年顺利'到底是什么意思。这是指我们将结束囚禁生活的一年,还是指我们要继续这种奇特旅行的一年呢?"

"说实在的,"龚赛伊答道,"我还真不知道该怎样回答先生才好。确实,我们看到了许多有趣的东西。而且,这两个月来,我们根本没有时间感到厌倦乏味。最后见到的奇观总是最令人惊讶不已的。如果这样继续下去,我真不知道将来的结局会是怎样的。可我以为,我们永远也不会再遇到类似的机会了。"

"永远也不会有了,龚赛伊。"

"再说,尼摩先生,这个人就像他的拉丁名字,他的存在并不比他的不存在碍事。"

"说得是,龚赛伊。"

"我是这么想的,不怕先生见怪,'一年顺利'就是让我们目睹一切的一年……"

"龚赛伊,你想目睹一切?这恐怕需要更长的时间。不过,尼德·兰是怎么想的?"

"尼德·兰的想法正好跟我相反。"龚赛伊答道,"他是个讲究实惠,不愿亏待肠胃的人。老是这样看鱼和吃鱼,对他说来是不够的。一个吃惯牛排的真正撒克逊人是过不惯既无面包又无酒肉的生活的。适量地喝一点白兰地或杜松子酒是满足不了他的!"

"至于我嘛,龚赛伊,我在这方面一点都不感到委屈。我觉得船上的饮食挺适合我的。"

"我也这样感觉,"龚赛伊回答说,"因此,我在想留下来,而兰师傅却在设法逃走。如果刚开始的一年对我来说不顺的话,对他来说刚好相反;反过来也一样。如此看来,我们两人中间总有一个是满意的。最后,我祝先生凡事如意。"

"谢谢,龚赛伊。不过,新年礼物的事,以后再说吧。暂时用握手来代替。现在,我也只能这么做了。"

"先生从来没有这么慷慨过。"龚赛伊答道。

说完,这个好小伙子就走了。

一月二日,从日本海出发以来,我们已经航行了 11 340 海里,或者说 5 250 法里。在"鹦鹉螺号"船首冲角前伸展的,是澳大利亚东北部沿海珊瑚丛生的危险海域。我们的潜艇距离海岸才几海里,沿着这个可怕的暗礁脉行驶。一七七〇年六月十日,库克率领的船队差点在这个地方触礁沉没。库克乘坐的那艘船撞在了一块礁石上。这艘船之所以没有沉没,是因为一块撞崩下来的珊瑚石嵌在了船体的裂缝里。

我真的非常想看看这块长达360法里的礁石。总是汹涌澎湃的海水打在礁石上,发出雷鸣般的响声,震耳欲聋。可是,就在这个时候,鹦鹉螺号倾斜的尾翼却将我们送到了海洋深处,致使我连这块由珊瑚石构成的悬崖峭壁的影子都没有看到。我只能满足于欣赏我们的渔网捕获到的各种深水鱼。其中,引起我关注的有白金枪鱼。这是一种与金枪鱼一般大小的鲭鱼,两侧呈浅蓝色,身上横条纹随着年龄的增长而逐渐消失。这种鱼成群结队地伴随在我们左右,并且为我们提供了美味无比的佳肴。我们还捕到了好多青花鱼和几条飞锥鱼。青花鱼只有半分米长,味道同鲷。飞锥鱼是名副其实的海底飞燕,夜间,它们身上的磷光交替在空中和水里闪烁。至于软体动物和植形动物,我在拖网里见到了各种鸡冠虫、海胆、槌贝、马刺螺、盘形贝、蟹守螺、玻璃贝。植物主要有形状美丽的漂浮海藻、海生昆布和大包囊。它们身上沾满了从自己气孔里渗出来的黏液。我还采到了一种奇妙的胶质海藻。这种海藻已经作为自然珍宝被巴黎自然博物馆收藏。

一月四日,穿过珊瑚海域两天以后,我们望见了巴布亚岛的海岸。这时,尼摩艇长告诉我,他打算经由托雷斯海峡驶入印度洋。他就告诉我这么点信息。尼德高兴地看到,这条航线使他逐渐靠近欧洲海域。

托雷斯海峡将新荷兰岛和巴布亚岛(也叫新几内亚岛)分割开来。该海峡不仅因为暗礁密布,而且还由于土著居民经常出没而被视为危险的航道。

巴布亚岛长400法里,宽130法里,面积四万平方法里,位于南纬0度19分—10度2分、东经128度23分—146度15分之间。中午,正当大副在测量太阳高度的时候,我看见了阿尔法克斯山脉,山峦重叠,山峰陡峭。

这块陆地于一五一一年由葡萄牙人佛朗西斯科·塞拉诺发现,后来唐·约瑟·德·梅内塞斯于一五二六年,格里加尔瓦于一五二七年,西班牙将军阿尔瓦·德·萨阿富德拉于一五二八年,叙伊哥·奥尔泰兹于一五四五年,荷兰人肖腾于一六一六年,尼古拉·斯瑞克于一七五三年,塔斯迈、党皮埃、富梅尔、卡特雷、爱德华兹、布干维尔、库克、佛雷斯特、马克·克鲁埃和昂特卡斯托于一七九二年,杜佩雷于一八二三年,以及杜蒙·杜维尔于一八二七年先后来过这里。德·雷恩兹先生曾经说过:"这里是占领整个马来西亚的黑人的集聚地。"因此,我毫不怀疑,我们碰巧也会遇上可怕的安达曼人。

“鹦鹉螺号”来到了地球上最危险的海峡的入口。这个地方,就连最有胆量的航海家都几乎不敢从这里通过。路易·帕兹·德·托雷斯[①]从南极海域返回美拉尼西亚群岛时,曾铤而走险从这个海峡穿行而过。一八四〇年杜蒙·杜维尔的几艘轻护卫舰在这里搁浅时差点连人带船葬身大海。“鹦鹉螺号”虽然在海洋里航行无所畏惧,但这下可要领教托雷斯海峡珊瑚礁的厉害了。

托雷斯海峡大约宽34法里,但是岛屿、岩礁和岩石星罗棋布,船只进了海峡几乎寸步难行。因此,为了顺利通过海峡,尼摩艇长采取了一切必要的防范措施。“鹦鹉螺号”漂浮在海面上,以适中的速度前进。它的螺旋桨像鲸鱼的尾巴缓缓地拍打着波涛。

我和我的两位伙伴趁此机会,登上了始终不见人影的平台。操舵手的驾驶舱就在我们前面。如果我没有弄错的话,尼摩艇长一定是在里面亲自指挥着他的“鹦鹉螺号”。

我的眼前摊放着标注详尽、精确的托雷斯海峡航海图。这几张海图是由海洋测绘工程师万尚·杜姆兰以及海军中尉——现在已是升任海军上将——古旺—戴斯博瓦测绘、编制的。他们曾在杜蒙·杜维尔进行最后一次环球航行的参谋部里供过职。这些海图与船长威廉·派克·金[②]所绘制的海图齐名,都是目前最好的海图,可以用来帮助弄清这个狭窄通道的复杂地形。我极其仔细地查看着航海图。

“鹦鹉螺号”周围波涛汹涌。海水以2.5海里的时速由东南向西北奔腾而去,打在尖头四露的珊瑚礁上溅起朵朵浪花。

“嘿,这里的海况可真险恶!”尼德·兰对我说。

“是的,恶劣透了!”我回答道。“就连‘鹦鹉螺号’这样的船也够它受的。”

“这个要命的艇长,”加拿大人又开口说,“他可得认准航道,我看见这里到处是一堆一堆的珊瑚礁石,船只要在上面稍微擦一下,马上就会粉身碎骨。”

---

① 路易·帕兹·德·托雷斯:十七世纪西班牙航海家。

② 威廉·派克·金(1793—1856):英国海员、海洋地图测绘工程师。

的确，形势十分危险。可是，“鹦鹉螺号”却像是施过魔法似的，在令人生畏的暗礁丛里轻车熟路地一溜而过。“鹦鹉螺号”并没有严格地依照“星盘号”和“罗盘号”这两艘轻型护卫舰的航线行驶。因为它们这条航线对于杜蒙·杜维尔来说几乎是致命的。“鹦鹉螺号”紧挨着北面行驶，沿着莫利岛走，然后又拐向西南，朝着坎伯兰岬口驶去。我以为它要从岬口直接通过，可它却又转向了西北方向，在许多不太知名的小岛之间穿行，朝着图德岛和摩维海峡驶去。

当“鹦鹉螺号”又一次改变航向，径直向西朝着格波罗尔岛驶去的时候，我心里已经在思忖，尼摩艇长冒失到了疯狂的地步，居然拿自己的潜艇在杜维尔的两艘军舰曾经触礁的海峡里冒险。

这时已是下午三点。海浪翻滚，潮水猛涨。“鹦鹉螺号”驶近格波罗尔岛。该岛清晰可辨的露兜树林轮廓至今仍历历在目。我们距离不到两海里与海岛并行。

突然，一下猛烈的撞击将我掀倒在平台上。“鹦鹉螺号”刚刚触到了暗礁，现在停着不动，船身向左侧微微倾斜。

我站起身来，发现尼摩艇长和大副也正在平台上。他们正在检查潜艇的情况，同时还用他们那种别人无法听懂的语言交谈了几句。

以下是“鹦鹉螺号”当时的情况：右舷距离格波罗尔岛有两海里远。这个岛屿的海岸从北往西呈圆弧形，活像一只巨臂；南面和东面的珊瑚礁退潮时会露出尖峰。我们的潜艇整个地搁浅在这个潮水涨不高的海域里，这可是极不利于“鹦鹉螺号”脱浅的境况。幸好，潜艇没有遭受任何创伤，船身非常坚固。然而，尽管它不会沉没，也不会开裂，但却极有可能永远地搁浅在这些礁石上。这样看来，尼摩艇长的潜艇前景堪忧。

我正这么想着，而尼摩艇长依然镇定自如，丝毫没有流露激动或沮丧的神情。他走到我身旁。

“发生了意外事故？”我问他说。

“不，仅仅是一个小插曲而已。”他回答道。

“不过，”我反唇相讥，“是一个也许会迫使您重新成为您不情愿做的陆地居民的插曲。”

尼摩艇长以一种奇怪的目光看了我一眼，并做了一个否定的手势，相当明确地向我表明，无论如何，也休想迫使他重新回到陆地上去生活。他又说道：

“阿罗纳克斯先生，实不相瞒，‘鹦鹉螺号’还没有遭受任何损伤。它还要带您去遨游海底世界，欣赏海洋里的各种奇观。我们的旅行还只是刚刚开始。再说，我也不想这么快就放弃陪伴您的这份荣幸哩！”

“然而，尼摩艇长，”我并没有在意他说这话的讽刺语气，继续说道，“‘鹦鹉螺号’是在潮水高涨时搁浅的，而且太平洋的潮水涨得并不厉害。因此，如果您无法减轻‘鹦鹉螺号’的负载——我觉得这是不可能的事，那么我就不知道它将如何脱浅。”

“您说得对，教授先生。太平洋的潮水不会涨得很高。”尼摩艇长回答道，“可是，在托雷斯海峡，大潮和小潮相差 1.5 米。今天是一月四日，再过五天就是望月。到时候，这颗讨人喜欢的卫星不能把潮水涨得足够高，不帮我这个忙——本人只寄希望于它，那才真的是怪呢！”

说完，尼摩艇长重新回到了“鹦鹉螺号”船舱里，大副也跟着他走了。至于我们的潜艇嘛，依然停在那里，一动不动，仿佛是被珊瑚用它们坚不可摧的“胶水”给粘住了。

“先生，怎么啦？”艇长走后，尼德·兰凑过来问道。

“是的！尼德友，我们得耐心地等待九号的大潮。因为到了那一天，月亮应会殷勤地让我们重归大海。”

“就这么简单？”

“是的，就这么简单。”

“这位艇长怎么就不下令把锚抛到海里，机器开足马力，使出浑身解数来脱离险境？”

“既然潮水足够了！”龚赛伊爽快地回答说。

这位加拿大人瞟了龚赛伊一眼，耸了耸肩，以一个海员的身份内行地说：

“先生，请尽管相信我。我要对您说，这堆烂铁既不能在海面上，也不可能在海底下航行了，还不如作为废铜烂铁秤重量把它给卖了。所以，我觉得，到与尼摩艇长不辞而别的时候了。”

“尼德友，”我回答说，“对于这艘好样的‘鹦鹉螺号’潜艇，我并不像你这样失望。四天之后,我们还能指望太平洋的潮水把我们带回大海。此外,如果英国或普罗旺斯海岸在望,那么逃跑的建议也许是可行的,可我们现在是在巴布亚海域,情况就不同了。再说,如果'鹦鹉螺号'最终真的无法脱浅——在我看来,这可是一件严重的事——再采取这个极端的办法也不迟。"

"可我们至少应利用这里的地形吧?"尼德又接着说道,"这是一个海岛。岛上有森林,森林里栖居着陆地动物,动物身上都长着排骨和肉,我真想啃它几口。"

"这回,尼德友说得有道理。"龚赛伊附和道,"我赞成他的建议。先生难道不能征得他的朋友尼摩艇长的同意,把我们送到陆地上去?哪怕只是为了不忘记我们在这颗星球的陆地上行走的习惯也好啊。"

"我可以试试,"我回答说,"不过,他会拒绝的。"

"先生不妨试试。"龚赛伊说道,"我们也不会辜负艇长的这番好意。"

令我惊讶不已的是,尼摩艇长欣然答应了我的请求,而且是心甘情愿、非常殷勤地答应了我,甚至没有要我允诺一定返回潜艇。不过,穿越新几内亚陆地逃走的行动是非常危险的,其本身就是危险。我不会建议尼德·兰去冒这种危险。被囚禁在"鹦鹉螺号"上,总比落在巴布亚土著人手里强。

次日早晨,"鹦鹉螺号"上的那条小艇被安排给我们使用。我不想打听尼摩艇长是否陪我们一起上岸。我甚至以为,潜艇上大概不会派任何人跟着我们,小艇由尼德·兰一人负责驾驶。再说,我们距离陆地最多只有两海里。在这些对于大船来说危险至极的礁石之间驾驶这么一条小艇,对于我们这位加拿大人来说,简直就是像游戏一般。

第二天,一月五日,小艇上的盖板打开了,小艇被拖到了平台上,然后由平台放入大海。两个人就能完成这项操作。船桨原来就放在小艇的舱里,我们只需上小艇坐好就可以了。

八点,我们身上佩带着枪支和利斧,离开了"鹦鹉螺号"潜艇。此时,海面相当平静。阵阵微风从岛上吹来。我和龚赛伊坐在桨旁,使劲地划着船桨,尼德驾驶着我们的小艇在礁石间狭窄的水道里穿行。小艇很好操纵,速度极快。

尼德·兰犹如一名越狱成功的囚犯,抑制不住内心的喜悦。他几乎没有想到自己还得重返"监狱"。

"有肉吃啦！我们可以吃上肉啦！"他不停地叫着,"多香的肉啊！货真价实的野味！咳,就是缺少面包！我没有说鱼不好吃,可也不能老吃啊。一块新鲜的肥肉放在炽热的炭火上烤得焦黄,总可以美美地改善一下我们的伙食。"

"真馋!"龚赛伊冲撞道,"引得我口水直流。"

"现在还不知道,"我说道,"这森林里是否有很多猎物。这里的猎物不会凶悍到足以把猎人吓跑吧?"

"阿罗纳克斯先生,如果这个岛上没有其他四足兽,"加拿大人回答说,他的牙齿似乎已经磨得如同斧刃一般锋利,"那么,我就吃老虎,吃老虎的腰窝肉。"

"尼德友真叫人担心。"龚赛伊回答说。

"不管怎么说,"尼德·兰接着又说道,"所有没有羽毛的四足兽,或者有羽毛的两脚禽,都有可能受到我第一枪的青睐。"

"好啊!"我开玩笑地说,"兰师傅的冒失毛病又犯了!"

"阿罗纳克斯先生,别担心!"加拿大人自信地说,"您就只管划您的船吧！要不了二十五分钟,我就请您品尝用我的菜谱烹饪的第一道菜。"

八点半,我们的小艇安全地穿过了围绕格波罗尔岛的珊瑚石环,慢慢地停泊在沙滩上。

二十一

陆地上度过的几天

我双脚一踏上陆地,心里就感慨万千。尼德·兰用脚踹了踹土地,似乎想要占有它。然而,作为"鹦鹉螺号"的乘客——尼摩艇长语,我们沦落为

“鹦鹉螺号”指挥官的阶下囚——也只不过两个月的时间。

几分钟以后，我们距离海岸只有枪弹的射程那么远。这个海岛全都是珊瑚石质的土壤，只有几条曾经流水湍急、现已干枯的河流，河床里到处可见花岗岩碎片。显然，这个岛屿形成于远古时期。地平线被掩盖在一片令人赞叹不已的树林构成的帷幕后面。参天大树——有的高达200英尺——彼此相连；藤本植物攀附着它们粗壮的躯干，组成了形状各异的环饰，在微风的拂拭下，犹如一只只天然的吊床。这里生长着含羞草、榕属植物、火鸟树、柚木树、木槿植物、露兜树、棕榈树，叶茂枝繁，相互交织在一起。在它们构筑成的绿荫底下，在它们的茎干周围，栖生着兰科、豆科和蕨科植物。

可我们这个加拿大人并不在乎巴布亚的美丽植物标本，他抛弃了赏心悦目的东西，而去追求实惠有用的东西。他见到了一棵椰子树，于是就爬上去砍了几只椰子，并把它们劈开，我们喝着椰汁，大口嚼着椰仁，心中有一种说不出的满足感，足以抵消对“鹦鹉螺号”日常伙食的不满。

“好痛快！”尼德·兰喜形于色。

“味道好极了！”龚赛伊应和道。

“我想，”加拿大人接着说道，“您那个尼摩总不会反对我们带一船椰子回‘鹦鹉螺号’吧？”

“我想他不会反对。”我回答说，“不过，他是不愿品尝的。”

“该他倒霉！”龚赛伊说。

“太好了！全部归我们享用。”尼德·兰应和道，“这样才会剩下更多。”

“我想说一句，兰师傅。”我对这个捕鲸手说，他正准备砍另一棵椰子树。“椰子是好东西。但是，在把小艇装满之前，我觉得更明智的做法是，看看这个岛上是否出产别的并不比椰子差的东西。新鲜的蔬菜也许会受到‘鹦鹉螺号’配膳室的欢迎。”

“先生说得对，”龚赛伊插话说，“我建议将把我们的小艇一分为三，一部分装水果，另一部分放蔬菜，还有一部分则盛放猎物。可到现在为止，我连小猎物的影子都没见着呢！”

“龚赛伊，对任何事情都不应该失望。”加拿大人告诫说。

“继续赶路吧。”我说道，“不过，我们得睁大眼睛，提防陷入埋伏。虽然这个岛看上去无人居住，但也说不定藏着几个家伙，他们对于猎物有可能没有我们挑剔噢。”

“哈,哈!”尼德·兰傻笑起来,并且还用牙床做出了那种意思明确的动作。

“尼德,你怎么啦?”龚赛伊惊叫道。

“的确,”加拿大人回答说,“我现在开始感受到吃人肉的诱惑!”

“尼德,尼德!你在说什么呀?”龚赛伊问道,“你,吃人肉?那我和你同住一间房舱,连性命都难保啦!难道会有一天,我醒来时身体已经被吞噬了一半?”

“龚赛伊友,我是很喜欢你,但还没有到不得不把你吃掉的地步。”

“这话,我可不敢相信。”龚赛伊回答说。“走,我们打猎去!我一定要猎获足以满足这个食人肉者的食欲的猎物。不然的话,说不定哪天早晨,先生只看到他仆人的白骨来侍候先生了。”

在说笑之间,我们已经走进树林深处。我们在里面四处穿行,整整行走了两个小时。

可谓心想事成,我们如愿以偿地找到了许多可食用的植物。这里出产热带地区最有用的食物,而这种珍贵的食物在潜艇上是如此匮乏。

我想说说格波罗尔岛的面包树。我特别注意到那里有一种无核品种,它的马来语名字叫“利马”。

这种品种的面包树与其他品种的面包树的不同之处,在于其树干笔直,树高达40英尺;树梢呈优雅的圆弧形,由多裂片的阔叶构成。在一位博物学家看来,这些特征充分表明,这就是已经幸运地在马斯卡林群岛[①]移植成功的那种“面包果”树。外表粗糙的六角球形果实从浓密的绿叶丛里显露出来,每个果实的直径足有一分米。这是大自然恩赐给不产小麦的地区的有益植物,而且无需耕耘,一年有八个月结果。

尼德·兰非常熟悉这种果实,在他以前的许多旅行中曾经吃过。因此,他知道如何调制面包果的可食用物质。他的眼睛一见到这种果实,就挑起了他的食欲。于是,他再也按捺不住自己了。

“先生,不让我尝这面包果,还不如让我去死!”他对我说。

---

① 马斯卡林群岛:印度洋西部火山群岛。

“那就尝呗！尼德友，任凭你品尝。我们来这里就是要进行实验，让我们试试看吧。”

“这个不需要很多时间。”加拿大人回答说。

他用一块凸透镜点着了一些枯树枝，火苗欢跃，噼啪作响。与此同时，我和龚赛伊在面包树上拣最好的果实采摘。有些果实还没有熟透，厚厚的果皮里包裹着白色的果肉，几乎没有什么纤维。其余为数众多的果实已经泛黄，果肉已成胶状，只等着采摘。

这些面包果没有果核。龚赛伊给尼德·兰送来了十多个面包果。他把它们切成厚片后搁在炭火上。他一面麻利地干着活，一面在不停地说：

“先生，您等着瞧吧，这种面包非常好吃！”

“尤其是我们已经很久没有吃面包了。”龚赛伊说道。

“甚至可以说，这已经不是面包了，”加拿大人补充说道，“而是美味的糕点。先生，您难道从来没有吃过？”

“没有，尼德。”

“那么，您就准备好好享用这种好东西吧。如果您吃过就不再想吃，那么我就不能算是什么捕鲸王了！”

几分钟以后，面包果向着炭火的一面已经完全烤熟，里面露出白白的面团，像是新鲜的面包心，它的气味让人想起了南瓜。

老实说，这种面包的味道好极了，我很喜欢吃。

“遗憾的是，”我说道，“这样的面团无法保鲜。因此，我觉得，带回潜艇也没用。”

“先生，怎么变卦啦！”尼德·兰惊叫起来，“您是以博物学家的身份在说话，而我可得作为面包师来做事。龚赛伊，你再去摘一些果实来，等我们回去时带走。”

“你准备如何贮藏？”我问加拿大人。

“把它们的果肉做成发面，就可以无限期地储藏起来，而且不会变质。等要食用时，我就到潜艇的厨房去烘烤。尽管会带点酸味，但您仍然会觉得非常香甜。”

“尼德师傅，我想，有了这面包，我们就不缺别的什么……”

“不，教授先生，”加拿大人回答说，“还缺些水果，至少还缺蔬菜呢！”

“那我们现在就寻找水果和野菜。”

我们采够了面包果,就动身去完善这顿在陆地上用的餐。

我们的劳动并非没有收获。中午时分,我们已经采摘到了很多香蕉。这种酷热地区的美味物产一年四季都能成熟。马来人叫它“庇桑”,他们生食香蕉。除了香蕉以外,我们还采摘到了味道浓郁的硕大雅克果、美味的芒果和大得令人难以置信的菠萝。为此,我们耗费了很多时间,不过也没有什么可遗憾的。

龚赛伊老是注意着尼德·兰,而这位捕鲸手一直在往前走。在森林里穿行时,他总能准确地采摘到上佳的果子,不断充实他的行囊。

“尼德友,你终于不缺什么了吧?”龚赛伊问道。

“嗯!”加拿大人哼了一声。

“怎么!你还不满意?”

“都是些素的,怎么能算一顿饭。”尼德答道,“这只能当饭后的甜食。可是,浓汤呢?烤肉呢?”

“是啊,尼德答应过要给我们吃排骨,”我挖苦他说,“现在看来,这可是个严重的问题。”

“先生,”加拿大人回答说,“狩猎不但没有结束,而且还没有开始呢。需要耐心!我们一定会遇到身上长羽毛或毛皮的动物。这里没有的话,别处一定会有……”

“今天遇不上,明天一定会碰到。”龚赛伊讥讽他说,“我们不应该走得太远,我甚至建议回小艇上去。”

“怎么!就这样回去啦?”加拿大人惊叫道。

“天黑之前,我们必须赶回去。”我说。

“现在几点啦?”加拿大人问道。

“至少有两点了。”龚赛伊回答说。

“在陆地上,时间过得真快呀!”尼德·兰感叹地说。

“上路吧。”龚赛伊催促道。

于是,我们便从树林里折了回来。在回来的路上,我们又爬上槟榔树梢大肆采摘嫩叶。另外,我们还摘了我认得的马来人称之为“阿菠萝”的小豆,以及质量上乘的薯蓣。

我们气喘吁吁地回到小艇旁。可是,尼德·兰仍觉得食物不够。不过,这家伙福星高照,临上小艇前,又发现了好几棵高 25—30 英尺的棕榈科树。这种树与面包树一样珍贵,确切地说,是马来亚最有用的物产之一。

那是些西米树,是一种不用种植就能生长的植物,如同桑树一样,靠根蘖和种子繁衍。

尼德·兰知道对付这种树的办法。他挥起斧头猛砍,一会儿工夫就砍倒了两三棵,从叶子上的白色粉末就能够得知这几棵树已经成熟。

我与其说是用一个饿汉的眼神,倒不如说是以博物学家的目光看他利索地砍树。他先把树干上厚达一英寸的树皮剥掉,树皮下面有一层长纤维丝,上面附着一种胶质粉末。这种粉末就是西米。美拉尼西亚人把这种可食用的物质当做主食。

尼德·兰就像是在砍劈柴一样,暂时只把树干砍成块,然后再从这些树干块里提取西米粉,用一块布将纤维丝过滤,再把西米粉放在太阳底下晒,以后放在模子里压成块。

下午五点,我们满载着自己的劳动果实离开了格波罗尔岛海滩。半个小时以后,我们便停靠在“鹦鹉螺号”旁。潜艇上没人出来迎接我们的归来。巨大的钢板圆柱体里似乎空无一人。把食物搬上潜艇以后,我便下舱来到自己的房间,晚餐已经准备好了。吃过晚饭,我便上床睡觉了。

第二天,一月六日,“鹦鹉螺号”没有任何动静,舱里听不到一点声响,也看不到一个人影。小艇依然原封不动地停靠在潜艇旁。我们决定再去格波罗尔岛。尼德·兰希望在狩猎方面今天能比昨天走运,还想到森林其他地方去走走。

日出时分,我们已经上路。小艇在拍岸海浪的推动下,不一会儿就抵达了格波罗尔岛。

我们下了小艇。我和龚赛伊一致认为应该相信尼德·兰的直觉,于是就跟在加拿大人后面。他那两条长腿常常把我们甩开老远。

尼德·兰沿着海岸向西走了一阵子,然后涉水蹚过了几条急流,来到一块平坦的高地。高地边上长着茂密的树林。几只翠鸟在溪流边转悠,可就是不让人接近。它们的谨慎告诉我,这些飞禽懂得怎样躲避我们这种两足动物。由此,我得出结论,这个海岛即使无人居住,至少经常有人光顾。

我们穿过了一片相当肥沃的草地,来到了一个小树林边缘。一大群鸟儿在树林里啼鸣、飞舞,唧唧喳喳的,煞是热闹。

“仍旧只有一些飞禽。”龚赛伊嘀咕说。

“不过,其中也有可吃的!”捕鲸手回答说。

“没有能吃的,尼德友。”龚赛伊争辩道,“我只看见一些普通的鹦鹉。”

“龚赛伊友,”尼德·兰一本正经地说道,“对于没有其他东西可吃的人来说,鹦鹉就是野鸡。”

“我插一句,”我说道,“这种鸟只要烹调得法,还是值得一吃的。”

确实,在这林子浓密的树叶底下,有一大群鹦鹉在树枝上跳跃,只要略加细心调教,它们就会说话。此时,雄鹦鹉正围着五颜六色的雌鹦鹉叽叽喳喳地叫个不停。在飞翔时发出嘈杂声响的卡洛西鹦鹉、一身蔚蓝的巴布亚鹦鹉,以及各种可爱而不可食的飞鸟中间,表情严肃的白鹦鹉像是在思考某个哲学问题,而光彩照人的赤鹦鹉犹如一块随风飘逸的薄纱一掠而过。

然而,这里特有的一种鸟,它从不飞离阿洛群岛和巴布亚群岛,却没有出现在它们中间。不久以后,命运老人还是为我安排了一睹此鸟芳容的机会。

我们穿过一片不太浓密的矮树丛林,又来到一块荆棘丛生的平地。我看见五彩缤纷的鸟儿展翅起飞,由于羽毛太长,只能迎风翱翔。它们那波浪起伏的飞翔姿势,在空中飞翔时的优美曲线,色彩艳丽的羽毛,吸引并迷住了我们的目光。不过,我毫不费力就认出了它们。

“极乐鸟!”我大声叫嚷。

“鸣禽目,直肠亚科。”龚赛伊应答道。

“是山鹑科吗?”尼德·兰问。

“我想不是,兰师傅。不过,我倒想凭借你的灵巧,捕捉一只迷人可爱的热带自然物产。”

“试试看吧,教授先生,尽管我用枪不像使唤鱼叉那样自如。”

这种鸟的生意,马来人跟中国人做得很大。他们采用各种不同的方式捕捉这种鸟儿,可是,我们都不会。有时候,他们在极乐鸟喜欢栖息的大树梢上下绳套;有时候他们则是使用一种强力胶,通过束缚极乐鸟的行动来捕捉它们。他们甚至还在极乐鸟经常饮水的泉水里投放毒药。而我们眼下只能在它们飞行时射击,命中它们的概率甚小。因此,我们白白浪费了好多弹药。

十一点左右,我们翻过了位于格波罗尔岛中心的第一层山脉,至此,我们仍然一无所获,饥饿却在煎熬我们。我们这三个狩猎者原指望靠自己的猎获物饱餐一顿,可惜错了。幸好,龚赛伊出乎意料地一箭双雕,击落了一只白鸽和一只山鸠,总算使我们的午餐有了着落。两只猎物很快就被拔去了身上的羽毛,穿在一根铁钎上,搁置在枯枝燃起的旺火上烧烤。就在烧烤这两只令人垂涎的猎物之同时,尼德·兰忙着调制面包果。接着,鸽子和山鸠连骨带肉被吃了个精光,我们三人都说好吃。这些飞鸟通常都吃肉豆蔻,因此,它们的肉吃起来真香,是一道美味佳肴。

"就像是用块菰喂养的嫩母鸡的味道。"龚赛伊说道。

"尼德,现在,你还缺少什么?"我问加拿大人说。

"一只四足猎物,阿罗纳克斯先生,"尼德·兰回答说,"这种鸽子只能作为小菜或零食。因此,打不到有肋骨的动物,我是不会满足的!"

"尼德,我也一样,除非能捉到一只极乐鸟。"

"我们继续狩猎吧。"龚赛伊答话说,"不过,我们得朝海边走。我们已经来到了第一道山坡,我想还是回树林地带比较好。"

这是一个明智的建议,于是就被采纳了。我们走了一个小时,来到一片真正的西米树林。几条不伤人的蛇从我们身旁溜走,极乐鸟没等我们走近就展翅飞翔。真的,我已经不抱捕捉到它们的希望了。就在这个时候,走在前面的龚赛伊突然俯下身子,发出一声胜利的欢叫,只见他手里捉着一只美丽的极乐鸟向我走来。

"龚赛伊,好样的!"我惊喜地夸奖道。

"是先生说得好。"龚赛伊回答道。

"不,小伙子,你真是神了,用手活捉了一只极乐鸟!"

"要是先生仔细观察这只鸟,就会明白我其实并没有多大的功劳。"

"龚赛伊,那又是为什么呢?"

"因为这只鸟像鹌鹑一样醉了。"

"醉了?"

"是的,先生。它在豆蔻树下因吃豆蔻而醉倒了,就这样被我捉住了。

尼德友,你瞧,这就是吃东西没有节制的可怕结果!"

"见鬼!"加拿大人毫不相让,"打这两个月来,我只喝过一点杜松子酒,没有必要因此而责备我吧!"

此时,我查看了这只有趣的鸟。龚赛伊没有弄错,这只极乐鸟是被豆蔻汁醉倒的。它根本就飞不起来,只能勉强行走。不过,我并不担心,让它自己醒过来就是了。

这只鸟属于巴布亚岛及其邻近岛屿八种极乐鸟中最漂亮的一个品种。这是一只"大翡翠",是最稀有的一种极乐鸟。它身长三分米,头比较小,两只眼睛长在嘴边,而且也不大。它是各种色彩的奇妙组合:黄嘴巴,褐脚爪,浅褐色的翅膀,朱红的翼梢,浅黄色的脑袋和后颈脖,翡翠色的前脖,栗色的胸腹。尾巴上耸立着两个角形绒球,与一身轻盈柔软的长羽毛浑然一体。这一切把这只鸟美化得完美无缺。因此,当地土著人富有诗意地称它为"太阳鸟"。

我强烈地渴望能把这只美丽的极乐鸟带回巴黎,赠送给巴黎植物园。目前,巴黎植物园里还没有活的极乐鸟呢!

"这么说,这种鸟真的十分稀罕?"加拿大人用一个从不曾从艺术角度评价猎物的猎人的口吻问道。

"是的,非常稀罕,我好的伙伴,尤其是很难捉到活的。这种鸟即使是死的,也仍旧是抢手货。因此,土著人想方设法制造假的,就像有人伪造假珍珠和假钻石一样。"

"什么?"龚赛伊惊叫起来,"有人制造假的极乐鸟?"

"没错,龚赛伊。"

"先生熟悉他们的制作方法喽?"

"那当然。在刮东季风的季节里,极乐鸟就会脱掉尾巴周围的漂亮羽毛,博物学家称这类羽毛为副翅毛。假鸟制作者们就把这些羽毛收集起来,并且巧妙地插在事先被拔掉副翅毛的可怜鹦鹉的身上。然后,他们再在缝合的地方染色,给鸟上光,并把这个奇特产业的产品运往欧洲,卖给博物馆和鸟禽爱好者。"

"好!"尼德·兰拍手叫好,"虽然不是真的极乐鸟,但总还有它的羽毛。假如不是用来吃的话,我看也没犯什么大错!"

虽然我的欲望因捕获了这只极乐鸟而得到了满足,可是这位加拿大猎人的愿望却依旧没有实现。幸好,两点时分,尼德·兰打到了一头肥大的野猪,一种被土著人称为"巴利—乌唐"的野猪。我们正在四处寻觅真正的四足动物,这头野猪来得正是时候,自然是很受"欢迎"。尼德·兰对自己的枪法十分得意。这头野猪被电弹击中,当场身亡。

加拿大人先是迫不及待地从野猪身上剔下六根排骨,留着晚上做烤排骨吃;再将猪皮剥去,开膛破肚,清理干净。接着,我们继续进行让尼德和龚赛伊两人大显身手的狩猎活动。

果然,这两个朋友在敲打荆棘丛的时候,撵出了一群袋鼠。它们伸展富有弹性的后腿,一蹦一跳地使劲逃命。它们跑得再快,也比不上电弹。

"啊!教授先生,"尼德·兰兴致勃勃,高声大叫,"多么鲜美的野味,特别是焖着吃!补给'鹦鹉螺号'是再好不过的了!两只,三只,地上有五只哪!我一想到这些肉统统归我们吃,潜艇上的那些傻瓜连肉腥都闻不到,心里别提有多高兴啦!"

我想,这个加拿大人要不是极度兴奋,说这么多的话,恐怕会把这群袋鼠杀个精光!他只打死了12只有趣的有袋类动物。龚赛伊告诉我们,这些动物属于平腹哺乳类动物中的第一目。这些动物身材矮小,是一种"兔袋鼠",通常栖居在树洞里,速度极快。它们虽然个头不大,可至少提供了最受欢迎的肉食。

我们对这次狩猎的成果非常满意。尼德乐得什么似的,提议第二天再来这个迷人的岛屿,他想要把岛上可食用的四足兽全部斩尽杀绝。不过,他光有打算,没有行动。

下午六点,我们回到了海滩。我们的小艇还停在原来的位置,"鹦鹉螺号"活像一块长长的礁石,横躺在距离海岸两海里远的海面上。

尼德·兰丝毫也没有耽搁,立即忙碌着准备晚餐这件大事。他擅长这类烹饪,确实令人羡慕。"巴利—乌唐"野猪排骨搁在炭火上烧烤,不一会儿就发出了令人垂涎的香味,就连空气里也弥漫着……

我发觉自己与加拿大人一样,面对新鲜的烤猪肉竟然也欣喜若狂!出于同样的原因,请原谅我吧,就如同我原谅兰师傅一样!

总之,晚餐丰盛可口。两只野鸽又使已经是异乎寻常的菜谱锦上添花。

西米面、面包果、几只芒果、六只菠萝，以及一种用椰仁调制的饮料，我们吃得喜笑颜开。我甚至觉得，我这两位忠实的伙伴已经有些昏昏然了。

“今晚我们不回‘鹦鹉螺号’了，怎么样？”龚赛伊提议说。

“永远也不回去了？”尼德·兰补充说。

就在这个时候，一块石头落在了我们的脚旁，骤然打断了捕鲸手的建议。

二十二

尼摩艇长的闪电

我们没有起身，朝树林那边张望。我正往嘴里送食物的手停了下来，而尼德·兰刚好把食物塞进了嘴里。

“石头不会从天而降，”龚赛伊说，“除非是颗陨石。”

第二块石头，一块精心磨圆的石头，打落了龚赛伊手中的一块美味的鸽子大腿，这更加证明，他的看法是对的。

我们三人都站了起来，把枪托举在了肩上，准备还击。

“不会是猴子吧？”尼德·兰大声说。

“差不多吧，”龚赛伊答道，“是一些野蛮人。”

“回小艇。”我一面朝海边走去，一面说道。

事实上，我们必须回撤。因为，有20来个土著人，手里拿着弓弩和石器，出现在遮住了右面半边天的矮树林边缘，距离我们还不到百步之遥。

我们的小艇停在离我们20托阿兹的海滩上。

野蛮人在向我们逼近。虽然他们没有跑步追赶，但却做出了各种最充满敌意的表示，石块和箭犹如雨点般飞来。

尼德·兰不愿意就此放弃他的猎获物，不顾迫在眉睫的危险，他一只手提着野猪，另一只手拖着袋鼠，很快就收拾好了猎物。

两分钟以后，我们便来到了沙滩，把食物和武器装上了小艇，再把小艇推下海，然后安好船桨，这一切都是在瞬间完成的。可是，我们还没驶出两链地远，就看见百来个野蛮人一边大喊大叫，一边手舞足蹈地冲入大海，直到海水淹没了他们的腰带。我心里在想，这些土著人的出现会不会将"鹦鹉螺号"的人吸引到潜艇的平台上来。可是没有。这个庞然大物横躺在海面上，不见任何人影。

二十分钟后，我们靠上了"鹦鹉螺号"。舱盖敞开着。我们拴好小艇以后，就钻进了潜艇。

我来到客厅，这里琴声悠扬。尼摩艇长正俯身在弹奏管风琴，而且已经完全沉浸在美妙的音乐之中。

"艇长!"我呼喊道。

他没有听见。

"艇长!"我又喊了一遍，并用手推了推他。

他哆嗦了一下，然后转过身来说：

"啊！教授先生，是您？狩猎有收获吗？你们采集到植物标本了吗?"

"是的，艇长。"我回答说，"可不幸的是，我们带回来一群两腿动物，就在附近，我为此感到担心。"

"什么两腿动物?"

"是一些野蛮人。"

"野蛮人!"尼摩艇长带着讥讽的口吻回答说，"教授先生，您觉得奇怪吗？你们一踏上地球的陆地，就发现了野蛮人？野蛮人，陆地上哪里没有？再说，被您称为野蛮人的那些人，难道会比其他人更野蛮吗?"

"可艇长……"

"先生，对于我来说，到处都能遇见野蛮人。"

"那么，"我回答说，"要是您不想在'鹦鹉螺号'船上接待他们，最好还是小心为好。"

"教授先生，您尽管放心。没什么可担心的。"

"可是，有好多土著人啊!"

“您数过有多少人吗?”

“至少有一百来个。”

“阿罗纳克斯先生,”尼摩艇长一边回答我,一边又把手指搁在了琴键上,“就是全巴布亚的土著人都聚集到这里的海滩上来,‘鹦鹉螺号’丝毫也不担心他们的攻击!”

接着,艇长的手指又在琴键上跳跃起来。我注意到,他只按动黑键,这样弹出来的音乐富有苏格兰的风情。很快,他便忘记了我的在场,沉浸在一种梦幻之中。我也就不忍心再去打扰他了。

我再次登上潜艇的平台。这时,夜幕已经降临。在这个低纬度地区,太阳降落得很快,而且没有黄昏。我只能朦朦胧胧地望见格波罗尔岛。但是,海滩上已经点起了许多篝火,说明土著人不打算离去。

就这样,我独自一人在平台上待了好几个小时,时而想到那些土著人——倒也不是特别害怕他们,因为艇长坚定不移的信心感染了我——时而又把他们给忘了,欣赏起热带地区的美丽夜景。我思绪万千,随着黄道十二宫的星辰一起飞回了法国。再过几个小时,这些星辰就会照耀在法兰西上空。月亮在夜空的星座中间闪烁着光芒。于是,我想到,这颗忠实、殷勤的地球卫星后天又将回到相同的地方,在洋面掀起波浪,将“鹦鹉螺号”推下珊瑚礁。午夜时分,无论是在微波荡漾的昏暗洋面上,还是在岸边的树林底下,万籁俱静,悄然无声。我回到自己的房舱,很快就安然入睡了。

一夜无事。想必,那些巴布亚人看见海湾里停着这么一个怪物,是害怕了。因为,潜艇的舱盖一直开着,他们可以轻而易举地进入“鹦鹉螺号”潜艇。

一月八日早晨六点,我又登上了平台。晨雾在渐渐地消散。透过散去的晨雾,格波罗尔岛又显现在我的眼前,先是海滩,然后是山峦。

土著人仍然守候在那里,人数比昨天又增加了许多——可能有五六百人。有几个土著人趁着潮落爬上了珊瑚礁的尖顶,距离“鹦鹉螺号”还不到两链地远。我很容易辨认他们。他们是真正的巴布亚人,体格强健,前额饱满,鼻子大而不塌,牙齿洁白。羊毛般的红头发,与像努比亚人一样黝黑发亮的身体形成了鲜明的对照。他们的耳垂割有记号,被挂在上面的骨质耳坠拉得长长的。他们一般都赤身露体。我看见其中有几个女人,腰里用一根草绳系着一条齐膝长的草裙。有几个头领脖子上挂着月牙形饰物和几条红白两色的玻璃珠项链。几乎所有的人都配备着弓、箭或盾牌,肩膀上背着一只网兜,里面装着圆石。他们能够用投石器灵巧地投射这些圆石。

有一个头领距离"鹦鹉螺号"相当近,正在认真仔细地打量这个怪物。他大概是一名高级"玛多",因为披着一块香蕉树叶的编织物,边缘织成了锯齿饰,并且还镶嵌了色彩艳丽的织物。

他距离我还不到一个射程,我本可以轻而易举地将他击毙。不过,我觉得,最好还是等他做出真正的敌视行为。在欧洲人和野蛮人之间,欧洲人应当采取防卫,而不是主动进攻。

整个退潮期间,那些人只是在"鹦鹉螺号"周围转悠,但没有高声喧闹。我听到他们不断地重复着"啊塞"这个词。根据他们的手势,我明白他们是邀请我去岛上。不过,我觉得应当谢绝这种邀请。

那天,小艇没有离开潜艇。兰师傅也就不能补充他的食物,显得非常沮丧。于是,这个灵巧的加拿大人便有时间摆弄他从格波罗尔岛带回来的肉和面粉。至于土著人,在珊瑚礁被海潮淹没以后,他们于上午十一时回到了岛上。不过,我发现海滩上他们的人数大幅度增加。他们大概来自附近岛屿或巴布亚本岛。然而,我还是没有见到一条土著人的独木舟。

由于没有什么更有意义的事情可做,这片海水里生长着大量的贝壳类、植虫类和其他海生植物,因此,我打算在这片清澈见底的海域里用捞网来捕捞。再说,如果按照尼摩艇长的预测,明天这一带海域能涨大潮,"鹦鹉螺号"就可以脱浅,重新开始航行,那么今天就是它停留在这里的最后一天。

于是,我就叫龚赛伊给我拿来一张轻便的捞网,就像那种捞牡蛎的网兜。

"那些野蛮人呢?"龚赛伊问我说。"不怕先生见怪,我觉得他们并不很凶蛮!"

"可他们会吃人肉,我的小伙子。"

"吃人肉的,也可以是好人啊!"龚赛伊答道,"就像一个人既贪吃又诚实一样,两者并不互相排斥。"

"是的,龚赛伊。我同意你的看法,他们是吃人肉的诚实人,他们诚实地吃俘虏的肉。不过,我可不想被吃掉,哪怕是被诚实地吃掉。我可要多留点神,‘鹦鹉螺号’潜艇的艇长似乎毫不提防。好了,现在开始干活吧!”

在两个小时里,我们忙着捕捞,但没捞到任何稀罕的品种。网兜里尽是些迈达斯耳贝、竖琴贝、黑贝,还有我从来没有见过的漂亮槌贝。此外,我们还捞到了几只海参、珠母贝和十几只小海龟。这些东西都可以送往潜艇的配膳室。

可是,我怎么也没有料到,我的手居然会触摸到一件珍品,应该说,摸到了一只非常罕见的天然变形贝。龚赛伊刚把网兜放到海里,没过多久就捞了上来,里面尽是各种平常的贝壳。他看见我迅速把胳膊伸进网兜,从网里取出一个贝壳,突然发出一声贝类学家这时才会发出的叫喊,也就是说,人的喉咙能发出的最响亮的叫声。

“啊! 先生怎么啦?”龚赛伊吃惊地问道,“先生被咬伤了?”

“没有,小伙子。不过,我愿意用自己的一根手指来换取我的发现!”

“什么重大发现?”

“就是这只贝壳。”我拿起战利品给他看。

“这只不过是一只斑岩橄榄贝,橄榄贝属,栉鳃目,腹足纲,软体类……”

“没错,龚赛伊。可是,这只橄榄贝的纹路不是从右向左旋,而是从左往右旋的。”

“是吗?”龚赛伊将信将疑。

“是的,小伙子。你瞧,这是一只左旋贝!”

“左旋贝!”龚赛伊重复道,显得非常激动。

“你好好看它的螺纹吧!”

“哎! 先生请相信我,”龚赛伊用颤抖的手拿起这枚珍贵的贝壳说道,“我从来没有感受过这样的激动!”

确实,令人激动! 事实上,众所周知,正如博物学家们指出的那样,贝壳的罗纹右旋是一条自然法则。行星和它们的卫星,无论公转还是自转,都是自右向左运行。习惯用右手的人远远多于习惯用左手的人。因此,人类的工具和器械、楼梯、锁、钟表的发条等等,也都是按照从右向左的使用方向设计的。大自然一般也依据这条法则造就贝壳的螺纹,贝壳都是右旋纹,极少有例外。偶然,遇到一枚左旋贝,那些爱好收藏的人便以重金收买。

我和龚赛伊正在聚精会神地欣赏着这件宝贝，我还打算把它送给巴黎自然博物馆以丰富馆藏呢。可就在这个时候，一枚土著人投来的石块不幸砸碎了龚赛伊手中的珍宝。

我发出了绝望的惊叫！龚赛伊操起枪来，瞄准了一个十米开外正摇晃着投石器的土著人。我想制止他，可他已经扣动了扳机，击碎了那个土著人挂在胳膊上的护身符。

“龚赛伊，龚赛伊！”我喝道。

“怎么啦？先生难道没有看见这个吃人肉的人已经开始向我们进攻了吗？”

“一枚贝壳怎么能跟一个人的生命相比！”我对他说。

“嘿，混账！”龚赛伊大声叫嚷着，“我宁可他砸碎我的肩胛骨！”

龚赛伊说的是实话，不过，我不敢苟同。就在这个时候，情况急转直下。可惜，我们没有觉察到。这时，有20来条独木舟把“鹦鹉螺号”团团包围。这些独木舟是用掏空的树干做的，又长又窄，结构合理，便于行驶。独木舟两旁有两根竹竿浮在水面上，充当平衡摆，保持船的平衡。独木舟都由技术娴熟、上身裸露的荡桨者操纵。我看见他们向“鹦鹉螺号”驶来，不由得担心起来。

显然，这些巴布亚人曾经跟欧洲人打过交道。而且，他们认识欧洲人的船只。不过，面对这个横躺在海湾里、既没有桅樯又没有烟囱的钢铁圆柱体，他们会怎么想呢！他们肯定不会认为这是什么好东西。因为，他们起初敬而远之，不敢靠近。然而，当他们看到这家伙躺着老是不动时，又渐渐地恢复了胆量，并想方设法地接近和熟悉它的习性。而恰恰是这种行为应该加以制止。我们的武器不会发出巨大的爆炸声，对这些土著人只能产生一般的恫吓效果，他们只害怕那些能发出巨响的器械。没有雷鸣的闪电就不那么可怕，虽然雷电的危险在于闪电，而不是雷鸣。

就在这个时候，独木舟离“鹦鹉螺号”越来越近。而且，排箭密如雨点一般，纷纷射落在潜艇上。

“见鬼！下冰雹了！”龚赛伊说道。“而且，有可能还是含毒的冰雹呢！”

“应该报告尼摩艇长。”我一边说，一边从舱口钻进了潜艇。

我来到客厅，没有看到任何人。我鲁莽地敲了敲艇长房间的门。

回答我的是一声“请进”。我走了进去，发现艇长正在埋头计算，写着X和别的代数符号。

“打扰了！”我出于礼貌说道。

“的确如此，阿罗纳克斯先生。”艇长回答说，“不过，您来见我，想必是有重要的事？”

“非常重要。土著人的独木舟已经把我们团团包围。而且再过几分钟，我们一定会受到好几百野蛮人的围攻！”

“噢！”尼摩艇长平静地回答说，“他们是驾独木舟来的？”

“是的，先生。”

“那么，只要把舱口盖上就行了。”

“应该如此。不过，我是来告诉您……”

“没有比这更容易的了。”尼摩艇长说道。

于是，他按动一个电钮，把命令传达到船员的房舱。

“瞧，完事了，先生。”过了一会儿，他对我说道，“小艇已经收好了，舱口盖也已经盖上。您别担心，我想，这些人能捅破连你们的驱逐舰炮弹都奈何不得的铁壁钢墙？”

“说的极是，艇长。不过，还有一个危险。”

“先生，请说是什么危险。”

“是这样的，明天同一时刻，必须打开舱盖，给‘鹦鹉螺号’调换新鲜空气……”

“这个毫无疑问，先生。因为我们的潜艇如同鲸鱼一样呼吸空气。”

“可是，如果到时候，巴布亚人占领了潜艇的平台，我真不知道，您怎样能够阻止他们进入潜艇。”

“先生，这么说，您相信他们能够攻入潜艇！”

“确信无疑。”

“那么，先生，就让他们来吧！我觉得没有什么理由阻止他们。实际上，这些巴布亚人，都是些不幸的人。而且，我也不愿意看到，我来格波罗尔岛的造访要让这些不幸的人付出生命的代价，哪怕是一个人的生命！”

等他说完上面这一席话，我正准备告辞退下。可是，尼摩艇长要我留下，并请我坐到他的身旁。他饶有兴致地问我一些关于我们在岛上远足和狩猎的情况，他似乎并不理解加拿大人酷爱肉食的需要。接下来，我们的谈话涉及各种各样的话题。尼摩艇长虽然依旧缺乏感染力，但却显得比较和蔼。

我们尤其谈到了"鹦鹉螺号"的处境，它目前正搁浅在杜蒙·杜维尔差点断送性命的海峡里。接着，艇长就这个问题说道：

"这个杜维尔是你们的一名伟大海员，也是你们最有智慧的航海家之一！他是你们法国人的库克船长。不幸的学者！他战胜了南极的冰层、大洋洲的珊瑚礁，以及太平洋岛屿上吃人肉的家伙，但居然不幸地死于火车事故！如果这位精力充沛的人在他生命的最后一刻能够进行思考的话，那么您以为，他最后会想些什么呢？"

尼摩艇长说这番话时显得很激动，我也受了他的感染。

随后，我们手里捧着航海图，再一次回顾了这位法国航海家的业绩：他所从事的环球航行、使他发现阿德利和路易—菲利普两地的两次南极探险，以及他对大洋洲主要岛屿所做的水文测量。

"你们的杜维尔在海洋上所做出的一切成就，"尼摩艇长对我说道，"我在海洋里都已经做了，而且比他方便、全面。'罗盘号'和'星盘号'两艘军舰因不断受到暴风袭击而颠簸不已，怎么能够比得上'鹦鹉螺号'里的宁静工作室和名副其实的海洋居民呢！"

"可是，艇长，"我说道，"杜蒙·杜维尔的轻型护卫舰与'鹦鹉螺号'有一点是相似的。"

"先生，哪一点呢？"

"就是'鹦鹉螺号'跟它们一样搁浅了。"

"先生，'鹦鹉螺号'没有搁浅。"尼摩艇长冷冷地回答我说。"它下水以来始终都在海床上歇息。杜维尔为了使他的军舰脱浅，不得不进行大量的艰难工作和作业，而我却什么都不用做。'罗盘号'和'星盘号'两艘军舰差一点葬身大海，而我的'鹦鹉螺号'却没有任何危险。明天，这个指定的日子，在指定的时刻，潮水就会将它安稳地托起，而它又将在大海里航行。"

"艇长，我不怀疑……"

"明天，"没等我说完，尼摩艇长站起身来，补充说道，"明天，下午两点四十分，'鹦鹉螺号'又将在海上漂浮，安然无恙地驶离托雷斯海峡。"

艇长以生硬的语气说完了这番话，然后稍稍躬了躬身，示意我可以告辞了。于是，我就回到了自己的房舱。

龚赛伊在我的房间里等我，想知道我和艇长会晤的结果。

“小伙子，”我告诉他说，“当我仿佛觉得‘鹦鹉螺号’面临巴布亚土著人威胁的时候，艇长就用讥讽的口吻回答我。因此，我只有一点要告诉你：相信他，放心地去睡你的安稳觉吧！”

“先生不需要我侍候啦？”

“是的，我的朋友。尼德·兰在干什么？”

“请先生原谅，”龚赛伊回答说，“尼德友正在做袋鼠肉馅饼，那将是一道美味佳肴。”

我独自一人，于是就躺下睡觉，可睡不熟。我仿佛听到了巴布亚野人在潜艇平台上行走的脚步声，以及他们发出的震耳欲聋的吼声。一夜无事，船员们还是像往常一样无动于衷。他们丝毫没有因吃人肉族的到来而感到不安，就像守卫铁甲堡垒的士兵面对在铁甲上奔跑的蚂蚁那样毫不在乎。

我早晨六点起床，舱盖没有打开，因此潜艇里的空气还没有更换。不过，总是装满空气的储气舱正在运转，将几立方米的氧气释放到“鹦鹉螺号”缺氧的空气里。

我在自己的房间里一直工作到中午，始终没有见到尼摩艇长，哪怕是一面。潜艇上似乎没有任何备航的动静。

我又等待了一段时间，然后来到大客厅。挂钟敲响了二点三十分。再过十分钟，海潮就要涨到最高水位。如果尼摩艇长没有轻率许诺，那么“鹦鹉螺号”马上就要脱浅。否则，它不知要过多少个月才能脱离它的珊瑚床。

可是，没过一会儿工夫，我就感觉到了“鹦鹉螺号”发出的某种预兆性的颤动。我听到潜艇船底包板和珊瑚石凹凸不平的石灰质表面摩擦所发出的咔嚓声。

二点三十五分，尼摩艇长出现在了客厅。

“我们要起航了。”他说道。

“啊！”我不能不表示惊叹。

“我已经下令开启舱盖。”

“可那些巴布亚人呢？”

“哪些巴布亚人啊?”尼摩艇长稍稍耸了耸肩,反问道。

“他们不会攻入‘鹦鹉螺号’舱里来?”

“怎么进来啊?”

“从您下令打开的舱口进来呗。”

“阿罗纳克斯先生,”尼摩艇长平静地回答说,“他们从‘鹦鹉螺号’的舱口是进不来的。就是打开舱盖,他们也进不来。”

我看了一眼艇长。

“您不明白我说的话吗?”他问我说。

“一点也不明白。”

“好吧!跟我来,您就会明白的。”

我向中央扶梯走去。尼德·兰和龚赛伊已经在那里。他们看着几个水手把舱盖打开,一副困惑不解的样子,而外面不断传来疯狂的吼声和可怕的叫骂声。

舱盖板朝外打开,20个可怕的面孔露了出来。可是,第一个把手放在扶梯铁护栏上的土著人,却被一种看不见的力量弹得直往后退。他拔腿就逃,并且拼命地狂叫。

他的十个同伴跟在他后面,十个人遇到了同样的遭遇。

龚赛伊欣喜若狂。尼德·兰受其暴躁脾气的驱使,向中央扶梯冲去。但是,手刚碰到扶梯的铁护栏,他就被击倒在地,仰面朝天。

“见鬼!”他叫喊着,“我遭到了电打雷劈!”

他这句话为我解释了一切。这不再是一根铁护栏,而已经变成一根与潜艇上的电源相通的金属电缆,而且一直通到潜艇的平台上。任何人碰到它,都会感到一种强烈的振动。如果尼摩艇长将潜艇上所有的发电机组的电流全部输入这根“导体”,那么这种振动就会是致命的。真可以说,他是在他自己和来犯的敌人之间拉起了一道电网,任何人都别想不受电击而通过电网。

这时,受到惊骇的巴布亚人已经向后退缩,个个失魂落魄。而我们半开玩笑半认真地在安慰可怜的尼德·兰,并且替他按摩被电击麻了的胳膊。这时的尼德·兰像是魔鬼附身似的,嘴里骂个不停。

然而,就在这个时候,“鹦鹉螺号”在海潮最后一拨波浪的涌动下,驶离了它所搁浅的珊瑚礁石。此时正好是艇长说定的两点四十分。潜艇的螺旋桨缓慢而又稳健地拍打着海水，速度渐渐加快。“鹦鹉螺号”安然无恙地驶离了托雷斯海峡的危险水域，航行在太平洋洋面上。

二十三 强制睡眠

翌日，一月十日，“鹦鹉螺号”重新在海洋上劈波斩浪，而且以极快的速度航行。据我估计，时速不会低于35海里。潜艇的螺旋桨飞速旋转，我简直看不出它在转动，也无法计算它的转速。

我正在思索，这种神奇的电能不但给予“鹦鹉螺号”以动力、热能和光明，而且还保护它免受外来攻击，并且把它变成了一艘神舟，任何来犯者胆敢前来碰它都将遭到电击。想着想着，我的赞美就开始不着边际，爱屋及乌，由潜艇本身很快扩展到了发明它的工程师。

我们径直向西行驶。一月十一日，我们绕过了位于卡奔塔利亚湾东端、南纬10度和东经135度的韦塞尔角。这一片海域虽然仍有许多礁石，不过比较分散，都非常精确地标在航海图上。“鹦鹉螺号”轻而易举地避开了位于东经130度，在其左舷的莫耐礁和在其右舷的维多利亚暗礁。我们严格沿着南纬10度航行。

一月十三日，我们驶入了帝汶海，尼摩艇长认出了位于东经122度的同名岛屿。这个面积1 625平方法里的岛屿由印度王公统治。这些王公自称是鳄鱼的子孙，也就是说，他们的出身可以说是人类最高贵的出身。因此，在岛上河流里生息繁衍的长鳞祖先，便成了岛民特别崇拜的对象。他们保护它们，宠爱它们，奉承它们，喂养它们，用童女供奉它们。因此，外人要是敢碰这种神圣的蜥蜴类动物，那么一定会惹祸上身。

不过，“鹦鹉螺号”无须跟这种丑陋的动物一争高低。中午，大副测定“鹦鹉螺号”的方位时，帝汶岛才在我们眼前出现了一会儿工夫。同样，我也只是隐约看见小小的罗帝岛。罗帝岛属于帝汶群岛，岛上的女人在马来亚市场已经确立了美女的名声。

从这里开始，“鹦鹉螺号”偏离了南纬十度，朝着西南方向驶去。我们的潜艇向着印度洋航行。尼摩艇长突发奇想，又会把我们带往何处？他是否想北上，驶往亚洲海岸？或者想接近欧洲海岸？一个想躲避人烟稠密的大陆的人不大可能做出这样的决定！那么，他是否会南下？他是否要绕道好望角，然后是合恩角，向南极挺进？或者，他是否会重返太平洋海域，好让他的“鹦鹉螺号”随心所欲地航行？将来可能会告诉我们一切。

我们沿途驶经卡提埃礁、爱尔兰礁、塞林加帕坦礁和斯科特礁。它们是固体抵制液体的最后努力。一月十四日，我们已经把所有的岛屿抛在了身后。“鹦鹉螺号”奇怪地放慢了速度，随心所欲地航行着，时而潜入海洋，时而又浮出洋面。

在这个阶段的航行期间，尼摩艇长做着有趣的试验，测量不同深度海水的温度。在通常条件下，不同深度海水的温度是使用相当复杂的仪器测定的。不过，无论是用玻璃——常因水压过高而爆裂的——温度传感器，还是使用根据金属电阻变化原理制造的测温仪，测试报告的可靠性总值得怀疑。这样取得的测试结果得不到充分的控制。而尼摩艇长这回亲自潜入不同深度的水层去测量温度，而且温度计与各水层的海水直接接触，能及时、可靠地测得水温。

“鹦鹉螺号”时而灌满储水舱进行垂直下沉，时而变换尾翼的角度倾斜下潜，先后抵达 3 000、4 000、5 000、7 000、9 000、10 000 米的深度，实验的最终结论是，在任何纬度上，海洋 1 000 米深水层的温度是相同的，全是 4.5 摄氏度。

我始终怀着极其强烈的兴趣关心着这些实验。尼摩艇长对此也真正注入了热情。我几次暗自思忖，他做这些实验居心何在，是为了他的同类——人类的利益吗？这不可能。因为总有一天，他的实验成果会跟他一起，在某个无人知道的海域里销声匿迹！除非他准备把自己的实验结果告诉我。不过，要真是这样，那么等于是说，我这次奇异的旅行总会有结束的限期。可到现在为止，我没有看到这个限期。

不管怎样，尼摩艇长把他所获得的各种数据一一告诉了我。利用这些数据可以编写一份关于地球上主要海洋海水密度的报告。从他向我通报的信息中，我自己还受到了一些与科学无关的教益。

一月十五日上午，我和艇长一起在平台上散步。他问我是否知道各海洋海水的不同密度。我回答说不知道，还补充说，科学界对这个问题缺乏严格的观察研究。

“这类观察，我已经做过了。”他对我说，“而且，我敢担保它们的可靠性。”

“好啊，”我回答说，“可是，‘鹦鹉螺号’是另一世界，其学者们的秘密不会传到陆地上去。”

“说得对，教授先生。”他沉默了一会儿，又对我说，“是另一个世界。它与陆地格格不入，就如同地球与那些陪伴着它围绕太阳转的行星之间的关系。人类永远不会了解土星和木星上的学者们取得的科研成果。不过，既然我们不期而遇，我可以把我观测到的结果告诉您。”

“请说吧，艇长。”

“教授先生，您也知道，海水的密度要大于淡水，但海水的密度又是不一致的。事实上，如果我把淡水的密度看做一单位，那么，大西洋海水的密度就是一又千分之二十八单位；太平洋海水的密度是一又千分之二十六单位；地中海海水的密度是一又千分之三十单位……”

“啊，他去过地中海冒险？”我暗自思忖。

“爱奥尼亚海海水密度是一又千分之十八，而亚得里亚海是一又千分之二十九。”

显然，“鹦鹉螺号”并不回避船只来往频繁的欧洲海域。由此，我可以断定，它——也许不久——会把我们带往文明大陆。我想尼德·兰听到这个特别的消息，自然会非常满意。

一连好几天，白天我们都在从事各种实验，如不同深度海水的含盐比重、海水的导电性、海水的颜色和透明度变化等等。在实验过程中，尼摩艇长充分发挥了他的创造性，同时也充分体现了他对我的善意。在以后的几天里，我没有再见到他，在潜艇上又陷入了孤独之中。

一月十六日，“鹦鹉螺号”仿佛仅仅在海面几米以下沉睡了。它的发电机组停止了运转，螺旋桨纹丝不动，潜艇就在水下随波逐流。我猜想船员们正忙着进行为经过激烈运转的机器所必需的内部维修。

我和我的两位同伴目睹了有趣的一幕。客厅舷窗水晶玻璃外的防护板敞开着，由于“鹦鹉螺号”没有点亮舷灯，因此四周海水一片混沌阴暗。天空乌云密布，暴风雨即将来临，只给海洋浅层水域投射下昏暗的光亮。

我就在这样的光线条件下观察着海洋，只能勉强看见海里大鱼的模糊身影。就是在这个时候，“鹦鹉螺号”的周围水域突然灯火通明。起先，我还以为是潜艇打开了舷灯，照亮了周围的水域。可是，我弄错了。经过短暂的观察，我发现了自己错了。

此时，“鹦鹉螺号”在磷光中漂浮，磷光在阴暗的水域里显得格外灿烂夺目。它是由无数会发光的微生物发射的。磷光照射在潜艇的金属板上，闪光变得更加强烈。我突然看到在明亮的水域里发出的阵阵闪光，犹如从炽热的熔炉中流淌出来的铅液，或者说像被烧得红里泛白的金属块，以至于对比之下，水里某些明亮的地方也变得暗淡无光，而原来的阴影倒似乎是看不见了。不！这不是通常的照明灯发出的柔和光线！其中有一种不寻常的活力和运动！可以感觉得到，这种光是一种具有生命力的光波！

这种光亮其实是由深海纤毛虫、粟粒状夜光虫——名副其实的小透明胶质球，它们的触须如丝一样纤细，在 30 立方厘米的水里能容纳 25 000 个——无限地聚集而形成。它们发出的光亮又由水母、海星、望月水母、枣形海参，以及其他会发磷光的植形动物特有的微光所加强。

一连好几个小时，“鹦鹉螺号”在晶莹的波涛里荡漾。每当我们看到像蝾螈的大型海洋动物在那里戏水时，我们则是更加赞叹不已。我还见到几只妩媚漂亮、行动迅捷的鼠海豚——海洋里不知疲倦的小丑——在明亮如火的水域里戏耍，数条长达三米的剑鱼——能聪明地预测风暴——用它们那可怕的剑锋在冲撞客厅的水晶玻璃。接着是一些身材较小的鱼出现在我们眼前，各种鳞鲀、活蹦乱跳的鲭鱼、狼鱼，以及上百种其他鱼，它们在明亮的水域里戏耍，画出了一道道的斑马纹。

眼前这绚丽多彩的景色简直是天上仙境！某些大气条件也许又使这种

景色锦上添花？抑或是因为海面上下起了暴风雨？不过，“鹦鹉螺号”在海平面几米以下的水层里并没有感觉到狂风暴雨在肆虐，而是在平静的水域里悠闲地飘荡。

“鹦鹉螺号”就这样行驶着。沿途，我们不断被新的奇特景观所陶醉。龚赛伊一边观察，一边把观察到的植虫类、节肢类、软体类、鱼类等动物进行分类。日子一天一天过得很快，我已经不再计算它了。尼德按照他自己的习惯，想方设法为潜艇上的日常伙食变换花样。我们成了货真价实的蜗牛，被关在自己的螺壳里。而且，我还想说，要变成一只蜗牛，还真相当容易。

因此，我们觉得这种日子也挺好打发，而且已经习以为常。要不是发生了一件事，让我们想起了自己的奇特处境，我们就不再会想到在地层表面还存在着另外一种不同的生活。

一月十八日，“鹦鹉螺号”航行到了南纬 15 度、东经 105 度的海域。天空乌云密布，暴风雨将至。海上风大浪高，波涛汹涌。东风越刮越猛。气压计几天来一直在下降，预示着一场即将来临的与大自然的搏斗。

“鹦鹉螺号”大副到平台上来测定时角的时候，我已经在平台上。按照惯例，我正在等他说那句每日必说的话。不过，这天，那句以往每日必说的话却被另一句我同样听不懂的话取而代之。几乎与此同时，我看见尼摩艇长举起望远镜朝着海平面眺望。

有好几分钟时间，艇长站在那里纹丝不动，一直凝视着前方。接着，他放下望远镜，跟大副交谈了十来句话。大副显得很激动，并且难以自制而流露了出来。尼摩艇长自制力较强，依然保持着往日的冷静。此外，艇长好像提出了反对意见，大副点头频频称是。至少，通过他俩不同的说话语气和手势，我是这么理解的。

我也仔细地注视过他们所观测的方向，可什么也没有发现。此时，天空和海洋连成了一体，不过海平线仍然清晰可见。

这时，尼摩艇长仍在潜艇的平台上来回踱步，没有看我一眼，没准还没有意识到我的在场。他步履坚定，但缺乏往常的节奏。时而，他停下来，两臂交叉在胸前，仔细观察着大海。在这个浩瀚无垠的空间，他在搜寻什么呢？再说，鹦鹉螺号此时距离最近的海岸也有好几百海里！

大副又举起了望远镜，固执地巡视着海面。他不停地来回走动，而且还时不时地跺脚，他所表现出来的神经质的冲动与他上司的沉着镇静正好形成了鲜明的对照。

然而，其中的奥秘终究会水落石出，而且用不着等待很久。因为，根据艇长的命令，潜艇加大了马力，螺旋桨加快了转速。

这时候，大副又吸引住了艇长的注意力。艇长停下了脚步，举起望远镜对着大副所指的方向仔细观察了很久。至于我嘛，我非常纳闷，于是回客厅拿来了我常用的高倍望远镜。然后，我靠在舷灯的灯罩——潜艇平台前最凸出的部位——上，准备对海平面进行仔细观察。

可是，还没等我的眼睛挨到目镜，我手上的望远镜就被人夺走了。

我转过身来，尼摩艇长就站在我的面前，可我几乎不认识他了，简直判若两人。他那双目光锐利、阴森的眼睛凹陷在紧皱的睫毛底下，牙齿半露，咧着嘴巴，身体挺直，双拳紧握，脑袋缩在肩膀中间。他的所有表情都说明，他浑身充满一种强烈的仇恨。他站着一动不动，我的望远镜从他手里跌落下来，滚到了他的脚旁。

看来，是我无意中激怒了他？这个不可理喻的人难道认为，我意外地发现了“鹦鹉螺号”的客人不该知道的某个秘密？

不！他的仇恨不是冲着我来的，因为他并没有盯着我看，而是仍旧固执地注视着天边那看不见的东西。

终于，尼摩艇长重又控制住了自己，刚才完全变了样的面容又恢复了往日的镇静。他用我听不懂的语言跟大副说了几句话，然后转过身来面对着我。

“阿罗纳克斯先生，”他相当专横地对我说道，“我要求你履行我们之间曾经达成的一项承诺。”

“艇长，有关什么的承诺？”

“我们必须把您和您的两个伙伴关起来，直到我认为可以让你们恢复自由为止。”

“您是这艘潜艇的主宰，”我两眼盯着他说道，“不过，是否可以向您提个问题？”

“不行，先生。”

听到这话，我觉得再也没有任何争辩的必要，而又不可能采取任何抗拒行动,只能无奈地屈从。

我来到尼德·兰和龚赛伊居住的房舱,把艇长的决定告诉了他们。读者们可以想象,加拿大人听到这个消息会做出什么样的反应。再说,我也没有时间做任何解释,四名船员已经守候在门口。他们把我们带到我们在“鹦鹉螺号”上度过第一个夜晚的那间禁闭室。

尼德·兰想提出质问。但是,禁闭室的门在他身后砰地关上,这便是对他的全部回答。

“先生,能告诉我这到底是怎么回事吗?”龚赛伊问我说。

我把事情的经过告诉了我的两个同伴。他们也跟我一样感到吃惊,可也一样摸不着头脑。

这时,我陷入了沉思,尼摩艇长脸上的奇怪表情一直萦绕在我的脑际。我无法把两种合乎逻辑的想法联系起来。于是,我又陷入了种种荒诞的假设。尼德·兰的说话声,将我从冥思苦想中解脱出来:

“瞧!要吃午饭了。”

果然,餐桌已经摆好。显然,尼摩艇长在下令加速前进的同时,还下达了开饭的命令。

“先生,能听我劝吗?”龚赛伊道。

“当然,小伙子。”我回答说。

“那好!先生,请用餐吧。这样比较妥当,因为我们还没有弄清发生了什么事。”

“说得对,龚赛伊。”

“真倒霉,”尼德·兰说道,“他们只给我们送来了潜艇上的饭菜。”

“尼德友,”龚赛伊辩驳道,“要是不给你吃午饭,你又会怎么说呢?”

龚赛伊这句在理的话堵住了捕鲸手的嘴。

我们在餐桌前坐下吃饭,气氛相当沉闷。我几乎没吃什么;龚赛伊仍然是为了妥当起见,勉强自己多吃;而尼德·兰照样是吃个不停。吃完午饭,我们便各自斜靠在一隅。

这时候,照亮禁闭室的“光球”熄灭了,我们便陷入了一片漆黑。尼德·兰不一会儿就进入了梦乡。可令我奇怪的是,龚赛伊竟然也昏昏欲睡。我正在思忖,他怎么会如此嗜睡,突然,觉得自己的脑袋也沉重起来。尽管我想睁开双眼,但它们却不由自主地合拢了起来。我为一种痛苦的幻觉所折磨。显然,我们刚才吃的食物里被投放了安眠物质!如此看来,为了向我们隐瞒他们的行动计划,尼摩艇长把我们关押起来还嫌不够,而且还必须让我们睡死过去!

这时,我听到关闭舱盖的声响。接着,潜艇也停止了轻微横摇的波动。看来,“鹦鹉螺号”离开了洋面?难道是回到了静止不动的水层?

我想驱赶睡意,可是无法做到。我的呼吸变得轻微起来,我觉得冷得要命,四肢冰冷,沉重不堪,就好像是瘫痪了似的。我的眼皮犹如铅阀,罩住了我的双眼,怎么也睁不开来。我的整个身心被一种病态的嗜睡所占据,脑子里充满了各种幻觉。接着,幻觉消失了,而我却失去了知觉。

二十四

珊瑚王国

翌日,我一觉醒来,头脑特别清醒。令我惊讶不已的是,我竟然是睡在自己的房间里。我的两个同伴想必也和我一样,被悄然不觉地送回了他俩合住的房舱里。昨夜里所发生的事情,他们同我一样全然不知。要想揭开这个秘密,我只能指望将来的偶然机会了。

我打算离开自己的房间。我重新又获得了自由,抑或仍然是个囚犯?我可是完全自由了。我打开房门,穿过通道,登上了中央扶梯。昨晚紧闭的舱盖已经打开,我于是就来到了潜艇的平台上。

尼德·兰和龚赛伊正在平台上等我。我询问他们昨天夜里发生的事。他俩什么都不知道。他们昏昏沉沉地睡着以后,没有留下任何记忆,醒来时感到非常奇怪,怎么会躺在自己的房舱里。

至于“鹦鹉螺号”，在我们看来，像往常一样地宁静和神秘。此时，它以缓慢的速度行驶在洋面上，好像没有发生过任何变化。

尼德·兰用他那双犀利的眼睛注视着大海。大海茫茫，浩瀚无垠。加拿大人没有发现任何新的东西，海面上既没有船只，也看不见陆地的影子。西风呼啸，大风掀起长长的波浪，我们在潜艇上感到了十分明显的摇晃。

“鹦鹉螺号”换过空气之后，保持在平均深度为15米的水中行驶，以便迅速浮上海面。这种不同往常的航行方式，在一月十九日这一天重复过多次。这时，大副登上了平台，他那句老话在船舱里也能听见。

至于尼摩艇长，没有见到他露面。在潜艇人员中间，我只看见那个冷漠的侍者，他仍像往常一样，准时、默不作声地给我送饭。

两点时分，我正在客厅里忙着整理自己的笔记。尼摩艇长推门进来。我向他致意，他几乎察觉不到地还了礼，没有跟我说话。我又埋头做自己的事情，心里正希望他能对昨夜发生的事件做些解释，可他一声没吭。我仔细地打量了他。我觉得他面容疲惫，两眼发红，显然是因为没有很好睡觉的缘故；他的脸流露出一种深沉的忧伤，一种真正的悲痛。他不停地来回走动，坐下去又站起来，时而拿起一本书又随手扔在了桌上，看过仪表也不像往常那样做记录。看样子，他是一分钟也安静不下来。

最终，他向我走来，并问我说：

“阿罗纳克斯先生，您是医生吗？”

我真的没有料到他会提这个问题，以至于我看了他许久，没做回答。

“您是医生吗？”他再次问道，“您有好几个同事都学过医，如格拉蒂奥莱[①]、莫金—堂东和其他人。”

“的确，”我回答说，“我是多家医院的大夫和住院医生。在去博物馆工作之前，我曾经行医多年。”

“很好，先生。”

显然，尼摩艇长很满意我的回答。但是，由于我不明白他提这个问题的真实意图，因此我等着他提新的问题，以便相机酌情回答。

“阿罗纳克斯先生，”艇长又问我说，“您愿意给我的一名船员治病吗？”

---

① 格拉蒂奥莱(1815—1865)：法国生理学家。

“您这儿有病人?”

“是的。”

“我这就跟您去。”

“请吧。”

我得承认,我的心跳得很快。我不知道为什么我总觉得这个船员的病与昨晚发生的事之间有着某种联系。昨天夜里的事至少跟这个病人一样使我不安。

尼摩艇长领我来到“鹦鹉螺号”艉部,把我带进了位于水手舱隔壁的一间房舱。

在这间房舱里,一张床上躺着一个四十来岁的男人,从外表看十分刚毅,一个地道的盎格鲁—撒克逊人。

我俯身看他。这个人不但有病,而且还有伤。他的脑袋缠着血迹斑斑的棉布,靠在两个枕头上。我给他解开绷带。这位伤员用他那双目光呆滞的大眼睛看着我,但没有拒绝,也没有呻吟。

伤口非常怕人,头盖骨已经被钝器砸碎,脑髓裸露在外,脑质受到了深度擦伤,流出的鲜血已经凝结成血块,溢出物色如酒渣。他的脑子不但受了震荡,而且还受了挫伤。病人呼吸缓慢,时不时的痉挛使他脸部的肌肉扭曲,典型的脑炎症状,感觉和动作越来越麻痹。

我给这位负伤的船员号脉。脉搏时有时无,肢体冰凉,我看他将不久于人世,而且无法救治。包扎好这个不幸的船员之后,我还为他调整了一下他头上的绷带,然后转身问尼摩艇长说:

“他是怎么受伤的?”

“这无关紧要!”艇长支支吾吾地回答说,“‘鹦鹉螺号’的一次碰撞,震断了一根操纵杆,正好砸在这名船员的头上。您觉得他的伤势如何?”

我迟疑不语。

“您尽管说,”艇长对我说道,“他听不懂法语。”

我最后看了一眼生命垂危的船员,然后回答说:

“他最多只能活两个小时。”

“无法救治了?”

“毫无办法!”

尼摩艇长的手颤抖起来，几滴泪珠从眼眶里滚落下来，可我一直以为他生来就不会掉泪。

我又观察了一会儿这个奄奄一息的船员，生命正在慢慢地离他而去。在笼罩着电灯光的病榻上，他的脸色显得越发苍白。我看见他聪明的脑门上过早地长出了皱纹，这大概就是长期以来他遭受不幸或苦难所留下的印记。我真希望从他两片嘴唇间吐出的临终遗言中能意外地发现有关他一生的秘密！

“阿罗纳克斯先生，您可以离开了。”尼摩艇长对我说道。

我把艇长一人留在了这个生命垂危的伤员的房舱里，回到了自己的房间。我为刚才见到的情形所深深感动。整个白天，我始终因某种不祥的预感而躁动不安。这天夜里，我睡得不好，几次从睡梦中惊醒，我仿佛听到了远处传来的叹息，犹如阵阵哀乐。这难道是死者用那种我听不懂的语言发出的哀求？

第二天早晨，我登上平台，尼摩艇长比我先到。他一看见我，就朝我走来。

“教授先生，”他问我说，“今天，您同意做一次海底旅行吗？”

“和我的两个同伴一起去？”我反问道。

“只要他们愿意。”

“艇长，听您的。”

“那就请去换潜水服吧。”

他只字未提那个垂死或已死的船员。我来到尼德·兰和龚赛伊的房舱，向他俩转达了尼摩艇长的建议。龚赛伊急忙答应。这回，加拿大人也表示乐意跟我们一起去。

这时是上午八点。八点三十分，我们为这次旅行换好了潜水服，并且佩戴了探照灯和呼吸器。那扇双重门已经打开。尼摩艇长身后跟着十来个船员。这时，“鹦鹉螺号”距离海面有十米深，我们的双脚踏上了这一深度的海底。

一道平坦的斜坡通往一处高低不平的凹地。这块凹地大约有 15 法寻深，完全不同于我上次在太平洋海底散步时见到的凹地。这里没有细沙，没有海底草地，更没有海底森林。我立即意识到，这就是尼摩艇长那天答应要带我去的神奇地方。这便是珊瑚王国。

植形动物门和海鸡冠纲包含柳珊瑚目，这一目又分为柳珊瑚、木贼和珊瑚三科。珊瑚属于最后一科。这种有趣的物质先是被归入矿物界，然后被归入植物界，最后又被归入动物界。古人用它来做药，今人用它来做首饰。只是到了一六九四年，马赛人贝索耐尔才最终将它归入动物界。

珊瑚是聚集在易碎、石质珊瑚骨上的微小动物群落。这类珊瑚虫具有独特的繁殖能力，通过芽生来繁衍后代。它们既有属于自己的生活，又分享共同的生活。因此，它们实行的是自然社会主义。我了解有关这种奇怪的植形动物的最新研究成果。根据博物学家所进行的非常准确的观察，这类动物在矿物化的同时，形成树枝状的结晶。对于我来说，没有什么能比观赏大自然在海底种植的石化森林更加饶有趣味。

我们点亮了伦可夫探照灯，沿着正在形成的珊瑚礁行走。随着时间的推移，这些珊瑚礁总有一天会封住这部分印度洋。路旁长着一些杂乱无章的小珊瑚丛，上面布满了白光闪烁的星形花。不过，与陆地上的植物正好相反，这类扎根于岩石的珊瑚树自上而下地生长。

灯光照射在色彩艳丽的珊瑚树的树叶上，生出千般迷人的景象。我仿佛看见圆柱形薄膜细管随着水波荡漾。我真想摘几瓣触须纤细、娇嫩的新鲜花冠。这些花冠有的刚刚开放，有的则含苞待放。这时，体态轻盈的鱼儿迅速划动着双鳍，犹如飞鸟一般从花旁一掠而过。不过，当我的手悄悄靠近这些有生命的花朵——会动的含羞草时，花丛立即会发出警报，白色的花冠缩进了红色的花套里，花朵在我眼前消失，珊瑚丛则变成了一团圆形的石丘。

这次偶然的机会使我有幸亲眼看见这种植形动物的最珍贵品种。这类珊瑚足以同地中海法国、意大利和巴巴利①沿海打捞上来的珊瑚媲美。它们中间最美丽的几个品种因色彩艳丽而在贸易市场上中赢得了“血红花”、“血红泡”等富有诗意的美名。这种珊瑚石一公斤可卖到500法郎。而这一带海域蕴藏着无数珊瑚采集者们的财富。这种珍贵的材料常常与其他珊瑚骨混合在一起，相互渗透，形成一种质地密实的“马克斯奥塔”珊瑚。其中

① 巴巴利：中世纪至十九世纪初指北非的阿尔及利亚、突尼斯和的黎波里塔尼亚。

最吸引我的是一些美丽无比的玫瑰珊瑚标本。

可是，我们没走多远，珊瑚丛越来越稠密，珊瑚枝也变得粗壮起来。再往前走，我们眼前出现了一片真正的海底石林，长长的珊瑚枝婀娜多姿，千姿百态。尼摩艇长走进一条阴暗的长廊，平缓的斜坡把我们引向了一百米深的海底。我们的蛇皮管灯的灯光照射在表面粗糙、凹凸不平的天然拱门和像分支吊灯一样分布、火花闪烁的穹隅上，不时产生魔幻般的效果。在珊瑚"灌木"丛中，我发现了另外一些奇趣不减的珊瑚虫，如海虱珊瑚、节叉鸢尾珊瑚，还有几簇红色和绿色的珊瑚藻。博物学家们经过长期争论，最终才把这种外面包裹着一层石灰盐的珊瑚藻归入植物界。然而，按照一位思想家的话来说，"生命悄然无声地从石头般无知觉的沉睡中苏醒过来，但并没有脱离其严酷的起点，这也许就是问题的实质所在。"

我们行走了两个小时，终于来到了距离海面大约300米深的海底，也就是说，珊瑚形成的极限深度。这里的珊瑚丛不再是形单影只，孤零零的，也不再是那些不显眼的低矮灌木，而是无边无际的"森林"、巨大的矿化植物、参天的石化树。花彩状的珊瑚攀缘在珊瑚树上，将它们连接。这些海洋"藤本植物"色彩缤纷，熠熠生辉。我们在海底无垠的高大树林底下自由自在地穿行，而我们的双脚却踩在由管形珊瑚、脑珊瑚、星形贝、菌贝和石竹珊瑚等织成的、金光闪烁的花彩地毯上。

多么美丽的景色！用语言是无法描绘的。要是我们能够彼此交流各自的感受，该有多好啊！我们为什么要被禁锢在这顶由玻璃和金属制成的头盔里呢？我们为什么彼此之间不能用语言交流呢？要是我们至少能过上与在水中繁殖的鱼类一样的生活，或者能更加理想，过上两栖动物一样的生活，长时间地随意来往于陆地和海洋之间，那该有多好！

这时，尼摩艇长已经停下来。我和我的同伴们也停止了行走。我回过头来，看见船员们都围在他们头的身旁，形成一个半圆弧。我仔细一看，发现其中有四人肩上扛着一个长方体的东西。

我们在一块宽阔的林间空地的中央，四周被海底森林的高大树木环抱。我们的探照灯光束照射在这片林间空地上，折射出一种霞光，把投射在地上的阴影拉得特别长。而空地的边缘昏暗依旧，只有几缕微光映照在珊瑚石的棱角上泛出丁点闪光。

尼德·兰和龚赛伊就在我的身旁,我们都在观看他们。突然,我脑子里闪过一个念头:我将看到一个奇特的场面。我观察着海底地面,发现某些地方微微鼓起,外面包裹着一层石灰石沉淀物。它们有规律的分布表明,由人工所为。

在这片林间空地的中央,一个胡乱堆砌的岩石基座上竖着一个珊瑚石十字架。十字架的横档仿佛是用石化血珊瑚制成的。

尼摩艇长做了个手势,其中的一个船员向前走去,在离十字架几英尺远的地方停了下来,并从腰带上取下铁锹开始挖坑。

我明白了一切！这一片林间空地原来是一块墓地,这个坑就是墓穴,那长方体的东西就是夜里去世的那个船员的尸体！尼摩艇长和他的船员们把死去的同伴都埋葬在这块与世隔绝的海底公共墓地。

不！我的心从来没有受过这样的震撼！从来没有印象这么强烈的想法涌入过我的脑海！我真不愿见到目睹的一切！

此时,墓穴挖得很慢,惊动了鱼群,它们慌忙向四处逃窜。我听到铁锹挖掘石灰质地面发出响声,有时碰到落在海底的火石还溅出了火星。墓坑逐渐变长、变宽,其深度很快也能容纳尸体了。

于是,抬尸船员便走近墓穴。包裹在足丝白布里的尸体被放进了潮湿的墓穴。尼摩艇长双臂交叉在胸前,所有被死者爱过的朋友都双膝跪地,做着祈祷……我和我的两位同伴,我们也按照宗教礼仪向死者默哀。

墓穴用刚才挖出的碎石块填平,而且还培上一个微微隆起的坟头。

坟墓做好以后,尼摩艇长和他的船员们都站起身来。接着,大家又走近坟墓,屈膝伸臂,作最后的告别……

葬礼完毕,送葬队伍就动身回"鹦鹉螺号"。于是,我们在那森林的拱廊底下、矮树丛中,沿着珊瑚丛,迎着斜坡一直往上走。

最后,潜艇的灯光出现在我们眼前,长长的光尾直把我们引到"鹦鹉螺号"旁。一点,我们回到了潜艇。

我换好衣服,就匆匆登上平台,走到舷灯旁坐了下来,脑子里萦绕着许多可怕的念头。尼摩艇长来到我身旁。我站起来问他说:

"正如我所预料的那样,那人是夜里死的?"

"是的,阿罗纳克斯先生。"尼摩艇长答道。

“现在,他就在那块珊瑚石墓地里长眠在他的同伴们的身旁?”

“是的。被所有的人忘却,我们除外!我们挖好了坟墓,而那些珊瑚虫将会尽责地把我们的死者永远封闭在里面!”

随后,这位艇长想用他颤抖的双手遮掩自己的面孔。但是,他无法控制自己,不禁呜咽起来。过了一会儿,他又补充说道:

“那里,距离波涛起伏的洋面数百英尺深的地方,就是我们安静的墓地。”

“艇长,您那些死去的同伴,起码可以在那里安息,免受鲨鱼的侵扰。”

“是的,先生。”尼摩艇长认真说道,“免受鲨鱼和人类的侵扰。”

下 篇

一

印度洋

第一阶段的海底旅行就到此为止。珊瑚墓地那动人的一幕在我的脑海里留下了深刻的印象。海底旅行的第二阶段从印度洋这里开始。如此看来,尼摩艇长将在这浩瀚的大海里度过他整个人生。虽然他现在还没到寿终正寝的时候,但也已经为自己在深不可测的海底深渊修好了坟墓。在那里,任何海怪都不会来骚扰"鹦鹉螺号"上同生死、共患难的战友们的安息!"也不会有任何人来打扰他们!"尼摩艇长补充说道。

对于人类社会,他始终持有这种无法改变的愤世嫉俗和怀疑态度!

至于我本人,我可不能仅仅满足于那些令龚赛伊心满意足的种种假设。这个善良的小伙子坚持把"鹦鹉螺号"的指挥官只看做是一个怀才不遇的学者,因人类社会世态炎凉而蔑视人类。在龚赛伊眼里,他是一个不为世人理解的天才。他在陆地上人类社会那里已经领受过太多的失望,不得已逃避到这个人类难以接近、而他的本性得以自由发挥的地方。但是,我觉得,这种假设只能解释尼摩艇长的某些方面。

因为,那个神秘的夜晚,我们先被关押在禁闭室里,后来又被实施强制性睡眠;艇长出于谨慎如此粗暴地从我的手中夺走了我正准备观察洋面的望远镜;那个死去的船员在"鹦鹉螺号"令人费解的碰撞中身负重伤,这一切都迫使我以一种合乎情理的方式去进行思索。不,尼摩艇长并不只是想逃避人类!他这艘神奇的潜艇不但能为他向往自由的本性服务,而且也许还能为他用来实施某种可怕的报复行动。

眼下,对于我来说,一切尚未明了。我仅仅是在黑暗中看到了微弱的光明，可以这么说，仅仅局限于记述发生的事情。

此外，我们同尼摩艇长没有任何关系。他深知，逃离"鹦鹉螺号"是不可能的事。我们甚至还不能算凭担保而获得假释的囚犯，因此不受任何承诺的约束。我们只是俘虏，一些出于假惺惺的礼貌而被称为客人的囚犯。不管怎样，尼德·兰没有放弃恢复自由的希望。一旦出现偶然的机遇，他肯定会加以利用。我当然也会像他一样行动。然而，要是我能把艇长大方地让我们了解的"鹦鹉螺号"的秘密带走，那也不是就没有任何遗憾了。因为，对于这个人，究竟应该憎恨还是赞美呢？他到底是受害人，还是加害者呢？再说，坦率地讲，我要在最终抛弃他之前完成这次海底环球旅行。前一阶段的旅行多么奇妙！我要饱览我们地球的海底所蕴藏的全部奇景异观。即使我得付出生命的代价才能满足自己的强烈好奇心，我也要亲眼见到迄今无人见过的事物。到目前为止，我发现了什么呢？毫无发现，或者说几乎是毫无发现，因为我们仅仅在太平洋航行了6 000法里！

不过，我很清楚，"鹦鹉螺号"正在驶向有人类居住的陆地。如果我们遇到逃生的机会，而我却为了满足了解这个陌生人的好奇心而牺牲自己的伙伴，那么这样做未免太残忍了。我必须跟着他们，甚至引导他们逃生。可是，这样的机会会降临吗？作为被强制剥夺自由意志的人，我希望这种机会降临；作为一名学者，一个好奇心很强的人，我又担心逃生机会的降临。

一八六八年一月二十一日这天中午，大副来测量太阳高度，我登上平台，点燃了一支雪茄，在一旁看他操作。我想，此人显然听不懂法语，因为有好几次我无意中说出脑子里在思考的问题，他要是能听懂法语，理应有所反应。可是，他始终毫无表情，一声不吭。

正当他借助六分仪观测太阳时，"鹦鹉螺号"的一名水手——这个精力充沛的船员在第一次海底旅行时曾经随同我们一起去克雷斯波岛——来擦拭舷灯玻璃。于是，我仔细观察起这台舷灯的构造来。像灯塔一样，这台舷灯里有几块凸镜片，能把灯光聚焦在有效面上，从而使舷灯的功率骤增百倍。舷灯设计非常合理，因此，照明功能得以淋漓尽致地发挥。由于是真空发光，所以，能够同时保证光亮的稳定性和强度，而且还可以节省产生光弧的石墨。节约对于尼摩艇长来说至关重要！因为他不可能轻而易举地更换石墨。不过，在真空发光的条件下，石墨几乎一点都不损耗。

当"鹦鹉螺号"准备重新开始它的海底旅行时,我回到了客厅。舱盖门被重新关上,"鹦鹉螺号"径直向西行驶。

面积5.5亿公顷的印度洋,浩瀚无垠,既不见船影,也看不到岛屿。海水清澈,俯瞰洋面会感到眩晕。一连几天,"鹦鹉螺号"一般都在印度洋洋面100至200米以下的水层航行。我深深地爱上了大海,换了任何其他人都会觉得时间漫长,生活单调。可是,我每天到平台上散步,接受海上新鲜空气的沐浴,透过客厅舷窗观赏海里丰富多彩的景致,阅读图书室里的藏书,撰写自己的日记,这些事情耗用了我的全部时间,我根本来不及偷懒或自寻烦恼。

我们大家的身体状况令人满意,潜艇上的伙食完全适合我们。尼德·兰出于抵触情绪而摆弄的各式菜肴,对于我来说实在是没有必要。此外,在这种恒温环境下,我们甚至无须担心会染上感冒。再说,石珊瑚草,也就是法国普罗旺斯地区沿海有名的"海茴香",潜艇上还有一定存货,将它和煮烂的珊瑚虫肉搅拌在一起,还是一种治疗咳嗽的良药。

一连几天,我们看到许许多多的水鸟,有蹼足类鸟、海燕和海鸥等。我们巧妙地捕杀到几只海鸟。经过某种方式的烹饪,它们就成了一道十分可口的水生野味。那些来自陆地、长途迁徙的水鸟,因长途跋涉,一路劳顿,现在停栖在洋面的波涛上休息。在它们中间,我发现了属于长翼类的漂亮信天翁,它们的鸣叫声就像驴叫那样刺耳。蹼足科中则有飞速极快、擅长捕捉表层鱼的军舰鸟和为数众多的鹲或麦秸尾,尤其以赤尾鹲居多。赤尾鹲和鸽子一般大小,白里泛红的羽毛更加烘托出黑色的羽翼。

"鹦鹉螺号"上的渔网捕捞到好几种玳瑁属的海龟。它们那隆起的龟甲十分珍贵。这类善于潜水的爬行动物翕上鼻孔里的肉阀,就能长时间地潜入水中。有几只海龟被捉上来时还缩在龟壳里睡觉呢!海龟的这一招可以防止海洋动物的袭击。总的来说,海龟肉味道极其一般,不过它们的卵可是美味佳肴。

至于鱼类,当我们透过防护板敞开的舷窗窥视它们的海底生活时,不住地发出赞叹。我发现了好几种以前从未见过的鱼种。

我特别要说的是红海、印度洋和赤道美洲海域特产的贝壳鱼。这种鱼就像海龟、犰狳、海胆和甲壳动物一样,外面有一层既不是白垩质也不是石质，而是真正的骨质护甲。它们的护甲有的呈三角形，有的则呈四边形。在三角形甲壳的贝壳鱼中间，我注意到其中有几种贝壳鱼体长只有半分米，棕色的尾鳍，其他鳍呈黄色，它们的肉富有营养，美味可口。我甚至想建议对它进行淡水养殖。不是有不少海鱼都轻而易举地适应了淡水生活吗？我还看到了四边形甲壳的贝壳鱼，背部长着四个粗节。下腹长有白色斑点的贝壳鱼可以像鸟一样被驯养。骨质甲壳凸成尖刺的三角形贝壳鱼会发出像猪吼一样的叫声，因此可以叫它“海猪”。还有甲壳像锥形驼峰的贝壳鱼，它们的肉坚硬难啃。

龚赛伊大师在日记中记载的鱼类，我还可以摘录几种：这一带特有的单鼻鲀鱼，如赤背白腹鲀，身上长着三道纵纹；色彩艳丽的电鲀，体长只有七英寸。其他科的标本还有形似蛋的黑褐色卵形鱼，全身布满白色花纹，没有尾巴；堪称海生豪猪的迪奥鲀鱼，全身长满尖刺，肚子一鼓，就成了一只刺球；各大洋都有的海马；长吻海蛾鱼，其展开的胸鳍形似飞翼，虽然不能飞翔，但至少可以腾空飞跃；体形平扁的鸽子鱼，尾部布满了环形鳞片；色彩艳丽的长颌鱼，体长 25 厘米，肉质鲜美；头部凹凸不平的青色美首鱼；长胸鳍的黑纹鳚，能以惊人的速度在水面上滑行；肉质鲜美的帆鱼，能扬起胸鳍顺流漂泊；造物主用黄、天蓝、金黄和银白等颜色点缀的库尔特鱼，色彩斑斓，艳丽无比；鱼翅如丝的织翼鱼；满身淤泥、会发出响声的杜父鱼；肝脏剧毒的鲂鮄；长着护眼泡的波迪昂鱼；最后是堪称捕虫能手的皱皮鱼，其管状长吻犹如一杆夏斯坡公司和雷明顿公司都设计不出的喷水枪，喷射一滴口水就能杀死一只昆虫。

按照拉塞佩德分类法，第八十九属第二亚纲硬骨鱼类，其特征是长有鳃骨和鳃膜。我见到过这一属中的鲉鱼，头顶上长着尖刺，只有一个脊鳍。这属鱼按其亚属不同，有的长鳞，有的无鳞。第二亚属的标本有二指鱼，体长三四分米，身上长有黄色条纹，脑袋的模样十分奇特。至于第一亚属，有几个俗称“海蟾蜍”的怪鱼标本。这种大头鱼有的颌窦深凹，有的隆突浮肿，头顶长有尖刺和结节，角丑陋而不规则，身上和尾部布满小茧，被它刺伤十分危险，这真是一种既令人讨厌又令人生畏的鱼。

一月二十一日至二十三日，“鹦鹉螺号”日夜兼程，二十四小时航行 250 海里，或者说，以每小时 22 海里的速度行驶。我们之所以一路上能够辨认各种鱼类，是因为这些鱼受电灯光的吸引奋力追随我们，大多数鱼赶不上“鹦鹉螺号”的速度，很快就被甩在了后面。然而，有些鱼还是能够在一段时间里追随“鹦鹉螺号”的左右。

二十四日上午，我们在南纬 12 度 5 分、东经 94 度 33 分见到了长满美丽的椰子树的石珊瑚岛——奇林岛。达尔文先生和费兹·罗瓦船长上过这个岛屿考察。“鹦鹉螺号”沿着这个荒岛行驶，距离岛屿四周的悬崖峭壁很近。“鹦鹉螺号”的拖网捕捞到了许多珊瑚虫和棘皮动物，还有一些属于软体动物门的稀奇贝壳。一些珍稀品种又丰富了尼摩艇长的收藏。其中还有一种寄生在贝壳上的星点状珊瑚。

奇林岛很快就在我们的视线中消失。我们朝着位于西北方向的印度半岛尖角驶去。

“我们在驶向文明的陆地，”这天，尼德·兰对我说，“这总要比那个野人多于狍子的巴布亚群岛强！在印度次大陆上有公路、铁路，还有英国人、法国人和印度人居住的城市。五英里以内必定能遇到一个同胞！嗯？难道这不是与尼摩艇长不辞而别的时机？”

“不，尼德。还没到时候。”我语气坚决地说道，“就像你们海员常说的，等等再说吧！‘鹦鹉螺号’在接近有人居住的大陆。它会重回欧洲的，就让它把我们带回欧洲去吧。到了我们的欧洲海域，我们再相机行事。再说，我想尼摩艇长也不会准许我们上马拉马尔或哥罗蒙代尔沿岸狩猎。”

“先生，那就别问他啦！难道不行吗？”

我没有回答加拿大人。我不想继续争辩下去。其实，命运把我抛弃在“鹦鹉螺号”上，我心里已经对命运不抱希望。

自从驶离奇林岛以后，“鹦鹉螺号”总的来说放慢了航行的速度，航向也比较随心所欲，而且还经常潜入很深的水域。操舵手使劲扳动操纵杆，潜艇的尾翼大大倾斜于吃水线。我们一直下潜到两三公里以下的水域，但始终没有潜入真正的印度洋底。就连潜水深度 13 000 米的探测器也没有探到印度洋的最深处。至于深水层的温度，潜艇上的温度计始终指示着零上四度。我注意到，只有浅层海域的水温总低于海面水温。

一月二十五日，印度洋茫茫一片，既不见船只也看不到岛屿。“鹦鹉螺号”整个白天都在洋面上航行，功率强大的螺旋桨拍打着海水，溅起了巨大的浪花。它这副模样,人们怎么会不把它当做巨鲸?整个白天四分之三的时间,我一直待在平台上眺望大海。除了下午四点有一艘长长的汽轮从西边迎面驶来,洋面上空空如也。有片刻时间,我见到了汽轮的桅杆。不过,汽轮不可能看见贴着洋面航行的“鹦鹉螺号”。我想,这是印度半岛和东方公司往返于锡兰和悉尼之间的班轮,途中停靠乔治王角和墨尔本。

下午五点,在热带地区短暂的黄昏来临之前,我和龚赛伊为洋面上出现的奇观赞叹不已。

这是一种可爱的动物,按照古代人的说法,遇到它会交上好运。亚里士多德、雅典娜、普林和奥波恩都曾研究过这种动物的嗜好,并且为它用尽了希腊和意大利诗篇中最富有诗意的辞藻。他们给它取名“鹦鹉螺”和“庞贝螺”。可是,现代科学并没有认可这两个称谓。因此,这种软体动物现在的学名叫“船蛸”。

谁要是请教龚赛伊,那么一定能从这个好小伙子那里获悉,软体动物门分为五纲:第一纲是头足纲,有的有介壳,有的没有介壳。按照它们长的鳃的数目,头足纲软体动物又可分为两鳃和四鳃两科,两鳃科又分为船蛸、鱿鱼和墨鱼三属;而四鳃科只有鹦鹉螺一属。如果经过上述分类,一个脑子僵化的人仍然把长吸盘的船蛸和长触须的鹦鹉螺相混淆,那么就不可饶恕了。

那么,当时一定是一群船蛸在印度洋洋面上浮游。我们估计有好几百条。它们属于印度洋特有的身上长结节的那一类。

这种体态优美的软体动物借助它们的唧管吸水和喷水的反作用力来向后游动。它们的八根触须,细长的六根漂浮在水面上,而另外两根则弯成掌状竖起,像风帆一样迎风招展。我清楚地见到了它们的螺旋波纹介壳。居维埃恰如其分地称它们为“雅致的小舟”,真像一叶小舟!船蛸用自己的分泌液营造的介壳,像小舟一样承载着船蛸,而不会粘住它自己的身体。

“船蛸能够自如地离开介壳,”我对龚赛伊说,“但是,它从不离开。”

“就像尼摩艇长,”龚赛伊不无道理地说道,“所以,最好把他的潜艇命名为‘船蛸号’。”

“鹦鹉螺号”在这群软体动物中间大约航行了一个小时。突然,这群软体动物不知受了什么惊吓,好像接收到了统一的信号似的,一下子收起了所有的“风帆”,收缩起所有的腕,身体也随即蜷缩起来,介壳翻了个身,改变了重心。整个小“船队”顿时消失在茫茫波涛之中。这一切就发生在瞬间。我从未见过一支船队能够像它们那样统一行动。

这时，夜幕匆匆降临。微风掀起了轻微的波涛，静静地拍打在“鹦鹉螺号”舷侧顶列板下。

第二天，一月二十六日，我们从东经 82 度穿过赤道，又回到了北半球。

整个白天，一群令人生畏的角鲨不离我们左右。这是一种可怕的海洋动物，它们在这一带迅速繁殖，使这一带海域变得极其危险。烟灰角鲨褐背白腹，嘴里长着 11 排尖牙；眼睛角鲨颈部有一大块被白色怀抱的黑斑，看上去像一只眼睛；浅栗色的圆吻角鲨，全身布满深色斑点。这些力大无穷的动物常常猛力地撞击我们潜艇客厅的玻璃，令人胆战心惊。尼德·兰再也克制不住自己了，他真想浮到水面上去，用鱼叉击毙它们。尤其是那些嘴里布满像马赛克一样尖牙的星鲨和长达五米的大虎鲨，更是一而再，再而三地激怒尼德·兰。这时，“鹦鹉螺号”加快了航行速度，轻而易举地把这些速度极快的鲨鱼甩在了后面。

一月二十七日，在孟加拉湾口，我们好几次遇见阴森恐怖的景象。一具具尸体在海面上随波漂泊。这些尸体来自印度的城市，由恒河漂入大海。秃鹫——这个国家的唯一收尸者——没来得及吞噬这些尸体。不过，角鲨少不了要帮助它们完成收尸工作。

晚上七点时分，“鹦鹉螺号”半浮在乳白色的海水里航行。远远望去，海水仿佛变成了乳汁似的。这难道是月光产生的视觉效果？不，刚出现两天的新月此时还在海平面以下的太阳光里呢？天空虽然星光灿烂，但跟乳白色的海水相比，仍显得黯然无光。

龚赛伊不敢相信自己的眼睛。他问我产生这种现象的原因。幸亏，我还能够回答他的问题。

“这就是人们所说的‘乳海’，”我告诉他说，“安波阿纳沿海和这一带海域经常可以看到一望无际的白色波涛。”

“可是，”龚赛伊坚持要寻根问底，“先生，能否告诉我这种现象是什么原因造成的。想必，总不会是这里的海水都变成了牛奶吧！”

“当然不是，小伙子。这种让你惊讶不已的白色是由水中无数细小发光的纤毛虫所致。这些小虫胶质无色，像头发丝一般细，长不超过五分之一毫米。它们互相粘接在一起，绵延好几法里。”

“好几法里哪！”龚赛伊惊叫起来。

“是的，小伙子。不要煞费心思去数它们！再说，你也数不过来。如果我没记错的话，有些航海家曾在这一带海域见过40多平方海里的‘乳海’现象呢！”

我不知道龚赛伊是否会采纳我的建议。不过，他仿佛陷入了沉思。想必，他正在用心计算着40多平方海里能够容纳多少五分之一毫米长的小虫。而我却在继续观察这一现象。一连好几小时，“鹦鹉螺号”一直在“乳海”上航行。我注意到它在皂沫般的海面上静静地滑行，犹如漂浮在海湾顺、逆流相遇所产生的白色泡沫旋涡之中。

午夜时分，海水突然恢复了平常的颜色。但是，在我们身后海平线的尽头，天空反射着白色的水波，仿佛久久地笼罩在朦胧的北极光之中。

二

尼摩艇长的新建议

一月二十八日中午，当“鹦鹉螺号”在北纬9.4度浮出海面时，我们望见西边距离我们八海里的地方有一块陆地。我先看到一处海拔大约2 000英尺的山脉，山势陡峭。我测定好方位以后，就回到了客厅。当我把测得的方位标注在航海图上时，才意识到我们已经抵达锡兰岛——印度半岛下垂的一颗明珠。

我去图书室找一些有关这个岛屿——地球上土地最肥沃的岛屿之一——的书籍，碰巧找到了一本H. G. 西尔先生著的、名为《锡兰与锡兰人》的书。回到客厅，我先记下了锡兰的方位。在古代，这个岛屿曾经有过那么多的不同称谓。它的地理位置在北纬 5.55 度—9.49 度与东经 79.42 度—82.4 度之间。岛长 275 英里,最宽处有 150 英里,岛屿的周长 900 英里,面积 24 448 平方英里,也就是说,略小于爱尔兰岛。

这时,尼摩艇长和大副来到客厅。

艇长看了一眼航海图,然后转身对我说:"锡兰岛是一个以采珠场而闻名的地方。阿罗纳克斯先生,您想不想参观采珠场?"

"那还用问,艇长先生。"

"那好,这很容易。不过,一年一度的采珠季节现在还没有开始。我们只能看看采珠场,却看不到采珠人。这无关紧要。我会命令潜艇驶向马纳尔湾,夜里我们就能到达。"

艇长对大副说了几句,大副就立即走了出去。"鹦鹉螺号"很快又潜入了水中,气压计指示的深度是 30 英尺。

于是,我在航海图上搜索马纳尔湾。我在北纬 9 度,锡兰岛的西北岸找到了这个马纳尔湾。这个海湾是因马纳尔小岛延伸而形成的。要去马纳尔湾,就必须沿着锡兰岛的整个西岸北上。

"教授先生,"尼摩艇长接着又对我说,"孟加拉湾、印度海、中国海、日本海,以及美洲南部沿海的巴拿马湾和加利福尼亚湾都盛产珍珠。不过,锡兰的采珠业最富有成效。当然,我们是来得早了一点。采珠人要到三月份才聚集到马纳尔湾。到那个时候,在 30 天的时间里,300 多条采珠船一起投入到开采大海宝藏这一有利可图的劳作中去。每条船上有十个人负责划桨,另外十个人则负责采珠。十个采珠的人又分成两组,轮换着潜入水中采珠。他们把绳子的一端拴在船上,另一端捆一块大石头,两条腿夹着石块潜入到 12 米深的水里。"

"这么说,"我问道,"他们仍然沿用这种原始的采珠方法?"

"没错,"尼摩艇长回答说,"尽管依照一八〇二年签署的《亚眠条约》,这些采珠场转让给了世界上最灵巧的英国人,但是原始的采珠方法一直沿用到现在。"

"我觉得,像您使用的潜水服,对于采珠这样的作业大有用武之地。"

"是的,这些可怜的采珠人终究不能在水里待得很久。英国人珀西瓦尔在他的锡兰游记中写道,一个卡菲尔人能在水下一口气憋五分钟,但我觉得不太可信。我知道,有些潜水者能在水里憋气五十七秒钟,功夫好一些的可以坚持到八十七秒钟。不过,这样的人毕竟很少。而且,这些不幸的人一回到船上,鼻子和耳朵都流淌血水。依我看,采珠人平均能在水中待上三十秒钟。在这三十秒的时间里,他们得拼命地把自己采集到的珠母装进网兜。采珠人一般都活不到老。他们视力早衰,眼患溃疡,满身创伤,甚至常常在水里中风。"

"是啊,"我应和道,"这是一种残酷的职业,仅仅是为了满足穷奢极侈的人的虚荣。可是,艇长,请告诉我,一条船每天能采多少珠母?"

"大概四五万只吧。我甚至听说,一八一四年,英国政府派遣自己的潜水员在 20 天的时间里一共采集了 7 600 万只珠母。"

"至少,这些采珠人的报酬还过得去吧?"我问道。

"能勉强糊口吧,教授先生。在巴拿马,采珠人一星期才挣一美元。通常,采到一个有珍珠的珠母可赚一个苏。可是,他们采到的珠母中间有多少是没有珍珠的啊!"

"这些不幸的人养肥了主人,而自己到头来才挣得一个苏。真可怜!"

"这样吧,教授先生,"尼摩艇长对我说道,"您和您的同伴一起去看看马纳尔湾,兴许能碰到早来的采珠人呢。这样,我们就可以看他们采珠。"

"就这么说定了,艇长。"

"对了,阿罗纳克斯先生,您不怕鲨鱼吧?"

"鲨鱼?"我叫了起来。

至少,我认为,这还用问吗。

"怕吗?"尼摩艇长紧追不舍。

"艇长,不瞒您说,我不太熟悉这种鱼。"

"对于它,我们早已习以为常。"艇长说道,"以后,您也会熟悉的。再说,我们会佩带好武器,说不定路上还能捕杀到角鲨呢。捕杀鲨鱼是很有趣的事。就这样吧,教授先生,明天一早见。"

尼摩艇长从容地说完这话,就离开了客厅。

如果有人邀请您到瑞士山上去猎熊,您会怎么回答呢?也许是:太好啦!我们明天去猎熊。如果有人邀请您去阿特拉斯平原打狮子,或者到印度丛林打老虎,您也许会说:"啊!啊!看来我们要去打老虎或狮子喽?"但是，如果有人邀请您到鲨鱼生活的环境里去捕捉鲨鱼，那么在接受邀请之前，您大概会要求考虑考虑再说吧。

我用手擦了擦额头上渗出的冷汗。

“我们得掂量掂量，”我心里说，“我们不着急。要是像上次在克雷斯波岛森林那样到海底森林去打水獭，那还行。可是，到海里去转悠，而且很可能碰到鲨鱼，那就另当别论喽！我知道在某些地方，特别是在安达曼群岛，黑人们会一手持匕首，一手拿绳索，毫不犹豫地去追杀鲨鱼。但是，我知道，这些奋不顾身追杀这种令人生畏的动物的勇士大多有去无回。何况，我又不是黑人。如果我是黑人，我想，在这种情况下，一时的犹豫也在情理之中。”

于是，我脑子里想着鲨鱼的嘴脸，仿佛看到了它那长满利齿的血盆大口，一口能把一个大活人咬成两截。我已经感到自己的腰部隐隐作痛。而且，我弄不明白艇长为何如此随意地发出这么糟糕的邀请！就好像是邀请您去树下抓一只不伤人的狐狸！

“有了，”我心里想，“要是龚赛伊不愿去的话，我就不用奉陪尼摩艇长了。”

至于尼德·兰，老实说，我不敢肯定他有那么聪明。出于他那好斗的本性，这种事情，风险再大，对他总是一种诱惑。

我重新拿起西尔的书来阅读，可其实只是机械地翻着。在字里行间，我看到的总是鲨鱼一张张张开的血盆大口。

此时，龚赛伊和加拿大人走了进来。看上去既平静又开心，他们还不知道什么事在等他们呢。

“先生，怎么啦？”尼德·兰问我说，“您的尼摩艇长——真是见鬼了——刚刚给了我们一个非常好的建议。”

“啊？”我问道，“你们都知道了……”

“先生，别见怪。”龚赛伊说道，“‘鹦鹉螺号’的指挥官邀请我们明天陪同先生去参观锡兰美丽的采珠场。他措辞讲究，堪称绅士。”

“他没有跟你们说别的？”

“没有啊！先生。”加拿大人回答说，“不过他说他已经跟您说过这次小小的旅行。”

“原来如此，”我说道，“他没有和你们讲到那件……”

“没有啊，博物学家先生，您陪我们一起去，对吧？”

“我嘛……当然！我看你对此很感兴趣，兰师傅。”

“是的！这很新奇，也很有趣。”

“可能会有危险。”我暗示道。

“危险？”尼德·兰疑惑地说道，“在珠母滩上散步也会有危险！”

显然，尼摩艇长觉得没有必要跟我的两位伙伴提起捕鲨一事。我用局促不安的目光盯着他俩，仿佛他们两人已经缺胳膊少腿似的。我要不要事先告诉他们呢？要，当然要。可我不知道应该从何说起。

“先生，”龚赛伊说道，“是否愿意给我们讲讲采珠的细节？”

“是关于采珠的，”我问道，“还是关于……”

“当然有关采珠的，”加拿大人抢着回答说，“去现场看之前，了解一些情况也好。”

“那好，朋友们，请坐吧。我就把刚从英国人西尔那里买来的东西现卖给你们吧。”

尼德和龚赛伊在一张长沙发上坐了下来。加拿大人首先问我说：“先生，珍珠到底是什么玩意儿？”

“好尼德，”我回答说，“在诗人的心目中，珍珠是大海的眼泪；在东方人的眼里，它是一滴凝固了的露水；对于贵妇人来说，它是一种椭圆形的首饰，晶莹剔透，或戴在手指上，或挂在脖子上，或垂在耳朵上。对于化学家来说，它是有点胶质的磷酸盐和碳酸钙的混合物；最后，在博物学家看来，它是某些双壳软体动物分泌螺钿质器官的病态分泌物。”

“珠母属于软体动物门，”龚赛伊说，“无头类，介壳目。”

“完全正确，学者龚赛伊。不过，在介壳目里，虹膜鲍、大菱鲆、砗磲、江珧，总之，所有分泌螺钿质的介壳目软体动物，也就是说，那些内瓣填满蓝色、浅蓝色、紫色或白色螺钿质的介壳目动物，都能生产珍珠。”

“河蚌也能产珠吗？”加拿大人问道。

“能啊。在苏格兰、威尔士、萨克森、波希米亚和法国，这些地方某些河流里的淡水蚌都能产珠。”

“那好，往后得注意点。”加拿大人说道。

“不过，”我继续说道，“产珠最好的软体动物是一种杂色珠母，这是一种珍贵的珠母。珍珠只是一种小球形的螺钿质凝固物而已。它们或者附着在珠母的贝壳上，或者镶嵌在珠母的肉褶间。生在贝壳上的珍珠是粘在壳上的，而嵌在肉褶里的珍珠则是活动的。不过珍珠的形成总需要一个坚硬物体做核心，可以是一个未受精的卵，也可以是一颗沙粒，螺钿质在坚硬物体的表面年复一年地层层积累。”

“一个珠母能产好几颗珍珠吗？”龚赛伊问道。

“是的，小伙子。有些珠母简直就是一只珠宝盒。有人甚至说，见过一个珠母能容纳 150 头鲨鱼。我斗胆对此表示怀疑。”

“150 头鲨鱼？”尼德·兰叫喊起来。

“我说鲨鱼了吗？”我也提高了嗓音，“我是想说 150 颗珍珠。说鲨鱼根本就是风马牛不相及了。”

“原来如此，”龚赛伊舒了口气说道，“可是先生，现在是否可以给我们讲讲取珠的方法呢？”

“取珠有好几种方法。如果珍珠是附着在珠母上的话，采珠人就用镊子取珠。不过，通常是把珠母晾在铺垫草席的海滩上，让它们在空气中死去。十天以后，珠母肉就腐烂得差不多了。他们就把珠母倒入一个盛满海水的大池里，然后打开贝壳漂洗。接下来是两道筛选工序：先把买卖时称做‘纯白’、‘杂白’和‘杂黑’的珍珠挑选出来，装在 125—150 公斤的货箱里；然后把珠母的腺组织割下来，放在锅里煮沸取出，再用筛子筛选，以便采集很小的珍珠。”

“珍珠是按大小定价吗？”龚赛伊问道。

“不光按它们的大小，”我回答说，“而且还根据它们的形状，它们生长的水质，也就是说颜色，同时还要看它们的光泽，也就是肉眼看上去柔和绚丽的色泽。最美丽的珍珠叫处女珠或范珠。它是单独长在软体动物组织纤维上的，白色，通常不透光，不过也有乳白透光的。最常见的珍珠呈球形或梨形。球形的珍珠可用来做手链；梨形的可以做耳坠。由于珍贵，因此，它们论个买卖。其他附着在贝壳上的珍珠，形状不规则的按重量交易。最后，那些被称为仔珠的小珍珠等级较低，用量器来进行交易。这些小珍珠主要用在教堂的饰品上。”

“可是,分拣珍珠这活儿一定既费时又麻烦吧?”加拿大人问道。

“不,朋友。这道工序使用11种孔径不一的筛子来完成。留在20—80目筛子里的是上等珠;留在100—800目筛子里的为二等珠;最后使用900—1 000目筛子筛选的是仔珠。”

“太妙了!”龚赛伊说,“我明白了,珍珠的分拣或分类已经机械化了。先生,能否给我们说说采珠养殖能挣多少钱?”

“根据西尔在书上说的,锡兰采珠场每年的租税收入大约为300万角鲨。”我回答说。

“是法郎吧?”龚赛伊替我纠正道。

“对,是法郎。300万法郎。”我重复了一遍,“不过,我以为,这些采珠场的收入已经不如从前。美洲采珠场的情况也大致如此,在查理·金特统治时期,每年租税收入高达400万法郎,而现在已减少到了三分之二。总而言之,估计目前世界上开采珍珠的总收入在900万法郎左右。”

“先生,就不能说说那些标价昂贵的名珠吗?”龚赛伊要求道。

“当然可以,我的小伙子。据说,恺撒赠送给塞尔维亚的那颗珍珠估计价值我们现在的货币12万法郎。”

“我甚至听说,古代有一位贵妇人把珍珠浸泡在醋里吞服。”加拿大人插嘴说道。

“那是克娄巴特拉[①]。”龚赛伊不甘示弱。

“这恐怕不好喝吧?”尼德·兰接着又说。

“简直是可恶,尼德友。”龚赛伊愤愤地说,“这一小杯醋就喝掉1 500法郎,价格够贵的。”

“真遗憾,我没能娶上这个女人。”加拿大人边说,边舞动着胳膊,样子有点可怕。

“尼德·兰,想做克娄巴特拉的丈夫!”龚赛伊叫喊起来。

“我本该结婚的,龚赛伊。”加拿大人一本正经地说,“不过没有成功,这并不是我的错。我已经给我的未婚妻凯特·唐德买了一串珍珠项链,可她却嫁给了别人。而且,这串珍珠项链花了我1.5美元。教授先生,您可得相

① 克娄巴特拉(公元前69—公元前30):埃及托勒密王朝末代女王。

信我，这串项链上的珍珠可是20目筛子里的货。”

“尼德，你真憨。”我笑着回答他说，“那是人造珠，是里面涂着东方香精的玻璃珠。”

“那，东方香精，也应该很贵吧。”加拿大人不肯服输。

“不值分文。那只是些小鲅鱼鱼鳞中的银白色物质，从水里采集来后用氨保存。它没有任何价值。”

“也许正是因为这个原因，凯特·唐德嫁给了别人。”兰师傅豁达地说。

“不过，说到价值昂贵的珍珠，”我继续说道，“我以为，没有一位君主拥有的珍珠能够与尼摩艇长的那颗珍珠媲美。”

“就是这颗？”龚赛伊指着陈列在玻璃橱里的珍珠问道。

“对，就是它。我给它估价200万不会有错。”

“法郎！”龚赛伊急切地补充说。

“是的。”我说道。“当然，尼摩艇长可能只付出了采集之劳。”

“哎！”尼德·兰大声嚷道，“谁说我们明天在散步时就不能碰到一颗和它一样的珍珠。”

“真会做梦！”龚赛伊说。

“为什么我们就不能？”

“在‘鹦鹉螺号’上拥有几百万又有什么用呢？”

“在‘鹦鹉螺号’上是没有用，”尼德·兰反驳道，“可到了别的地方就有用了。”

“噢，别的地方？”龚赛伊摇着头讷讷地说。

“的确，”我说道，“兰师傅说的对。要是我们能够带一颗价值数百万的珍珠回到欧洲或美洲，那么至少能证明我们这次历险的真实性，同时也是对我们这次历险的重大奖励。”

“我同意先生的说法。”加拿大人附和着说道。

“可是，采珠危险吗？”龚赛伊问道，他考虑问题总是那么周到。

“没有危险，要是我们采取一些谨慎的措施的话。”我赶紧答道。

“干这一行有什么危险？最多呛几口水呗。”尼德·兰应和着说。

“正如你说的，尼德。哎？”我尽量像尼摩艇长一样用从容的口吻问道，“你怕不怕鲨鱼啊？”

“我，一个职业捕鲸手，害怕鲨鱼！干我们这一行根本就不在乎什么鲨鱼。”

“可不是用鱼钩钓它们，把它们拖到甲板上，用斧头剁它们的尾巴，开膛破肚，掏出心脏，然后再把它们扔回大海。”

“那么，是……”

“是啊，问题就在这里。”

“是在水里？”

“没错，就在水里。”

“没问题，不过得使一把好叉！要知道，先生，这种畜生有个毛病，必须翻过身来才能咬您。趁它转身时……”尼德·兰在说这个“咬”字时的样子，我感到一股凉气穿过我的脊梁。

“那么，龚赛伊，你呢，你害怕角鲨吗？”

“我嘛，在先生面前就实话实说了。”龚赛伊说道。

“太好了。”我心里想。

“要是先生必须面对鲨鱼，”龚赛伊说道，“我觉得，他忠实的仆人没有理由不陪同他一起去。”

三

价值千万的珍珠

夜深了，我回房舱睡觉，可睡得相当不好。鲨鱼在我的睡梦中充当了重要的角色。词源学说鲨鱼（requin）一词源于安魂曲（requiem）一词，我觉得既对又错。

第二天清晨四点，我被尼摩艇长特地安排的侍者从睡梦中叫醒。我迅速起床,穿好衣服就来到客厅。

尼摩艇长已经在那里等候我。

“阿罗纳克斯先生,准备好了吗?”他问我说。

“准备好了。”

“请跟我来。”

“艇长,我的两个伙伴呢?”

“已经叫过他们了。他们正等着我们呢。”

“我们不换潜水衣了?”我问道。

“不忙。我没让‘鹦鹉螺号’太靠近海岸,我们现在距离马纳尔湾还相当远。不过,我已经下令准备好小艇,送我们到准确的下水地点。这样,我们可以少走许多路。潜水器械都装在小艇上了,等我们下水探险时再换上。”

尼摩艇长带着我走向通往平台的中央扶梯。尼德和龚赛伊已经在平台上等我们,正为能参加马上就要开始的“游戏”而欣喜若狂。“鹦鹉螺号”上的五名水手拿着船桨,在停靠在“鹦鹉螺号”旁的小艇上等候我们。

天还没亮,云块遮住了天空,偶尔能见到稀疏的几颗星星。我举目朝陆地望去,只看见一条模糊的海岸线,由西南向西北挡去了四分之三的海平线。夜里,“鹦鹉螺号”沿着锡兰岛西海岸北上,已经到达了海湾西侧,或者确切地说,在锡兰和马纳尔岛之间形成的海湾西侧。珠母滩——取之不尽的采珠场——就在这深色的海水下伸展,长达20海里以上。

我和尼摩艇长、龚赛伊、尼德在小艇的后面坐下。水手长掌舵,四名水手划桨。小艇的掣索已经收起,我们驶离了“鹦鹉螺号”。

小艇向南驶去。水手们不紧不慢地划着船桨。我注意到船桨吃水很深,水手们按照战艇通用的划桨方法,每十秒钟划一次桨。小艇靠余速前进,溅起的水花像熔化了的铅液的飞珠噼噼啪啪地打落在波涛上。从外洋过来的一个涌浪推得我们的小艇摇晃了几下,几片浪花打在了小艇的船头。

我们大家默不作声,尼摩艇长在思考什么?也许正在想这块离他越来越近的陆地?他会不会觉得离这块陆地太近了。而加拿大人则嫌小艇划得太慢,距离陆地还这么远。至于龚赛伊,他只像一个好奇的旁观者,坐在船上一言不发。

五点三十分左右，天色破晓，海岸的轮廓渐渐清晰地凸现出来，东面比较平坦，向南则微微隆起。我们距离海岸还有五海里的路程，海滩与雾气腾腾的海面连成了一片。在我们和海岸之间，海面上空空如也，既看不到船的影子，也不见潜水采珠的人。在这个采珠人将要汇集的地方，眼下是万籁俱静。正如尼摩艇长告诉我的那样，我们来这片海滩早了一个月。

六点，天猛一下子大亮了，这是热带特有的昼夜转换速度，这里既无拂晓也没黄昏。太阳光穿破了堆积在东方海平线上方的云层，光芒四射的旭日喷薄而起。

我清晰地看见了树木葱郁的陆地。

小艇向马纳尔岛挺进，小岛露出了南端的圆弧地形。尼摩艇长从座位上站了起来，观察着海岸。根据艇长的示意，小艇就抛下了锚。锚链几乎没有下滑，这里的水深不超过一米，珠母滩这一段的地势最高。小艇在海水退潮的作用下向外海回转。

“阿罗纳克斯先生，我们到了。”艇长说道，“您眼前这个狭窄的海湾，一个月以后，大量的珍珠经营者的采珠船将在这里云集，他们的采珠工就要在这一片水域下大肆进行搜索。幸好，这个海湾没有大风大浪，很利于采珠，也非常适合潜水作业。我们现在就换潜水衣，并开始散步。”

我没有吱声，两眼望着令人发怵的大海。在随行水手的帮助下，我开始换上笨重的潜水服。尼摩艇长和我的两位同伴也在换装。这次海底远足，“鹦鹉螺号”上的船员不陪我们下水。

不一会儿工夫，我们从脚底到脖子都被“囚禁”在橡胶服里。储气罐用绑带捆在我们的背上，而我们没有携带伦可夫照明灯。在戴铜质头盔之前，我向艇长提出了灯的问题。

“我们用不着灯，”艇长回答我说，“我们不到深水里去，阳光足以为我们照明。在这水下使用电灯是冒失的行为，灯光可能会意外地引来这片海域的危险居民。”

在艇长说这番话的时候，我转身看了一眼龚赛伊和尼德·兰。可他俩已经把脑袋钻进了头盔，既听不见别人说话，也没法回答别人。

我还有一个问题要问尼摩艇长。

“那么我们的武器，我们的枪呢？”我问他说。

“枪？派什么用啊？你们山里人难道不是手持匕首猎熊吗？钢刀难道不比铅弹可靠？这是一把尖刀，把它别在腰带上。我们走吧。”

我看了看我的两个伙伴。他俩腰间也别着一把尖刀。此外，尼德·兰手里挥动着一把巨大的鱼叉。这是他临离开“鹦鹉螺号”前放在小艇上的。

接着，我像尼摩艇长一样，任由他们给我戴上沉重的球形铜盔。我们背上的储气舱随即开始供气。

一会儿工夫，小艇上的水手把我们一个个抬入水中。水只有一米半深，我们双脚踩踏在平坦的沙地上。尼摩艇长朝我们做了个手势，我们跟在他后面，沿着缓坡慢慢消失在波涛之中。

在海里，曾一直萦绕我脑际的种种想法被我忘得一干二净。我重新变得出奇的平静。我在水里行动自如，这又增强了我的自信心，而水中奇异的景色攫住了我的想象力。

太阳已经把海水照得相当明亮，再小的物体也能够看清。我们行走了十分钟，来到五米深的区域，这里的地势接近平坦。

如同在沼泽地里行走有扇尾沙锥不离左右一样，我们每走一步都会惊起一些只有尾鳍的单鳍属怪鱼。我辨认出形似海蛇的爪哇鳗，体长有八分米，白腹，很容易同身体两侧没有金线的康吉鳗相混淆。在身体呈扁卵形的硬鳍属中，我见到了脊鳍似镰、五彩缤纷的帕鲁鱼。这种鱼经晾干腌制以后就成为一道名叫“卡拉瓦德”的佳肴。我还看到属于圆体属的堂戈巴斯鱼，身上披着一层纵向八边形鳞甲。

此时，太阳冉冉升起，水体越来越明亮。海底的地面也在变化，平坦的细沙滩之后是一片鹅卵石地，上面覆盖着一层软体动物和植形动物。在这两门动物当中，我发现了红海和印度洋特产的一种介形纲贝，两瓣贝壳薄而不对称；还有橙色满月蛤，突锥形泥螺，几只波斯紫红——我在“鹦鹉螺号”上见过这种美丽的彩色贝，犹如抓人的手竖在水中、长 15 厘米的角形岩贝，长满尖刺的角螺，舌贝，供应印度斯坦市场的可食用的鸭科贝，发光水母，以及漂亮的扇形眼贝——这一带海域最常见的植形动物之一。

横行霸道的节肢动物在植形动物中间，在水生植物的绿荫底下肆无忌惮地来回穿行，特别是甲壳像圆角三角形的长齿螃蟹、这一带海域特有的比格蟹、奇丑无比的单性虾。另外一种我多次见到的、一样丑陋的动物，那就是达尔文先生研究过的那种大螃蟹。这种螃蟹天生就有吃椰仁所必需的力气,它能爬到岸边的椰子树上采摘椰子,然后把它从树上扔下来摔裂,再用力大无比的螯把椰子剥开。在这一片清澈的海水里,这种大蟹无比灵巧地四处奔波,而一种马拉巴尔海岸常见的、无拘无束的螯类动物在摇晃的卵石之间缓慢地爬行。

七点时分,我们终于到达珠母沙,数以百万计的珠母在这里繁殖。这种珍贵的软体动物附着在岩石上,褐色的足丝牢牢地把它们缠绕,使它们动弹不得。就这一点而言,它们还不及贻贝,起码造物主没有剥夺贻贝的行动自由。

这里的珠母是一种杂色珠母,两瓣贝壳基本对称,厚实,呈圆形,外表粗糙。有几只杂色珠母贝壳呈叶层,上面有一道道从顶部向四周辐射的浅绿色带状花纹,它们还比较年轻。另外一些珠母表面粗糙、色泽发黑,年龄在十岁以上,最大的有 15 厘米宽。

尼摩艇长用手指着一大堆珠母给我看,我明白了,这里真正是一个取之不尽的“珠矿”,大自然的创造力终究战胜了人类的破坏本性。始终保持着这种本性的尼德·兰正忙着往它斜背着的网兜里塞非常美丽的珠母。

不过,我们不能停下,得跟上尼摩艇长。他似乎沿着只有他自己认识的路径直向前走着。地势明显上升,有时我举起的胳膊会露出海面。接着,珠母沙又急剧下降。我们常常要绕过高高的尖锥形礁石。在阴暗的凹处,一些巨大的甲壳动物支起它们长长的脚爪,犹如一辆辆战车,虎视眈眈地盯着我们;各种多须、藤须、卷须和环须爬虫在我们的脚下爬行,无拘无束地伸展着它们的触角和触须。

此时,我们的面前出现了一个巨大的岩洞。洞口四周都是些形状别致的岩石,岩石上爬满了海底植物长长的藤蔓。起先,我觉得洞里一片漆黑,什么也看不见。阳光仿佛在洞穴里逐渐暗淡下来,直至没有丁点光亮。洞口隐隐约约的光亮只不过是几缕余晖。

尼摩艇长走进了洞穴,我们也随后跟了进去。我的眼睛很快适应了这相对的黑暗。我辨认出岩洞拱顶下随意搭砌的顶石,由一根根犹如托斯卡纳擎天柱一般矗立在宽大的花岗岩基础上的天然石柱支撑着。我们这个不可理喻的向导为何要把我们带入这个海底地下墓室的墓穴里来呢?没过多久，我就知道了一切。

从一个相当陡峭的斜坡上下来，我们的双脚踩在一口像圆井的深潭里。尼摩艇长停了下来，用手示意我们看一个我还没有发现的东西。

那是一只大得出奇的珠母，一只庞大的砗磲，简直是一口能容纳一湖圣水的“圣水缸”，这口“缸”的直径超过两米，因此比“鹦鹉螺号”客厅里的那只珠母还要大。

我走近这只与众不同的软体动物。它被足丝缠在一张花岗岩的“石桌”上，在洞穴宁静的海水里孤零零地发育、成长。我估计，这只砗磲重达300公斤，而这样一只珠母至少能出15公斤重的肉。因此，必须有高康大①那样的胃口，才可能一口气吃下几打这样大的珠母。

尼摩艇长显然早就知道这只双壳类软体动物的存在，不是第一次来看它了。我想，他带我们到这个地方来，无非是要让我们见识见识这个自然奇物。但是，我错了。尼摩艇长对这只砗磲的现状特别感兴趣。

这只软体动物的两瓣贝壳半开着。艇长走上前去，将匕首塞在砗磲的两瓣贝壳之间，以阻止它们合拢，然后把形成砗磲外套膜边缘的流苏状组织膜拉开。

我在珠母的叶状肉褶里见到一颗活动的珍珠，有椰子那么大。珍珠形如圆球，晶莹剔透，光彩照人，这可是一件无价的珍宝。我受好奇心的驱使，想用手摸摸它，掂掂它的重量。可是，尼摩艇长做了一个否定的动作制止了我，并且迅速把匕首抽了出来，砗磲的两瓣贝壳随即就合上了。

我马上明白了尼摩艇长的用意。把珍珠藏在砗磲的外套膜底下，这样就可以让它在不被别人发现的情况下长大。每年，珍珠的表面会增加一层新的珠母分泌物。只有尼摩艇长一人知道在这个洞穴里有一个大自然的奇妙果实在“成熟”之中。可以说，他是在养殖这只珠母，为的是有朝一日把它陈列在自己的珍贵陈列室里。甚至，尼摩艇长有可能依照中国人和印度人的养殖方法在生产珍珠，他把一块玻璃或金属物塞进了珠母的肉褶，让它渐渐地被包裹上螺钿质。总之，与我所见过的珍珠和尼摩艇长收藏中与众不同的珍珠相比，我估计，这颗珍珠至少值1 000万法郎。这是天然奇珍中

① 高康大：文艺复兴时期法国作家拉伯雷所著的《巨人传》中的主人公。

的极品,而不是什么华丽的首饰,因为我不知道哪个女人的耳朵能承受得起。

参观完大砗磲,尼摩艇长离开了洞穴。我们在清澈见底的海水中,重新回到了珠母沙。采珠还没有开始,这里的海水还没有被搅浑。

我们各自在海底闲逛,各人根据自己的兴趣或停下来,或走得远远的。至于我嘛,我也丝毫不再为自己的想象力如此可笑地夸大的危险而担心。珠母沙最高的地方明显在接近海面。很快,我的头露出海面有一米高。这时,龚赛伊赶了过来,把他的头盔贴在我的头盔上,并且挤眼向我致意。不过,这块高地只有几托阿兹大,没过一会儿,我们又回到了我们的天地。我想,我现在有权利这样说。

十分钟以后,尼摩艇长突然停了下来。我以为他要往回走。其实不然,他做了一个手势,叫我们靠近他蹲在一个大坑里,他的手指着水中的一团黑影。我仔细一看,离我五米远的地方,出现了一个阴影,并且沉落到海底。遇到鲨鱼的忧虑在我脑海里闪过。可是我错了。这次,我们还是没有遇上这种海洋猛兽。

那是一个人影,一个活人,一个印度人,一个黑人,一个采珠人,当然是一个可怜的穷人。在收获季节到来以前,他提早来采珠。我看见他的小船就停泊在离他头顶几英尺的海面上。他接连地潜入水中,浮到水面。他的所有工具就是用绳子拴在小船上的一块圆锥形石头。他把石块夹在两腿中间,以便快速下潜到海底。他下潜五米到达海底以后,急忙跪着将碰巧摸到的珠母装入自己的网兜;然后就浮到水面上来,把网兜里的珠母倒在小船上;接着又把石块拉上来,重复开始采珠作业。整个作业过程仅仅持续30秒钟。

礁石挡住了采珠人的目光,他没有发现我们。再说,这个可怜的印度人怎么会想到水中竟然有人——他的同类——在窥视他的一举一动,而且居然没有遗漏一点有关他采珠的细节!

就这样一连好几次,他浮出水面后,又重新潜入水中,每次最多采集到十来只珠母。因为,珠母都被它们结实的足丝缠绕在礁石上,他得扯掉足丝。他冒着生命危险采集到的这些珠母中又有多少已经怀上了珍珠!

我全神贯注地在看他采珠。他的动作很有规律。半个小时过去了,没有出现任何威胁他的危险。此时，我也已经熟悉这种有趣的采珠作业。突然，正当这个印度人潜到海底，准备跪下采珠的时候，我发现他做了一个受惊吓的反应性动作，猛一下站立起来，拼命想浮出水面。

我明白了，他为什么受到惊吓。一个巨大的阴影出现在可怜的采珠人的上方。这是一头角鲨，张着血盆大嘴，两眼发射着贪婪的目光，正向他斜扑过去。

我被吓得说不出话来，呆在那里木然不动。

这头贪婪的畜生晃动了一下有力的尾巴，直向印度人冲去。印度人往旁边一闪，躲过了鲨鱼的嘴巴，但却没能逃过它的尾巴。他被鲨鱼的尾巴当胸扫了一下，便横躺在海底。

这恐怖的一幕仅仅持续了几秒钟。鲨鱼掉转身体，卷土重来，正准备把印度人一咬两断。说时迟，那时快，躲在我身旁的尼摩艇长哧溜一下站立起来，手持匕首，直向鲨鱼冲去，准备同鲨鱼展开肉搏。

这条角鲨正要去咬这个不幸的采珠人，突然发现了新的敌手。于是，它翻转身子，急速向尼摩艇长扑来。

尼摩艇长当时的姿势，我现在仍记忆犹新。他蜷缩着身体蹲在海底，沉着地等候着鲨鱼。凶悍的角鲨急速向他冲去，艇长机灵地一闪，躲过了鲨鱼的冲击，并且奋力将匕首捅进了鲨鱼的腹部。可是，这仅仅是人鲨搏斗的开始，恶战还在后面呢！

可以说，鲨鱼发出了怒吼。它受伤了，血流如注，海水被染成了红色，变得模糊起来。我什么也看不见了。

眼前的海水一片模糊，直到水里闪过一道亮光。我发现，勇敢的艇长正在同鲨鱼进行着肉搏大战。他一手抓住鲨鱼的一根鳍，一手紧握匕首不停地捅它的腹部，可就是无法给它致命的一刀，也就是说，无法刺中它的心脏。鲨鱼在拼命地挣扎，疯狂地搅动着海水。被鲨鱼搅成的旋涡差点把我掀倒。

我心想前去给尼摩艇长助阵，但两腿因恐惧而动弹不得。

我只能惶恐不安地待在一旁观战，眼看着形势急转直下，艇长被掀翻在地，鲨鱼庞大的身躯压在了他的身上。接着，鲨鱼的血盆大嘴张得像大力钳一样。要不是尼德·兰手持钢叉，敏捷地扑向鲨鱼，将锋利的叉尖刺中了鲨鱼的要害，尼摩艇长恐怕早已被鲨鱼吞噬。

海水被一大团鲜血染红，鲨鱼疯狂的挣扎掀起了阵阵波涛。尼德·兰没有偏离目标，鲨鱼被击中了心脏，它挣扎着，喘息着，可怕地抽搐着。鲨鱼抽搐的回弹击倒了龚赛伊。

这时，尼德·兰救出了压在鲨鱼底下的艇长。艇长站起身来，还好没有负伤。他径直走向印度人，用力割断了把印度人和石块缠在一起的绳子，然后把他抱在自己的怀里，用脚后跟用力一踩，便浮出了水面。

我们三人也跟着浮出了水面。片刻工夫，我们奇迹般地鲨口逃生，登上了采珠人的小船。

尼摩艇长最关心的是赶紧救活这个不幸的人，我不知道他能否成功。我希望他能够成功，因为这个不幸的人溺水的时间还不长。但是，鲨鱼尾巴的一击能置他于死地。

幸好，经过艇长和龚赛伊有力的体外按摩，我发现，溺水者慢慢恢复了知觉，他睁开眼睛，看到四个大铜盔挨在他的身旁，会感到多么惊讶，甚至是多么恐惧！

尤其是，尼摩艇长从自己的上衣口袋里掏出一包珍珠，塞到印度人的手中。这时，印度人会有什么样的感受？这个锡兰的印度穷人用颤抖的双手收下了海洋人送给他的慷慨施舍。此外，他那受宠若惊的眼神表明，他不知是何方神仙既拯救了他的性命又馈赠他财富。

按照艇长的示意，我们重又潜入珠母沙，沿着老路往回走。半小时以后，我们见到了小艇下在海底的铁锚。

我们上了小艇，在水手们的帮助下，急忙卸掉头上沉重的铜盔。

尼摩艇长开口说的第一句话就是感谢尼德·兰。

"兰师傅，谢谢！"他对他说。

"艇长，我应该知恩图报。我一直欠着您的情呢。"尼德·兰回答说。

一丝微笑掠过艇长的嘴角，这足以表达了一切。

"回'鹦鹉螺号'！"他说道。

小艇在浪尖上飞驶，几分钟以后，我们见到了漂浮在海面上的鲨鱼尸体。

从它黑色的鳍梢上，我得以辨认出这是一头可怕的印度洋黑鲨——一种名副其实的鲨鱼。它的体长超过 25 英尺，它的大嘴占去了身体的三分之一。从它上颌呈等边三角形排列的六排尖牙可以得知，这是一条成年鲨鱼。

龚赛伊从科学的角度饶有兴趣地看着这条鲨鱼。我敢肯定，他会不无道理地把它归入软骨纲、固定鳃软骨翼目、横口科、角鲨属。

当我在细看那头鲨鱼的尸体时，十来条贪婪的黑鲨出现在小艇的周围。不过，它们不是冲着我们来的，而是争先恐后地扑向死去的鲨鱼，撕咬着尸肉。

八点三十分，我们回到了“鹦鹉螺号”。

在潜艇上，我开始对在马纳尔滩发生的事情进行思索。我不可避免地总结出两点：一是尼摩艇长的胆略无与伦比；二是他虽然为了躲避人类逃到了海里，但对一个落难者——人类的一分子——仍然表现了无私的奉献精神。不管他嘴上怎么说，这个怪人还没有到完全泯灭人性的地步。

当我同他谈起此事时，他用略带激动的语气回答说：

“教授先生，这个印度人是被压迫国家的一个居民。我不但现在要站在这个国家的一边，而且直到我生命的最后一刻仍将和他们在一起。”

四

红海

一月二十九日白天，锡兰岛消失在天边。“鹦鹉螺号”以每小时 20 海里的速度在马尔代夫群岛和拉克代夫群岛之间迷宫般的航道里穿行。“鹦鹉螺号”甚至还沿着吉坦岛航行。这里原来是个石珊瑚岛，现在是拉克代夫群岛 19 个主要岛屿之一，位于北纬 10 度—14 度 30 分和东经 50 度 72 分—69 度之间，于一四九九年由瓦斯科·德·伽马[①]发现。

① 瓦斯科·德·伽马（1460？—1524）：葡萄牙航海家，一五二四年出任印度总督。

自日本海出发到现在为止，我们已经行驶 16 220 海里，也就是说 7 500 法里。

第二天，一月三十日，当“鹦鹉螺号”重新浮出洋面时，我们已经见不到任何岛屿。我们的航向是西北偏北，正朝着位于阿拉伯湾和印度半岛之间、作为波斯湾出口的阿曼湾海域驶去。

这显然是一个没有出口的死胡同。那么，尼摩艇长要把我们带向何方呢？我可说不上来。那天，加拿大人问我，我们去哪里。我没法回答他，惹得他很不高兴。

“兰师傅，尼摩艇长心血来潮，想把我们带到哪里，我们就去哪里。”

“这次，他心血来潮，”加拿大人回答说，“不可能把我们带得很远。波斯湾那边没有出口。如果我们驶入波斯湾，那么要不了多久就得掉头从原路折回。”

“兰师傅，那么就再折回来。出了波斯湾，‘鹦鹉螺号’要是想逛逛红海，它总可以走曼德海峡通过。”

“先生，不用我说，您也知道，”加拿大人回答说，“红海与波斯湾没有什么不同，苏伊士地峡还没有开通。即便已经开通，像我们这样神秘的船也不可能在被闸门截断的运河里冒险。因此，红海还不是能带我们回欧洲的路。”

“所以嘛，我又没说，我们将要回欧洲去。”

“您是怎么想的呢？”

“我猜测，在游览了有趣的阿拉伯和埃及海域以后，‘鹦鹉螺号’将重回印度洋，或许穿过莫桑比克海峡，或许从马斯卡林群岛附近海域去好望角。”

“那么，到了好望角以后呢？”加拿大人特别固执地问道。

“那么，我们就驶入我们还没到过的大西洋。尼德友，你这么问，是否对这次海底旅行已经不耐烦了？你是否已经看腻了海底变幻莫测的奇观？至于我嘛，我觉得，很少有人能够享受这份幸运。要是就这么半途而废，我会遗憾终身的。”

“可是，阿罗纳克斯先生，您是否知道，”加拿大人回答说，“我们被囚禁在这艘‘鹦鹉螺号’上快要三个月了？”

“不，尼德。我不知道，我也不想知道。因此，我不计日期，也不算时间。”

“那么结论呢?”

“结论到时候会有的。再说,我们也无能为力。这样的争辩毫无用处。好尼德,要是你来告诉我说‘逃跑的机会来了’。到时候,你我讨论这个问题才有意义。现在的情况并非如此。老实跟你说,我不相信尼摩艇长会到欧洲海域去冒险。”

通过这段短暂的对话,读者诸君可以发现,我已经成了“鹦鹉螺号”的狂热拥护者,充当了它的指挥官的角色。

至于尼德·兰嘛,他在结束跟我的对话时自言自语地说道:“您说的都在理。不过,在我看来,哪里有拘束,哪里就不会有快乐。”

一连四天,一直到二月三日,“鹦鹉螺号”还在阿曼湾以不同的航速,在不同深度的水域里转悠。它仿佛是在漫无目的地航行,好像是拿不准要走哪条航线。不过,它始终没有越过北回归线。

在驶离阿曼湾时,我们有一会儿工夫看见了阿曼国最重要的城市马斯喀特。我十分欣赏这座城市奇特的市容,在怀抱马斯喀特城的悬崖峭壁中间矗立着白色的房屋和要塞。我望见了清真寺的圆顶,清真寺尖塔幽雅的尖顶,以及葱郁、凉爽的平顶。可是,这些美景只是一掠而过,“鹦鹉螺号”很快就潜入了这一带海域阴暗的水里。

接着,“鹦鹉螺号”相距六海里,沿着马哈拉和哈德拉曼一带的阿拉伯海岸航行,沿岸山峦起伏,时而能见到横亘在山间的古城遗址。二月五日,我们终于驶入了亚丁湾。亚丁湾简直就是插入曼德海峡的一个漏斗,把印度洋的水引入红海。

二月六日,“鹦鹉螺号”在海面上航行,亚丁港在望。亚丁港位于一个由一条狭窄的地峡与大陆相连的岬角上,就像是不可接近的直布罗陀。一八三九年,英国人占领以后重修了防御工事。我远远望见了这座城市许多八角形的清真寺尖塔。按照历史学家埃德利西的说法,亚丁城从前是阿拉伯湾最富饶、最繁荣的商品集散地。

我满以为,航行到了这个方位,尼摩艇长只能往回走了。可是,我错了。而且,令我惊讶不已的是,他根本没有这么做。

第二天,二月七日,我们在曼德海峡航行。曼德海峡在阿拉伯语中的意思是“泪门”。海峡宽 20 海里，但长仅 52 公里。“鹦鹉螺号”要是全速前进，个把小时就能通过这个海峡。但是，由于许许多多从苏伊士到孟买、加尔各答、墨尔本、波旁岛①和毛里求斯的英国和法国班轮来往于这个狭窄的通道，“鹦鹉螺号”不便浮出水面，谨慎地潜入水中航行。因此，海峡两岸的景色我什么也没看见，就连英国政府用来加强亚丁港防御的丕林岛也没见到。

中午，我们终于航行在红海海面上。

红海，《圣经》故事里的著名湖泊，下雨也几乎不能使它变得凉爽，没有一条大河流入它的怀抱。过度的蒸发在不断降低红海的水位，每年要下降 1.5 米！奇特的海湾，犹如一方湖泊，兴许将来会完全枯竭。红海的海平面低于黑海和咸海。黑海和咸海目前的蒸发量正好等于注入量。

红海长 2 600 公里，平均宽度为 240 公里。在托勒密王朝和罗马帝国统治时期，红海曾经是世界贸易的主要交通要道。苏伊士铁路的通车已经部分恢复了红海古代交通要道的重要地位，而苏伊士地峡的开通则完全恢复了红海的这一地位。

现在，我甚至不想明白尼摩艇长心血来潮，决定带我们来这里的原因。不过，我毫无保留地赞成“鹦鹉螺号”驶入红海。我们的潜艇以中等速度航行，时而浮出水面，时而为避开别的船只而潜入水中。这样，我得以观赏这如此奇妙的红海水上和水下的景色。

二月八日，天刚亮，莫卡古城就出现在我们眼前。古城现在已沦为废墟，东倒西歪的城墙已经受不起炮声的震动，断壁残垣上稀疏地长着几棵椰枣树。这座昔日的重镇，曾经有三公里长的城墙和 14 个要塞保护，城里有六大集市和 26 座清真寺。

接着，“鹦鹉螺号”向着非洲海岸靠近。这一带海域明显要深，海水清澈，犹如水晶。通过客厅舷窗开启着的防护板，我们得以观赏千姿百态、色彩艳丽的珊瑚丛，以及覆盖着绿色海藻和墨角藻的大礁石。多么美丽的景色，难以用语言描绘！多么丰富多彩的暗礁和火山岛风景和景观，一直与利比亚海岸相连！不过，“鹦鹉螺号”不一会儿就来到了东海岸附近，这里的

① 波旁岛：留尼汪岛旧名。

树状枝杈景观最美,确切地说,就在德哈马沿海。因为,这里的植形动物不但在水中争芳斗艳,姹紫嫣红,而且它们的枝杈构成了一组组别致的环套图案,高达十法寻。在海水中,环套图案虽然没有花朵艳丽,但比花朵更加变幻莫测。

我在客厅的舷窗前流连忘返,度过了多少美好的时光!在舷灯光的照耀下,我观赏到了多少新的海生植物和动物标本!伞形菌类植物;板岩色的海葵;形似排箫的管状珊瑚,只等着潘神①来吹;栖居在石珊瑚洞里、基部有短螺纹的红海贝;最后是各种各样我从未见过的水螅,即普通海绵。

海绵纲,作为水螅类的第一纲,确切地说,就是由这种奇特的生物创造。海绵根本不像某些博物学家现在还认为的那样是一种植物,而是一种最低等的动物,一种比珊瑚虫更加低级的水螅。其动物的属性是毋庸置疑的,古人把它视为介于植物界和动物界的观点甚至也是不可取的。然而,我还要说明,博物学家有关海绵形成方式的看法也存在分歧。有的博物学家认为,海绵是珊瑚虫的骨骼;而另一些博物学家,如米尔恩·爱德华兹,则认为是一种单独形成的个体。

海绵纲大约有300种,在许多海域都能生长,甚至在一些河流里也有,此时就叫"河绵"。不过,海绵偏好的水域当属地中海希腊群岛沿海、叙利亚沿海和红海。在这些海域繁殖、生长的海绵质地细腻、柔软,价格昂贵,能卖到150法郎,如叙利亚沿海出产的金黄色海绵、巴巴里地区沿海出产的硬海绵等。但是,由于我们无法逾越苏伊士地峡,我也就不可能指望到地中海东岸沿海去研究这些植形动物,只好满足于在红海里观察它们。

此时,"鹦鹉螺号"正在平均距离海面八九米的水层,靠近东海岸美丽的礁石缓慢地航行。我把龚赛伊叫到身旁。

这里生长着各种形状的海绵,带柄的,叶状的,球形的,指状的。比学者更富有诗意的渔民,相当贴切地给它们取名为:花篮、花萼、茎干、鹿茸、狮蹄、孔雀开屏、海神手套。海绵水螅在繁殖新细胞时,通过不停地收缩,从外面包裹着一层半流体胶状物质的纤维组织的缝隙中排出水分。海绵死后就不再分泌半流体胶状物质,而这种物质会腐烂变质,释放出氨气,于是只剩

① 潘神:希腊神仙,人身羊足、头上长角的畜牧神,爱好音乐,发明排箫。

下角质或胶质纤维。这就是家庭使用的海绵，呈红棕色，再根据它们不同的弹性、渗水性和耐泡性确定其不同的用途。

这些海绵黏附在礁石、软体动物的介壳甚至水生植物的茎干上，再小的坑洼也不会放过。它们有的展开着，有的矗立着或像珊瑚石瘿瘤一样下垂着。我告诉龚赛伊说，采集海绵有两种方法，或是用网捞，或是用手采。采用后一种方法就需要雇用潜水员，而且最好是采用这种方法，因为这样不会损坏海绵组织，能卖出很高的价钱。

在海绵旁边大量繁殖的其他植形动物主要有形态优雅的水母；软体动物以各种据道尔比尼说是红海特有的鱿鱼为主；爬行动物则以龟属的条纹龟为主，这种海龟为我们提供了一道营养丰富的美味菜肴。

至于鱼类嘛，它们不但数量众多，而且引人注目。以下是“鹦鹉螺号”经常捕捉到的鱼种：椭圆鳐、砖红鳐、蓝斑鳐、齿刺鳐、银脊鲟、赤斑鲟、锦带鲟、与角鲨近亲的软骨鱼、单鳍贝壳鱼、颌针鱼、银尾蓝脊灰胸鳍海鳝、金纹红蓝白三色鲭、硬鳍鱼、黑身七带、蓝黄鳍、金银鳞加郎鱼、中足鱼、黄头豚、鹦嘴鱼、隆头鱼、鳞鲀、虾虎鱼。还有上千种我们在其他海洋中已经见过的鱼。

二月九日，“鹦鹉螺号”驶抵红海最宽的海域，从西岸的苏阿金港到东岸的贡富达港宽190海里。

那天中午，测定好方位以后，尼摩艇长走上了平台。我也在平台上。我心里盘算着，有关他今后的打算不问个明白，决不让他离开平台。艇长看见了我，就朝我走来，客气地递给我一支雪茄，对我说道：

“哎，教授先生，您喜欢这红海吗？您是否已经看够了红海所蕴藏的奇景异观：红海特有的鱼类、植形动物、海绵花坛和珊瑚丛林？您是否看到红海两岸矗立的城市？”

“是的，尼摩艇长。”我回答说，“‘鹦鹉螺号’非常适合开展这样的研究。啊，这真是一艘智慧之舟！”

“说的对，先生。这是一艘智慧之舟，勇敢之舟，坚固之舟。它无所畏惧，既不怕海上的风暴，也不惧急流和暗礁。”

“确实如此，”我应和道，“红海被认为是世界上最危险的航道之一。如果我没有弄错的话，它在古代可谓是臭名昭著。”

"阿罗纳克斯先生,红海确实是臭名昭著。古希腊和古罗马历史学家没有为红海说过好话。斯特拉波[1]说过,在地中海季风季节和雨季,红海的航行条件特别糟糕。阿拉伯人埃德利西把红海称做科尔佐穆湾。他曾经说过,大量的船只撞沉在暗沙上,没有人敢在夜里到红海来冒险。据他说,海上经常飓风肆虐,岛屿荒芜,无论是海面还是海底,都'毫无用处'。确实,阿利阿乌斯[2]、阿加塔西德和阿尔岱米多等人都曾持这种观点。"

"显然,这些历史学家没能乘坐'鹦鹉螺号'在红海上航行。"我反驳道。

"的确如此,"艇长微笑着说,"从这一点看,现代人并不比古人进步多少。蒸汽的机械功率需要几个世纪才能得到充分的证明!谁知道,一个世纪以后,人们是否能看到第二艘'鹦鹉螺号'!阿罗纳克斯先生,科技进步十分缓慢。"

"的确,您的潜艇与它所处的时代相比要先进一个世纪,或许几个世纪。"我回答说。"多么不幸,这样一个秘密将随着它的发明人的死亡而销声匿迹!"

尼摩艇长没有回答我的话。他沉默几分钟后问我说:

"您刚才在跟我谈论古人关于在红海上航行危险的看法?"

"是的。不过,他们的担忧是否被夸大了?"我回答说。

"阿罗纳克斯先生,既可以这么说,又不可以这么说。"尼摩艇长回答我说。我觉得他说这话的口吻就好像是他对"自己的红海"了如指掌。"对于一艘配备齐全、构造坚固、操纵自如的现代蒸汽轮来说,不存在什么危险;对于古代船只,那么就危险重重。请试想一下,古代最早的航海家,他们冒险撑的是用棕榈绳捆绑起来的木舟,他们用树脂填塞木舟的缝隙,然后涂一层海狗油。他们甚至没有任何仪器测定方位,只能凭估计在自己不大熟悉的海域里航行。在这样的条件下,海难事故频频,实乃在所难免。不过,现如今,即便是在季风季节遇到逆风,那些来往于苏伊士和南半球海域的汽轮再也不用畏惧这个海湾的恶劣条件。现在,这些汽轮的船长和旅客们不用为出门准备祭品供神,回来时也不再颈脖上挂着花环、头上系着头带,到附近

① 斯特拉波(公元前64?—23):古希腊地理学家、历史学家。

② 阿利阿乌斯(95—175):古希腊历史学家、哲学家。

的神庙去谢神。”

“我同意您的说法，”我说道，“我觉得，汽轮泯灭了海员心中的感激之情。不过，艇长，您似乎对红海特别有研究，是否能告诉我它的名字的来源？”

“阿罗纳克斯先生，关于这个问题，有许多说法。您是否想知道十四世纪一个编年史作家的观点？”

“很想知道。”

“这位异想天开的编年史作家声称，这个海湾是这样被命名为红海的：在犹太人从这个海湾通过以后，摩西面对着海湾大叫：让海水变成鲜红色，以示奇迹；这个海湾不用他名，只叫红海。话音刚落，海水扑向率领追兵的法老，把法老淹死了。”

“这是诗人的解释，”我回答说，“但不能使我满意。我是想知道您本人的看法。”

“那您听我说。依我看，阿罗纳克斯先生，红海这个称谓是从希伯来语‘Edrom’一词翻译过来的。古人之所以给它取这个名字，那是因为这海水特殊的颜色。”

“然而，到现在为止，我只看见清澈的海水，根本没有任何特殊的颜色。”

“当然。可是，当您航行到海湾的尽头时，就能观察到这种奇特的现象。我记得曾经见过血红色的托尔湾，就像一方血湖。”

“那么这种颜色，您认为是由一种微生海藻所致？”

“是的。那是一种学名叫‘三瓣藻’的细弱胚芽，它能分泌朱红色的黏胶质。一平方毫米的小空间能容纳四万株三瓣藻。等我们驶抵托尔时，您也许能见到。”

“这么说来，尼摩艇长，您不是第一次指挥‘鹦鹉螺号’来红海喽？”

“是的，先生。”

“既然您刚才讲到了犹太人顺利通过、埃及人遭受灾难一事，那么，我想问您，您是否在海底发现了关于这一重大历史事件的蛛丝马迹？”

“没有，教授先生，这是因为一个显而易见的原因。”

“什么原因？”

“那是因为摩西当年率领他的人民走过的地方，现在已经被流沙淤没了。骆驼从那里蹚水走过，不会浸湿膝盖骨。您当然明白，这点水对于我的‘鹦鹉螺号’来说是太浅了。”

“那么，那个地方位于……”

“苏伊士再往北一点，就在这个海湾里，这里从前是个深水湾。而那时，红海一直伸展到亚曼湖。现在，不管那次摩西是否奇迹般地从这里通过，犹太人确实经过这里才到达希望之乡的。而法老率领的军队也是正好在这里覆没的。因此，我想，要是在这片沙滩中央进行挖掘，一定会发现大量的埃及兵器和器具。”

“那是肯定的，”我回答说，“等到苏伊士运河凿通以后，苏伊士地峡上建起了新的城市，但愿考古学家们迟早会进行考古挖掘。对于像‘鹦鹉螺号’这样的船只，运河根本就没有什么用途！”

“那是，不过对全世界有用，”尼摩艇长说道，“古代人早就明白，开通红海和地中海对于他们的通商事业有利。不过，他们根本没有想到要挖一条直通的运河，而是要借道尼罗河。相传，连接尼罗河和红海的运河很可能在埃及塞索斯特利王朝时期就已经开始挖掘。有一点可以肯定，那就是尼科斯曾于公元前六一五年在与阿拉伯地区隔海相望的埃及平原上挖掘过一条与尼罗河相通的运河。这条运河宽只能容纳两艘三层桨战船并行，长度是这种战船航行四天的距离。西斯塔斯普①的儿子大流士继承了尼科斯未竟的事业，而最终很可能是由托勒密二世②竣工。斯特拉波曾见过该运河用于航行。但是，在巴斯塔附近的运河起点和红海之间坡度太小，运河在一年中间只有几个月能够通航。后来，这条运河始终用于通商，一直延续到安东尼王朝统治时期，后因淤塞而被遗弃。此后，奥马尔哈里发曾下令疏通运河。但最后，阿勒—曼索尔哈里发为了阻止向揭竿而起的穆罕默德·本·阿布达拉运送给养而最终下令于七六一至七六二年间填平了这条运河。在远征埃及期间，贵国的波拿巴将军曾在苏伊士的沙漠里见到过这项水利工程的遗址。而且，在返回哈迪加罗兹前的几小时，他们在 3 300 年前摩西宿

① 西斯塔斯普：公元前六世纪波斯帝国北方省区的总督。

② 托勒密二世（公元前 308—公元前 246）：古埃及托勒密王朝国王。

营的同一地方，遭到海潮的袭击，差点全军覆没。”

“艇长，这么看来，德·雷塞布[①]先生实现了古人没敢做的事——开通地中海和红海，使从加的斯[②]到印度的航程缩短了9 000公里。而且要不了多久，它将把非洲变成一个巨大的岛屿。”

“是的，阿罗纳克斯先生。您有权利为您的同胞自豪。这个人为一个民族争得的荣誉比那些最伟大的航海家还要多！他像其他许多人一样，开始时遭遇了烦恼和严厉的拒绝。可是，他天生意志坚强，终于获得了成功。不过，想到这理应是一项国际性的工程，足以让一代统治者流名千古的事业，居然是靠一个人的精力来实现的，真叫人伤心。所以，荣誉属于德·雷塞布先生！”

“是的，荣誉属于这位伟大的公民。”我应和道，同时对尼摩艇长刚才慷慨陈词的激昂语气感到非常惊讶。

“可惜，”他继续说道，“我不能带您去穿行苏伊士运河。不过，后天，当我们在地中海航行时，您能够望见塞得港的防波长堤。”

“地中海！”我放大了说话的嗓门。

“是的，教授先生，您为此感到惊讶吗？”

“令我惊讶的是，想到后天我们就能抵达地中海。”

“真的吗？”

“真的。尽管自从来到您的潜艇上以后，我应该习惯对什么都见怪不怪。”

“那么，您对什么感到惊讶呢？”

“速度！如果‘鹦鹉螺号’后天要驶抵地中海，那么它就得绕过好望角，环行非洲一圈，而您必须加快航速！”

“教授先生，谁告诉您，它得绕非洲一圈？又是谁跟您讲过，它得绕过好望角？”

“要么，除非‘鹦鹉螺号’能在陆地上航行，能从地峡上越过去！”

“或者从下面钻过去，阿罗纳克斯先生。”

---

① 德·雷塞布(1805—1894)：法国外交官、工程师。

② 加的斯：西班牙西南部港口。

“钻过去?”

“当然是钻过去。”尼摩艇长平静地回答道。“大自然早就在这块地峡下面做成了人类今天在地峡表面所做的事。”

“什么? 地峡下面有个现存的通道?”

“是的,有一条地下通道,我叫它阿拉伯隧道。它打苏伊士下面经过,通往贝鲁兹湾。”

“可是这个地峡尽是些流沙啊?”

“是的,不过只到一定的深度,50 米以下就是坚硬的岩层了。”

“您是偶然发现这条通道的?”我越发惊讶地问道。

“既靠运气,又凭借推理,教授先生。甚至推理的成分多于偶然因素。”

“艇长,那么请告诉我这究竟是怎么回事。不过,我的耳朵会抵制它所听到的话的。”

“啊! 先生,有耳朵而不听的人任何时候都有。不但存在这么一条通道,而且我已经利用过好几次。要是没有这条通道,我今天也不会在红海这条死胡同里冒险。”

“敢问您是怎么发现这条隧道的呢?”

“先生,在不再分离的人之间没有什么秘密可言。”艇长回答我说。

我没有理会这句话的弦外之音,而是在听尼摩艇长给我讲述隧道的故事。

“教授先生,”他对我说道,“是博物学家的一个简单推理启发我发现了这条只有一人认识的通道。我曾经注意到红海和地中海里有一些完全相同的鱼种,如海蛇、非阿托勒鱼、鲱鱼、绞车鱼、若尔鱼和飞鱼等。确信这一事实之后,我心想这两个海会不会相通。如果两者相通,那么由于海平面水位有差异,暗流一定是从红海流入地中海。于是,我在苏伊士附近捕捉了许多鱼,我在它们的尾巴上拴一个铜环,并且把它们放回海里。几个月以后,我在叙利亚沿海又捕到了几条尾巴上套着铜环的鱼。因此,地中海和红海相通的假设得到了验证。于是,我就驾驶着‘鹦鹉螺号’寻找这条通道。我最终发现了它,并且冒险从通道里穿了过去。教授先生,不久,您也将从阿拉伯隧道里穿行!”

五

阿拉伯隧道

当天，我就把这部分直接与他们有关的谈话内容告诉了龚赛伊和尼德·兰。当我告诉他俩说，两天以后，我们将在地中海水域航行时，龚赛伊乐得直拍手，而尼德·兰则耸了耸肩。

“一条海底隧道！”他惊叫道，“两条海之间有一条通道！有谁听说过这种事？”

“尼德友，你以前是否听说过‘鹦鹉螺号’？没有吧！然而，它确实存在。因此，请你不要如此轻率地耸肩，也不要以从来没有听说过为借口否认事实。”

“好，我们等着瞧吧！”尼德·兰摇着头反驳道。“我也巴不得相信这位艇长，相信他所说的通道。但愿老天真的能把我们带到地中海去！”

当天傍晚，“鹦鹉螺号”在北纬 21 度 30 分浮出海面，向阿拉伯海岸驶去。我望见了吉达港，它是埃及、叙利亚、土耳其和印度之间通商的重要港口。我能相当清楚地辨认吉达港的所有建筑，以及停靠在码头和因吃水太深而不得不停泊在锚地的船只。太阳低悬在地平线上，余晖映照在城里的房屋上，更加衬托出墙壁的洁白。城外，一些木板或芦苇小屋表明这里居住着贝都因人。

很快，吉达城消失在夜幕之中，“鹦鹉螺号”潜入了略泛磷光的海水里。

第二天，二月十日，有好几艘船迎面驶来。“鹦鹉螺号”又重新潜入水中。不过，中午测定方位时，海面上空空如也，“鹦鹉螺号”又浮出水面，露出了吃水线。

我来到平台上坐下,龚赛伊和尼德·兰陪伴着我。在潮湿的雾气中,东边的海岸看上去模模糊糊的。

我们倚靠在小艇的船舷上,在不着边际地闲聊着。这时,尼德·兰伸手指着海面上的一个黑点问我说:

“教授先生,您看那边是什么东西?”

“我什么也没有看见,尼德。你也知道,我的眼睛不如你好使。”我回答说。

“再仔细看看,”尼德坚持道,“那边,右舷前面,差不多与舷灯同一水平。您没有看到一团东西似乎在动?”

“果然有东西在动。”我回答说。经过仔细观察,我看到水面上仿佛有一个浅黑色的长形物体。

“会不会是另一艘‘鹦鹉螺号’?”龚赛伊问道。

“不是的,”加拿大人回答说,“要么我彻底弄错了,要么那是一头海洋动物。”

“红海里有鲸鱼吗?”龚赛伊问道。

“有,我的小伙子。”我回答道,“有时候能遇上。”

“那根本不是鲸鱼。”尼德·兰继续说道,两眼盯着那个物体不放。“我和鲸鱼,是老相识了,它们的模样我不会搞错。”

“别着急,”龚赛伊说道,“‘鹦鹉螺号’朝那个方向驶去了。一会儿,我们便能知道那到底是什么了。”

果然,那个浅黑色的物体不一会儿工夫只距离我们一海里远了,好像是露出海面的一块巨礁。那究竟是什么呢?我还说不上来。

“啊?它游动了!它在潜水!”尼德·兰惊叫起来,“活见鬼!这会是什么动物呢?它没有像长须鲸或抹香鲸那样的分叉尾巴,而它的鳍就像截断了的四肢。”

“哎,那是……”我问道。

“瞧,”尼德·兰喊道,“它翻过身来了,露出了乳房!”

“一条人鱼!”龚赛伊大声叫喊,“一条名副其实的人鱼,先生不会反对吧?”

说到人鱼这个名字,我顿时恍然大悟。我明白,这种动物属于一目海洋生物。神话中把人鱼说成是半人半鱼的海妖。

“不,”我对龚赛伊说,“这根本不是人鱼,而是一种珍稀的动物,现在红海里也就剩那么几头了。这是一头儒艮①。”

“海牛目,鱼形类,单官哺乳亚纲,哺乳纲,脊椎动物门。”龚赛伊接着说道。

既然龚赛伊已经都说了出来,我也就没什么可说的了。

然而,尼德·兰还在盯着它看。他那双眼睛一看到这头动物,就发出了一种贪婪的目光。他的手仿佛随时准备把鱼叉向它投掷过去。他好像在等待时机,准备跳入大海将它生擒。

“噢,先生,”他用因激动而颤抖的声音对我说,“我还从来没有捕杀过这种东西呢!”

这句话暴露了捕鲸手此时的全部心思。

就在这个时候,尼摩艇长出现在了平台上。他看见了那头儒艮,猜出了加拿大人的心思,于是直截了当地对他说道:

“兰师傅,你难道拿起鱼叉就会冲动?”

“先生,确实如您所说的那样。”

“有朝一日让你重操旧业,在被你捕杀的鲸鱼中间再增加这头鲸类动物,你不会不愿意吧?”

“我非常乐意!”

“那么,你可以一试身手。”

“先生,谢谢!”尼德·兰回答道,眼睛直冒火花。

“不过,我要你保证不失手。这也是为了你好。”

“捕杀儒艮危险吗?”我问道,尽管加拿大人在耸肩。

“是的,有时候会有危险。”艇长回答说,“它会向捕杀它的人反扑,掀翻他们的小船。不过,兰师傅就不用害怕这种危险了。他目光敏锐,臂力过人。我之所以叮嘱他不要放过这头儒艮,是因为人们把它看做是上好的野味。我知道,兰师傅不嫌弃好吃的肉。”

“啊?”加拿大人说道,“这畜生还能提供一大堆好吃的肉?”

---

① 儒艮:哺乳动物,母兽有一对乳头。生活在海洋中,食海草,俗称人鱼。

“没错，兰师傅。它的肉，一种真正的牲畜肉，极受赏识，在马来西亚全国被奉为王孙贵族餐桌上的佳肴。由于人们对这种可以做珍馐佳肴的动物大肆捕杀，它和它的同属海牛变得越来越少。”

“这么说来，艇长先生，”龚赛伊一本正经地说道，“如果碰巧它是这一种类动物的最后一头，那么出于对科学的考虑，是否放了它更好？”

“也许是，不过从伙食的角度考虑，还是捕杀它为好。”加拿大人反驳道。

“兰师傅，那么就行动吧！”尼摩艇长催促道。

这时，潜艇上的七名船员像往常一样，默不作声、毫无表情地走上平台。其中一位手中拿着一把鱼叉和一根类似于捕鲸绳的绳子。小艇已经被解开，拖出了船位，放到了海里。六名划桨手各就各位，操舵手掌着舵，我和龚赛伊、尼德坐在小艇的后面。

“艇长，您不和我们一起去？”我问道。

“我不去了，先生。不过，祝你们成功！”

小艇离开了“鹦鹉螺号”。六名划桨手奋力划着船桨，小艇向这时距离“鹦鹉螺号”两海里的儒艮快速驶去。

驶到离这头儒艮几链远的地方，小艇减缓了行驶速度，船桨悄然无声地划入平静的海面。尼德·兰手握鱼叉，站立在小艇船首。用来捕鲸的鱼叉通常柄后面拴着一根很长的绳子，被刺伤的鲸鱼挣扎、逃遁时，必须赶紧放绳索。而我们现在用的绳子不会超过十来法寻，一头只是拴在一只小桶上。小桶浮在水面上就能够发现儒艮在水里的行踪。

我已经站了起来，能够非常清楚地看到加拿大人的这个对手。这头儒艮，又称海马，很像海牛，椭圆形的身体拖着一根长长的尾巴，两侧的侧鳍末端长着真正意义上的指头。它与海牛的区别在于上颌两侧各长着一根尖长、朝外的獠牙。

尼德·兰准备捕杀的这头儒艮非常庞大，体长不下七米。它躺在海面上纹丝不动，仿佛是睡着了。这是捕获它的有利时机。

小艇悄悄地靠近儒艮，只相距三法寻了。划桨手们搁起了船桨。我猫着腰，尼德·兰身体后仰，一只训练有素的胳膊挥动着鱼叉。

忽然，只听到一声咆哮，儒艮便没了踪影。猛力掷出去的鱼叉看来只击中了水面。

“见鬼!”怒气冲冲的加拿大人大声叫道,“让它跑了!”

“不,”我说道,“瞧! 那是它流的血,它受伤了! 不过,你的鱼叉没有留在它的身上。”

“我的鱼叉! 我的鱼叉!”尼德·兰叫着。

水手们重新又划起桨来,舵手驾驶着小艇向浮在海面上的小桶驶去。鱼叉被捞了上来,小艇开始追寻逃走的儒艮。

儒艮时不时地浮出水面呼吸空气。它游动自如,速度极快,看来并没有因受伤而体力衰竭。水手们奋力划桨,小艇穷追不舍,好几次距离儒艮只有几法寻远了。加拿大人准备投掷鱼叉,而儒艮又一个猛子不见了,根本不可能击中它。

读者们可以想象,脾气急躁的尼德·兰此时已经气急败坏,他用英语中最恶毒的粗话咒骂这头不幸的儒艮。至于我嘛,我还只是刚刚开始领教儒艮挫败我们计谋的本领。

我们紧追不舍,足有一个小时。我开始认为,要捕捉它是非常困难的。这时,这头儒艮起了后来它追悔莫及的报复念头,它反扑过来,向小艇发起了攻击。

它的这一举动根本逃不过加拿大人的眼睛。

“小心!”他叫喊道。

舵手用他那种奇怪的语言说了几句话。显然,他是在提醒他手下的人提高警惕。

儒艮冲到离小艇 20 英尺的地方突然停了下来,用它那长在嘴上而不是嘴端的鼻孔猛吸了一口气。然后,它纵身一跃,向我们扑将过来。

小艇没能避开它的撞击,差点没被掀翻。足有一两吨水灌进了小艇,我们得把水舀出去。不过,幸亏舵手机灵,小艇是侧面而不是正面受到了撞击,因此没有倾覆。尼德·兰稳稳地站在小艇的船头,不停地用鱼叉乱刺这头巨大的儒艮。而这个庞然大物却用牙齿牢牢地咬住了船帮,像狮子咬着狍子甩头一样,把小艇掀出了海面。我们一个个前倾后仰、东倒西歪。要不是加拿大人坚持不懈地同这头畜生搏斗,并且终于击中了它的心脏,我还真不知道这次冒险会如何收场呢!

我听到了牙齿咬钢板发出的咯咯声，儒艮拖走了鱼叉消失了。不过，小桶很快重又浮出了水面。没隔多久，儒艮的尸体也浮了上来，肚子朝天。小艇划了过去，拖着儒艮，向“鹦鹉螺号”驶去。

这头儒艮有5 000公斤重，必须使用大功率的起重滑车，才得以把它拖到潜艇的平台上。加拿大人坚持要亲眼看着宰杀儒艮的每一个细节，于是就当着他的面宰割了儒艮。当天晚餐，侍者为我送来了几片经潜艇上的厨师精心烹饪的儒艮肉。我觉得味道好极了，甚至可以说，即使比不上牛肉的话，至少要比小牛肉好吃。

第二天，二月十一日，一群燕子停栖在“鹦鹉螺号”上，又为“鹦鹉螺号”配膳食增加一道鲜美的野味。那是一种埃及特有的尼罗河燕，黑喙、红爪、圆点斑、灰头，眼圈边长有白点，背、翼、尾浅灰色，腹部和颈脖白色。此外，我们还捉到了十来只尼罗河野鸭，这是一种美味的野禽，白色的头顶和颈脖上长有黑色的斑点。

这时，“鹦鹉螺号”放慢了航速，可以说，是在缓慢航行。我注意到，越靠近苏伊士，红海水的盐分越少。

下午五点时分，我们在北面望见了穆罕默德角。穆罕默德角在位于亚克巴湾和苏伊士湾之间的阿拉伯半岛中部岩石地带的尽头。

“鹦鹉螺号”驶入犹巴海峡，经犹巴海峡抵达苏伊士湾。我清楚地望见了一座高山，俯瞰着位于两个海湾之间的穆罕默德角。这就是何烈山，即西奈山。摩西当年就在这座山顶上觐见了上帝，从此思想里不断出现闪光点。

“鹦鹉螺号”时而浮出海面，时而潜入水中，六点从外海驶经位于海湾底端的托尔。这个海湾的水看上去就像是染成了红色似的。尼摩艇长曾经说起过。接着，夜幕在一片沉闷的寂静中降临，偶尔听到几声鹈鹕和夜鸟的鸣叫，以及激浪拍打岩石的巨响，或海湾远处汽轮航行发出的低沉的声响。

八点到九点，“鹦鹉螺号”潜入海面几米以下的水层航行。按照我的估计，我们距离苏伊士已经很近。我透过客厅舷窗观察被我们的电灯光照得通明的海底岩石。我觉得海峡变得越来越狭窄。

九点十五分，潜艇重新又浮出海面，我登上了平台。由于我心里急着想从尼摩艇长说的那个隧道里通过，所以我简直有些坐立不安，拼命地呼吸着夜间的新鲜空气。

不一会儿,我在黑暗中见到了一缕苍白的灯光,大概距离我们有一海里远。雾气使灯光变得暗淡。

“那是一座漂浮的灯塔。”有人在我身旁说道。

我转过身来,原来是艇长在说话。

“那是苏伊士灯塔,”他重复道,“我们马上就要抵达隧道的入口。”

“不好进去吧?”

“是的,先生。因此,我养成了习惯,守在驾驶舱里亲自指挥驾驶。阿罗纳克斯先生,现在,您愿意下去吗?‘鹦鹉螺号’就要潜入水里,等它再浮出水面时已经通过了阿拉伯隧道。”

我跟着尼摩艇长进了船舱。舱盖被关上了,储水舱灌满了水,潜艇潜入了十来米深的水中。

我正要回自己的卧室,艇长叫住了我。

“教授先生,您是否愿意陪我去驾驶舱?”

“求之不得。”我回答说。

“请吧!这样,您将亲眼见到这次既在地下又在海底航行的整个过程。”

尼摩艇长带着我来到中央扶梯,打开扶梯旁的一扇腰门。进门后,我们沿着上层纵向通道行走,来到了位于平台前端的驾驶舱。

驾驶舱每边长六英尺,跟密西西比河或哈德逊河汽轮的舵舱相似。中间竖着一个垂直安装的舵轮,通过齿轮组与位于“鹦鹉螺号”船尾的操舵链相连。驾驶舱的板壁上有四扇透镜舷窗,操舵手可以在驾驶舱里观望四面八方。

驾驶舱里很暗,不过我的眼睛很快就适应了这种环境。我看清了操舵手,一个健壮的男士,两只手扶在舵轮的轮缘上。外面,大海被位于驾驶舱后面、平台另一端的舷灯照得通明。

“现在,我们来寻找我们的隧道吧!”尼摩艇长说道。

驾驶舱和机舱之间有电线相连。艇长在驾驶舱里能同时指挥“鹦鹉螺号”的航向和航速。他按动了一枚金属按钮,螺旋桨的转速随即慢了许多。

此时,我默默地凝视着沿途高高的陡峭石壁,这是沿岸沙质高地的坚固基础。我们距离石壁只有几米,行驶了一个小时。尼摩艇长目不转睛地注视着悬挂在驾驶舱里的双同心圆罗盘。根据艇长的一个简单手势，操舵手随即就改变了“鹦鹉螺号”的航向。

我靠在左舷窗旁，见到了珊瑚构成的雄伟的海底建筑，填满岩石凹处的植形动物、海藻，以及张牙舞爪的甲壳动物。

十点十五分，尼摩艇长开始亲自掌舵。我们的面前展现出一条又黑又深的长廊。“鹦鹉螺号”果断地开了进去。潜艇的两侧传来一种陌生的响声。这是因为红海的水顺着隧道的坡度泻向地中海发出的声响。“鹦鹉螺号”顺流而下，像一支离了弦的箭，尽管“鹦鹉螺号”的螺旋桨逆流而转以减缓速度。

在狭窄通道的峭壁上，我只看见灯光因潜艇高速行驶而留下的一道道光痕。我的心怦怦直跳，双手捂住胸口。

十点三十五分，尼摩艇长离开了舵轮，转过身来对我说道：

“地中海到了！”

在急流的推拥下，“鹦鹉螺号”花了不到二十分钟就通过了苏伊士地峡。

六 希腊群岛

第二天，二月十二日，日出时分，“鹦鹉螺号”重又浮出了海面。我急匆匆地来到平台上。南面三海里开外，佩鲁兹城的轮廓朦胧可见。一股急流把我们从红海送到了地中海。不过，这条隧道顺流而下容易；而逆流而上就难上加难了。

七点左右，龚赛伊和尼德·兰到平台上来找我。这两个形影不离的伙伴昨天夜里平平安安地睡了一觉,对"鹦鹉螺号"穿越地峡的壮举不闻不问,毫不关心。

"博物学家先生,这么说来,这就是地中海喽?"加拿大人用略带挖苦的口吻问道。

"尼德友,我们现在就在它的海面上航行。"

"嗯? 昨天夜里?"龚赛伊不解地说。

"一点没错。昨天夜里,我们只花了几分钟时间,便通过了这条不可逾越的地峡。"

"我才不信呢!"加拿大人回答说。

"兰师傅,你错了。"我接着说道,"这个往南呈圆弧形的低平海岸就是埃及海岸。"

"先生,这话您说给别人听吧!"固执的加拿大人还嘴说。

"可是,既然先生这么肯定,还是应该相信先生。"龚赛伊劝他道。

"况且,尼摩艇长还邀请我参观了隧道。他在驾驶舱里亲自指挥'鹦鹉螺号'通过这条狭窄的通道时,我就在他的身旁。"

"尼德,你听见了吗?"龚赛伊问道。

"你的眼力这么好,"我补充说道,"尼德,你不能自己看看海边赛伊德港的防波堤吗?"

加拿大人仔细地向海边眺望。

"果然如此,"他说道,"教授先生,您说的对。你们的那位艇长是一个杰出的人物。我们是在地中海了。好吧,我们还是来谈谈我们自己的事情吧。不过,小点声,别让其他人听见。"

我明白加拿大人想做什么。不管怎样,既然他想做,我觉得还是谈谈为好。于是,我们三人坐在舷灯旁边,这样可以避开一点浪花的溅沫。

"尼德,现在你说吧! 你想告诉我们什么?"我说道。

"我要跟你们说的很简单,"加拿大人回答说,"我们现在在欧洲。在尼摩艇长突发奇想,把我们带到极地海底或重回大洋以前,我要求离开'鹦鹉螺号'。"

说实话,与加拿大人讨论这个问题总让我左右为难。我不想以任何方式阻止我两位同伴的自由。然而,我根本不愿离开尼摩艇长。多亏了尼摩艇长,多亏了他的潜艇,我每天都在完善自己对海底的研究,而且我正在海底重写我那本关于海底的书。以后,我还能遇上这样的机会去观察海洋奇观吗?不,肯定不能!因此,在完成我们的环球考察之前,我不能有离开“鹦鹉螺号”的念头。

“尼德友,”于是,我说道,“老实告诉我,你已经在潜艇上待够了?你是否为命运把你交给了尼摩艇长而感到遗憾?”

加拿大人沉默了片刻,没做回答,接着交叉着双臂说道:

“老实说,我并不为这次海底旅行感到遗憾。我很愿意完成这次旅行。但是,它要有个头,才能完成它。这就是我的想法。”

“尼德,它会结束的。”

“什么时候,在哪里结束呢?”

“什么时候,我心中无数。在哪里结束,我也无可奉告。或者确切地说,我猜想,等到我们在海洋里学不到什么时,它就会结束了。在这个世界上,有始必有终。”

“我赞成先生的想法,”龚赛伊说道,“很可能等我们走遍了全球的海洋以后,尼摩艇长会放我们三人远走高飞。”

“放我们远走高飞?”加拿大人高声大叫,“要么是斩尽杀绝!”

“兰师傅,别太过分了。”我继续说道,“我们根本不用害怕尼摩艇长。不过,我也不敢苟同龚赛伊的观点。我们掌握了‘鹦鹉螺号’的秘密。因此,我并不指望,它的指挥官为了还我们自由,就心甘情愿地看着‘鹦鹉螺号’的秘密跟着我们满世界地传播开来。”

“那么,您指望什么呢?”加拿大人问道。

“我指望,半年以后和现在一样,会遇上我们可以而且必须利用的时机。”

“唷!请问,博物学家先生,半年以后,我们会在哪里啊?”尼德·兰问道。

“也许在这里,也许在中国。你也知道,‘鹦鹉螺号’行动迅速,它横渡海洋,就像燕子在天上飞一样快,或者说,像特快列车在横穿大陆那么快。它根本不怕交通繁忙的海域。谁说它不会去法国、英国或美洲海岸,在那里策划逃走岂不跟这里一样有利?”

"阿罗纳克斯先生,您的论调就像是在捕底层鱼,您说的是将来:'我们将在这里,我们将去那里!'而我讲的是现在:'我们现在是在这里,应该利用这个天赐的良机。'"

我受到了尼德·兰逻辑推理的步步紧逼,而且觉得自己已经被打倒在地。我不知道该寻找什么理由来为自己辩护。

"先生,"尼德接着说,"不妨做个不可能的假设,如果尼摩艇长今天就还您自由,您会接受吗?"

"我不知道。"我回答说。

"而且,他对今天给您自由的承诺附加一个条件:过期作废。那么,您会接受吗?"

我没有回答。

"龚赛伊友,你是怎么想的?"尼德·兰问道。

"龚赛伊友,"这个好小伙子平静地说,"龚赛伊友没有什么可说的。他绝对不关心这个问题。他跟他的主人和他的同伴尼德一样,单身一人,上无父母,下无妻小等着他回家。他要伺候先生,先生怎么想,他就怎么想;先生怎么说,他就怎么说。他最大的遗憾就是,别人不能指望他来构成多数。现在只有两个人参加辩论:一方是先生;另一方是尼德·兰。闲话少说,龚赛伊现在洗耳恭听,准备给你们打分。"

看到龚赛伊如此彻底地把自己当做局外人,我不禁笑了。其实,加拿大人应该为龚赛伊不站出来反对他而感到庆幸。

"那么,先生,"尼德·兰说道,"既然龚赛伊不存在了,就我们两人之间来展开辩论吧。我已经讲过了,您也听见了。您有什么要回答的吗?"

显然,应该作出决定,而且我讨厌言不由衷。

"尼德友,"我开口说道,"那么,我就来回答你。你反对我的观点是对的,而且,我的观点和你的想法相比是站不住脚的。不要指望尼摩艇长的善心。最普通的谨慎常识阻止他释放我们。相反,最稳妥的做法是,一有机会,就逃离'鹦鹉螺号'。"

"很好,阿罗纳克斯先生,这几句话还比较中听。"

"不过,"我说道,"我提醒注意一点,就一点。一定要到时机成熟,而且我们第一次行动必须成功。因为,如果我们第一次行动失败的话,那么就不可能再有第二次机会，尼摩艇长也不会放过我们。”

“您说的这些都对，”加拿大人回答说，“您提醒的这一点适用于任何逃跑的行动，不管是两年还是两天以后采取的行动。问题始终没有得到回答：如果出现有利时机，必须及时加以利用。”

“说得好。尼德，现在，你能否告诉我，你说的有利时机是指什么？”

“就是在某个漆黑的夜晚，‘鹦鹉螺号’靠近某段欧洲海岸的时机。”

“你打算游泳逃走？”

“如果我们离开海岸相当近，而且‘鹦鹉螺号’浮在海面上，那么我们就游泳逃走；如果我们离开海岸很远，而且‘鹦鹉螺号’是在水下航行，那么我们就不采取游泳的方式。”

“要是遇到后一种情况呢？”

“要是遇到后一种情况，我就设法夺取潜艇上的小艇。我知道怎么操纵它。我们钻进小艇，然后松开螺栓，浮到水面上来，就连在潜艇前面驾驶舱里的操舵手也不会发现我们逃走。”

“好吧，尼德，耐心等待这样的机会。不过，切莫忘记，一旦失败，我们就完蛋。”

“我会牢牢记住的，先生。”

“尼德，现在，你是否想知道我对你的计划的看法？”

“很想知道，阿罗纳克斯先生。”

“我嘛，我想——我没有说希望——这样的有利时机是不可能出现的。”

“为什么呢？”

“因为对于我们没有放弃恢复自由的希望这一点，尼摩艇长不可能视而不见，他一定会加倍警惕，尤其是在近海和欧洲海岸在望时。”

“我同意先生的观点。”龚赛伊发表意见说。

“我们等着瞧吧！”尼德·兰神态坚定并摇着头说。

“尼德·兰，现在，我们就到此为止。”我补充说道，“不要再议论此事。哪天，你准备好了，通知我们一声，我们就跟着你行动。这事就全托付给你了。”

这次后来造成严重后果的谈话就这么结束了。现在，我应该说，事情的发展似乎印证了我的预见,令加拿大人大失所望。尼摩艇长在交通繁忙的海域是否提防着我们,或者仅仅是想避开地中海上来来往往的各国船只的耳目？我不知道。但是,他通常指挥“鹦鹉螺号”潜入水中航行或远离海岸。“鹦鹉螺号”即使浮上来,也只露出驾驶舱;要么就潜入深海。在希腊群岛和小亚细亚之间,我们下潜了2 000米,仍然没有见到海底。

因此,我也就没有见到斯波拉泽斯群岛中的卡尔帕托斯岛,只能通过尼摩艇长手指着地图上的一点援引维吉尔的诗句来认识:

Est in Carpathio Neptuni gurgite vates
Caeruleus Proteus...①

原来,位于罗得斯岛和克里特岛之间、现在的斯卡尔庞托岛,就是普罗透斯②,即尼普顿③牧羊老人从前的居住地。我只能透过“鹦鹉螺号”客厅的舷窗看到它的花岗岩基础。

第二天,二月十四日,我决定花几个小时来研究希腊群岛海域的鱼类。但是,客厅舷窗的防护板不知出于什么动机被关得严严实实。我在测定“鹦鹉螺号”的航向时,发现它正朝着坎迪,即从前的克里特岛航行。当我上“林肯号”出征时,该岛全体居民刚刚奋起反对土耳其的专制统治。不过,自那以后这次起义的结果,我一无所知。与陆地断绝一切联系的尼摩艇长是不可能告诉我有关情况的。

因此,晚上单独和他在客厅里时,我只字未提此事。再说,我觉得他沉默寡言,心事重重。后来,他一反常态,下令打开了客厅舷窗的两块防护板,从一扇舷窗走到另一扇前,认真观察着外面的海域。出于什么目的？我无法猜测。而我嘛,我就利用这段时间研究从我眼前游过的鱼群。

除了别的鱼以外,我注意到亚里士多德曾经提起过、通常被人们叫做“海泥鳅”的亚惠虾虎鱼。这种鱼在尼罗河三角洲附近的咸水里尤为常见。

---

① 拉丁文,意即浑身绿色的预言者普罗透斯在尼普顿的多旋涡的卡尔帕托斯岛上……
② 普罗透斯:希腊海神,擅长预言,能随心所欲地改变自己的面貌。
③ 尼普顿:罗马海神。

在它们的近旁，游过一群半闪磷光的大西洋鲷。这种鱼被埃及人列入神圣的动物之列。这种鱼要是出现在尼罗河水域，就预示着河水泛滥。因此，当地人会举行宗教仪式来欢迎它们的出现。同时，我还注意到了体长三分米的屑鳞鱼，这是一种鳞片透明的硬骨鱼，红斑点、青灰色。这种鱼主要吃海洋植物，因此鱼肉味道鲜美，颇受古罗马美食家的青睐。这种鱼的杂碎配上海鳝的鱼白、孔雀脑和红鹳舌能做出一道令神仙垂涎的佳肴，使维特里乌斯[①]为之动心。

这一海域的另一位居民引起了我的注意，并且唤起了我脑海里有关古代的所有回忆。那就是附在鲨鱼肚子上游弋的印头鱼。按照古人的说法，这种小鱼附在船的水下体上，就能阻止船舶行驶。在亚克兴角战役中，一条印头鱼拦住了安东尼的战船，帮助奥古斯都战胜了安东尼。民族的命运维系于何物！此外，我还观察到了属于鲈鱼目的色彩艳丽的花鱼。希腊人把它奉为神鱼，说它能够驱赶他们来往的海域中的海怪。希腊人之所以叫它们花鱼，是因为它们身上由玫瑰红、宝石红到鲜红的闪色，而且它们的鳍也会闪光。我的两只眼睛正目不暇接地欣赏着海洋奇观，一个不速之客的意外出现搅乱了一切。

水中出现了一个人，一个腰间系着一只皮囊的潜水员。这不是一具随波漂流的尸体，而是双臂在用力划水的大活人。他时而浮出水面呼吸空气，随即又潜入水中。

我转身面对尼摩艇长，激动地大声叫喊道：

“一个人！一个遇难者！必须不惜一切代价拯救他！”

尼摩艇长没有回答我，走到舷窗玻璃前靠着。

水中的人游近我们，把脸贴在了玻璃上，盯着我们看。

尼摩艇长向他做了个手势，令我大惑不解。潜水员用手向艇长作答，并立即向水面游去，然后再也没有重新出现。

“不用担心！”艇长安慰我说，“这是泰纳龙角的尼古拉，人称勒佩斯卡。他在基克拉迪群岛赫赫有名。一名勇敢的潜水员！水域就是他的栖身地，他不停地从这个岛潜水到那个岛，最远一直潜水到克里特岛。他在水中的

---

① 维特里乌斯(5—69)：古罗马皇帝。

时间比在陆地上还长呢!”

“艇长,您认识他?”

“阿罗纳克斯先生,为什么不呢?”

话毕,尼摩艇长就朝着一只位于客厅左边、舷窗旁的柜子走去。在这只柜子的旁边,我看见一只外面用铁皮加固的箱子,箱盖上有一块上面刻着“鹦鹉螺号”及其格言“动中之动”的铜牌。

这时,尼摩艇长也不忌讳我的在场,打开那只像保险柜一样的柜子,里面装着好多铸块。

那些铸块都是金条。哪里来的这么多贵金属?尼摩艇长是从哪里收集来这么多黄金,拿它派什么用途呢?

我只在一旁观看,一言不发。尼摩艇长将金条一块一块地从柜子里拿出来,整齐地排放在箱子里,直到装满为止。我估计箱子里有1 000多公斤黄金,也就是说,价值将近500万法郎。

箱子被严严实实地关好,尼摩艇长大概是用现代希腊文在箱盖上写下了地址。

完了,尼摩艇长按了一下与船员舱相连的电钮。四个船员不无费力地把这只箱子推出了客厅。接着,我听见他们用滑车把箱子吊上了铁梯。

就在这个时候,尼摩艇长转过身来问我:

“教授先生,您刚才说……”

“艇长,我什么也没说。”

“那么,先生,请允许我祝您晚安。”

说完,他就离开了客厅。

我回到自己的卧室,非常困惑不解。我当时的困惑劲读者可以想象得到。我试图让自己睡觉,但就是不能入睡。于是,我开始寻思在那个潜水员的出现和装满金条的箱子两者之间的联系。接着,我觉得一阵左右晃动、前后颠簸:“鹦鹉螺号”离开了深水层,在向海面上浮。

接着,我听到平台上传来的脚步声。我明白了有人在解小艇,把它放到了海里,小艇碰了一下“鹦鹉螺号”的侧舷。然后,又寂静如初。

两个小时以后,传来了同样的声响,又有人来回走动。小艇被吊上了平台,重新被放回原处固定起来。“鹦鹉螺号”重新又潜入了水中。

这样看来，这价值数百万的金条是送给了他们。他们在欧洲大陆的哪里？谁又是尼摩艇长的联系人呢？

第二天，我把这件极大地唤起我好奇心的事告诉了龚赛伊和加拿大人。我的两位伙伴吃惊的程度并不亚于我。

“可是，他把这价值数百万的金条送到哪里去了呢？”

这个问题没人能够回答。吃过午饭，我来到客厅开始工作。一直到下午五点，我都在整理笔记。这时，我觉得极其闷热——也许是因为我本人的情绪所致——不得不脱去了身上的丝质外衣。这种现象难以理解，因为我们不是在低纬度区域。况且，“鹦鹉螺号”潜在水里，潜艇内的温度理应不会升高。我看了一眼压力表，我们位于海平面以下60英尺的水层，高气温不可能影响到这里。

我继续工作。但是，气温上升到了难以容忍的地步。

“潜艇上会不会失火了？”我暗自思忖。

我正要离开客厅，尼摩艇长走了进来。他走到气温表前看了看温度，转过身来对我说道：

“42度！”

“我看过了，艇长。”我回答说，“这个温度哪怕再升高一点儿，我们就受不了了。”

“哦，教授先生，只有我们愿意，这个温度才会再往上升。”

“这么说，您能够随意调节温度？”

“不。不过，我可以远离产生这个温度的热源。”

“那么，这热气是从外面传进来的？”

“当然。我们现在是在沸水当中行驶。”

“有这种可能吗？”我高声叫道。

“请看！”

客厅舷窗的防护板打开了。我看到“鹦鹉螺号”周围一片白色。一股含硫黄的蒸汽在水中升腾，四周的海水像锅炉里的水一样在沸腾。我把手支撑在一块玻璃上，但窗玻璃烫得我连忙把手缩了回来。

“我们现在在哪里？”我问道。

“教授先生，在桑托林岛附近。”艇长回答我说，“正好是在新卡蒙尼岛和旧卡蒙尼岛之间的海沟里。我想让您见识一下海底火山喷发的奇观。”

“我还以为，这些新生岛屿的形成早已结束了呢。”我说道。

“在火山地带，任何东西在任何时候都不可能静止不变。”尼摩艇长回答说，“在这些地带，地球始终受到地下熔岩活动的作用。根据卡西奥多鲁斯[①]和普林尼的记载，早在公元十九年，忒伊亚女神岛曾经在这些新近形成的小岛的相同地点露出海面，后来又被波涛淹没，于公元六十九年再次露出海面，接着又沉没到海平面以下。从那个时候一直到现如今，地层中止了升降运动。一八六六年二月三日，一个新的小岛从在新卡蒙尼岛附近海域冒出的含有硫黄的气体中露出海面，并且于同月六日跟新卡蒙尼岛连成一片，这个新形成的小岛被命名为乔治岛。七天以后，也就是二月十三日，阿佛罗爱萨小岛露出海面，与新卡蒙尼岛仅相隔一条十米宽的海沟。这一现象发生时，我正好在这一带海域，因此得以亲眼看见这一地壳变化过程的各个阶段。阿佛罗爱萨小岛呈圆形，直径 300 英尺，露出海面高度 30 英尺，由黑色玻璃状熔岩和长石碎片混合构成。最后，三月十日，一个更小的岛屿在新卡蒙尼岛附近露出了海面，被命名为雷卡岛。从此，这三个岛屿连成了一体，现在形成了一个唯一而又相同的岛屿。”

“那么，我们现在所在的海沟呢？”我问道。

“在这里，”尼摩艇长手指着一张希腊群岛地图，回答我说，“您看，我已经在地图上标注了新形成的岛屿。”

“可是，这条海沟有朝一日会合拢吗？”

“阿罗纳克斯先生，这是很可能的事。因为，自一八六六年以来，已经有八个熔岩小岛在旧卡蒙尼岛圣尼古拉港正面的海域生成。由此可见，新卡蒙尼岛和旧卡蒙尼岛在不久的将来很可能互相靠拢。如果说太平洋上的岛屿是靠纤毛虫生成的，那么这里的岛屿是凭借火山喷发现象而形成的。您瞧，先生，海底地壳运动的威力！”

我重新走到窗前。此时，“鹦鹉螺号”已经停止了行驶，热气逼人，不堪忍受。由于铁盐的染色作用，海水由白变红。一股难闻的硫黄气味渗入了全封闭的客厅。我看见了强烈的猩红色火焰，使“鹦鹉螺号”上的电灯光黯

---

① 卡西奥多鲁斯(480—575)：古罗马历史学家、政治家和僧侣。

然失色。

我浑身是汗,感到闷热,快要热死了。是的,我确实感到要热死了!

“我们不能再停留在这儿的沸水里了。”我对艇长说。

“是的,不然就太冒失了。”面无表情的尼摩艇长回答道。

一声令下,“鹦鹉螺号”掉头驶离了这个“火炉”。因为在这里逞能,必然会遭到报应。一刻钟以后,我们浮出海面呼吸空气。

我心里想,要是尼德选择在这里实施我们的逃跑计划,那么我们肯定不能活着离开这片“火海”。

第二天,二月十六日,我们驶离了这个位于罗德岛和亚历山大岛之间、深达三公里的海底盆地。“鹦鹉螺号”在基西拉岛的外海航行,绕过泰纳龙角,把希腊群岛抛在了身后。

 七

四十八小时穿越地中海

地中海,名副其实的蓝色海洋,希伯来人的“大海”,古希腊人的“海洋”,古罗马人称它为“我们的海洋”。地中海沿岸橙树、芦荟、仙人掌和松树郁郁葱葱,到处弥散着香桃木的芳香,崇山峻岭环抱,空气新鲜透明,地下熔岩活动频繁。这里是尼普顿和普路托至今仍为争霸世界而战的真正战场。米什莱曾经说过,地中海沿岸和海域是地球上人类相互残杀最激烈的地方之一。

然而,无论地中海有多么美丽,对这个面积200万平方公里的海洋,我只能留下匆匆一瞥。尼摩艇长甚至也没有向我传授一点他本人所掌握的关于地中海的知识,因为在快速穿越地中海期间,他没有露过一次面。我估

计,“鹦鹉螺号”在水下行程600法里,花了两个二十四小时。二月十六日早上,我们从希腊海域起程,十八日日出时分已经穿越了直布罗陀海峡。

我想,尼摩艇长显然不喜欢这个夹在大陆中间的地中海,所以他匆匆驶离。地中海的风浪虽然不会给他带来太多的遗憾,但至少会唤醒他太多的回忆。在这里,他无法像在各大洋里那样自由驰骋和无拘无束地行动,他为“鹦鹉螺号”夹在非洲和欧洲海岸之间而感到过分压抑。

因此,我们的航速高达每小时25海里,也就是说,每小时12法里。尼德·兰不得不放弃他的逃离计划,心里极其烦恼,自不待言。在每秒钟12—13米的航速下,他无法利用潜艇上的小艇。在这么快的速度下逃离“鹦鹉螺号”就如同从以相同速度飞驰的火车上往下跳,无疑是一种鲁莽的行为。再说,“鹦鹉螺号”只在夜间浮出水面更换空气,而且只按照罗盘指示的方向和计速仪指示的航速行驶。

因此,我在潜艇里看到的地中海,就如同一名乘坐特快列车的旅客所见到的沿途从他眼前飞驰过去的风景。也就是说,是位于天边的远景,而不是像闪电般一闪而过的近景。不过,我和龚赛伊还是观察到了一些地中海的鱼,因为这些鱼仰仗它们有力的鱼鳍能够和“鹦鹉螺号”并驾齐驱片刻。于是,我们靠在客厅的舷窗前观察。我们现在做的笔记使我后来得以对地中海鱼类学进行简单的修订。

至于生活在地中海的不同鱼类,我是观察到了一些,也瞥见了一些,且不说由于“鹦鹉螺号”开得太快,我眼睛来不及捕捉到的鱼类。因此,恕我按照这种不严谨的分类方法来对它们进行分类,以便更好地表述我走马观花式的观察结果。

在被电灯光照得通明的水域里,有几条长达一米、适应各种气候的七鳃鱼扭动着长长的身躯。几种体宽足有五英尺、灰脊白腹、身上还有斑点点缀的尖嘴鳐鱼,就像一条宽阔的披肩在随波漂动。其他种类的鳐鱼在我眼前一闪而过,因此我来不及辨认它们是那种被古希腊人称为“老鹰”的鳐鱼,还是那些被现代渔民滑稽地称做“老鼠”、“蟾蜍”和“蝙蝠”的鳐鱼。体长12英尺、潜水员特别害怕的鸢鲨正在竞相赛跑。嗅觉特别灵敏、体长八英尺的海狐像一个浅蓝色的大阴影从我们面前一闪而过。鲷属扁鱼,大的长达13分米,身披银蓝相间的彩袍,在深色鳍的衬托下更加醒目;这种鱼眼睛上长着一条金色的眉毛，被用来供奉维纳斯女神；它也是一种珍贵的鱼，能适应江河湖泊和海洋等各种水域的生活，以及各种气候和温度；这种可追溯到地球地质时期的鱼种仍保持着原先的美貌。行动快捷、美丽无比的鲟鱼，长达九至十米，甩动着有力的尾巴，撞击在客厅的舷窗玻璃上，露出它们布满褐色细斑的浅蓝色脊背；它们形似角鲨，但却无法与角鲨角力；它们在各个海域都能生存，春天喜欢逆伏尔加河、多瑙河、波河、莱茵河、卢瓦尔河和奥得河等大河而上，以鲱鱼、鲭鱼、鲑鱼和加德鱼等其他鱼类为食；虽然属于软骨动物纲，但它的肉味道鲜美，可以鲜吃、晒干、醋泡或腌制；从前，古罗马人隆重地将这种鱼端上了卢卡拉斯[①]的餐桌。不过，在地中海的各种鱼当中，我最有效地观察到的鱼，是在“鹦鹉螺号”快浮出水面时、属于硬骨纲第六十三属的鲭鲔。这种鱼脊背蓝黑，腹部长有银甲，幅状鳍条闪烁着金光。它们素来享有在热带烈日炎炎的海域追逐轮船以寻求阴影遮蔽阳光的声誉，而这次它们也没有辱没自己的名声，陪伴在“鹦鹉螺号”左右，就像当年陪伴拉佩鲁兹率领的船队一样。整整好几个小时，它们在与我们的潜艇比赛速度，我当然不厌其烦地欣赏这些天生善于赛跑的动物，小小的脑袋，梭状的光滑身躯，有的体长超过三米，胸鳍特别灵活、有力，尾鳍分叉。它们像有些候鸟一样，列队呈人字形游动，速度也能与它们媲美。古人称赞它们深谙几何和韬略。然而，这种珍贵的鱼却逃脱不了普罗旺斯人的追捕，茫然、冒失地自投马赛人设置的罗网，成千上万地死去。普罗旺斯人像普罗彭提斯沿海的居民和意大利人一样青睐这种鱼。

我还要列举我或龚赛伊瞥见的地中海鱼，仅作备忘。乳白色的电鳗，像摸不着的蒸汽一闪而过；像康吉鳗一样的海鳝，蛇形的身体长达三至四米，全身有青、蓝、黄三色点缀；三英尺长的鳕鱼，其肝脏是道美味佳肴；绦鱼就像细长的海藻随波漂动；鲂鮄嘴里长着两片像老荷马手中的乐器似的三角形齿状薄片，诗人称它为竖琴鱼，海员叫它吹哨鱼；燕子鲂击水的速度可以同燕子的飞行速度媲美；红头石斑鱼背鳍上长着丝须；浑身布满黑、灰、褐、蓝、黄、青等色斑点的西鲱，能发出铃铛般清脆的声音；绚丽夺目的大鲮鲆，菱形的身体，淡黄色的鳍上有褐色斑点，身体左上侧长有褐、黄色花纹，素有

① 卢卡拉斯（公元前110？—公元前56）：古罗马大将，以宴饮奢华著称。

海中锦鸡之美称;最后是一群令人赞叹的海鲱鲤,海洋中名副其实的极乐鸟。古罗马人花高达一万小银币的价钱买一条海鲱鲤,然后放在餐桌上把它弄死,残酷地观赏它从活着时的朱红色变成死后的苍白色。

我之所以没能观察到米拉莱鱼、鳞鲀单鼻鲀、海马、茹昂鱼、向心鱼、鲥鱼、羊鱼、隆头鱼、胡瓜鱼、飞鱼、鳀鱼、帕热尔鲷、铲鱼、颌针鱼,以及黄盖鲽、菲莱鲽、普里鲽、舌鳎、鲮鲆等大西洋和地中海都有的,鲽目家属中的主要代表,全是因为"鹦鹉螺号"以令人目眩的速度穿越这片物产丰富的海域。

至于海洋哺乳动物,我觉得在经过亚得里亚海口时辨认出了两三头背鳍像抹香鲸的鲸鱼,地中海特有的、前额有细斑马纹的球头属海豚,还有十几只黑毛白腹海豹,它们又名僧海豹,活像身披三米长黑袍的多明我会教士。

而龚赛伊呢,他觉得自己看见了一只宽六英尺、背上有三条纵向尖脊凸纹的海龟。我真遗憾没有看到这只爬行动物。因为,根据龚赛伊的描绘,我想它肯定是一种相当罕见的棱甲龟。而我只见到几只长甲龟。

关于植形动物,我得以在瞬间欣赏到一串钩在了潜艇客厅左舷窗外的美丽无比的橙黄色水螅,形似纤细的丝带,分成无数的枝杈,末梢是一束再精致不过的花边,就连阿拉克尼①的对手们也自叹弗如。很遗憾,我没能采集到这种美丽的标本。要不是十六日那天晚上,"鹦鹉螺号"莫名其妙地放慢了航行的速度,那么地中海的其他任何植形动物肯定都不会映入我的眼帘。下面就是当时的情形。

我们正在西西里岛和突尼斯海岸之间航行。在波恩角和墨西那海峡之间的狭窄空间里,海底几乎是骤然上升,形成了一个真正的海脊。从海面到海脊顶端只有 17 米深的水,而海脊周围则深达 170 米。因此,"鹦鹉螺号"不得不谨慎地行驶,以免撞到这个海底屏障。

我在地中海的航海图上,把这个长长的暗礁的位置指给龚赛伊看。

"先生别见怪,"龚赛伊看了说道,"这就像是一个连接欧非大陆的地峡。"

"没错,小伙子。"我回答说,"它整个把利比亚海峡给挡住了。史密斯②

---

① 阿拉克尼:希腊女神,擅长刺绣。

② 史密斯(1769—1839):英国地质学家,地层学的奠基人。

所进行的探测证明,欧非大陆从前在波格角和富里那角之间是相连的。”

“这,我信。”龚赛伊说道。

“我还要补充一点,”我继续说道,“在直布罗陀和休达之间也存在一个相似的屏障,在地质年代把地中海堵得严严实实。”

“哎!”龚赛伊说道,“要是有朝一日再有火山喷发,这两个屏障会露出海面!”

“龚赛伊,这几乎是不可能的。”

“总之,先生恕我把话说完。这种现象一旦发生,那会把德·雷塞布先生气得吹胡子瞪眼。他为开通苏伊士地峡花费了多少心血!”

“我同意你的假设。不过,我再重复一遍,龚赛伊,这种现象不会发生。地下能量的强烈程度变得越来越小。创世之初有那么多的火山,现在都渐渐地进入了休眠。地热也减弱了地球内层的温度,每一百年以可以觉察的数量在下降,这对于我们的地球很不利。因为地热是地球的生命。”

“然而,太阳……”

“龚赛伊,光靠太阳的能量是不够的。它能让一具尸体变热吗?”

“我看不能。”

“那么,我的朋友,地球终有一天会变成一具冰冷的僵尸。它会变得不能居住,从而像月亮一样无人居住。月亮早就耗尽了维持其生命力的热能。”

“那需要多少世纪啊?”龚赛伊问道。

“大概需要几十万年吧,我的小伙子。”

“这么说来,”龚赛伊说道,“我们还有时间完成我们的旅行,只要尼德·兰不出来捣乱。”

龚赛伊放下了心,于是开始研究起高高凸起的海底来。“鹦鹉螺号”此时几乎贴着海底,正缓慢地在海脊上行驶。

在火山岩构成的海底,生长着各种生机盎然的海洋植物:海绵、海参、卷须裹身磷光闪烁的海胆、沐浴在阳光七彩之中的俗称海黄瓜的海参、把周围海水染成了紫绛红,一米多宽的流动车盘、像乔木一样高大而且美丽无比的海生水仙、长茎海罂粟、各种可以食用的海胆,以及灰茎褐花、隐藏在自己橄榄色触须里的绿色海葵。

龚赛伊主要忙着观察软体动物和节肢动物。尽管这方面的分类有点枯燥乏味，但我不愿因为遗漏了他所观察到的软体动物和节肢动物而惹恼了这位好小伙子。

在软体动物门中间，他记下了许多梳状扇贝、互相层叠的驴蹄海菊蛤、三角形的水叶贝、黄鳍透明壳三叉贝、橙黄色无壳侧鳃、青斑卵形贝俗称海兔的腹足贝、多拉贝勒贝、无触角肉贝、地中海特产的伞贝、介壳珍贵的耳贝、焰纹扇贝、据说朗格多克人爱之胜过牡蛎的不等蛤、马赛人喜爱有加的蚝蚬、白胖的双层帘蛤、几只美洲沿海生产的，在纽约销量可观的美洲帘蛤、各种颜色的带盖梳贝、我觉得胡椒味很重的，老缩在洞里的石蛏、介壳隆起的皱纹帘心蛤、满身红色结节的辛提蛤、形似威尼斯小舟，两端上翘的食肉贝、菲罗尔王冠贝、螺纹介壳的柱像贝、身披流苏薄纱的白点灰色泰提贝、形似鼻涕虫的琴贝、背朝下爬行的蜗贝、勿忘草形和椭圆形介壳的耳形贝、浅黄褐色梯螺、滨螺、轮贝、瓜叶贝、岩贝、层纹贝、圆贝、潘朵拉贝等。

有关枝节动物，龚赛伊在笔记上非常正确地把它们分成六纲，其中三纲为海生纲。它们是甲壳纲、蔓足纲和环节纲。

甲壳纲又细分为九目。第一目是十腕(足)目，也就是那些一般都连成一体、口腔器官上长着好几对节肢的节肢动物，它们长有四、五或六对胸足或能行走的足。龚赛伊按照我们的导师米尔恩·爱德华兹的分类法把十足目分成短尾、无尾和长尾三组。这些名称略显粗俗，但非常贴切、准确。在短尾组中，龚赛伊记录了前额上长着两个叉开的尖凸的亚马提无尾虾，不知何故被古希腊人奉为智慧象征的无尾蝎、棍状海蜘蛛和刺状海蜘蛛——它们通常都生活在深水里，可能是迷失了方向才来到这里——十足蟹、矢形蟹、菱形蟹、粒纹蟹——龚赛伊旁注道“很容易消化”——无齿伞花蟹、埃巴里蟹、波纹蟹、毛绒蟹等等。长尾组被分为鳞甲、掘足、不能站立、长臂和足目等五科。龚赛伊记录了雌虾肉颇受青睐的普通龙虾、虾蛄、沿海虾和其他各种可食用的虾。由于龙虾是地中海唯一的螯虾属动物，所以龚赛伊没有对包括螯虾属动物的不能站立科进行细分。最后，在无尾组中间，龚赛伊看到了一些普通的德罗西纳蟹，它们正在争抢一只被遗弃的贝壳，还有前额带刺的同源蟹、寄居蟹和鲍塞拉那蟹等。

龚赛伊的工作就到此为止。他没有时间去观察口足目、端足目、同足目、等足目、三叶虫目、鳃足目、介形目和切甲目,以便把甲壳纲动物补充完整。要结束对海洋节肢动物的研究,他恐怕还得列举包括剑水蚤、亚居尔蚤在内的蔓足纲,以及他已经细分为管栖目和前肢目的环节纲。不过,此时,“鹦鹉螺号”已经驶离利比亚海峡的浅水区,回到深水区以后又恢复了原先的航行速度。自此,我们再也没有看到软体动物、节肢动物和植形动物,偶尔见到几条大鱼像影子一样一闪而过。

二月十六日夜间,我们驶入了地中海的第二个海底盆地,盆地的底部深达3 000米。这时,“鹦鹉螺号”在螺旋桨的推动下,凭借自己倾斜的尾翼,滑到了海底盆地的底部。

虽然海底盆地底部没有美丽的自然风景,但却把一幕幕扣人心弦、骇人听闻的景象映入了我的眼帘。事实上,我们正穿行在地中海海难事故频发的海域。从阿尔及利亚海岸到普罗旺斯沿海,曾经有多少船只不幸遭遇了海难,又有多少船只莫名其妙地失踪!与浩瀚无垠的太平洋相比,地中海只不过是一方湖泊。不过,这是一个任意肆虐、变化无常的湖泊,对于扬帆在天水之间航行的单桅三角帆船来说,今天风平浪静、温顺听话的地中海,明天却狂风肆虐、白浪滔天,足以把最坚固的船只抛入万丈深渊,砸得粉身碎骨。

因此,这次快速穿越深水区时,我见到了多少失事船只的残骸,有的已经长满了珊瑚,有的才刚刚生锈:船锚、大炮、炮弹、铁器、螺旋桨叶片、机器部件、破碎的汽缸、无底的锅炉,还有东倒西歪地悬在水中的船体。

这些失事船只有的因相撞,有的则由于触礁而沉没。我看到一些垂直下沉的船只,桅杆挺直,索具在海水中浸泡,已经变得僵直。它们好像抛锚停泊在一个巨大的集市港口里,等待着扬帆起航。当“鹦鹉螺号”在它们之间穿行,用舷灯照射它们时,它们仿佛是在向“鹦鹉螺号”挥旗致意,发送口令呢!可惜,不是。在这个灾难之地,只有寂静和死亡!

“鹦鹉螺号”离直布罗陀海峡越来越近,我发现,地中海海底失事船只的残骸也越来越多。这时,非洲海岸与欧洲海岸的距离也缩小了。在这狭窄的海域发生船舶相撞的事故也十分频繁。我看到许多铁船的水下体、汽轮稀奇古怪的残骸,有的横躺着,有的竖立着,犹如一头头身躯庞大的动物。其中有一艘船船帮开口,烟囱弯曲,机轮只剩下轮缘,船舵已同艉柱分离,但仍有一根铁链相连,船板已经被海水侵蚀,展现出一幅凄惨的景象!在这次海难事故中，有多少生灵命归西天！有多少遇难者葬身大海！船上是否有人死里逃生，把这场灾难告诉世人？或是波涛封锁了这起海难事故？我也不知为何，脑子里闪过一个念头：这艘沉入海底的船只有可能就是那艘二十年前连货带船一起失踪、后来从未听人说起的“阿特拉斯号”船！啊！地中海海底的沉船史将是一部多么悲怆的史诗！在这个白骨成堆的地方，有那么多的财富付诸东流；有那么多的遇难者葬身此处！

不过，“鹦鹉螺号”对此无动于衷，开足马力，全速航行在这些残骸中间。二月十八日凌晨三点，“鹦鹉螺号”驶抵直布罗陀海峡入口。

直布罗陀海峡有两股海流：一股是早已为人们承认的上层海流，它把大西洋的水引入地中海；另一股是下层逆流，如今的论证已经证实了它的存在。事实上，大西洋和地中海沿海河流不断注入地中海的水量理应每年抬高地中海的海平面，因为地中海的海水蒸发量不足以与注入量保持平衡。然而，实际情况并非如此。于是，人们自然就认为下层存在一股逆流，把地中海多余的水量输回到大西洋。

实际情况确实如此，“鹦鹉螺号”正好顺着这股逆流，迅速地从狭窄的海峡通过。瞬间，我得以瞥见了赫尔克里斯庙的美丽遗址。按照普林和阿维纽斯的说法，这个寺庙和它所在的低海拔岛屿一起沉入了大海。几分钟以后，我们已经在大西洋海域航行。

八 维哥湾

大西洋，浩瀚无垠的海洋！长 9 000 海里，平均宽度 2 700 海里，面积 2 500 万平方海里。这么重要的海洋，也许除了迦太基人和那些沿着欧洲和非洲西海岸航行的古代荷兰商人以外，古人对它几乎一无所知。这片海洋平行曲折的海岸环抱着一片幅员辽阔、由世界最大的河流浇灌的土地，圣—劳伦斯河、密西西比河、亚马逊河、拉普拉塔河、奥里诺科河、尼日尔河、塞内加尔河、易北河、卢瓦尔河和莱茵河把最文明国度和最野蛮国家的水流汇集到它的怀抱！它那平坦、壮阔的洋面上，不同国籍的船只飘扬着世界各国的旗帜川流不息；而在它的两端是两个令航海家望而生畏的海角：合恩角和暴风角！

“鹦鹉螺号”经过三个半月的航行，行程近一万法里，相当于环绕地球一圈以上。现在，它正在大西洋上劈波斩浪。它要驶向哪里？未来等待着我们的又是什么呢？

“鹦鹉螺号”驶出直布罗陀海峡以后，一直在远洋航行。它又重新浮出洋面，而我们也恢复了在平台上的日常散步。

我由尼德·兰和龚赛伊陪伴，立即登上了平台。在距离12海里的地方隐约可见西班牙半岛的西南尖角——圣维森提角。这天，海上刮着相当强劲的南风，海浪翻腾，波涛汹涌，“鹦鹉螺号”左右直晃，随时有巨浪打上来，我们几乎无法再待在平台上了。因此，我们贪婪地呼吸了几口空气，又回到了舱里。

我回到了自己的卧室，龚赛伊也回到了自己的房舱。可是，加拿大人一副忧心忡忡的样子，也跟着我来到我的卧室。我们匆匆通过了地中海，他没能实施自己的计划，也无法掩饰心中的失望。

卧室的门被关上以后，他坐了下来，愣愣地看着我，一言不发。

“尼德友，”我安慰他说，“我理解你的心情。但是，你根本不必自责。在‘鹦鹉螺号’当时的情况下，除非是疯了，才会想到逃走！”

尼德·兰没有回答。他那紧闭的嘴唇和紧锁的眉头说明，他的脑海里萦绕着一个固定不变的强烈念头。

“再说，”我继续说道，“并非一切希望都已破灭。我们正沿着葡萄牙海岸北上，离法国和英国不远。在那里，我们很容易找到逃跑的机会。啊？如果‘鹦鹉螺号’出了直布罗陀海峡以后，向南航行，如果它把我们带到远离大陆的海域，那么我也会像你一样担忧。可是，我们现在知道了，尼摩艇长并不回避交通繁忙的海域。我以为，再过几天，我们就能比较安全地采取行动。”

尼德·兰越发目不转睛地盯着我,终于开口说话了。

“就定在今晚。”他说道。

我猛地站了起来。我得承认,自己没有料到他会说这话。我想回答这个加拿大人,可不知怎么说好。

“我们早已说定要等待时机,”尼德·兰继续说道,“时机,我已经等到了。今晚,我们离开西班牙海岸只有几海里。今天是月黑夜,又是刮拍岸风。阿罗纳克斯先生,您答应过我,现在就看您的了。”

见我始终一言不发,加拿大人站起身来,走近我说:

“今天晚上九点。我已经通知龚赛伊了。那时候,尼摩艇长在他自己的房舱,或许已经躺下睡觉。轮机长和水手们都不会发现我们。我和龚赛伊登上中央扶梯。您呢,阿罗纳克斯先生,您就留在距离我们两步远的图书室里等待我的信号。桨、桅、帆都已经放在了小艇里,我甚至还备了一点吃的。我已经弄到一把活络扳手,用来起掉把小艇固定在潜艇上的螺栓。可以说,一切都准备就绪。今晚见!”

“可海况不好。”我说道。

“我知道,”加拿大人回答说,“但总得冒点风险。为了自由,付出这点代价也值。再说,小艇非常坚固,顺风行驶几海里算不了什么。谁知道,我们明天是否会航行在远离海岸100法里的远海?但愿情况对我们有利,到了晚上十点和十一点之间,我们要么在陆地的某一地点登陆,要么就是死亡。那么,就让上帝保佑我们吧!晚上见!”

说完,加拿大人退了出去。我简直被惊呆了。我曾经以为,到时候,我会有时间考虑和讨论这个问题的。可是,我这个固执的同伴现在不容我这样做。事到如今,我还能跟他说什么呢?尼德·兰完全有理。今晚可以说是一个不错的机会,他要利用这个机会。难道我能收回自己说过的话,担待为了纯粹的个人利益而耽误同伴前途的恶名吗?明天,尼摩艇长难道不会把我们带到远离陆地的远海?

这时,响起了一阵相当大的流水声,它告诉我潜艇上的储水舱正在灌水,“鹦鹉螺号”将潜入大西洋的波涛之中。

我待在自己的房舱里,想回避尼摩艇长,不让他发现我内心的不安。我度过了痛苦的一天,在对恢复自由的渴望与对离开神奇的“鹦鹉螺号”而导致自己的海底研究半途而废所感到的遗憾之间左右为难!就这么离开这个海洋,“我心爱的大西洋”——我多么喜欢这样称呼她——而没有观察到她的底层,没有像揭示印度洋和太平洋的秘密那样去揭示她的秘密。我的小说刚开始写第一册就得停笔,我的梦做到最美好的时候就中断了。时而,我看到自己和同伴们已经安全登陆;时而,我又不由自主地希望出现某种意外的情况,阻止尼德·兰的计划的实施。我就这样度过难熬的几个小时。

我两次来到客厅,想看看罗盘,希望知道“鹦鹉螺号”是在靠近海岸,还是远离海岸。它既没有靠近也没有远离海岸,而始终还在葡萄牙海域沿着大西洋海岸北上。

这样看来,只能拿定主意,准备逃走。我的行李不重,只有一点笔记。

至于尼摩艇长嘛,我在想,他会如何看待我们的逃离,他会因此而产生什么担忧,遇到什么麻烦?如果我们的逃跑计划被泄露或失败了,那么他会做些什么?当然,我没有什么可埋怨他的;相反,应该感激他,因为没有人会像他那样坦诚、好客。我离他而去,也不能说是忘恩负义,我们与他之间没有任何誓约。他是诉诸武力,而不是凭借我们的誓言,永远把我们留在他身边的。但是,那种公开承认的、把我们永远囚禁在潜艇上的奢望足以为我们种种逃跑的企图开脱。

自我们一起游览桑托林岛以来,我没有再见到艇长。在我们离开之前,是否会碰巧遇见他?我既想又怕。我侧耳倾听,是否能听到他在我隔壁的房间里走动。我没有听到任何声响,他大概不在自己的房间里。

于是,我终于暗自思忖,这个怪人不会不在潜艇上吧。自从小艇为了执行一项神秘的任务而离开“鹦鹉螺号”的那个夜晚,我对他的看法略微有所改变。无论尼摩艇长嘴上怎么说,我想,他可能与陆地仍保持着某种形式的联系。难道他从不离开“鹦鹉螺号”?那么,怎么会常常一连几个星期见不到他。在这段时间里,他在做些什么呢?当我认为他在犯愤世嫉俗的毛病时,他难道不会在远处做某种迄今我不知其性质的秘密勾当吗?

所有这些想法和其他许许多多的念头同时纠缠着我。鉴于我们所处的特殊情形,这样的猜测只能是没完没了。我感到一种无法忍受的焦虑不安。我觉得,这一天的等待就像是永恒。我心急如焚,嫌时间过得太慢。

像往常一样,我在自己的房间里用晚餐。我忧心忡忡,毫无食欲。七点,我离开餐桌,距离我同尼德·兰和龚赛伊会合的时间还有120分钟。我得一分一分地数着度过这段时间。我更加焦急不安,心脏在剧烈地跳动。我开始坐立不安起来,在房间里来回走动,想借此来平静内心的焦虑。想到我们可能会死于这次鲁莽的行动时,我倒并不怎么难受。但是,想到在离开"鹦鹉螺号"之前我们的计划就被发现,我们重新被押解到怒不可遏甚或因为我背信弃义而痛苦不堪的尼摩艇长面前时,我的心都快要跳出来了。

我想再去看一眼客厅。于是,我走过纵向通道,来到自己曾度过那么美好、有益的时光的陈列室。我犹如一个被判处终身流放、永远不得返回故里的犯人,临行前贪婪地扫视着这里所有的财宝和珍藏。这里的自然奇珍,这里的艺术杰作,我一生中有那么多的日子是在它们中间度过的,而我将永远地离它们而去。我真想透过客厅的舷窗再扫视一下大西洋的深层水域,舷窗的防护板关得严严实实,而一层钢板外套把我和我还不熟悉的大西洋隔开。

我就这样扫视了一遍客厅,我走到开在墙隅、通往尼摩艇长房间的门旁。我大吃一惊,这扇门半掩着。我不由自主地退了回来。要是尼摩艇长在自己的房间里,那么他就会发现我。然而,我没有听到任何动静,于是轻轻地走过去,他的房间空无一人。我推开房门,往里面走了几步。尼摩艇长的房间总是像僧房一样简朴。

这时,几幅挂在墙上的铜版画吸引了我。第一次参观这个房间时,我未曾注意到这些画。那都是些历史伟人的肖像,他们毕生献身于人类某种伟大理想的实践。在"波兰完了"的呐喊声中倒下的英雄柯斯丘什科①、现代希腊的莱奥尼达斯②和博扎里斯③;爱尔兰民族的捍卫者奥·康乃尔④;美

① 柯斯丘什科(1746—1817):波兰民族解放运动领导人之一,曾参加北美独立战争;领导反对俄普瓜分波兰的克拉科夫民族起义。

② 莱奥尼达斯(?—公元前480):古斯巴达国王,在德摩比利战役中阵亡。

③ 博扎里斯(1788—1823):希腊爱国人士,曾参加希腊秘密革命社团"友谊社",在希腊独立战争中阵亡。

④ 奥·康乃尔(1775—1847):爱尔兰民族主义运动领袖。

利坚合众国的缔造者华盛顿；意大利爱国人士马宁[①]；被一名南方黑奴制度拥护者刺杀的林肯；最后是为黑色人种的解放事业而牺牲的烈士约翰·布朗[②]，就如同维克多·雨果笔下描写的悲壮场面一样，被吊死在绞刑架上。

这些伟人的英灵和尼摩艇长的心灵之间难道存在着什么相通的地方？我是否最终能够从这些悬挂在一起的肖像中发现他的生平秘密呢？他难道是被压迫人民的捍卫者，被奴役种族的解放者？难道他曾经参加过本世纪最后发生的历次政治与社会变革运动？难道他是参加了了不起的美国独立战争——可歌可泣的战争——的英雄之一？

突然，时钟敲响了八点。钟锤打在铃上发出的第一下响声把我从遐想中惊醒过来。我打了一个寒战，似乎房间里有一只看不见的眼睛能够窥视我灵魂深处的秘密。于是，我匆匆退出艇长的房间。

我回到了客厅，把目光投向了罗盘。我们一直在往北行驶；测速仪指示着中等航速；气压表显示，我们在大约60英尺深的水域航行。看来，情况对实施加拿大人的计划十分有利。

我回到自己的卧室，穿上了暖和的潜水靴、水獭帽和海豹皮里丝质面料的外套。我准备就绪，我等待着。潜艇上只有螺旋桨转动发出的嗡嗡声。我竖起耳朵在倾听。我忧虑万分，会不会忽然听到一阵喧闹声，告诉我尼德·兰在实施其逃跑计划时被当场抓获？我尽量强迫自己镇静，但无济于事。

九点还差几分，我把耳朵贴在尼摩艇长卧室的门上，里面毫无动静。我离开自己的卧室，重新来到客厅。客厅里灯光昏暗，空无一人。我打开通向图书室的门。图书室里一样是昏暗的灯光，一样的空无一人。我在通往中央扶梯梯笼的门附近坐了下来，等待尼德·兰的信号。

这时，螺旋桨的转速明显地减慢，随后便完全停止了。“鹦鹉螺号”为什么要改变航行速度？这次停机是有利于尼德·兰计划的实施，还是会妨

---

① 马宁（1804—1857）：意大利政治家、民族主义运动领袖。

② 约翰·布朗（1800—1859）：美国废奴主义领袖，组织反奴隶制的武装集团，后被处以绞刑就义。

碍它的实施，我无可奉告。

潜艇上一片寂静，只能听到我心跳的声音。

突然，我感觉到一下轻微的碰撞。我明白，"鹦鹉螺号"刚刚停泊在大西洋海底。我老是等不来加拿大人的信号，心里加倍担忧起来。我正想去找尼德·兰，说服他推迟行动计划，因为我觉得我们现在不是在正常情况下航行。

这时，客厅的门打开了，尼摩艇长出现在客厅里。他一看见我，便不加寒暄、和蔼地对我说：

"啊，教授先生，我到处在找您。您是否了解你们的西班牙历史？"

此时此刻，我神不守舍，脑子里一片空白。哪怕能把自己国家的历史倒背如流的人处于我现在的处境，也一定是说不上一句来。

"哎？"尼摩艇长继续问道，"您听到了我的问题吗？您了解西班牙历史吗？"

"不很了解。"我回答说。

"瞧！这就是学者，一问三不知。"艇长说道，"那么，请坐！"他接着又说，"我来给您讲述西班牙历史上的一段趣闻。"

尼摩艇长靠在一张长沙发上，我机械地在他旁边的阴影里坐下。

"教授先生，请好好听着。"他对我说道，"从某一方面看，这段历史会使您感兴趣，因为它回答了一个您当然也无法解决的问题。"

"艇长，我听着呢。"我回答说，但不知道我的对话者究竟要说些什么。我心里暗自思忖，该不会跟我们的逃跑计划有关吧。

"教授先生，"艇长继续说道，"如果您愿意的话，我们得从一七〇二年讲起。您不会不知道，那时，贵国的国王路易十四以为，他只要一挥其专制君主的手，就能令比利牛斯山脉钻入地底下。于是，他就封他的孙子安汝公爵为西班牙国王。这位年号为菲利普五世的王孙把西班牙统治得混乱不堪，而且对外与一个厉害的对手发生了冲突。

"事实上，荷兰、奥地利和英格兰三国的王室于前年在海牙签订了结盟条约，其目的是要从菲利普五世手中夺回西班牙王位，让一位年号事先被定为查理三世的大公取而代之。

"西班牙当然要抵制这个同盟派出的讨伐之师，可自己几乎没有一卒一兵。不过，只要那一艘艘从美洲回来的装满金银的大帆船开进西班牙港口，它就不缺钱装备军队。一七〇二年年底，西班牙正等候一支豪华的船队的到来。由于盟军的舰队封锁了大西洋海域，这支西班牙船队就请求法国派遣由夏多—雷诺海军元帅指挥的23艘战舰护卫。

“这支西班牙船队应该在加的斯靠岸。但是，夏多—雷诺元帅获悉英格兰舰队在这一带海域游弋，于是决定船队在一个法国港口靠岸。

“西班牙运输船的船长们一致反对这个决定。他们坚持要求被护送到一个西班牙港口，既然加的斯港不能靠岸，那么就到位于西班牙西北海岸、没被封锁的维哥湾靠岸。

“夏多—雷诺错在屈服于西班牙船长们的抗命，商船队开进了维哥湾。

“不幸的是，维哥湾是一个开放型的港口，没有任何防御工事。因此，必须在盟军舰队赶到以前，把运输船上的货卸完。要不是突然发生了无谓的争执，也来得及卸货。

“您能够理清这一系列事件的关系吗？”艇长问我。

“完全可以。”我回答说，但还是没有弄清他为什么要给我上这堂历史课。

“那么，我继续往下说。接着，就发生了这么一件事：加的斯的商人享有一种特权。根据这种特权，从西印度来的商品由他们包销。然而，把大帆船上的金条银条卸在维哥港，侵犯了他们的权利。于是，他们跑到马德里去告状，并从软弱无能的菲利普五世那里获得了恩准：不得在维哥港卸货，封停商船，等到敌人的舰队离去后再开往加的斯。

“然而，正当西班牙人做出这个决定的时候，英格兰舰队于一七〇二年十月二十二日开抵维哥湾。夏多—雷诺元帅不顾寡不敌众，仍然英勇奋战。但是，眼看商船上的财宝就要落入敌人手中，他下令放火焚烧或凿沉帆船。结果，商船连同财宝全部沉入大海。”

说到这里，尼摩艇长停了下来。说实话，我还是不明白，这段历史在哪一方面能使我感兴趣。

“那么后来呢？”我问道。

“阿罗纳克斯先生，”尼摩艇长回答说，“我们现在就在维哥湾里。这段历史的谜底，就等着您去揭开。”

艇长站起身来，并叫我跟他走。我已经恢复了平静，顺从地跟在他身后。客厅里很暗，不过透明的玻璃外面闪烁着水波的光亮。我朝外张望。

"鹦鹉螺号"周围半海里方圆的水域仿佛被笼罩在电灯光下，海底沙层干净、明亮。潜艇上的船员穿着潜水服正忙着在发黑的船骸中间清理着腐烂的木桶和破裂的箱子。金条、银条，以及无数的硬币和珠宝从这些破旧的木桶和箱子里散落出来，撒满了海底。船员们满载着珍贵的战利品回到"鹦鹉螺号"上，卸下包袱，然后又潜入海底去捞取这取之不尽的金银财宝。

现在，我明白了。这里就是一七〇二年十月二十二日海战的战场。西班牙政府雇用的船队就沉没在这里。尼摩艇长根据自己的需要来这里收取数百万的金银财宝，装在"鹦鹉螺号"的舱里。美洲为他，而且仅仅是为他进贡了这么多的贵金属。他是这些从印加人和费尔南德·科尔特斯[①]的战败者那里掠夺来的财宝的完全直接继承人！

"教授先生，您是否知道大海蕴藏着这么多的财富？"他微笑着问我。

"我知道，"我回答说，"有人估计海水里含有200万吨呈悬浮状的白银。"

"也许吧。不过，提炼这些白银的花费要大于利润。而在这里，我只需拾取别人丢失的东西，并且不止是在维哥湾，而是在数以千计的曾经发生过海难事故的地方。我在我的海底地图上都已经标注清楚。现在，您明白我是个亿万富翁了吧？"

"艇长，我明白了。不过，请允许我告诉您，您这样在维哥湾开采，只不过是比您的一家竞争对手公司捷足先登了一步。"

"哪家公司？"

"一家获得西班牙政府特许权寻找这些沉船的公司。公司股东们都被优厚的利润这个诱饵所吸引，因为有人估计这些沉没海底的财宝价值五个亿！"

"五个亿！"艇长回答我说，"这里曾经有五个亿的财宝，但现在没有这

① 费尔南德·科尔特斯(1485—1547)：西班牙殖民者，一五一八年率探险队前往美洲大陆开辟新殖民地。

么多了。”

“确实如此，”我说道，“最好给这个公司的股东们发个通知，这也许是个善举，说不定很受欢迎。通常，赌徒们最惋惜的倒不是输钱，而是他们的疯狂希望的破灭。总之，我倒不是怜悯他们，而是同情这成千上万的可怜人。如果这么多的财富能平均分给他们，倒是能够派上很大的用处，而现在这些财富对他们来说将毫无用处！”

我以前之所以没有发出这样的叹息，是怕有可能刺伤尼摩艇长的心。

“毫无用处！”他激动地回答说，“先生，这么说，您是以为我拾取这些财富，会把它们白白浪费掉？在您看来，我辛辛苦苦地收集这些财宝是为了我自己？谁告诉您说，我不会好好利用它们？您以为我不知道在这个地球上存在着受苦的人们和被压迫的种族，以及需要救济的穷人和需要复仇的受害者？您难道就不明白……”

尼摩艇长说到这里就打住了。也许，他为自己说得太多而感到后悔。不过，我以前没有猜错。不管是什么动机迫使他来到海底寻求独立，他首先仍然是一个人！他心里仍然惦记着人类的苦难，把自己博大的仁慈心献给了受奴役的种族和个人！

于是，我终于明白了，“鹦鹉螺号”在义民揭竿而起的克里特岛海域航行时，尼摩艇长为谁送去了几百万的财宝！

九

消失的大陆

第二天，二月十九日早上，加拿大人走进我的卧室，我正等着他呢。他看上去十分沮丧。

"先生,怎么样?"他开口问我。

"尼德,昨夜,我们真背运。"

"真是倒霉。这个该死的艇长偏偏在我们要去偷他的小艇时命令'鹦鹉螺号'停了下来。"

"是的,尼德。他去找他的银行家有事。"

"找他的银行家?"

"或者更确切地说,找他的银行。我是想说,他的财富放在这大西洋里比存在国库里还保险。"

于是,我把昨天夜里发生的事一五一十地讲给加拿大人听,希望他听了之后能够回心转意,不再想要离开尼摩艇长。可是,适得其反,尼德·兰为没能亲自去维哥湾古战场走一趟而后悔不迭。

"总之,"他说道,"这一切还没有结束,只不过是错过了一次机会!下一次,我们一定会成功。如果需要的话,从今天晚上开始……"

"现在,'鹦鹉螺号'在朝哪个方向行驶?"我问道。

"不知道。"尼德回答说。

"那么,中午,我们去看看它的方位。"

加拿大人回去找龚赛伊了。我一穿好衣服,就来到客厅。罗盘所指示的航向令人担忧。"鹦鹉螺号"现在的航向是西南偏南,我们正背朝着欧洲航行。

我略显焦急地等待着潜艇航行的方位被重新标注在海图上。十一点三十分左右,储水舱已被排空,我们的潜艇重又浮出大西洋洋面。我匆匆登上平台,可尼德·兰已经赶在了我的前头。

一眼望去,陆地已经无影无踪,只见茫茫大海。天边有几片帆影,想必是去圣罗克角等待适航的风再绕过好望角的帆船。天空阴沉,要起风了。

尼德大发脾气,试图望穿雾气弥漫的海平线,希望浓雾中能发现如此期盼的陆地。

中午,太阳露了一会儿面。大副利用这瞬间的晴天测量了太阳的高度。接着,大海变得波涛汹涌。于是,我们回到了舱里,舱盖又重新关上。

一个小时以后,当我查阅海图时,我发现海图上标明的"鹦鹉螺号"方位是在北纬 33 度 22 分、东经 16 度 17 分,距离最近的海岸有 150 法里。看来逃跑已没有可能了。当我把我们所处的位置告诉加拿大人时,他那悔恨的模样我让读者们自己去想象。

至于我嘛,我倒并没有过分懊丧,反而觉得像是搬掉了压在胸口的重负,并且得以比较平静地继续进行我的日常研究工作。

夜里十一点左右,尼摩艇长意外地来我的卧室造访,非常和蔼地问我昨天熬了一夜是否感到累。我回答不累。

“那么,阿罗纳克斯先生,我建议您去进行一次有趣的观光。”

“艇长,去哪里观光呢?”

“您还只是在白天有阳光的情况下参观过海底。您是否愿意在一个月黑夜去看看海底?”

“非常愿意!”

“这次海底远足会很累,我先提醒您。要走许多路,还得爬一座山。而且,路也不好走。”

“艇长,您这么一说,更增强了我的好奇心。我这就想跟您走一趟。”

“那么,走吧,教授先生。我们去换潜水服。”

我来到更衣间,这才发现,这次远足我的两个伙伴和任何一个船员都不跟我们一起去。尼摩艇长甚至没有向我建议带上尼德或龚赛伊。

不一会儿工夫,我们换好了潜水服,有人帮我们把灌得满满的储气舱背在我们的背上,但是没有准备电灯。我提醒了艇长。

“电灯对我们没有用。”他回答说。

我以为他没有听清我说的话,但又不好再提醒他,因为艇长的脑袋已经钻进了金属头盔。我也戴好了头盔,并且觉得有人把一根铁棍塞在我的手中。几分钟以后,等做完了老一套规程,我们的双脚就踩在了300米深的大西洋海底。

这时已临近午夜,海底一片黑暗。不过,尼摩艇长给我指了指远处的一个浅色红点,那是一大片微弱的光亮,距离“鹦鹉螺号”大约有两海里。这是什么光亮?由什么物质把它点燃?它为什么又怎么会在水体中发光呢?我说不上来。不管怎么说,它为我们照明,光线的确很弱。不过,我很快就适应了这种特殊的黑暗,并且明白了在这种场合伦可夫照明灯没用的道理。

我和尼摩艇长相距很近,径直向那光亮走去。平坦的海底在不知不觉中上升。我们拄着铁棍，步子跨得很大。但总的来说，我们前进得很慢，因为我们的双脚常常陷入长满海藻和布满扁石的淤泥当中。

我继续向前行走，听到头上有一种轻微的噼啪声。有时候，这种声音变得密集起来，形成连贯的噼噼啪啪的响声。我很快就明白了产生这种响声的原因。原来是大雨瓢泼，雨点打在海面上噼啪作响。我本能地想到，自己要被淋湿了。在水中被雨淋湿！我不禁为自己会产生这样的念头而感到可笑。不过，说实在的，由于身上穿着厚实的潜水服，因此根本就不觉得是在水里，只感觉自己是在比陆地上的空气密度略大的大气中行走，仅此而已。

走了半个小时以后，海底地面上的石头多了起来。水母和小甲壳动物等发出的微弱磷光把海底照得有点光亮。我模糊地瞥见一堆堆长满植形动物和海藻的石块。我的脚常常在黏糊的海藻层上打滑，要不是手里拄着铁棍，恐怕早就不止摔倒一次了。我不停地回头，始终都能看到远处"鹦鹉螺号"舷灯的光亮，不过变得越来越苍白。

我刚才说到的一堆堆石块在海底按一定的规律排列。对此，我无从解释。我发现一条条长度难以估量的大裂缝，消失在远处的黑暗之中。此外，其他一些特别的东西展现在我的眼前，我简直不敢相信自己的眼睛。我觉得自己脚上沉重的铅底靴踩在一层骨骼上，发出清脆的断裂声。脚下这块辽阔的海底平原是什么呢？我正想问问艇长。可是，我对于他和他的同伴们在海底旅行时使用的手势语言仍然一窍不通。

这时，那个为我们引路的浅色红点在渐渐变大，像火焰一样映红了远处。水里出现这么个光源，使我感到极其惊讶。这难道是电发出的光亮？难道我面对的是一种仍不为地球上的学者所知的自然现象？甚或是——因为我的脑子里闪过这个想法——这个火团掺杂着人为的因素？是人类导致的一场火灾？在这么深的水层，我是否会碰到像尼摩艇长一样过着这种古怪生活的同伴或朋友呢？艇长是去拜访他们？我难道会在那里遇到一大帮受够了陆地上的苦难、来海底寻求独立的逃亡者？这些不可理喻的古怪念头不断地浮现在我的脑海里。在这样的精神状态下，我又不停地受到映入眼帘的海底奇观的过度刺激，即使真的在这里遇上尼摩艇长梦寐以求的海底城市，我也不会感到奇怪！

我们的前面越来越亮。这道白光是从大约 800 英尺高的礁石顶上发射出来的。不过,我所见到的仅仅是水中折射的反光,而光源,发射这道亮光的地方则在礁石的那边。

在大西洋底错综复杂的礁石迷宫里,尼摩艇长毫不迟疑地向前行走。他熟悉这条阴暗的道路。显然,他过去经常来这里,因此不会在这里迷路。我觉得他仿佛是一个海神,于是以不可动摇的信任紧跟在他的身后。当他在我前面行走时,我欣赏着他的身影,他那黑色的影子把远处明亮的背景一分为二。

凌晨一点,我们来到了礁石的头几道斜坡前。不过,要爬上这几道斜坡,还得冒险打崎岖的羊肠小道穿过一片树林。

是的,是一片没有叶子、缺乏生气的死树林,已经在海水的作用下被矿化了的树林。树林里到处是高大的松树。这里就像一个靠扎根在海底泥土里的树根支撑而站立着的煤矿,树的枝杈犹如精致的黑色剪纸清晰地倒映在树林上面的水中。这不禁令人想起了位于山腰的哈茨山森林,可这是一个被大海吞没的森林。林间小道上长满了海藻和黑角藻,海藻丛里有无数的甲壳动物在爬行。我攀登岩礁,跨过横躺着的树干,扯断了攀附在树干上的海藤,吓跑了在林间转悠的鱼群。我跟在这位不知疲倦的向导后面,兴致勃勃,也不感到疲惫。

多美的景色!如何描绘它是好?如何描绘这水中的森林和岩石呢?它们的底部显得黑暗而又荒凉,它们的上面则因那团光亮及其反光而被笼罩在红色之中。刚刚被我们踩过的一块块岩石,在我们的身后一片一片地坍塌下去,犹如雪崩一样发出沉闷的轰隆声。我们的左右到处是深不见底的黑乎乎的沟壑,眼前却呈现出一片似乎是人工所为的林间空地。有时,我不禁自问,这里的海底居民该不会突然出现在我的眼前吧。

尼摩艇长始终在向上攀登。我也不甘落后,勇敢地跟在他后面。我手中的铁棍帮了我不少忙。在两侧都是深渊的崎岖小道上行走,踏空一步将摔得粉身碎骨。我步履坚定地行走着,一点都没有觉得头晕目眩。时而,我纵身一跃,跳过一道裂缝,要是在陆地冰川之间,这么深的裂缝说什么我也会望而却步的;时而,我在一根横躺在深渊两侧、不停地摇晃着的树干上冒险地走过,而且能不看两脚一眼,双目只顾欣赏这一带荒凉的景色。那边,仿佛在垂头顾盼自己不规则的基座的巨大岩石好像是在向平衡规律挑战,岩石丛中生长着一些生命力顽强的树木,它们相互支撑着。一些形似摩天大楼的岩石,各边就像城堡碉堡之间的护墙那样陡峭,要是在陆地上,由于万有引力的作用,绝不可能倾斜成这样的角度。

当我身穿笨重的潜水服,头戴铜盔,脚踩铅底靴,攀登陡峭的斜坡犹如山羊或羚羊一样敏捷时,我自己不也感觉到了这方面由海水的高密度所造成的差异吗?

一说起在海底旅行的这段经历,我自己也觉得简直不像是真的!我可是那些表面上看起来是不可能的,却是实实在在、无可争议的事物的见证人。我根本就没有做梦,我确实看见了,真实地感觉到了。

离开"鹦鹉螺号"两个小时以后,我们穿过了林地。这座礁石的顶峰就矗立在我们头顶100英尺的高处,它的投影遮挡住了礁石那边的光辐射。石化了的灌木东倒西歪地铺满了地面,我们每走动一步,一群群鱼像野草丛中受惊的鸟儿一样一哄而起。岩石堆坑坑洼洼的,行走困难。在岩石下面幽深的岩洞和深不可测的洞穴里,我听到了可怕的东西发出的声响。当我看到一根又粗又长的触须横挡在我前进的道路上,或听到一只大螯虾在黑洞里发出令人毛骨悚然的咯咯声时,我全身的鲜血都涌到了胸口!数以千计的亮点在黑暗中闪烁,那是蜷缩在巢穴里的巨大的甲壳动物的眼睛。大螯虾犹如持戟的卫兵严阵以待,挥舞着双螯,发出金属般的响声;大海蟹像是一门门瞄准了目标的大炮;可怕的章鱼扭动着触角,活像几条缠绕在一起的活蛇。

这个我素昧平生的超凡世界是什么地方呢?这些仿佛是把岩石作为自己的第二甲壳的甲壳动物又是属于哪一目的呢?大自然是在哪里发现了它们无性繁殖时期的生活的呢?它们在大西洋底层已经生活了多少个世纪了呢?

不过,我不能停留。尼摩艇长已经对这些可怕的动物习以为常,因此对它们毫不在乎。我们登上了第一块高地,有许多令我惊奇的东西等待着我。这里横亘着许多景色美丽的废墟,留下了人工所为的痕迹,而不是造物主造物的杰作。从这垒成堆的石块中,昔日的城堡、寺院依稀可辨,现在已被鲜花盛开的植形动物占领。海藻和墨角藻,而不是常青藤,成了这里的主人。

这部分因地壳剧变而被淹没的世界到底是什么地方呢?是谁把这些岩

石和石块堆砌得像史前的石棚一般呢？现在，我又是在哪里呢？尼摩艇长心血来潮，把我带到了什么地方？

我想询问尼摩艇长，但我无法问他。于是，我拽住尼摩艇长的胳膊，叫他停下来。可是，他摇了摇头，用手指了指前面一座礁石峰，好像是在对我说：

“走吧！再往前走！一直往前！”

我鼓起最后的勇气，跟着他继续向前。几分钟以后，我登上了比这块礁石其他地方高出十来米的顶峰。

我俯首眺望我们刚才爬上来的这一侧山坡。这座礁石只比海底平地高出七八百英尺。但是，礁石的另一侧距离大西洋海底的高度是这一侧的两倍。我举目向远处眺望，一块由强烈的闪光照耀的广袤空间一览无遗。原来，这座礁石是一座火山。在距离顶峰50英尺的地方，雨点般密密麻麻的石块和岩渣丛中，一个巨大的火山口正在喷射急流般的熔岩，散落在海水中成了熔岩的瀑布。这座火山就像一把巨大的火炬，照亮了整个海底平原，一直到海底地平线的尽头。

我刚才说过，海底火山口在喷射熔岩流，而不是火焰。火焰的产生需要空气中的氧气，在水里产生不了火焰。不过，熔岩流本身就有白炽的成分，能够产生白色的火苗，一旦与海水接触就会产生强烈的反应，把与之接触的海水化为蒸汽。湍急的流水带走了这些趋于扩散的气体，熔岩流一直流淌到这座礁石的脚下，就像维苏威火山的喷出物一直流淌到另一侧的托雷—德尔格雷科城一般。

事实上，我的眼前到处是废墟、沟壑和废弃物，一个被摧毁的城郭：屋宇倾覆，寺院坍塌，拱门散架，梁柱倒地，不过从中还能感觉到托斯卡那建筑比例匀称的构造；稍远处横亘着一个巨大的输水工程的废墟。这边是一座护城的加固墙，还有潘提翁神庙式的浮坞；那边是码头的遗址，好像是一个古代的沿海港口，有可能停泊过商船和战舰。更远处，是一道道长长的坍塌了的护城墙和大街废墟，尼摩艇长带我来看的简直是一座沉入大海的庞贝城！

我是在哪里？在什么地方？我不顾一切，想问个究竟。我想说话，想脱掉套在我脑袋上的铜头盔。

可是，尼摩艇长做手势阻止了我。接着，他捡起一块白垩石，走到一块玄武岩前写了一个词:亚特兰蒂斯[1]。

我的头脑豁然开朗!亚特兰蒂斯,泰奥庞波斯[2]笔下的梅罗彼德古城,柏拉图所说的亚特兰蒂斯岛,奥利金[3]、鲍尔菲利奥斯[4]、让布利科斯[5]、德·安维勒[6]、马尔特—布朗[7]、洪堡等人不承认它的存在——他们把它的消失归咎于神话传说,而波塞多尼奥斯[8]、普林、安密阿纽斯—马塞卢斯[9]、德尔图良[10]、恩格尔、歇雷、图尔纳福尔[11]、布丰[12]、德·阿乌扎克等却认为它确实存在,这片陆地现在就展现在我的眼前,而且仍带着证明它曾遭受过天灾的、不容置疑的痕迹!因此,这个沉没了的地区存在于欧洲、亚洲和利比亚,以及直布罗陀海角以外,强大的阿特拉斯人民就是在这里生息繁衍,古希腊发动的头几次战争就是冲着他们来的!

历史学家柏拉图本人把这个英勇时代的丰功伟绩写入了自己的著作。他的《泰迈奥斯与克利迪阿斯对话录》,可以说,是受诗人和立法者梭伦的启发而撰写。

一天,梭伦与萨伊城——当时已经有八百年的历史,铭刻在古城神庙圣墙上的年表可以证明这一点——几个年长的圣贤聊天。其中,一位长者讲述了一个比萨伊城还要古老 1 000 年的城市。那就是雅典最古老的城市。在建城九百世纪那年,这座城市被阿特拉斯人攻陷,而且毁坏了部分建筑。据这位长者说,阿特拉斯人占领了一个比亚洲和非洲之和还要辽阔的大陆,其面积跨越北纬 12 度到 40 度。阿特拉斯人把他们的统治势力甚至扩展到了埃及,还想强迫古希腊人接受他们的统治,但因遭到希腊人不屈不挠的抵

---

① 亚特兰蒂斯:传说中的岛屿,据说位于大西洋直布罗陀海峡以西,后沉没大海。
② 泰奥庞波斯:古希腊演说家、历史学家。
③ 奥利金(185? —254?):古代基督教希腊神甫之一。
④ 鲍尔菲利奥斯(234—305):原籍叙利亚的新柏拉图派哲学家。
⑤ 让布利科斯:原籍叙利亚的古希腊作家。
⑥ 德·安维勒(1697—1782):法国地理学家。
⑦ 马尔特—布朗(1775—1826):丹麦地理学家。
⑧ 波塞多尼奥斯(公元前 135—公元前 51):古希腊斯多葛学派哲学家。
⑨ 安密阿纽斯—马塞卢斯(330—400):希腊籍用拉丁语写作的历史学家。
⑩ 德尔图良(160? —220?):迦太基基督教神学家。
⑪ 图尔纳福尔(1656—1708):法国植物学家、旅行家。
⑫ 布丰(1707—1788):法国博物学家。

抗而不得不退却。几个世纪过去了,发生了一次地壳剧变,洪水、地震接踵而来。一昼夜之间,亚特兰蒂斯便销声匿迹了,只有几座最高的山峰仍然露出海面,即现在的马代拉群岛、亚速尔群岛、加那利群岛和佛得角群岛。

尼摩艇长在白垩石上写下的那个名词在我的脑海里唤起了这么多的历史回忆。我就这样鬼使神差地脚踩着这块大陆的一座山峰!我用手触摸着这些具有上千世纪的历史、与地质时期同时代的废墟!我在与盘古同时代的人走过的地方行走!我脚上沉重的靴子的铅底踩碎了传说时代的动物的骨骼,而现在已经矿化了的大树曾经荫庇过它们!

啊!为什么不多给我一点时间!我真想走遍这座山的陡坡,走遍这个无疑连接着非洲和美洲的辽阔大陆,游览这些挪亚时期大洪水前的城郭。也许,就在那里,我的眼皮底下,曾经是崇尚武力的马基摩斯城邦和虔诚的优西比乌斯城邦的遗址。它们的剽悍居民在那里生活了整整几个世纪,他们不缺乏力量来修建这些现在还能抵挡海水的城郭。也许,有朝一日,这些被海水吞没的废墟还会因火山喷发而重新露出水面!有人已经指出,在这一带大西洋海域有许多海底火山。有许多船只在这片多灾多难的海底上面经过时感觉到过特别的震动。有的船听到了海底地壳碰撞发出的沉闷响声;另一些船收集到了喷出海面的火山灰。这个地带,一直到赤道,迄今仍受到地下深层力量的作用。有谁知道,在遥远的将来,由于火山喷出物和熔岩的日积月累,一些火山顶是否会不断增高,最终会露出大西洋洋面!

我正浮想联翩,千方百计地把这一壮观场面的各个细节印入自己的脑海时,尼摩艇长却用胳膊肘倚靠在一块石碑上,一动不动,像一尊石雕一样心醉神迷。他是否在思念这些已经消逝的先辈,在向他们请教人类命运的奥秘?这个怪人来这里是否为了再次接受历史遗迹的洗礼?他这个不喜欢现代生活的人来这里是否为了重温古代生活的旧梦?我怎样才能了解他的思想,和他一起探讨他的思想,从而理解他的思想呢?

我们在这个地方整整停留了一小时,凝视着这片被熔岩光亮笼罩着的广袤平原。有时,熔岩喷发的强烈程度令人吃惊。地核内部的沸滚使山体的地表发出阵阵震颤。这种深沉的响声在水体中传播,放大以后发出响亮的回响。

就在这个时候,月亮透过水层露了一会儿面,在这块被淹没的大陆上投下了几缕苍白的光亮。虽然只是几缕微弱的光亮,但却产生了难以描绘的效果。艇长站起身来,恋恋不舍地向这块广袤的平原投去了最后一瞥。随后,他用手做了一个手势,示意我跟上他。

我们很快下了山。过了化石树林,我就看到了"鹦鹉螺号"上像星光一样闪烁的舷灯。艇长径直向潜艇走去。当我们回到潜艇时,大西洋洋面上已经露出了第一缕黎明的曙光。

十 海底煤矿

第二天,二月二十日,我醒得很晚。昨夜的劳累使我一直沉睡到次日上午十一点。我匆匆穿上衣服,急着想知道"鹦鹉螺号"目前的航向。导航仪器告诉我,它在洋面以下 100 米深的水层,以 20 海里的时速一直在向南行驶。

龚赛伊走进客厅。我给他讲述了我们昨夜进行的夜游。客厅舷窗的防护板开着,他还能瞥见这块被淹没的大陆。

事实上,"鹦鹉螺号"只距离海底十米,几乎是贴着亚特兰蒂斯平原航行。它就像一只在陆地草原上随风飘泊的气球。不过,说我们坐在客厅里犹如乘坐在一列特快列车的车厢里,就更加贴切。从我们眼前掠过的近景,是千姿百态的岩石、由植物界转入矿物界的森林,它们悄然不动的影子在水中做着鬼脸;还有被轴形科藻和银莲花属植物覆盖的大石块,上面还长着枝叶垂直的长长的水生植物;然后是奇形怪状的熔岩块,它们是地核强烈运动的见证。

正当这些奇特的景色在我们潜艇电灯光的照耀下熠熠生辉的时候,我在给龚赛伊讲述阿特拉斯人的故事。拜伊①通过想象获得灵感,写下了那么多动人的故事。我给龚赛伊谈起了这些英勇的人民浴血奋战的光辉历史,对这段历史不再有疑问的我和他一起探讨亚特兰蒂斯问题。可是,龚赛伊显得心不在焉,几乎不在听我说话。我很快便明白了龚赛伊对这段历史不感兴趣的原因。

原来,窗外的许多鱼群吸引了他的目光。只要有鱼群游过,龚赛伊就会离开现实世界,陷入分类的泥潭而不能自拔。遇到这种情况,我只能跟着他,与他一起继续我们的鱼类学研究。

其实,大西洋的这些鱼类同我们在这之前观察到的鱼类并没有什么明显的差别。长达五米的大鳐鱼,力大无比,能跃出海面;各种角鲨,其中有一条海蓝色的角鲨,长达15英尺,嘴里长着三角形的尖牙,由于与海水同色,几乎看不见它的身影;褐色的撒格鱼;身披结节甲壳的棱柱形人头鱼;同地中海里的同类相似的鲟鱼;喇叭形的海龙,长一英尺半,黄褐色,灰色的小鳍,无齿无舌,游动起来像一条柔软的细蛇。

在硬骨鱼中,龚赛伊记录下了:马卡鱼,浅黑色,长三米,上颌长有一根利剑般的尖刺;色彩艳丽的龙騰,在亚里士多德那个时代被叫做海龙,脊鳍尖利、扎手;科利菲穆鱼,褐背上长有蓝色的短纹,并由金色的边框勾勒;花纹美丽的鲷鱼;满月金口鱼,犹如蓝色的反光碟片,阳光照在上面会折射出点点银光;最后是长八米、结队而行的旗鱼,长着镰刀状的浅黄色鳍和六英尺长的利刺,这是一种食草而不是食鱼的凶猛动物,雄鱼对雌鱼发出的任何信息都会像被驯服的丈夫一样言听计从。

在观察各种不同的海洋动物标本时,我也不停地注视着亚特兰蒂斯的辽阔平原。有时,海底突然起伏,迫使"鹦鹉螺号"放慢行驶的速度。"鹦鹉螺号"像鲸鱼一样灵巧地在海底丘陵的峡谷中穿行。每当因地形复杂而迷路时,"鹦鹉螺号"就像一只气球一样升起,飞跃障碍以后,又继续快速行驶,距离海底只有几米。令人赞叹、激动人心的航行,令人想起了气球飞行的情景,所不同的是,"鹦鹉螺号"是被动地听从其舵手的操纵。

下午四点左右,通常由淤泥和化石枝叶构成的地表开始逐渐地发生变

① 拜伊(1736—1793):法国作家、政治家。

化,岩石越来越多,好像是砾岩和玄武凝灰岩中间掺杂着一些熔岩石和含硫化物的黑曜石。我以为,在辽阔的平原后面接下来很快就会是山区。但事实上,“鹦鹉螺号”行驶了一段路程以后,我发现海底南面的地平线上隆起了一堵高高的峭壁,好像是堵住了所有的去路。峭壁的顶端显然高出了洋面。这大概是一块陆地,或至少是一个岛屿,不是加那利群岛便是佛得角群岛的一个岛屿。现在,“鹦鹉螺号”所在的方位——也许是故意——没有标出,我也无法知道我们所处的位置。无论如何,这么一个峭壁让我觉得,我们已经走到了亚特兰蒂斯的尽头。总之,我们仅仅游览了亚特兰蒂斯的一小部分。

天黑了,可我没有中断观察。龚赛伊回自己房舱去了,就剩下我独自一人。“鹦鹉螺号”减慢了速度,在海底乱七八糟的东西上盘旋,时而从它们上面掠过,仿佛是要停泊在上面,时而却又心血来潮,浮出了洋面。于是,透过晶莹剔透的海水,我瞥见了几个星光灿烂的星座,正好看见位于猎户座后面的五六个黄道十二宫星座。

我在客厅的舷窗前欣赏大海和夜空的美景,又过了很久,舷窗防护板才关闭。这时,“鹦鹉螺号”正好驶到那堵高高的峭壁的脚下。它要做什么呢?我无法猜测。我回到了自己的卧室。“鹦鹉螺号”已经停了下来。我上床睡觉,并希望睡几个小时就能醒来。

可是,次日,当我重新来到客厅时,已经是八点。我看了一眼气压表,它告诉我,“鹦鹉螺号”现在是在洋面上航行。而且,我还听到平台上有脚步声。这时,潜艇没有丝毫晃动颠簸,看来大西洋上风平浪静。

舱盖开着,我登上扶梯,把脑袋伸出舱口。我满以为是大白天,可是周围一片漆黑。我们是在哪里?我是否弄错了?天还没亮?不!天空没有一颗星星在闪烁。再说,就是夜里也不会这样漆黑。

我正在发愣,一个声音对我说:

“教授先生,是您啊?”

“是的,尼摩艇长。”我回答说,“我们是在哪里啊?”

“在地底下,教授先生。”

“地底下!”我放大了说话的声音,“那么,‘鹦鹉螺号’还在航行?”

“它一直在航行。”

“可,我一点也不明白。”

“等一会儿,我们的舷灯就会亮了。如果您想弄明情况,您会感到满意的。”

我来到平台上等待。外面漆黑一片,我甚至看不见尼摩艇长。我抬头往上看,我觉得正好在我的头顶上有一缕模糊不清的微弱光亮,一种投射进圆洞里的朦胧光线。就在这个时候,“鹦鹉螺号”的舷灯突然亮了。它的强烈光线使得那缕微光黯然失色。

强烈的灯光使我目眩,我闭了一会儿眼睛,然后睁开来张望。“鹦鹉螺号”停靠在一个像码头一样的陡坡旁。此时承载“鹦鹉螺号”的是一个被岩壁团团怀抱的湖泊。这个湖泊直径两海里,边长六海里。湖平面——气压表表明——与外面的海平面相同,这个湖泊和大海之间必然存在着相通的通道。这些岩壁下面往里倾斜,上面呈拱形,犹如一只倒置的大漏斗,岩壁高 500 或 600 米,顶部有一个圆孔。我刚才看到的那缕光亮就是从这个圆孔透进来的,这显然是日光辐射。

我没来得及更加认真地观察这个巨大洞穴的内部结构,询问这是人工挖的洞,还是天然洞穴,就迫不及待地向尼摩艇长走去。

“我们是在哪里?”我问道。

“在一座死火山里,”艇长回答我说,“在一座因地震而被海水渗透的火山里。教授先生,在您睡觉的时候,‘鹦鹉螺号’通过一条位于海平面以下十米的天然通道,驶入了这个潟湖。这里是‘鹦鹉螺号’的船籍港,一个安全、舒适、秘密,并且能够躲避任何风暴的港口!请给我在你们大陆或岛屿海岸边找一个能与这个避风港媲美,并且能避开飓风肆虐的海港吧。”

“的确,”我回答说,“您在这里非常安全,尼摩艇长。谁能到火山里来伤害您呢?可是,它的顶部不是有一个洞孔吗?”

“是的,这是火山的喷口,昔日是喷射熔岩、烟雾和火焰的洞口,而现在却为我们输送新鲜的空气。”

“那么,这座火山叫什么名字来着?”我问道。

“它是这个海域星罗棋布的小岛中的一个。对于其他船只来说,是一块普通的礁石;而对于我们来说,是一个巨大的洞穴。我碰巧发现了它。就这一点而言,机遇帮了我的大忙。”

“可是,别人难道就不能从上面的喷口进来吗?”

“就如同我无法从这里爬上去一样。这座礁石从海平面到100来米高的地方还能攀登,再往上就全是直上直下的悬崖峭壁,而且无法攀登。”

“艇长,我发现,大自然时时处处帮您的忙。您在这个湖上非常安全。除了您以外,别人是无法来这个水域的。不过,这个避风港对您又有什么用呢?‘鹦鹉螺号’又不需要港口。”

“是的,教授先生,它不需要港口。可是,它需要电能来驱动,需要原料发电,需要钠生产发电的原料,需要煤炭生产钠,需要煤矿开采煤炭。而正好在这里,大海蕴藏着地质时期被整片整片埋入地下的森林。现在,它们已经被矿化,变成了煤炭,成了我取之不尽的煤矿。”

“那么,艇长,您的人就在这里干矿工的活喽?”

“正是如此。在这里的波涛之下蕴藏着像纽卡斯尔一样的煤矿。我的人就在这里身穿潜水服,手拿锹或铲开采海底煤矿。我甚至无须有求于陆地煤矿。当我燃烧这种燃料制造钠时,浓烟就会从这座火山的喷口冒出来,使它看上去像一座还在活动的活火山。”

“我们能看看您的伙伴们干活吗?”

“不行。至少,这次不行,我急着要继续这次海底环球旅行。因此,这次我只能动用储备钠了,装船只需要一天的时间。完了,我们就继续赶路。阿罗纳克斯先生,如果您想参观这个洞穴,游览这个潟湖,那么就请利用这一天的时间。”

我谢过艇长,便去找我的两个同伴。他俩仍守在自己的房舱里。我叫他俩跟着我,不过没有告诉他们去哪里。

他俩登上了潜艇的平台。在海底度过一夜之后,一觉醒来已经在一座山的底下,龚赛伊并没有感到丝毫惊奇,他把它看做是一件非常自然的事情。可是,尼德·兰脑子里只想着这个洞穴是否有出口。

吃过早饭,十点左右,我们上了湖岸。

“瞧,我们又一次来到了陆地上。”龚赛伊说道。

“我不认为这是‘陆地’。”加拿大人说道,“再说,我们也不是在它的上面,而是在它的底下。”

在山壁脚下和湖水之间有一片沙滩,最宽阔的地方大概有500英尺。

沿着沙滩,可以自由自在地环湖散步。可是,高高的山壁的底部地势起伏不平,横亘着一堆堆形状别致的火山石和巨大的浮石。所有这些风化石曾在地热的作用下表面像是覆盖了一层光洁的珐琅质,在潜艇舷灯光的照耀下熠熠生辉。沙滩上的云母尘埃被我们的鞋底扬起,像点点星星般地荧光闪烁。离湖边的冲击层越远,地势就越明显升高。我们很快就来到了湖边向上蜿蜒而行的长长陡坡。在这些没有用水泥铺砌的砾石上行走,可得谨慎小心,光着脚在长石和石英晶体构成的玻璃状岩石上很容易打滑。

这个大洞穴的各个部分都证实它是一个火山洞。我把这一点告诉了我的两个同伴。

"你们是否能够想象,"我问他们说,"当这个漏斗里装满了沸腾的熔岩,炽热的岩浆一直满到山顶就如同铁水满到高炉口一样时的情景?"

"我完全能够想象出那时的情景,"龚赛伊回答说,"不过,先生是否可以告诉我,造物主为什么半途而废,而且熔炉里的岩浆怎么会被平静的湖水取而代之?"

"龚赛伊,很可能是因为地表运动在大西洋水下形成了一个'鹦鹉螺号'作为通道的缺口,大西洋的海水便涌入了火山。在海水和熔岩之间发生了殊死的冲突,并且以海龙王获胜而告终。不过,这是发生在很久以前的事。自那以后,淹没在海里的火山变成了平静的岩洞。"

"很好,"尼德·兰回答说,"我同意这种说法。不过,我为我们感到遗憾,教授先生刚才所说的那个缺口不是在海平面以上。"

"可是,尼德友,"龚赛伊反驳道,"要是这个通道不是在水下,那么,'鹦鹉螺号'也就进不来!"

"兰师傅,我要补充说一点,如果海水没有涌进火山体内,那么这座火山也不会泯灭。所以,你的遗憾是多余的。"

我们继续沿着斜坡往上走。斜坡变得越来越窄,而且越来越陡。不时,有深邃的沟壑或垂悬的石崖拦住我们的去路,我们不得不跳跃过去,或者屈膝滑行或匍匐而行。不过,龚赛伊的灵巧和加拿大人的力量帮助我们克服了一个又一个的难关。

我们爬到大约30米高的地方,山坡的地形发生了变化,变得更加难以攀行。地面上先是砾石和粗面石,后来是黑色玄武石。砾石和粗面石都是些规则的棱柱体，大自然鬼斧神工，把它们排列得像一根根支撑这个巨大拱顶的柱石；而布满气孔的黑色玄武石一块块铺摊在地上。在玄武石之间弯弯曲曲地蜿蜒着冷却了的、镶嵌着沥青色条纹的熔岩流，而且有些地段还覆盖着一层厚厚的硫磺。一道比较强烈的阳光从头顶的火山口投射进来，给永远埋藏在死火山体内的喷出物笼罩上一层朦胧的光亮。

不过，我们很快就攀行到了大约有250英尺高的地方，因遇到不可逾越的障碍物而不得不停了下来。拱顶的拱形曲线变得陡峭、垂直起来，要继续攀行就得盘旋而上。植物界开始在这里与矿物界争夺地盘，一些小灌木，甚至一些乔木，也从峭壁的坑洼处拔地而起。我认出了几棵流淌着苛性树汁的大戟树。一些名不副实的天芥菜属植物——因为它们永远也享受不到阳光的沐浴——在这里惨兮兮地耷拉着一串串余香未尽、快要凋谢的花朵。在萎靡不振的长叶芦荟底下稀疏地生长着几朵腼腆的菊花。我在熔岩石中间发现了几朵仍微微散发着芬芳的小小的紫罗兰，我确实舒适地感受到了紫罗兰的芬芳。芳香是花的灵魂；而海洋里的花朵，这些色彩艳丽的水生植物却没有灵魂！

我们来到一丛茁壮的龙血树下，它们顽强地从岩石丛中拔地而起。这时，尼德·兰大声叫喊：

“啊！先生，一个蜂窝。”

“蜂窝？”我应道，做了一个完全不相信的手势。

“是的，一个蜂窝。而且四周还有蜜蜂在嗡嗡飞舞呢。”加拿大人重复道。

我走上前去，想看个究竟。果然，在一棵龙血树树干的洞口堆积着数千只灵巧的蜜蜂，这种昆虫在加那利群岛十分常见，它们酿制的蜂蜜特别受青睐。

加拿大人随即很自然地想到要带一些蜂蜜回去。我要是反对他，肯定会惹他反感。于是，加拿大人抱来了干树叶，并且还掺和着硫磺，用打火机点燃了树叶，想把蜜蜂熏死。蜜蜂的嗡嗡声逐渐听不到了。加拿大人捅破了蜂窝，足足倒出好几公斤芬芳的蜂蜜。尼德·兰把蜂蜜放进了背袋。

“等我把蜂蜜和在面包果树粉里，”他对我们说，“就能为你们制作美味的糕点了。”

“当然!”龚赛伊说道,“那将是蜜饯面包。”

“先把你的蜜饯面包搁在一旁吧!”我说道,“还是继续我们的有趣攀行。”

在沿途小道的几个转弯处,整个潟湖展现在我们眼前。“鹦鹉螺号”舷灯的灯光全部映照在既没涟漪又无波浪的平静湖面上。“鹦鹉螺号”纹丝不动,船员们在潜艇的平台和潟湖岸上忙碌着,他们的黑色身影在明亮的背景上被清晰地勾勒出来。

这时,我们正绕过支撑着拱顶的靠潟湖最近的几堵最高的岩脊。在这座火山体内,我发现蜜蜂并非是动物界的唯一代表。一些猛禽从它们筑在岩石尖的巢穴里飞出来,在阴暗中翱翔、盘旋,都是些白腹鹰和叫声尖利的红隼。在斜坡上,一些美丽、肥壮的大鸨迈着它们的长腿快速逃跑。我让读者们想象,加拿大人看到这些美味的野味,已经垂涎欲滴,为手上没有准备枪支而后悔不迭。他试图以石块代替枪弹,在经过了好几次不成功的尝试以后,他终于击伤了一只美丽的大鸨。说他不惜冒 20 次生命危险去捕捉这只大鸨,丝毫也没有言过其实。不过,他身手不凡,终究将它装进了自己的背袋,与蜂蜜放在一起。

岩脊变得无法攀行,我们不得不下坡回到岸边。在我们的头顶上,巨大的火山喷口看上去像一个巨大的井口。从这里望出去,能够清晰地分辨天空。我看到被西风吹乱了的云朵从洞口一掠而过,零碎的云雾在火山顶上缭绕。显然,这些云层很低,因为山顶距离海平面不会超过 800 英尺。

加拿大人打完鸟又过了半个小时,我们回到了内湖岸边。这里的植物以海马齿为主,厚厚地长满了湖畔。这种伞形科植物又名钻石草、穿石草或海茴香,泡醋很好吃。龚赛伊采了好几把。至于动物嘛,有数以千计的各种甲壳动物,如螯虾、黄道蟹、瘦虾、糖虾、盲蛛和甲拉蟹,以及许许多多贝壳类动物,如瓷贝、岩贝和帽贝。

这里还有一个奇妙的洞穴。我和我的同伴们舒适地躺在洞里的细沙上。早已被地热磨光、像珐琅质一样闪闪发光的洞壁上布满了云母石尘埃。尼德拍打着洞壁,想知道它们的厚度。我忍不住笑了起来。于是,我们又回到了逃走这个永恒的话题。我告诉他,尼摩艇长南行只是为了补充钠元素,这样能够点燃尼德心中的希望。我希望他重返欧洲或美洲海岸。这样,加拿大人能够更有把握地继续实施上次未遂的企图。

我们在这个迷人的洞穴里躺了一个小时。起先谈话还十分热烈,后来已变得没有了生气。我们都昏昏欲睡。我觉得没有必要驱赶睡意,所以就任凭自己进入了沉睡状态。我做起梦来——做梦的内容是不能选择的——梦见了自己变成了一只普通的软体动物。我仿佛觉得,这个洞穴成了我这只软体动物的两瓣甲壳……

突然,我被龚赛伊的说话声惊醒。

"当心!当心!"这个称职的仆人大声叫喊着。

"发生了什么事?"我坐起来问道。

"水漫上来了!"

我站了起来。海水像激流一样涌向我们刚才睡觉的沙滩。我们毕竟不是软体动物,必须赶紧离开这里。

片刻工夫,我们安全地来到了洞穴的顶端。

"发生了什么事?"龚赛伊问道,"一种新的现象?"

"不,我的朋友。"我回答说,"是涨潮了。只是海潮差点把我们吞没了,就像吞没沃尔特·司各特笔下的主人公一样!外面的大西洋涨潮了,湖水也根据自然平衡规律随之上涨。我们半身都湿透了,回'鹦鹉螺号'换衣服去吧!"

三刻钟以后,我们结束了环湖旅行,回到了"鹦鹉螺号"潜艇。此时,船员们也干完了装钠的活。"鹦鹉螺号"有可能马上就要起航。

然而,尼摩艇长就是不下达起航的命令。他是想等到天黑再悄悄地从海底通道出去?也许吧。

不管怎样,第二天,"鹦鹉螺号"驶离自己的船籍港,在大西洋洋面以下几米的水域里远离陆地航行。

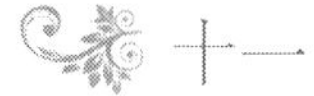

十一

马尾藻海

“鹦鹉螺号”没有改变航向。因此,任何重返欧洲海域的希望暂时都破灭了。“鹦鹉螺号”一直在向南行驶,它要把我们带到哪里去呢? 我不敢想象。

那天,“鹦鹉螺号”正在大西洋上一个独特的海域里航行。众所周知,大西洋里有一股名叫“湾流”的大暖流。这股暖流出了佛罗里达海峡,便向斯匹次卑尔根群岛流去。不过,在流入墨西哥湾以前,它又在北纬44度附近分为两股。主流流向爱尔兰和挪威海域;而支流则往南流向亚速尔群岛附近,然后转向非洲海岸,划了一个长长的椭圆形,又拐回到安的列斯群岛。

不过,这股支流——与其说像一只胳膊,还不如说像一根项链——用自己的暖流把这部分平静的大西洋冷水区域团团怀抱。大西洋的这部分海域被称做马尾藻海,它可是大西洋中真正意义上的湖泊,这股暖流围着这部分海域绕一圈至少要花三年时间。

确切地说,马尾藻海覆盖了亚特兰蒂斯大陆被海水淹没的部分。某些作家甚至认为,这个海域里比比皆是的马尾藻就是从这个古代大陆草原移植过来的。然而,这些海藻和墨角藻更有可能是由“湾流”从欧洲和美洲海岸带到这里来的。这也是驱使哥伦布猜测有一个新大陆存在的原因之一。当这位勇敢的探索者率领的船队驶抵马尾藻海时,他们艰难地在这种海藻中间航行,以至于船员们谈“草”色变,他们花费了整整三个星期才穿越这片海域。

眼下,“鹦鹉螺号”就在这片海域——一个名副其实的草原——里游弋，海面上密密地覆盖着一层厚厚的海藻，那样的稠密，以至于船只的冲角不无费力地将它们撕开。尼摩艇长可不想让海藻缠住潜艇的螺旋桨，于是就潜到距离海面几米以下的水层里航行。

马尾藻一词来源于西班牙语的“sargazzo”，意思是海藻。这种海藻，浮水藻或海湾藻，是这一带海域的主要海藻。下面是《地球自然地理》一书的作者博学的莫里解释为什么这些水生植物会汇集在大西洋这一平静海域的原因：

“我认为，我们能够做出的解释来源于一个众所周知的经验。如果我们在一盆水里放一些软木瓶塞或任何漂浮物的碎片，并且让水做循环运动，那么我们就能看到分散的碎片会聚集到液体表面的中央，也就是说，液体表面晃动最少的地方。在我们所关心的现象里，水盆就是大西洋，‘湾流’就是循环的水流，而马尾藻海就是漂浮物聚集的液体表面中央。”

我赞同莫里的观点，而且能够在这个船只很少问津的特殊海域观察这一现象。在我们的上面，浅褐色的海藻中间，漂浮着来自各地的物体，有安第斯山脉或落基山脉上从亚马逊河或密西西比河漂流下来的树干；还有许多遇难船只上的物品、龙骨或船体的残骸、脱了底的船壳，上面爬满了贝壳和茗荷儿，沉得难以浮出水面。总有一天，时间会证明莫里的另一个观点：这些经数个世纪日积月累的物质，在海水的作用下，将会发生矿化，从而变成一个取之不尽的煤矿。这是有先见之明的大自然为人类耗尽各大洲的煤矿之时准备的一份珍贵储藏！

在这一大片扯不断理还乱的海藻中间，我发现了一些可爱的玫瑰红的海鸡冠，以及拖着长长触须的海葵和绿、红或蓝色的水母，特别是居维埃提到过的浅蓝色伞膜镶着紫边的巨大根足水母。

二月二十二日的整个白天，我们都是在马尾藻海里度过的。那些爱吃海洋植物和甲壳动物的鱼在这里能找到大量的食物。第二天，大西洋又恢复了它往常的面貌。

打这以后，从二月二十二日到三月十二日，整整 19 天里，“鹦鹉螺号”一直在大西洋远海，以二十四小时 100 法里的匀速航行。尼摩艇长显然是要完成他的海底旅行计划。我不怀疑，绕过合恩角以后，他想重返南太平洋海域。

因此，尼德·兰不无道理地担忧起来。在没有岛屿的远海，休想逃离“鹦鹉螺号”。我们无法违逆尼摩艇长的意志，唯一的出路是屈从。不过，我们不可能指望诉诸武力或狡诈得到的东西，我希望可以通过说服来获得。等到这次旅行结束以后，如果我们发誓永不泄露他的存在这个秘密，尼摩艇长难道仍旧不会同意还我们自由吗？我们必须信守自己的誓言。可是，这个棘手的问题还必须同尼摩艇长商谈。然而，我要是去讨还自由，会受到欢迎吗？从一开始起，尼摩艇长本人不是曾经正式宣布过，有关他的秘密需要把我们永久地囚禁在“鹦鹉螺号”上吗？这四个月来，我的沉默在他看来难道不是对现状的一种默认吗？要是将来会出现有利于我们逃离的时机，我现在跟他提这个问题会不会引起他的猜疑，而不利于我们计划的实施呢？我左思右想，反复权衡着这些问题。我把自己的想法告诉了龚赛伊，他也跟我一样，觉得左右为难。总之，虽然我也不是很容易气馁，但是，我明白，重新见到我的同类的可能性一天少似一天，尤其是眼下，尼摩艇长正鲁莽地向南大西洋驶去！

在我上面提到的19天里，我们在旅行中没有遇到任何特别的事情。艇长忙于工作，我很少见到他。在图书室里，我经常看到他摊在那里的书籍，主要是一些有关博物学方面的书籍。我那本关于海底的著作，他已经读过，页边写满了批注，其中有些观点是反驳我的理论和分类体系的。不过，艇长只满足于用这样的方式对我的著作进行评论，而很少跟我进行面对面的讨论。有时候，不过总是在夜里，在夜深人静的时候，当“鹦鹉螺号”在荒无人烟的大西洋上进入梦乡的时候，我听到他满怀情感地弹奏着忧郁的管风琴乐曲。

在这段旅行期间，白天，“鹦鹉螺号”总是在洋面上航行。大海仿佛已经被遗弃了似的，偶尔能见到几艘送货去印度的帆船朝着好望角方向行驶。一天，一艘无疑是把“鹦鹉螺号”当做一头价值昂贵的巨鲸的捕鲸船派了几只小艇追赶我们。可是，尼摩艇长不愿浪费这些勇敢的人的精力和时间，以潜入水下结束了这场追捕。这件事似乎激发了尼德·兰的极大兴趣。如果我说这位加拿大人一定在为我们这头钢铁“鲸鱼”没有死在这些渔民的钢叉之下而感到遗憾，我敢打赌自己不可能说错。

我和龚赛伊在这段时间里观察到的鱼类基本上与我们在其他纬度的海域见到的鱼类没有什么区别，主要是一些可怕的软骨属鱼，分为三个亚属，不少于32种。其中,有条纹角鲨,长达五米,头扁且比身体还宽,尾鳍呈圆形,背上有七条平行的纵向黑纹;还有烟灰色的珠纹角鲨,长有七个鳃孔,背中央长着一根脊鳍。

另外,还有几只大海狗——一种贪吃的海洋动物——游过。下面是渔民们讲述的几则故事,我们完全有权不去相信它们。他们在一只海狗的肚子里发现了一只水牛头和一整条牛犊;在另一只海狗的肚子里有两条金枪鱼和一个穿制服的水手;在接下去一只海狗的肚子里居然有一个手握刺刀的士兵;在最后一只海狗的肚子里发现了一匹马和一个骑士。说实话,这些故事并不可信。这些动物总是逃脱不了"鹦鹉螺号"的渔网,但我没能证实它们的贪吃本性。

一连好几天,一群群漂亮、顽皮的海豚伴随着我们。五六只结成一群,像原野里的狼群一样追捕着猎物。而且,在贪吃方面,它们丝毫不比海狗逊色。据一位哥本哈根的教授说,他曾经从一只海豚的胃里取出13只鼠海豚和15头海豹。实际上,那是一条逆戟鲸,属于已知的最大的一种,有的身长超过24英尺。这一科的海豚分为六属。我所见到的那几条海豚属于逆戟属,其特征是吻窄而长,是它脑袋的四倍;身长有三米,黑背白腹,有少许小斑点。

在这一带海域,我还记下了棘鳍目和石首科鱼的标本。某些作者——与其说是博物学家,还不如说是诗人——声称这些鱼能唱出悦耳动听的歌曲;人类难以同它们的合唱歌声媲美。对此,我不能妄加评论,因为我们经过时,这些石首鱼连一段小夜曲也没有演唱过。对此,我只能表示遗憾。

最后,龚赛伊对一大群飞鱼进行了分类。任何事情都没有观看海豚以惊人的准确性捕捉飞鱼来得有趣。不管飞鱼飞得有多远,划出什么样的弧线,哪怕是飞到"鹦鹉螺号"的上空,这些倒霉的飞鱼总是正好落入海豚为它们张开的嘴巴。这些飞鱼不是海盗鱼,就是鸢一魴鮄,它们的嘴都能发光。夜里,飞鱼的嘴在海面上划出一道道光亮,然后像流星一样坠入阴暗的海水。

我们在这样的条件下航行,一直到三月十三日为止。三月十三日这天,"鹦鹉螺号"进行了一些探测实验,极大地激发了我的兴趣。

自从打太平洋远海起程以来,我们行程近13 000法里。现在的方位是南纬45度37分、西经37度53分。“先驱号”德哈姆船长就是在这一带海域放了14 000米长的水砣绳，还是没有探到海底。美国驱逐舰“议会号”的派克上尉也是在这里放了15 140米的绳索，仍然没有够到海底。

于是，尼摩艇长决定将“鹦鹉螺号”潜到最深的海域，以便检验这些不同的测试数据。我准备把所有的实验结果全部记录下来。客厅舷窗的防护板已经打开，“鹦鹉螺号”开始向不可思议的深水层下潜。

我们都明白，用把储水舱灌满让潜艇下潜的方法是行不通的。也许，采用这种方法不能充分地增加“鹦鹉螺号”的比重。何况，如果采用这种方法，那么，要使潜艇重新浮出水面，还必须排掉储水舱里的水，水泵的功率有可能小于外部压力。

尼摩艇长决定利用与吃水线呈45度角的侧翼，沿着一根充分延伸的对角线下潜到海底。然后，螺旋桨以最快的速度旋转，四瓣叶子以难以描绘的强度拍打着海水。

在如此强大的推力下，“鹦鹉螺号”像一根绷紧的琴弦一样颤动，匀速潜入水中。我和尼摩艇长待在客厅里，双目注视着气压表迅速移动的指针。潜艇很快就下潜到大多数鱼类赖以生存的区域以下。如果说有些水生动物只能在海洋或江河的浅层生存，那么能够在相当深的水域里生存的水生动物的种类就更少。在后一种水生动物中，我观察到了六鼻孔海狗，一种长着六个呼吸孔的海狗；还有巨眼远视鱼，灰色前胸鳍和黑色后胸鳍由粉红色骨质胸甲保护的甲壳板鱼，以及生活在1 200米深海区、能承受120个大气压的石榴鱼。

我问尼摩艇长，他是否见过生活在更深水层里的鱼。

“鱼？”他回答我说，“很少。不过，就目前的科学水平而言，人类能推测什么呢？人类又知道什么呢？”

“艇长，至少现在知道，越往海洋底层，植物比动物消失得越快；还知道，在仍有动物出没的海底深层，水生植物已经寸草不长；还知道，披风贝和牡蛎能生活在2 000米深的海水中，而极地海域的探险勇士马克·克林顿科在2 500米深的海域里捉到了一只活星贝；还知道，皇家海军‘猛犬号’舰上的水兵在2 620法寻，也就是一法里深的海域捉到了一只海星。可是，尼摩艇长，您怎么能跟我说人类一无所知呢？”

“不，教授先生，”艇长回答说，“我怎么会如此无礼呢！不过，我要向您请教,您如何解释在这么深的海域里仍有生命能够存在?”

“有两个理由可以解释,”我回答说,“首先,是因为那些因海水含盐度和密度不同而导致的垂直运动的水流,产生了一种足以维持海百合类和海星类基本生活的运动。”

“说得好!”艇长赞许道。

“其次,是因为,如果说氧气是生命的基础的话,我们知道,分解在海水中的氧气随着深度的增加而增加,而不是随着深度的增加而减少,而且深层水域的压力也有利于把海水中的氧气压缩在底层。”

“啊!你们知道得这么多?”尼摩艇长以一种略感惊讶的语气回答说。“其实,教授先生,你们也应该知道,因为这都是些客观事实。不过,我还要补充一点,在浅水层被捕获到的鱼,它们的鱼鳔中含的氮要多于氧;而在深水层捕捉到的鱼则正好相反,鱼鳔中含的氧多于氮。这为您的理论体系提供了论据。不过,还是让我们继续观察吧!”

我把目光重新移到了气压表上,气压表的指针指着6 000 米的深度。我们已经下潜了一小时。“鹦鹉螺号”凭借它的斜翼在继续下潜。荒凉的海域海水清澈无比,其透明度难以描绘。又过了一小时,我们下潜到了13 000米——约合3.75 法里——的深水层,可海底仍没有露面的迹象。

然而,当我们下潜到14 000 米的深水层时,我发现了矗立在水中的浅黑色尖峰。不过,这可能是些属于像喜马拉雅山和勃朗峰这类高山甚或是更高的山脉的山峰,而它们的深渊仍然还深不可测。

“鹦鹉螺号”顶着巨大的压力,仍在继续下潜。我感觉到,潜艇钢板用螺栓衔接的地方在颤动;支撑件在弯曲;舱壁在呻吟;客厅的舷窗玻璃在海水压力的作用之下仿佛要鼓起来了。这艘坚固的潜艇要是没有像尼摩艇长所说的那样坚不可摧,那么恐怕早就退却了。

我们贴着这些直插海底的悬崖峭壁下潜时,我还发现了一些贝壳、龙介、活旋虫和某些种类的海星。

可是,这些最后的动物代表很快也失去了踪影。下潜到三法里以下,“鹦鹉螺号”便超越了海底生命的极限,就如同一只气球上升到了可呼吸空气层以上的高空。我们下潜到了16 000 米的深度,即四法里的深度。此时,“鹦鹉螺号”的船体承受着1 600 个大气压的压力,也就是说,船体每一平方厘米的表面要承受 1 600 公斤的压力！

“在人类从未到过的深水层遨游，多么不可思议的情形！”我大声叫喊，“瞧，艇长！请看这些奇山异峰和荒凉的洞穴，地球上最后的栖身之地，可是生命却无法在这里维持！多么鲜为人知的景色！为什么我们只能够把它保存在记忆之中？”

“您是否想用比记忆更好的方式把它保存下来？”艇长问我说。

“您说这话是什么意思？”

“我是说，再没有比给这个海底区域拍一张照片更容易的事了。”

我还没来得及表达这个新建议在我心中引起的惊喜，一架带镜头的仪器已经按艇长的吩咐送到了客厅。透过洞开的防护板，海水在电灯光的照耀下，光线分布匀称，既没有任何阴影，光线也没有丝毫减弱。要进行这种性质的操作，太阳光恐怕也没有这样令人称心如意。“鹦鹉螺号”在螺旋桨推力的作用下，并且由侧翼控制着倾斜度，得以在海底保持静止不动。仪器的镜头对准了海底景色。几秒钟以后，我们获得了一张极其清晰的底片。

我在这里介绍一下这张照片。照片上展现的是从未见过日月星辰的原生石，构成地球基础的底层花岗岩，岩石堆里幽深的洞穴，以及由阴影衬托的无比清晰的轮廓，犹如出自某些佛朗德艺术家之手的水彩画。远处，山峦重叠，起伏不平，构成了照片的远景。我无法描绘这一堆堆稳稳地矗立在灯光闪烁的沙地上，滑溜、黝黑、光泽，不长苔藓，毫无斑点，奇形怪状的岩石。

此时，照完相以后，尼摩艇长对我说：

“教授先生，我们上去吧！这种地方不宜待得太久，也不应该让‘鹦鹉螺号’过久地承受这么大的压力。”

“好，我们上去吧！”

“您站稳了！”

我还没有弄明白艇长为什么要这样叮嘱我，就一头摔倒在地毯上。

随着艇长一声令下，‘鹦鹉螺号’推上了离合器，尾翼垂直竖起，像飘浮在空气中的气球一样，以闪电般的速度上浮，在冲破水层时还发出阵阵颤抖声。在上浮的过程中，什么东西都看不清楚。它花了四分钟从距离洋面四法里的深水层升腾到洋面，犹如一条飞鱼跃出水面，然后又回落下来，溅起了罕见的水柱。

十二

抹香鲸和长须鲸

三月十三日夜间,“鹦鹉螺号”继续向南行驶。我心里在琢磨,过了合恩角,它便会掉头往西航行,重返大西洋海域,结束它的环球旅行。但是,事实并非如此,它继续在向南极海域驶去。它到底要去哪里? 去南极? 这可不是明智之举。我开始相信艇长的鲁莽举动足以说明尼德·兰的担心是有道理的。

一段时间以来,这位加拿大人不再跟我提起他的逃跑计划,变得寡言少语起来,几乎是沉默不言。我发现,这段漫长的囚禁生活使他感到多么压抑。我觉得,怒气在他的心头积聚。当他遇见尼摩艇长时,眼睛里燃烧着阴沉的怒火。我一直在担心他那暴躁的性子别把他推向极端。

三月十四日那天,他和龚赛伊到我的房间来找我。我便询问他俩来访的原因。

“先生,有一个简单的问题要向您请教。”加拿大人回答我说。

“尼德,说吧!”

“您说,‘鹦鹉螺号’上有多少人?”

“这个,我可说不上来,我的朋友。”

“我觉得,操纵这艘潜艇要不了许多人。”尼德·兰继续说道。

“的确,”我回答说,“按它这样的装备条件,最多十来个人也就够了。”

“那么,为什么不会有更多的人呢?”加拿大人问道。

“为什么呢?”我反诘道。

我目不转睛地盯着尼德·兰,他的心思不难猜测。

“因为，根据我的预感，如果我对尼摩艇长的人生没有理解错的话，”我说道，“‘鹦鹉螺号’不只是一艘船，而且应该还是所有像它的指挥官一样与陆地断绝一切关系的人的庇护地。”

“也许吧！”龚赛伊开口说道，“不过，‘鹦鹉螺号’最终只能容纳一定数量的人。先生就不能估计一下这个数量的上限吗？”

“龚赛伊，怎么估计呢？”

“通过计算来估计。根据先生知道的潜艇容积，推算出它所能容纳的空气。另外，按每个人呼吸所消耗的空气，再将这些结果同‘鹦鹉螺号’每二十四小时就必须浮出海面换一次空气这一情况联系起来……”

龚赛伊没有把话说完。不过，我已经明白了他的意思。

“我明白你的意思。”我说道，“这种计算题很容易做，不过结果并不精确。”

“那没关系。”尼德·兰坚持道。

“我们可以这样计算，”我回答说，“每个人一小时消耗 100 升空气的含氧量，那么 24 小时就消耗 2 400 升空气的含氧量。因此，只要求出‘鹦鹉螺号’能够容纳多少倍的 2 400 升。”

“正是这样。”龚赛伊表示赞同。

“不过，‘鹦鹉螺号’的容量是 1 500 吨，一吨的容积是 1 000 升。‘鹦鹉螺号’能容纳 150 万升空气，再除以 2 400……”

我迅速地用铅笔计算着。

“……得 625。也就是说，‘鹦鹉螺号’容纳的空气可供 625 人呼吸 24 小时。”

“625 人！”尼德重复道。

“不过，有一点可以肯定，”我补充说，“无论是乘客，还是普通船员或职务船员，我们总共加在一起也不到这个数字的十分之一。”

“三个人要对付这么些人，还是太多了。”龚赛伊低声说道。

“因此，我可怜的尼德，我只能奉劝你忍耐。”

“岂止是忍耐，而是认命。”龚赛伊应和道。

这个词，龚赛伊用得可谓是恰如其分。

“毕竟，”他接着又说，“尼摩艇长总不能老是往南走！他总得停下来，哪怕是停在极地的浮冰前,而且总得回到比较文明的海域。到时候,就有机会继续实施尼德·兰的计划了。"

加拿大人摇着头,用手摸了摸脑门,没再吭声就退了出去。

"先生,请允许我说一句,"龚赛伊对我说,"这个可怜的尼德老惦记着那些他做不成的事。他回想起了自己的所有往事,凡是我们做不了的事他都觉得遗憾。对往事的回忆在折磨着他,他心情沉重,应该理解他。他在这里有什么事可做呢?无所事事!他不像先生是个学者,因此不可能像我们那样对海洋里的奇妙事物产生兴趣。为了回到故乡的咖啡馆,他不惜冒一切风险!"

的确,这位加拿大人过惯了自由、积极的生活,潜艇上单调的生活也许使他觉得不堪忍受,能够唤起他兴趣的事实在是太少了。然而,那天有一件事使他回想起了昔日捕鲸生涯的美妙时光。

上午十一点左右,"鹦鹉螺号"在洋面上遇到了一群鲸鱼。对此,我并不感到惊奇,因为我知道这些动物由于遭受大肆捕杀,都逃到了高纬度的海域。

鲸鱼在世界航海事业和在地理发现方面发挥了巨大的作用和影响。正是为了追捕鲸鱼,先是巴斯克人,后是阿斯图里亚斯人、英国人和荷兰人大胆地与海洋里的种种危险抗衡,从地球的一端航行到另一端。鲸鱼喜欢在南极和北极海域游弋。一些古老的传说甚至声称,这些鲸类动物把渔民吸引到距离北极只有七法里的海域。虽然这些传说难免有误,但总有一天会成为现实,而且很可能人类是为了到南极和北极海域捕杀鲸鱼,才到达地球上这两个还不为人知的极点。

我们坐在平台上,海洋上风平浪静。在这个纬度的地区,十月份正值美丽的秋季。我们这位加拿大人——在这方面,他不会搞错——在东方海平面上发现了一头鲸鱼。仔细观察,可以看到,在距离"鹦鹉螺号"四海里的海面上,它那浅黑色的背脊在波涛中时起时伏,时隐时现。

"啊!"尼德·兰大声叫喊,"如果我是在一条捕鲸船上,这样的相遇那才让我高兴呢!这还是一个大家伙,瞧它的鼻孔喷水多么有劲!见鬼!我为什么要被束缚在这块钢板上呢?"

"尼德,怎么啦?难道你还没有打消捕鲸的念头?"

“先生，一个以捕鲸为生的渔夫怎么会忘记他的老本行呢？有谁会不为这样的捕猎而感到激动呢？”

“尼德，你从来没有在这一带海域捕捉过鲸鱼？”

“从来没有，先生。我只不过是在北极海域的白令海峡和戴维斯海峡捕鲸。”

“迄今为止，你只捕猎露脊鲸，它们不敢贸然穿越赤道炎热的海域。”

“啊！教授先生，您在跟我说什么呀？”加拿大人用相当不满的口吻反问道。

“我说的是事实！”

“什么事实！告诉您吧，一八六五年，也就是两年半前，我在格陵兰岛附近捕获了一头肋部插着一把鱼叉的鲸鱼，鱼叉上刻有一艘白令海峡捕鲸船的印记。我倒要问您，如果它没有在绕过合恩角或好望角以后穿越了赤道，那么，它怎么在美洲西面被刺伤之后，来到美洲东面被杀死呢？”

“我同意尼德友的说法，”龚赛伊说道，“我等着听先生的回答。”

“朋友们，先生要回答你们的是，鲸鱼根据不同的种类局限于一定的海域生活，不会轻易离开。如果说一头鲸鱼从白令海峡游到戴维斯海峡，仅仅是因为在美洲海岸或亚洲海岸存在一条连接这两个海峡的通道。”

“您这话可信吗？”加拿大人闭着一只眼问道。

“应该相信先生。”龚赛伊在一旁劝道。

“这么说，”加拿大人接着又说道，“既然我从来没有在这一带海域捕捉过鲸鱼，我自然毫不了解这一带的鲸鱼喽？”

“尼德，这话我已经跟你说过。”

“那更有理由要认识它们。”龚赛伊鼓动说。

“瞧，你们瞧！”加拿大人激动地喊道，“它游近了！它在向我们游来！它知道我奈何不了它，在嘲弄我！”

尼德直跺脚，他的手颤抖地挥动着一把假想的鱼叉。

“这一海域的鲸鱼有北极的鲸鱼那般大吗？”他问道。

“差不多大吧，尼德。”

“先生，我见过很大的鲸鱼，长达100英尺的鲸鱼哩！我甚至会说，在阿留申群岛的乌拉摩克岛和乌姆加里克岛附近的鲸鱼，其长度超过

150 英尺。”

“我觉得这有点夸张。”我回答说，“它们只是些鳁鲸，长有脊鳍。它们和抹香鲸一样，一般比露脊鲸小。”

“啊！”加拿大人又叫喊起来，目不转睛地盯着洋面。“它游过来了，在向‘鹦鹉螺号’靠近！”

接着，他又说道：

“您说抹香鲸都是些小家伙。然而，我能给您列举一些巨大的抹香鲸，它们都是些聪明的鲸类动物。听说，有些抹香鲸身上长满了海藻和墨角藻，有人还把它们当做小岛呢！在它们的身上安家落户，生火做饭……”

“还在上面造房盖屋呢！”龚赛伊说道。

“没错，俏皮鬼，”尼德·兰继续说，“后来，在一个风和日丽的日子里，鲸鱼潜入了海底，把它背上的所有居民带进了深渊。”

“就像水手辛巴德历险记里说的那样。”我笑着说道。

“哎，兰师傅，看来你还挺喜欢这类离奇的故事的。你说的抹香鲸是一些什么样的抹香鲸？我希望你不要相信这些故事。”

“博物学家先生，”加拿大人一本正经地说，“应该相信有关鲸鱼的一切——您看，就拿这头鲸鱼来说吧，它游得多快，还会躲起来——有人说，这种动物 15 天就能绕地球一圈呢！”

“这一点，我没有否认。”

“不过，阿罗纳克斯先生，您也许不知道，在创始之初，鲸鱼比现在游得还要快。”

“嗯？尼德，真的？这是为什么呢？”

“因为那时候，它们的尾巴像鱼尾巴一样。也就是说，尾巴是平扁垂直的，左右来回击水。可是，造物主发现它们游得太快，于是将它们的尾巴变了个向。打那以后，它们只能上下拍水，从而影响了速度。”

“好，尼德，”我模仿这个加拿大人的一句口头禅说道，“应该相信你吗？”

“不要过分相信，”尼德·兰回答说，“就如同我告诉您，有长 300 英尺、重 10 万磅的鲸鱼存在。”

“的确，太夸张了，”我说道，“不过，应该承认有些鲸类动物长得很大，据说,它们能提供120吨的油脂。”

“这个,我见过。”加拿大人肯定地说。

“尼德,我完全相信。”我回答说,“我还相信,有些鲸鱼有100头大象那么大。设想一下这么大的一头动物直冲过来会产生什么样的后果!”

“它们真的能撞沉船只吗?”龚赛伊疑惑地问道。

“能撞沉船? 我才不信呢。”我回答说,“不过,有人说,一八二〇年,正巧也是在南极海域,一头鲸鱼向‘埃塞克斯号’船冲去,迫使这艘船以每秒钟四米的速度倒退。海水从船的尾部涌入船舱,‘埃塞克斯号’船几乎是随即沉入了大海。”

尼德瞟了我一眼,一副嘲讽的神态。

“至于我嘛,”他开口说,“我曾挨过鲸鱼的尾巴,自然是坐在我的小艇上。我和我的同伴们被甩出六米高。不过,同教授先生所说的鲸鱼相比,这条扇我的鲸鱼只是一头幼鲸罢了!”

“这种动物寿命长吗?”龚赛伊问道。

“能活1 000年。”加拿大人毫不迟疑地回答说。

“尼德,你是怎么知道的?”

“人们都这么说。”

“人们为什么都这么说呢?”

“因为人们都知道。”

“不,尼德,人们不知道。人们只是猜测。人们猜测的依据是:400年前,人类第一次捕捉鲸鱼时,这种动物的体格比今天大。因此,人们便非常合乎逻辑地猜测,现今鲸鱼体格变小的原因是,它们来不及发育成熟。因此,布丰认为,鲸类动物能够,甚至应该活上1 000年。你听明白了吗?”

尼德·兰没有明白,他已经听不进去了。这时,那头鲸鱼一直在向我们靠近,他正用目光贪婪地盯着它。

“啊! 不止一头,”他放声大叫,“10头,20头,一大群! 可我一筹莫展,手脚都被束缚住了!”

“可尼德友,”龚赛伊也着急地说,“为什么不向尼摩艇长求情,准许你去捕捉……”

没等龚赛伊把话说完,尼德·兰已经纵身钻进舱里,跑去找尼摩艇长了。没过多久,两人一同来到平台上。

尼摩艇长观察了一会儿在距离“鹦鹉螺号”一海里的洋面上正在戏水的鲸鱼群,开口说道:

“是一群南极长须鲸,足以让一个捕鲸船队发财!”

“那么,先生,”加拿大人问道,“我能不能捕捉它们,就算是为了不让我忘记捕鲸这个老行当?”

“仅仅是为了歼灭而捕杀又有什么意义呢!”艇长回答说,“我们潜艇上要鲸鱼油有什么用呢?”

“然而,先生,在红海里,您不也准许我们捕捉一头儒艮吗?”尼德固执地坚持着。

“儒艮能为我们的潜艇提供鲜肉。现在,是为捕杀而捕杀。我知道,这是人类的特权。不过,我不能接受这种血腥的消遣方式。滥杀像北极鲸一样没有攻击性的温和的南极鲸,你的同行,兰师傅,他们的行为应该受到谴责。他们就是这样使长须鲸在巴芬湾绝迹,并且将会使这种有用的动物灭绝。因此,请你饶了这些不幸的鲸类动物。就是你不掺和进去,它们已经有足够的天敌——抹香鲸、箭鱼和锯蛟——需要对付。”

我让读者们想象加拿大人在听这番教训他的话时的面部表情。给一个捕鲸手讲这样的道理,等于是白费口舌。尼德·兰愣愣地望着尼摩艇长,显然是不明白他想对他说些什么。不过,艇长说得在理,渔民无节制的野蛮捕杀总有一天会导致最后一头鲸鱼从海洋里销声匿迹。

尼德·兰双手插在口袋里,转过身去,背对着我们,嘴里哼着扬基曲调[①]。

此时,尼摩艇长目不转睛地盯着鲸鱼群,对我说道:

“我刚才说,除了人类以外,长须鲸还有足够多的其他天敌,是有道理的。这群鲸鱼马上就要遭遇强敌了。阿罗纳克斯先生,您看见没有,距离我们八海里的洋面上那些在移动的浅黑点?”

“看见了,艇长。”

“那都是抹香鲸,那是些可怕的动物。我有时见到它们二三百头地结

① 扬基曲调:美国独立战争时期的一种流行歌曲。

集在一起。这些凶恶残暴的畜生,人类才应该消灭它们。"

加拿大人听到这句话,猛地转过身来。

"那么,"我开口说,"艇长,即使是为了长须鲸,现在还来得及……"

"教授先生,用不着无谓地冒险。'鹦鹉螺号'足以驱散这群抹香鲸。它有钢铸的冲角,我想,总要强似兰师傅的鱼叉吧。"

加拿大人并不感到难堪,耸了耸肩。用潜艇的冲角去撞击鲸类动物,真是闻所未闻!

"教授先生,请等一会儿。"尼摩艇长说道,"我们让您领略一下您还未曾见识过的捕鲸场面。对于这些凶残的鲸鱼,没有什么怜悯可言。它们只不过是些尖牙利嘴的畜生。"

尖牙利嘴,没有比这更能形象地描绘大头抹香鲸的形容词了。抹香鲸的身长有时要超过 25 米,它的巨头大约要占去身体的三分之一。长须鲸的上颌只有鲸须,而抹香鲸要比它们装备得好,上颌上长有 25 颗长 20 厘米的大尖牙,每颗牙齿重达两磅。就在这个巨大脑袋的上半部分软骨构成的脑腔里装着三四百公斤被称为"鲸鱼白"的珍贵鲸油。用菲雷多尔的话来说,抹香鲸是一种丑陋的动物,它的模样与其说像鱼,倒不如说更像蝌蚪。它的身体结构存在缺陷,可以这样说,它的左半身骨骼存在缺陷,几乎只能用右眼看东西。

这时,庞大的抹香鲸群不断地在向我们靠拢。它们已经发现了长须鲸,正准备去袭击它们。我们事先就能断定抹香鲸的胜利,不但因为它们的体形比它们那些没有攻击性的对手更适宜进攻,而且因为它们能够在水里停留更长的时间,不用浮出水面呼吸空气。

救援长须鲸的时刻到了。"鹦鹉螺号"潜入了水里,我和龚赛伊、尼德在客厅的舷窗前占好了位置。尼摩艇长来到操舵手身旁,以便拿他的潜艇当做歼灭性武器来操纵。不一会儿,我就感到螺旋桨高速运转起来,我们加快了行驶速度。

等"鹦鹉螺号"抵达时,抹香鲸和长须鲸之间的厮杀已经开始。"鹦鹉螺号"朝着抹香鲸中间冲了过去,以便把大头鲸群拦腰截断。一开始,抹香鲸看到这个新的怪物投入战斗,并不太在意。可是,没过一会儿,它们就不得不要防备"鹦鹉螺号"的进攻了。

多么激烈的战斗！尼德·兰也很快就变得狂热起来，不停地拍手叫好。“鹦鹉螺号”简直是艇长手中的一把神奇的鱼叉，射向那一个个肉墩，从它们中间穿行而过，随后留下两段还在抖动的身躯。抹香鲸用尾巴猛烈地击打“鹦鹉螺号”，但它却全然没有感觉；“鹦鹉螺号”撞击抹香鲸所产生的震动，它自己也没有任何感觉。一头抹香鲸被歼灭以后，它又去追杀另一头。为了能击中猎物，它就地进行瞄准，进退自如。当抹香鲸潜入深水层时，它也跟着下潜；当它们浮出水面时，它也紧追不舍，浮出水面，或是迎头痛击，或是跟踪追击；或者拦腰截断，或者撕成碎片；以不同的速度，从各个方向，用它那可怕的冲角刺向抹香鲸群。

多么惊心动魄的追杀场面！洋面上热闹异常，受到惊吓的抹香鲸发出阵阵刺耳的咆哮声和恐惧的吼叫声。平日如此宁静的海域，被它们的尾巴掀起了惊涛骇浪。

这场荷马史诗般的屠杀持续了一个小时，这一大群大头鲸没有一条能够幸免。有好几次，十来头抹香鲸合在一起试图用它们沉重的身躯压垮“鹦鹉螺号”。我们透过玻璃还看见它们布满牙齿的嘴巴和令人生畏的眼睛。尼德·兰再也克制不住了，不断地威胁和诅咒它们。我们感觉得到它们一直紧紧地缠着我们的潜艇，就如同一群狗在矮树丛里紧追一头公猪不放。“鹦鹉螺号”毫不担心它们巨大的重量和强大的压力，而是开足马力，将它们拖来拽去，要不就把它们重新带回洋面。

最终，这群抹香鲸四散而去，洋面上重又恢复了平静。我觉得我们重新浮出了洋面。舱盖打开以后，我们都拥上了平台。

洋面上覆盖着一层残缺不全的抹香鲸尸体，即使威力无比的炸弹也不可能更强烈地把这一堆堆肉墩炸得如此四分五裂、体无完肤。我们在身上长满疙瘩、蓝背白腹的巨大尸体之间转悠，几头受了惊吓的抹香鲸在往远处逃遁。方圆几海里的海水被染成了红色，“鹦鹉螺号”在血海中游弋。

尼摩艇长到平台上来找我们。

“怎么样，兰师傅？”他问道。

“先生，”加拿大人已经平静下来，回答说，“的确，太可怕了！不过，我可不是屠夫，而是一名捕鲸手。这里简直是一个屠宰场！”

“这是对凶恶的畜生进行的一场屠杀。”尼摩艇长回答说，“再说，‘鹦鹉螺号’可不是屠刀。”

“我宁愿使我的鱼叉。”加拿大人毫不示弱地反唇相讥。

“各人善于使唤各自的武器。”艇长盯着尼德·兰说。

我真担心尼德·兰克制不住自己而诉诸暴力，导致后悔莫及的后果。但是，当他看到“鹦鹉螺号”这时正向一头鲸鱼靠近时，便把怒气抛到了九霄云外。

这头长须鲸没能逃过抹香鲸的利齿。我认出这是一头南极鲸，扁头，全身乌黑。从解剖学的角度看，它跟白鲸和北角海域的鲸鱼的区别在于七根颈椎骨的连接方式不同，而且比它的同类多两根肋骨。这头不幸的鲸鱼侧躺在洋面上，腹部都是被牙齿咬的窟窿，已经一命呜呼。在它残缺的鳍上还悬着一头被它从屠杀中救出来的幼鲸。它的嘴张开着，任凭海水通过它的鲸须进出。

尼摩艇长指挥“鹦鹉螺号”驶到了这具鲸尸旁，他手下的两名船员登上鲸鱼那侧躺着的身躯。我不无惊讶地看到他俩挤干了鲸鱼乳房里的全部乳汁，足足有两三吨重。

艇长递给我一杯还冒着热气的鲸奶，我不能不推辞说，不喜欢喝这种饮料。他向我保证，这种奶好喝极了，与牛奶没有任何区别。

我尝了尝味道，并且同意他的看法。因此，对于我们来说，这又是一种有用的储藏品，因为，用这种奶做咸白脱或奶酪，可以为我们日常伙食增添一种佳肴。

自那天以后，我忧虑地注意到，尼德·兰对尼摩艇长的态度每况愈下，我决定密切注视加拿大人的一举一动。

十三

大浮冰

“鹦鹉螺号”沿着西经50度,继续不变地往南快速行驶。这样看来,它是要去南极喽?我想不会。因为,迄今为止,所有想去南极的尝试都以失败而告终。再说,去南极的季节也早已过了,因为南极地区的三月十三日就相当于北极地区的九月十三日,马上就要秋分了。

三月十四日,我在南纬55度见到了一些浮冰,那不过是一些边长20—25英尺的灰白色碎冰,形成了一块块露出海面的礁石,任凭海浪拍打。“鹦鹉螺号”一直在洋面上行驶。尼德·兰曾在北极海域打鱼,对这些冰山景观早已习以为常,而我和龚赛伊则是生平第一次欣赏这种景色。

洋面上,一条令人目眩的白色长带向南一直延伸到地平线边,英国捕鲸船称之为“冰带”。哪怕冰层再厚,也不能够使冰带变暗。它预示着浮冰区或浮冰山的出现。

果然,不久就出现了一些表面炫目的巨大浮冰。它们的光泽随着云雾的变化而变化,有些浮冰呈现出绿色的纹理,就像是用硫酸铜勾画了它们起伏不平的纹路;另几块就好像是巨大的紫水晶,任凭光线渗透,把阳光折射在无数的晶体面上。这些有别于石灰石强烈反光的冰块,用来建造一座大冰城看来是绰绰有余。

越是往南走,像岛屿一样的浮冰就越多,而且越大。成千上万的极地飞鸟在一座座冰岛上垒窝筑巢。海燕、羽毛黑白相间的海鸟和鹱鸟的叫声震耳欲聋。有些飞禽把“鹦鹉螺号”当做了鲸鱼的尸体,飞来停栖在它的船体上,用它们坚硬的尖嘴把钢板啄得叮当作响。

在这段穿梭于浮冰之间的航行期间，尼摩艇长常常待在平台上，仔细地观察着这荒无人烟的海域。我发现他那双平静的眼眸有时会变得熠熠发亮。他心里是否在想，在这片人类无法抵达的极地海域，他才有宾至如归的感觉，自己才是这片难以跨越的空间的主宰呢？也许是吧。不过，他一言不发，木然不动，只有当他本能地意识到自己是在指挥潜艇航行时才回过神来。这时，他正娴熟地指挥着“鹦鹉螺号”，灵巧地避开了大浮冰的撞击。有些大浮冰竟长达好几海里，高达70—80米。我们的视线常常被完全遮住。我们航行到南纬60度附近，便无法前进。不过，尼摩艇长仍然在仔细地寻找通道，很快就找到了一个狭窄的缺口。他大胆地指挥“鹦鹉螺号”插了进去，而且明知，“鹦鹉螺号”通过以后，后面的水道马上就会结冰。

在这位灵巧的艇长的指挥下，“鹦鹉螺号”就这样逾越了所有的浮冰。这些浮冰根据它们的形状和大小，被着了迷的龚赛伊细分为：冰山或山脉，冰原或平坦、无垠的原野，浮冰或漂浮的冰块，冰块或碎冰块，圆形的叫冰团，长条形的就叫冰条。

气温非常低，放置在外面空气里的温度计指示的气温是零下二至三度。我们穿着暖和的海豹或海熊皮袄。“鹦鹉螺号”的舱里有电热器恒温供暖，外面再冷里面也感觉不到。况且，它只要潜入距离海平面几米以下的水层，就能够处于可忍受的温度之中。

早两个月到这个纬度的地区来，我们就能遇上二十四小时的白昼。不过，眼下这里的黑夜已经有三四小时长了。再过一段日子，极地就要被黑夜笼罩整整六个月。

三月十五日，我们越过了新设得兰群岛和奥克尼群岛所处的纬度。艇长告诉我，从前这些陆地上栖息着许多海豹家族。但是，那些英国和美国捕鲸船疯狂地滥杀成年海豹和怀胎的雌海豹。在他们大肆屠杀以后，昔日生机勃勃的陆地变得死气沉沉。

三月十六日上午八时左右，“鹦鹉螺号”沿着西经55度驶入了南极圈。冰山把我们团团围住，挡住了我们的视线。不过，尼摩艇长总能一段一段地通过，逐渐向南极逼近。

“他到底要去哪里？”我问道。

“得去问他，”龚赛伊回答说，“反正，到不能再往前走时，他总会停下来的。”

“这个,我不敢肯定!”我应答道。

不过,坦率地讲,我承认,这次探险旅行我一点都不觉得厌烦。这些陌生地区的美景令我赞叹不已,我不知如何来表达自己的感受。冰山世界气势磅礴,千姿百态。这里构成了一座东方城市,清真寺和尖塔林立;那里是一座沉陷的城郭,犹如发生过一场陷落地震。沿途的景观在阳光的斜照下变幻莫测,或者消失在灰蒙蒙的暴风雪中。四周到处都有冰山在崩裂和坍塌,翻了几个大跟斗以后,像透镜画的风景一样变换了景色。

当“鹦鹉螺号”在水下航行的时候,冰山失去平衡时所发出的响声在水里以可怕的强度传播,冰山坍塌产生的巨大旋涡一直卷到海洋的深水层。这时,“鹦鹉螺号”左右摇晃,前后颠簸,像一条在惊涛骇浪里失去控制的船只。

常常看不到任何去路,我以为我们最终要被“囚禁”在这里了。可是,哪怕是凭借再细微的迹象,尼摩艇长总能出于本能,寻找到新的去路。他观察冰封的原野上纵横的浅蓝色细流,从不出错。因此,我不能不怀疑,他曾经驾驶“鹦鹉螺号”来过南极海域探险。

然而,三月十六日白天,冰原完全挡住了我们的去路。这还不是什么大浮冰,而是因严寒而冻结的辽阔冰原。这个障碍难不倒尼摩艇长,他驾驶着“鹦鹉螺号”猛烈地冲向冰原。“鹦鹉螺号”像一根楔子一样插入了这片易碎的冰块,在巨大的咔嚓声中撞破了冰层。它简直是由无穷大的力量推进的古代撞城墙用的羊头撞锤。高高溅起的碎冰像冰雹一样纷纷在我们周围落下。光凭借推动力,我们的潜艇为自己开辟了一条航道。有时候,它一下子冲到冰层上,依靠自己本身的重量把冰层压碎;有时候,它却钻到冰层底下,仅仅做一个前后颠簸的动作,就能够制造几条宽阔的裂痕把冰层破开。

这几天白天,我们饱受飞溅的冰屑的袭击。有时大雾弥漫,站在潜艇的一端会看不见潜艇的另一端;有时,突然狂风大作,大雪飞舞,厚厚的积雪得用铁镐才能凿开。只要在零下五度的气温下,“鹦鹉螺号”全身上下就会被冰层覆盖。如果是一艘帆船,那么滑轮都会被冻结在滑轮槽里,帆索有可能无法张开。只有不使风帆、由不烧煤炭的电动机推进的船才能够到如此高纬度的海域来冒险。

在这样的气候条件下,气压计的指针一般处于低数值的水平,甚至跌到了73.5厘米。罗盘则没有任何准确性可言,越是靠近不能与地理南极混为一谈的地磁南极,发了疯似的指针指示的方向就越是南辕北辙。因为,按照汉斯顿的观点,地磁南极大概位于南纬70度、东经130度;而根据杜佩雷[①]的观察,地磁南极位于南纬70度30分、东经135度。因此,必须把罗盘挪动到潜艇的各个部位,进行多次观察,再取各次观察的平均值,才能得出大致的方位。不过,我们往往凭估计来标注"鹦鹉螺号"航行的路线。由于航线蜿蜒曲折,方位标不断变换,用这种方法标注航线不太令人满意。

三月十八日,"鹦鹉螺号"在徒劳地冲击了20次以后,最后终于被卡住了。这回挡住"鹦鹉螺号"去路的,既不是冰团、冰条,也不是冰封的原野,而是层层叠叠、连绵不断的冰山。

"遇到了大浮冰!"加拿大人对我说道。

我明白,如同在我们之前的航海家眼里那样,在尼德·兰看来,这是一个不可逾越的障碍。中午时分,太阳露出了一会儿工夫。尼摩艇长得以相当准确地测定我们的方位:南纬67度39分、西经51度30分。这已经是南极地区纵深的一点。

我们的眼前再也看不到大海和海面。一片跌宕起伏的广袤平川在"鹦鹉螺号"的冲角下延伸。平川上到处是东倒西歪、横七竖八的冰块,看上去就像是一条刚刚解冻不久、河面一片狼藉的大河,不过远远要比大河壮观。眼前,像细针一样、高达200英尺的陡峭冰峰拔地而起,星罗棋布;远处,一片灰蒙蒙的悬崖峭壁,犹如一面大镜子一样,折射着透过云雾的几缕阳光。在这个荒凉的冰雪世界里,笼罩着原野的寂静偶尔被几只海燕和鹱鸟拍打翅膀的响声所打破。一切都被凝冻了,甚至声音。

"鹦鹉螺号"不得不在茫茫冰原上停止了它的冒险旅行。

"先生,"这天,尼德·兰对我说,"如果您的艇长还能继续……"

"那么又怎样呢?"

"那么,他就是一个人中豪杰。"

"为什么,尼德?"

---

① 杜佩雷(1786—1865):法国海员、水文地理学家。

“因为没有人能够逾越大浮冰。您的艇长,他虽然很有能耐,不过,活见鬼!总不会比大自然更有能耐吧!在大自然立下界限的地方,任何人不管是否愿意,都必须止步。”

“不过,尼德·兰,说真的,我很想知道在这大浮冰后面是什么样子的。这个障碍物,它真让我恼火!”

“先生说得对,”龚赛伊说道,“障碍物被发明出来,只是用来激怒学者们的。任何地方都不应该有障碍物。”

“好吧!”加拿大人说道,“谁都知道在这块大浮冰后面是什么。”

“那么,是什么呢?”我问道。

“是冰,永远是冰!”

“尼德,你就这么肯定?”我反诘道,“我可不能。这就是我想过去看个究竟的原因。”

“老实说,教授先生,”加拿大人反驳道,“放弃这个念头吧!您来到了大浮冰前,这已经很不错了。您不可能走得更远。您的艇长和他的‘鹦鹉螺号’也不能。不管他是否愿意,我们必将调头北上,也就是说,返回安分守己的人居住的国家。”

我应该承认,尼德说得对。只要船不是为了在冰原上行驶而建造的,那么在大浮冰前面只能停下来。

确实,尽管“鹦鹉螺号”尽了最大的努力,使出浑身解数想破开大浮冰,但是大浮冰依旧岿然不动。通常,前面走不通,就折回来往回走。可是,在这里,后退与前进一样不可能,因为我们身后的水路都已经结冰。我们的潜艇只要静止一会儿不动,马上也会被冻结住。下午两点,甚至就发生了这样的情况。新的冰层以惊人的速度在潜艇的两侧形成。我不得不承认,尼摩艇长的行为实在是太鲁莽了。

当时,我正在平台上。艇长观察了一会儿情况之后,对我说:

“怎么样,教授先生,有何高见?”

“我想,我们是被困住了,艇长。”

“被困住了!您这话是什么意思?”

“我是想说,我们现在是进退不得,左右为难。我以为,这就是所谓的‘被困’,至少在有人居住的大陆上是这么个意思。”

“如此说来,阿罗纳克斯先生,依您之见,‘鹦鹉螺号’是脱不了身了?”

“难啊,艇长。因为季节已经很晚了,您不能指望冰块解冻。”

“是吗?教授先生,”尼摩艇长用讥讽的口吻回答说,“您一点没变,总是只看到障碍和阻拦!我可以向您保证,‘鹦鹉螺号’不但能够脱身,而且还能够走得更远!”

“往南走得更远?”我疑惑地看着艇长问道。

“是的,先生。它要去南极!”

“南极!”我大声喊道,情不自禁地做了一个怀疑的动作。

“是的,”艇长冷冷地回答道,“去南极,这个地球上各条经线汇集的陌生地方。您应该知道,我要用‘鹦鹉螺号’来做我想做的事。”

是的,我知道,他想用“鹦鹉螺号”来做他想做的事。我还知道,他是一个胆大到鲁莽的人!可是,要克服去南极路上的重重障碍,去比最勇敢的航海家都没有到过的北极还要难行的南极,这难道不是一件只有疯子才想得出来的绝对荒谬的事吗?

这时,我的脑海里闪过一个念头:问问尼摩艇长是否曾经来过这个还从未有人光顾的南极探险。

“没有,先生。”艇长干脆地回答说。“我们将一起去发现它。在别人失败的地方,我不会失败。我还从来没有驾驶着我的‘鹦鹉螺号’来这么远的南极海域。不过。我向您再重申一遍,它一定会开得更远。”

“我愿意相信您,艇长。”我略带讥讽地继续说道,“我相信您!我们向前走啊!我们的前面没有障碍!冲破这块大浮冰!让我们把它炸了!如果炸不掉它,那么我们就给‘鹦鹉螺号’安上翅膀,好让它从上面飞过去!”

“从上面?”尼摩艇长不慌不忙地回答说,“教授先生,不是从上面,而是从下面过去。”

“从下面?”我大声喊道。

尼摩艇长突然披露了他的打算,使我心里豁然开朗。我明白了。“鹦鹉螺号”卓越的性能将再次为他从事这项超凡的事业效力!

“教授先生,我觉得,我们开始互相理解了。”尼摩艇长略带笑容地对我说道,“您也已经隐约地预感到进行这种尝试的可能性,而我会说进行这种尝试的成功。普通船只做不到的事,对于‘鹦鹉螺号’来说,只是小事一桩。

如果南极出现了一块大陆，那么它会在这块大陆前止步。但是，如果情况相反，南极是沐浴在一片未被冰封的海洋里，那么，它必将抵达南极！”

“的确如此，”我受艇长推理的影响，应和道，“虽然海洋的表面已经被凝冻，但是，根据海水的最大密度比冰点大一度这个颠扑不破的道理，下层海水仍应该是可以自由通行的。而且，如果我没有弄错的话，这些大浮冰浸在水里的部分与浮出水面的部分两者的比例应该是4:1吧？”

“差不多，教授先生。冰山要是露出水面一英尺，那么水下就有三英尺。所以，既然这些冰山的高度不超过100米，它们的水下部分也不会超过300米。300米深，对于‘鹦鹉螺号’来说，又算得了什么呢？”

“是算不了什么，先生！”

“它甚至能够潜入更深的水层，去寻找水温相同的水层。在那里，我们就不用忍受海面零下三四十度的低温。”

“说得好，先生，好极了！”我激动地赞许说。

“唯一的困难是一连好几天潜入水下不能替换空气。”艇长接着说道。

“这不难解决吧？”我反驳道，“‘鹦鹉螺号’上备有巨大的储气舱。我们把储气舱全部充满，就能供给我们所需要的氧气了。”

“您想得倒不错，阿罗纳克斯先生！”艇长微笑着说，“不过，为了不让您指责我鲁莽，我得事先把自己全部的不同想法都告诉您。”

“您还有不同想法？”

“还有一个。如果南极有海，而且南极海全部被冰封住了，那么我们有可能因此而永远回不到水面上来了！”

“就算是这样，先生，请别忘了，‘鹦鹉螺号’的冲角令人生畏！我们难道不能驾驶‘鹦鹉螺号’沿着对角线冲击冰层，把它破开？”

“哎，教授先生，您今天主意可真多！”

“再说，艇长，”我越说越激动，“我们在南极为什么就不会像在北极一样遇到可以自由通行的大海呢？无论是南半球还是北半球，地理极地就是寒冷的极地。因此，在找到相反的证据之前，我们应该假设，在地球的两个极点要么是大陆，要么是没有被冰封的海洋。”

“阿罗纳克斯先生，我也这么认为。”尼摩艇长回答说。“我只是要提醒您，您在发表了那么多反对鄙人计划的意见之后，现在又提出赞同它的意见来压我。”

尼摩艇长说的是实话，我最终比他还要胆大！是我劝说他去南极的！我赶到了他的前头，把他甩在了后面……其实不然，可怜的傻瓜！尼摩艇长要比你更加清楚这个问题的正反两方面，他只不过是想让你陷入不现实的幻想中想入非非，以此作为消遣！

不过，艇长一刻也没有拖延，发出信号叫来了大副。他俩用他们那种别人听不懂的语言匆匆交谈起来，也许大副事先已经知道这项计划，也许他觉得这项计划可行。总之，他没有露出丝毫吃惊的样子。

虽然他表现得那样的无动于衷，但比起龚赛伊来还是逊色不少。当我把我们去南极的意图告诉这位可敬的小伙子时，他竟然毫无反应，一句“只要先生乐意”就把我给打发了。我也只好知足了。至于尼德·兰嘛，如果有人耸肩，那么一定是他这位加拿大人。

“瞧，先生，”他对我说，“您和您的艇长真让我觉得可怜！”

“不过，我们要去南极，兰师傅。”

“有这种可能，但你们别想回来！”

尼德·兰回自己的房舱去了。临走时，他说了一句“别把生命当儿戏”。

然而，进行这个大胆的尝试的准备工作业已开始。“鹦鹉螺号”的强功率气泵正在压缩空气，用高压把空气存入储气舱里。下午四点左右，尼摩艇长跑来告诉我，舱盖马上就要关闭。我向我们即将要逾越的厚厚的大浮冰投去了最后一瞥。此时，天气晴朗，空气非常纯净，寒气逼人，气温是零下12度。不过，风已经静了下来，所以，这个气温也不觉得过分地难以忍受。

十来名船员手握铁镐，来到“鹦鹉螺号”的两侧，把潜艇周围凝结的冰砸碎。新结的冰层还不厚，清理冰冻的工作进展顺利。潜艇很快就松动了。我们都回到了舱里。通常使用的储水舱灌满了吃水线两侧没有结冰的海水。“鹦鹉螺号”马上就潜入了水中。

我和龚赛伊一起坐在客厅里。透过防护板开着的舷窗，我们在观看南极海的下层水域。温度计的指针重新回升，压力表的指针在刻度盘上不停地移动。

就如同尼摩艇长预计的那样，大约下潜到300米以下的水层，我们就能在大浮冰起伏不平的表面底下航行。不过，“鹦鹉螺号”下潜得更深，一直到 800 米的深水层。水温在海洋表面是零下 12 度,现在只有零下 11 度了。我们已经赢得了两度[①]。当然,"鹦鹉螺号"舱里因使用电热器而始终保持在很高的温度。一切操作都非常精确地进行着。

"不怕惹恼先生,我说,我们会通过的。"龚赛伊对我说。

"我就指望这个了!"我用深信不疑的语气回答道。

在这个能自由航行的水层,"鹦鹉螺号"沿着西经 52 度,径直向南极驶去,从南纬 67 度 30 分到南纬 90 度,还要航行 22.5 度的纬度,也就是说,还要行驶 500 多法里。"鹦鹉螺号"的平均时速是 26 海里,相当于特快列车的速度。如果它能保持这个时速,那么只要航行 40 小时就能抵达南极。

夜里有一段时间,新奇的景色把我和龚赛伊一直留在了客厅的舷窗前。潜艇的舷灯照亮了海水,但是周围的水域一片荒芜。鱼类不喜欢在死水区里逗留。从南极地区的海洋到没有结冰的南极海,它们只能在这里找到一条通道。我们行驶得很快,从长长的钢铁船身的震动中能感受到这一点。

凌晨两点左右,我回卧室去休息几个小时,龚赛伊学我样也离开了客厅。经过通道时,我没有遇见尼摩艇长。我猜想他正在驾驶舱里指挥。

第二天,三月十九日清晨五点,我又回到了客厅。电动测速仪告诉我,"鹦鹉螺号"已经放慢了速度。此时,它正在排空储水舱,向海面上浮,不过很慢。

我的心怦怦直跳,我们能否浮出水面,并且呼吸到极地的新鲜空气?

不能!一阵撞击声告诉我,"鹦鹉螺号"撞到了大浮冰底部的表面。根据撞击声估计,冰层还很厚。用航海术语讲,我们"触礁"了。不过,方向相反,是在 1 000 英尺深的水下。也就是说,在我们的头顶上,有 2 000 英尺厚的冰层,其中 1 000 英尺[②]浮出水面。因此,这里大浮冰的高度大于我们在它边缘测得的高度。形势不容乐观。

这天白天,"鹦鹉螺号"反复尝试了好几次,每次都碰到了它头顶上的"天花板"。有几次,它在 900 米深的水中碰到了"天花板",也就是说,浮冰有 1 200 米厚,其中 200 米[③]浮出洋面。现在浮冰的高度是"鹦鹉螺号"潜入

① 原文如此,照译。

② 原文如此。

③ 原文如此。

水里时的两倍。

我仔细地记下了各个深度，从而就这样获得了延伸到水里的那部分浮冰山脉的轮廓。

晚上，我们的处境没有发生任何变化，在400—500米深的水层老是碰到浮冰。浮冰的厚度明显减小，可是，在我们和洋面之间仍然有多么厚的冰层！

此时已经是晚上八点，按照日常惯例，四小时以前就应该调换潜艇舱里的空气了。虽然尼摩艇长还没有动用潜艇上的储备氧气，但我并不觉得十分难受。

这天夜里，我难以入睡。希望和忧虑轮番向我袭来。我起来了好几次，“鹦鹉螺号”还在尝试。凌晨三点左右，我注意到，我们仅仅在50米深的水层碰到了浮冰底部的表面。冰山重新变成了冰原，山脉变成了平原。

我的眼睛没有再离开压力表。我们呈对角线沿着在灯光照耀下闪闪发光的浮冰底部表面，一直在上浮。大浮冰像不断延伸的斜坡，上下都在变薄，一海里一海里地在变薄。

最终，三月十九日这难忘的一天，早晨六点，客厅的门打开了，尼摩艇长出现了。

“没有被冰封的海域到了！”他对我说。

十四

南极

我急不可待地来到平台上。是的，大海没有被冰封。海面上稀疏地漂浮着几块冰块和几座浮动的冰山。远处，是一片波光粼粼的辽阔大海，鸟群在空中飞翔，鱼群在水里遨游。海水的颜色因水深而异，从深蓝到橄榄绿不一。温度表指示的气温是零上 3 度，这是封闭在大浮冰后面的相对的春天。在北边的海平面上，远处的大浮冰隐约可见。

"我们是在南极吗?"我问尼摩艇长，心脏怦怦直跳。

"我也不知道。中午，我们要测定方位。"他回答道。

"太阳能穿透这么厚的云雾?"我看着灰蒙蒙的天空问道。

"太阳能稍微露一会儿面就行了。"艇长回答说。

在"鹦鹉螺号"南边 10 海里的海面上，有一座孤零零的小岛，大约露出水面有 200 米。我们向小岛驶去，不过速度很慢，因为在这一片海域很可能会有暗礁。

一小时以后，我们抵达小岛。然后，我们花了两个小时环岛转了一圈。小岛的周长大概有四五英里。一条狭窄的水道把小岛与一块辽阔的陆地隔开，这也许是一个大陆，我们一眼望不到陆地的边缘。这块陆地的存在似乎证实了莫里的假设。事实上，这位美国工程师曾经指出，在南极和南纬 60 度之间，海洋上覆盖着体积巨大的浮冰，在北大西洋是永远也见不到的。因此，他得出如下结论：南极圈里有一大片陆地，因为冰山不可能在大海中央，而只能在沿海形成。根据他的推算，覆盖南极的冰层形成了一个直径大约 4 000 公里的冰被。

此时，"鹦鹉螺号"害怕搁浅，停泊在离一片沙滩三链远的海面上。沙滩上悬崖峭壁林立。潜艇放下了小艇。艇长和两个携带仪器的船员，带着我和龚赛伊登上了小艇。此时是上午十点，我没有看见尼德·兰。显然，这个加拿大人是不愿意低头承认南极已经在我们眼前。

没划几桨，小艇就搁浅在沙滩上。龚赛伊正要往陆地上跳，被我一把拉住。

"先生，"我对尼摩艇长说，"第一个踏上这片陆地的荣誉应该属于您。"

"是的，先生，"尼摩艇长回答说，"我之所以毫不犹豫地把脚踩在南极的这片土地上，那是因为，迄今为止，还没有一个人在这片土地上留下过足迹。"

话音刚落，尼摩艇长轻轻地跳到了沙滩上。想必，一阵激动加快了他的心跳。他爬上了一块倾斜成小岬角的峭壁。他交叉着双臂站在峭壁上，纹丝不动，一言不发，目光炽热，俨然已成了南极地区的主宰！五分钟的陶醉之后,他转过身来,面对着我们。

“先生,请上来吧!”他朝我喊道。

我下了小艇,身后跟着龚赛伊,把两名船员留在了小艇上。

这一大片土地上都是淡红色的凝灰岩,仿佛是用碎砖铺就的,上面覆盖着火山的岩渣、熔岩流和浮石。可见,这里是一座火山岛。某些地方还飘逸着火山气体散发的硫磺气味,这证明山体内部的熔岩依然具有强大的爆发力。不过,我爬上了一堵高耸的峭壁,在方圆几英里的范围内没有发现一座火山。我们知道,在南极地区,詹姆斯·罗斯①在南纬 77 度 32 分、东经 167 度发现了正在活动的埃里伯斯火山和泰罗尔火山的喷口。

在我看来,这个荒芜的大陆植物种类极其有限。黑色的岩石上长着几片稀稀拉拉的地衣。一些微生胚芽,如退化了的硅藻——栖息在石英质贝壳里的植物细胞,依附在小鱼鳔上、任由海浪冲上岸来的紫红和暗红色长条墨角藻,是这个地区的全部植物种类。

海滩上软体动物星罗棋布:小贻贝、帽贝、甲壳光滑的心贝,尤其是头部长着两瓣圆叶的长方形膜贝。我还看到许许多多长三厘米的北极贝,鲸鱼一口就要吞下成千上万。这种可爱的翼足动物,名副其实的海中蝴蝶,给岸边未冻结的海水增添了无限的生机。

至于植形动物嘛,主要有浅滩上露出的珊瑚枝杈——按照詹姆斯·罗斯的说法,在南极海域 1 000 米以下的深水层仍生长着这种珊瑚树;接下来是,一些不大的海鸡冠,大量的适宜这里气候的海盘车,以及平摊在海滩上的海星。

不过,在这里,生命力最旺盛的地方还要数天空。成千上万只各种各样的海鸟或在空中飞翔,或在海面上飞舞,它们的鸣叫声震耳欲聋。栖满岩石的其他鸟类毫无惧色地看我们从它们身边走过,亲热地挤到我们的脚旁。那是一些在水里身手敏捷、反应灵敏——我们有时还误以为它们是行动敏捷的舵鲣——而在陆地上却笨头笨脑、行动不便的企鹅。它们爱叫而不好动,不停地发出古怪的叫声,成群结队地聚集在一起。

---

① 詹姆斯·罗斯(1800—1862):英国极地探险家,曾在南极洲发现了罗斯海和维多利亚地。

在飞禽当中，我还见到了属于涉禽类的南极白鸻，像鸽子那么大，全身白色，喙短而尖，眼睛外有一圈红色的眼眶。龚赛伊捕捉了几只白鸻带回“鹦鹉螺号”。这种飞禽烹调得当，味道还是不错的。几只翼展达四米的煤烟色信天翁从空中飞过，它们被恰如其分地叫做海洋秃鹫。此外，还有一些翼呈弯弓的巨大海燕——捕食海豹的行家里手、黑白分明的小海鸭，以及各种各样的海燕——有的是灰白色的，翼端有褐色点缀；有的是蓝色的，为南极海域特有——从我们眼前飞过。我告诉龚赛伊“那种灰白色的海燕肥得滴油，法罗群岛的居民在它们身上插一根灯芯作为灯来点”。

“就差这么一点，不然的话，它们就是完美无缺的油灯了！”龚赛伊回答说。“不过，我们毕竟不能要求大自然事先让它们长好灯芯啊！”

我们走了半英里路，地上到处是企鹅垒的巢穴，一种专门为产卵而筑的洞穴。巢穴里逃出来许多企鹅，发出驴吼般的叫声。它们黑色的肉很好吃，尼摩艇长后来下令捕捉了几百只。这种动物有鹅那么大，背部深灰色，腹部呈白色，脖子上镶着一条柠檬色的边。它们任凭你用石块猎杀，却不知道逃命。

然而，雾还是不散。上午十一点，太阳仍然没有露面。因此，我开始担忧起来，太阳不露面，就无法进行观察。这样，如何确定我们是否已经抵达南极呢？

我去找尼摩艇长，看见他静静地倚靠在一块岩石上，翘首仰望着天空。他显得有点焦虑不安，闷闷不乐。可是又有什么办法呢？这个人虽然胆略过人，本领高强，但不能像操纵大海那样随心所欲地使唤太阳。

正午到了，但太阳一刻也没有露面。我们甚至无法看清它在浓雾后面的位置。浓雾很快就变成了雪花。

“明天再说吧。”艇长只跟我说了这句话。我们在滚滚浓雾中回到了“鹦鹉螺号”上。

我们不在潜艇上时，渔网已经撒下。我饶有兴趣地观赏着刚被捕上来的鱼。南极海域成了大量洄游鱼类的庇护地。这些洄游鱼躲避了纬度较低的区域的风暴，但——说真的——却落入了海豚和海豹的嘴里。我看到几条十来厘米长的南极杜父鱼，这是一种淡白色的软骨鱼，身上有青灰色的条纹，还长有尖刺；还有几条南极银鲛，长达三米，身体细长，皮白光滑，银光闪闪,圆头,喙上长着一根朝嘴里弯的长鼻。我品尝过这种鱼的肉,觉得没有什么味道,尽管龚赛伊赞赏有加。

暴风雪一直持续到第二天,待在平台上是不可能的了。于是,我在客厅里写这次南极大陆之行的游记,在暴风雪中戏耍的海燕和信天翁的欢叫声不绝于耳。“鹦鹉螺号”并没有停泊着不动,而是在夕阳西下的余晖中沿着海岸又向南行驶了十来海里。

第二天,三月二十日,雪已经停了,寒气更加逼人。温度表指示的气温是零下二度。晨雾开始散去,我希望,这一天,我们能够进行观察。

尼摩艇长还没有露面,小艇把我和龚赛伊送到了陆地上。这里的土质还是一样,都是些火山土,到处是熔岩石、岩渣和玄武石,我没有看见喷吐它们的火山口。这里跟那里一样,无数的海鸟活跃在南极大陆的这片土地上。不过,它们与一群群家族庞大的海洋哺乳动物共同主宰着这个帝国。海洋哺乳动物用温顺的目光看着我们。它们都是些种类不同的海豹,有的懒懒地躺在地上,有的睡在漂浮的冰块上,有好几只海豹从水里钻出来,或滑入水中。它们从来没有跟人类打过交道,我们走近它们,它们也不知道逃跑。我粗略地估算了一下,这么多的海豹足够几百艘船装的。

“我的天哪,”龚赛伊说道,“幸亏,尼德·兰没有陪我们一起来。”

“龚赛伊,为什么说这种话?”

“因为这个发疯的猎手会把它们斩尽杀绝的!”

“斩尽杀绝,也未免太夸张了吧!不过,我确实相信,我们无法阻止这位加拿大朋友用鱼叉捕杀几头漂亮的鲸类动物。这会惹尼摩艇长不高兴的,因为他不想看到这些不伤人的动物白白流血。”

“他做得对。”

“那是。龚赛伊,告诉我,你给这些漂亮的海洋动物标本分类了没有?”

“先生很清楚,”龚赛伊回答说,“我在实践方面并不在行。如果先生把这些动物的名字告诉我……”

“这都是些海豹和海象。”

“这两属都属于鳍脚科,”我的学者龚赛伊忙接着说道,“食肉动物目,趾甲动物群,海豚亚纲,哺乳动物纲,脊椎动物门。”

“好,龚赛伊。”我赞许道。“这两属动物,海豹和海象,如果我没有弄错的话，又分为几种。在这里，我们有的是机会对它们进行观察。走吧。”

此时是上午八点。我们离有效观察太阳的时间，还有四个小时可以利用。我朝着一个凹入岸边花岗岩峭壁的宽阔海湾走去。

在那里，我可以说，我们周围一望无际的陆地和冰块上挤满了海洋哺乳动物。我不经意地用目光搜寻老普罗透斯，这位神话故事里为尼普顿海神看管羊群的牧羊人。这里的哺乳动物主要是海豹。它们分成不同的群体，雌、雄混居，父亲照看着家族，母亲在给幼崽喂奶，有几只已经相当强壮的幼海豹在离开群体几步远的地方自由玩耍。这些哺乳动物靠收缩身体，笨拙地使用不发达的鳍小步跳跃着行走。而它们的同类海牛的鳍则可以当做前臂来使唤。我要说，这些脊柱能动、毛短而密的蹼足动物，在它们适宜的环境——水里游泳时动作娴熟，令人敬佩；在陆地上休息时姿势优美，憨态可人。因此，古人看到它们温柔的容貌、富有表情的眼神——就连女性最妩媚的眼神也望尘莫及——以及清澈似水、温柔如天鹅绒的明眸和可爱的姿态，便以他们特有的方式来美化它们，把雄性比作半人半鱼的海神，将雌性喻为鱼美人。

我告诉龚赛伊这些聪明的鲸类动物的脑叶十分发达。除了人类以外，没有一种哺乳动物有它们聪慧。因此，海豹能够接受某些训练，很容易驯养。我和某些博物学家认为，只要驯养得当，它们就能像猎犬那样为人类效力。

这些海豹大多躺在岩石或沙子上。在这些没有外耳——借此区别于外耳明显的海狮——的严格意义上的海豹中间，我观察到好几种狭嘴海豹。它们身长约有三米，白色的皮毛，脑袋像猎犬头，两颌各长十颗牙齿，上下各有四枚门牙和两枚百合花状的大虎牙。在它们中间还混杂着几只海象，那是一种鼻短、能动的海豹，同种中体魄最大，体围有 20 英尺，身长十米。我们走近它们，而它们却毫不理会。

“它们不会伤害人吧？”龚赛伊问我。

“不伤害人，除非受到攻击。”我回答说。“一头海豹保护自己的子女时，发起怒来是很可怕的，把小渔船撞成碎片也不是什么罕见的事。”

“它有权这么做。”龚赛伊应和道。

“我并没有说它没有这种权利。”

我们又走了有两英里路，被一座为海湾遮蔽南风的岬角挡住了去路。这座岬角垂直插入海中，海浪拍打在上面溅起朵朵浪花。岬角的那边传来阵阵可怕的吼声，好像是一群反刍动物在咆哮。

“听，好一场公牛大合唱！”龚赛伊说道。

“不，是海象大合唱。”我纠正说。

“它们在打架？”

“在打架或嬉闹。”

“如果先生不反对的话，应该过去看看。”

“是应该去看看，龚赛伊。”

于是，我们开始翻越浅黑色的岩石，行走在一片没有预想到的乱石堆里和因结冰而滑脚的石块上。我不止一次摔倒在地，险些把腰给闪了。龚赛伊比我小心，或者比我结实，几乎没有摔跤。每次，他一边扶我起来，一边对我说：

“如果先生愿意叉开双脚行走，那么就更容易保持平衡。”

我们来到岬角的尖顶，我望见了一大片白茫茫的平地，上面挤满了海象。它们在互相戏耍，因欢乐——不是发怒——而发出阵阵叫声。

海象在体形和四肢分布方面很像海豹。不过，它们的下颌上不长虎牙和门牙，而上颌上的虎牙是两根长 80 厘米、牙根周长 33 厘米的獠牙。这两根獠牙是结实无纹的象牙质的，其质地比象牙还要坚硬，而且不容易发黄，所以颇受青睐。因此，海象成了狂捕滥杀的对象。捕猎者们不管是怀胎的母象还是年幼的小象，每年要捕杀 4 000 头以上。所以，要不了多久，海象就会濒临灭绝。

我走近这些有趣的动物，它们也毫不理会。因此，我得以随心所欲地仔细观察它们。它们的皮又厚又粗糙，浅黄褐色，接近褐色，毛短而稀疏。有几头海象长达四米。它们比北极的同类来得安静，而且大胆，并不派遣经过挑选的哨兵看守自己的营地。

考察过海象城之后，我想该回去了。已经十一点了，如果尼摩艇长能遇上测定方位的有利条件，我希望能在现场看他操作。天哪，我并不抱希望能见到太阳：天边乌云滚滚，遮住了太阳。这颗爱嫉妒的恒星仿佛不愿意向人类揭开地球上这个难以接近的极地的神秘面纱。

尽管如此，我还是想回“鹦鹉螺号”。我们沿着悬崖顶上一条陡峭的小道往回走。十一点三十分，我回到了登陆的地点。小艇仍停泊在沙滩上，不过已经把艇长送到了陆地上。我看到艇长站在一块玄武石上，他随身携带的仪器就架在他的身旁，他的眼睛眺望着北面的天边，太阳正在那里画一条长长的曲线。

我走到他的身旁，一声不吭地等待着。正午到了，跟昨天一样，太阳没有露面。

方位还是没法测定，这是命运。要是明天还是没法完成，我们只能最终放弃测定我们所处的方位。

因为，今天正好是三月二十日。明天是二十一日，也就是这里的秋分。如果不算阳光的折射，太阳将从地平线上消失六个月。随着太阳的消失，漫漫的极地长夜就开始了。从九月的春分到十二月二十一日，太阳一直从北边的地平线上出现，呈长长的螺旋形上升。十二月二十一日，正是南极地区的夏至，太阳重新开始下降。明天该是太阳在南极洒下最后几缕余晖的日子。

我把自己的想法和忧虑告诉了尼摩艇长。

“您说的有道理，阿罗纳克斯先生。”他对我说，“如果明天仍然观察不到太阳的高度，那么在六个月内，我不能进行这项操作。而且，正好因为我们碰巧是在三月二十一日来到这一带海域，如果中午太阳能露面的话，我们的方位是很容易测定的。”

“这是为什么呢，艇长？”

“因为当太阳呈漫长的螺旋形上升时，很难准确地测量它在地平线上的高度，仪器有可能出现严重的误差。”

“您怎么来测定呢？”

“我只要使用我的精密时计就行了。”尼摩艇长回答我说，“如果明天三月二十一日中午，太阳的圆面，包括阳光的折射，正好被北边的地平线平分，那么就说明我们确实到了南极。”

“原来如此，”我说道，“从数学的角度说，这个结论并不十分严谨，因为秋分不一定正好是在中午来临。”

“也许是吧，先生。不过，误差不会超过100米。再说，我们也不需要那么精确。明天见吧。”

艇长回潜艇去了。我和龚赛伊一直在海边观察和研究到下午五点。除了一只大得引人注目的企鹅蛋之外,我没有收集到任何新奇的物品。这枚蛋是灰黄色的,表面有一些线条和花纹点缀,看上去像象形文字似的,这使它成了一件稀罕的摆设。一位收藏家也许愿意出1 000法郎把它买下!我把这枚企鹅蛋交到了龚赛伊这位谨慎的小伙子手中,他腿脚灵便,像捧着一件珍贵的中国瓷器似的,将它完整无损地抱回了“鹦鹉螺号”。

回到潜艇上,我把这枚稀罕的企鹅蛋陈列在陈列室的一个玻璃柜里。晚饭,我胃口不错,吃了一块美味的海豹肝,它的味道有点像猪肉。然后,我就躺下睡觉,在入睡之前少不了像印度教徒一样祈求太阳的恩赐。

第二天,三月二十一日清晨五点,我就登上了平台,发现尼摩艇长已经在那里。

“天气有所好转,”他对我说,“吃过早饭,我们登陆寻找一个便于观察的地方。”

此事说定以后,我就去找尼德·兰,想带他一起去。可是,这个固执的加拿大人拒绝了我。而且,我发现他的沉默和他的坏脾气一样与日俱增。总之,我并不为他在这种场合所表现的固执而感到遗憾。说实在的,陆地上有那么多的海豹,不可能阻止这个鲁莽的渔夫不受这种诱惑的摆布。

用过早餐,我就要登陆了。夜里,“鹦鹉螺号”又往南行驶了几海里。它停泊在远海,距离海岸足有一法里远。海岸边矗立着一座四五百米高的陡峭山峰。小艇载着我、尼摩艇长和两名船员,以及一些仪器,也就是说,一支精密时计、一架望远镜和一支气压计。

在小艇上,我见到了许多南极海域特有的三种鲸鱼:没有脊鳍的平脊鲸或英国人所称的“露脊鲸”;座头鲸,腹部长有褶皱、鳍翅巨大的鳁鲸;褐黄色的长须鲸,是鲸类动物中最好动的一种。长须鲸在喷射高大的水柱时,老远就能听到它们的响声。这三种鲸鱼在平静的海面上成群结队地玩耍。我明白了,这片南极海域现在成了被捕杀者们大肆追捕的鲸类动物的庇护地。

我还看见,樽海鞘——一种缠绕在一起的软体动物——漂动着长长的灰白色须带,巨大的水母在船桨划出的旋涡中左右摇摆。

九点,我们登上了海岸。天空在放晴,云朵在向南逃遁。雾气在冰冷的水面上散去。尼摩艇长向尖峰走去。显然,他是要把它当做自己的天文台。空气里散发着含硫磺气味的火山气体,在尖利的熔岩石和浮石块上攀行十分艰难。尼摩艇长这个已经不习惯在陆地上行走的人,这时攀登非常陡峭的斜坡的灵巧和利索劲儿,且不说我自叹弗如,就连擅长捕猎岩羚的猎人也会羡慕不已。我们花了两个小时才登上这座云斑岩和玄武石混杂的尖峰。站在尖峰顶上,辽阔的大海尽收眼底,北面海平线清晰可辨;我们的脚下,晶莹闪烁的原野白茫茫的一片;我们的头顶,云散天开,露出了蔚蓝色的天空;我们的北边,太阳的圆盘像一个已经被地平线这把利刃削去一角的火球;海面上喷射出上百束美丽的水柱花;远处,"鹦鹉螺号"犹如一头沉睡的鲸鱼静静地躺在海上;我们的背后,南方和东方,是一片辽阔的陆地,岩石和冰块起伏不平,无边无垠。

尼摩艇长一登上峰顶,就用气压计仔细地测量尖峰高度,这是他观察太阳时必须注意的一个因素。

十一点四十五分,在这之前还只能看到折射光的太阳像一轮金盘一样出现在我们眼前,在这块荒凉的大陆和人迹未至的大海上洒下最后的光芒。

尼摩艇长举起能凭借一块镜子纠正折射光的十字丝望远镜,观察正沿着一条长长的对角线渐渐地落入地平线以下的太阳。我手捧着精密时计,心脏在剧烈地跳动。如果精密时计指示的时间是中午,而且太阳正好一半消失在地平线以下,那么我们就是在南极了。

"中午到了。"我喊道。

"正是南极!"尼摩艇长一边庄严地回答,一边把望远镜递给我。我举起望远镜,太阳正好被地平线切成了两个等份。

我看着最后几缕阳光辉映在我们脚下的山峰上,阴影渐渐地爬上了山坡。

此时,尼摩艇长把一只手搭在我的肩膀上,对我说道:

"先生,一六〇〇年,荷兰人杰里特克被海流和风暴带到了南纬 64 度,并且发现了新设得兰岛。一七七三年一月十七日,著名的库克沿着东经 38 度抵达南纬 67 度 30 分,并且于一七七四年一月三十日,沿着东经 109 度抵达南纬71度15分。一八一九年，俄国人别林斯高晋[①]抵达南纬69度，于一八二一年从西经111度抵达南纬66度。一八二〇年，英国人布朗斯菲尔德在南纬65度受阻。同年，美国人莫雷尔，据他不可靠的记述，沿着东经42度南下，在南纬70度14分发现了未被冰封的海域。一八二五年，英国人鲍威尔没能越过南纬62度。同年，英国人威德尔[②]，一个普通的捕猎海豹的渔夫，曾分别沿着东经35度和36度抵达南纬72度14分和74度15分。一八二九年，英国人福斯特指挥'雄鸡号'船，于南纬63度26分、东经66度26分在南极洲靠岸。一八三一年二月一日，英国人比斯克埃在南纬68度50分发现了恩德比地，于一八三二年二月五日在南纬67度发现了阿德雷德地，并且又于同年二月二十一日在南纬64度45分发现了格雷厄姆地。一八三八年，法国人杜蒙·杜尔维勒到达南纬62度57分，在大浮冰前受阻，发现了路易·菲利普地；两年以后，于一月二十一日，他在位于南纬66度30分的一个新发现的岬头上命名了阿德利地，并且在八天以后，又在南纬64度40分命名了克拉丽海岸。一八三八年，英国人威尔克斯沿着东经100度深入到了南纬69度。一八三九年，英国人巴莱尼在南极圈边上发现了塞布丽娜地。最后，英国人詹姆斯·罗斯于一八四二年一月十二日率领着'埃里伯斯号'和'恐怖号'轮在南纬76度56分、东经171度7分发现了维多利亚地；于同月二十三日抵达南纬74度——当时最高纬度的方位；二十七日抵达南纬76度8分，二十八日抵达南纬77度32分，二月二日驶抵南纬78度4分；又于一八四二年回到南纬71度，但最终没能超越南纬71度。而我，尼摩艇长于一八六八年三月二十一日从东经90度到达南极，并且占有了地球这部分相当于已知大陆六分之一的陆地。”

“艇长，用谁的名字来命名？”

“先生，当然以我的名字！”

尼摩艇长一边说话，一边展开一面平纹布的黑旗，上面印着一个等边的金黄色的“N”。然后，他转身面对余晖还映照在海平面上的夕阳，大

① 别林斯高晋(1778—1852)：俄罗斯航海家、海军上将，首次(1819—1821)环行南极洲发现了桑南维奇群岛的彼得一世岛和亚历山大岛。

② 威德尔(1787—1834)：英国航海家，南极捕海豹船队队长。

声叫喊：

“再见了，太阳！落山吧，光芒四射的恒星！在这片未被冰封的海面上安息吧！让六个月的黑夜将阴影笼罩在我的新领地上吧！”

十五
意外事故还是小插曲

第二天，三月二十二日清晨六点，起航的准备工作业已开始。晨曦的最后几缕微光溶入了夜幕。寒气逼人；星光璀璨，惊人的强烈；南十字座星——南极地区的北斗星，在天顶闪烁。

温度计指示在零下 12 度上，寒风凛冽、刺骨，没有冰封的海面上浮冰越积越多，大海快要凝冻了。许许多多黑灰色的冰片铺盖在海面上，预示着新的冰层即将形成。显然，在冬季六个月的冰封期里，南极海域绝对无法通行。在这个时期里，鲸鱼怎么办呢？也许，它们会从大浮冰下离开这里，去寻找比较适宜的海域。而海豹和海象们，它们已经习惯了在最恶劣的气候条件下生活，会留在这一带冰封的海域。这些动物有在冰地上打洞的本能，并且保持洞口不被冰封。它们就是靠这些洞孔呼吸空气。当飞禽因天气寒冷而迁移到北方去以后，这些海洋哺乳动物就成了南极大陆的唯一主宰。

此时，“鹦鹉螺号”已经灌满了储水舱，正在慢慢地下潜，到了 1 000 英尺的深度，就停了下来。螺旋桨拍打着海水，潜艇以每小时 15 海里的时速径直向北方驶去。傍晚时分，它已经在大浮冰广袤的冰壳底下航行。

客厅舷窗的防护板出于谨慎而都关闭着，因为“鹦鹉螺号”随时有可能撞到沉没在水里的冰块。因此，整个白天，我都在整理笔记，我的脑子完全沉浸在有关南极的回忆之中。我们轻而易举地，并且也未曾遇到危险就到达了这个难以接近的极点，如同我们飘浮的车厢在铁道上滑行似的。现在，归程真的开始了，一路上还会遇到相同的惊喜吗？我想会吧，因为海底奇观是无穷无尽的！然而，自从命运把我们抛弃在潜艇上以来，我们已经行驶14 000 法里。在这段比地球赤道还要长的行程中，有多少有趣和可怕的事件使我们的旅行富有魅力：在克雷斯波岛森林狩猎、在托雷斯海峡搁浅、珊瑚墓地、锡兰珠母场、阿拉伯隧道、桑托林火山岛、维哥湾的百万财富、亚特兰蒂斯、南极！夜间，所有这些回忆犹如梦幻一般一幕接着一幕在我的脑海里浮现，不让我的大脑休息片刻。

凌晨三点，我被一次猛烈的碰撞惊醒。我从床上一下子坐起来，在黑暗中倾听。这时，我猛地被抛到了房间中央。显然，“鹦鹉螺号”刚才发生了碰撞，现在出现了严重的侧倾。

我扶着舱壁，沿着纵向通道来到客厅。客厅里亮着顶灯，有些家具已经倾覆在地。幸好，玻璃陈列柜摆得稳当，仍安然无恙地站在那里。靠右舷悬挂的画框都因垂直移动而贴在了地毯上，而挂在左舷的画框下缘离开左舷的舱壁有一英尺悬吊着。如此看来，“鹦鹉螺号”是向右倾斜，而且已经完全不能动弹。

舱里，我听到一阵脚步声和含糊不清的说话声。不过，尼摩艇长没有在客厅里出现。我正要离开客厅，龚赛伊和尼德·兰赶来了。

“发生了什么事？”我急忙问他俩。

“我们来这里正想问先生。”龚赛伊回答说。

“见鬼！”加拿大人嚷嚷道，“我可知道是怎么回事！‘鹦鹉螺号’触礁了。而且，从它倾斜的程度来看，我认为，它不可能像第一次在托雷斯海峡那样脱险。”

“可至少，它是否已经回到海面上了？”我焦急地问道。

“我们不知道。”龚赛伊回答说。

“这一点很容易核实。”我说道。

我看了一眼压力表，大吃一惊。压力表指示的深度是360 米。

“这可怎么办？”我大声嚷道。

“应该去问问尼摩艇长。”龚赛伊建议说。

“可是，到哪里去找他啊？”尼德·兰问道。

“跟我来!”我吩咐两位同伴说。

我们离开了客厅,来到图书室,没见到他的人影。我们来到中央扶梯和船员房舱,还是没有找到他。我猜尼摩艇长应该是在驾驶舱里。最好还是耐心地等待。于是,我们三人又回到客厅。

在客厅里,我默默地忍受着加拿大人的指责。他可是找到了发泄的大好机会。我没有回敬他,由着他任意发泄自己的坏脾气。

就这样,我们在客厅里待了有二十分钟,尽力捕捉着舱里发生的任何动静。这时,尼摩艇长在客厅露面了。他好像没有看见我们,平日里没有任何表情的面容上流露出几分不安。他看了看罗盘和压力表,走到地球平面球形图前,用手指指着南极海域部分的一点上。

我不想问他。不过,过了一会儿,当他转过身来面对着我时,我用他在托雷斯海峡对我说的那个词回敬他说:

“艇长,一个小插曲?”

“不,先生。这一次是一起意外事故。”他回答说。

“严重吗?”

“也许吧。”

“马上有危险吗?”

“那倒不至于。”

“‘鹦鹉螺号’搁浅了?”

“是的。”

“这次是怎么……”

“是由于大自然的任性造成的,而不是人类的失误。我们在驾驶过程中没有犯任何错误。无论如何,我们无法阻止平衡规律发挥作用。我们可以无视人为的法规,但不能违背自然的法则。”

尼摩艇长选择这个不合时宜的时候来进行哲学思考。总之,他的回答没有给我提供任何有用的信息。

“先生,我是否可以知道造成这次意外事故的原因?”我问他道。

“一块巨大的冰块,一整座冰山倾倒了。”他回答我说。“当冰山底部因水温较高而融化或受反复的撞击而磨损以后,它们的重心会发生上移。这样,它们会大块地倒下,翻过身来。这种情况正好给我们赶上了。一块冰块倒下来砸在了潜在水下航行的‘鹦鹉螺号’上。然后，这块冰块从潜艇船身上滑下来，又以一股无法抗拒的力量把潜艇掀起来，推倒在密度较低的碎冰块上。‘鹦鹉螺号’就侧躺在了这些冰块上。”

“我们难道不能排空储水舱，通过减轻‘鹦鹉螺号’的负荷来重新使它恢复平衡吗？”

“先生，我们现在就是在这么做。您能听到水泵运转发出的响声。请看压力表的指针，‘鹦鹉螺号’正在重新上浮。不过，冰块也在一起上浮。除非有东西阻止冰块上浮，否则我们的处境不会发生变化。”

的确，“鹦鹉螺号”仍然向右侧倾斜着。也许，只有当冰块停止上浮时，“鹦鹉螺号”才能恢复平衡。可是，到那时，有谁知道，我们难道不会撞到上面那半块浮冰而被可怕地夹在两块冰块中间呢？

我在考虑这种情景可能导致的各种后果。尼摩艇长眼睛一刻不停地盯着压力表。从冰山倾覆以来，“鹦鹉螺号”大约已经上浮了150英尺，不过仍与垂线保持着原来的角度。

突然，感觉到船身发生了轻微的变动。显然，“鹦鹉螺号”恢复了一点平衡。客厅里悬挂着的物品显著地恢复到了它们正常的位置，舱壁重新接近于垂直。我们中间没有人说话。我们心情十分激动，密切地注视着。我们感觉到船体在恢复平衡，十分钟过去了，地板在我们的脚下重新恢复到了水平位置。

“我们终于站直了！”我大声叫喊。

“是的。”尼摩艇长一边说，一边朝客厅的门走去。

“我们能浮出水面吗？”我问他说。

“当然！”他回答说，“现在，储水舱还没有排空。储水舱一旦排空，‘鹦鹉螺号’当然能浮出水面。”

艇长走了出去。一会儿，根据他的命令，“鹦鹉螺号”停止了上浮。再往上浮，就会撞到上面浮冰的底部，还是让它待在水里为好。

“我们脱险了！”这时，龚赛伊才开口说话。

“是的。刚才，我们有可能被冰块压扁，或至少被卡在冰块之间。那么，由于无法更换空气，就会……是的，我们脱险了！”

“要是完蛋才好呢！”尼德·兰低声私语道。

我不想跟这位加拿大人进行无谓的舌战，所以没有搭理他。再说，这时，舷窗的防护板都打开了，外面的光线透过没有遮拦的舷窗投射进来。

正如我所说的那样，我们正在水里。不过，距离“鹦鹉螺号”左右两侧大约十来米的地方分别矗立着一道令人目眩的冰墙；上下两面同样也各有一道冰墙。“鹦鹉螺号”的上方，大浮冰底部的表面像一顶一望无际的天花板向远处伸展；在它的下方，倾覆了的冰块逐渐下滑，卡在了两侧的冰墙上。“鹦鹉螺号”被困在了一个大约宽 20 米、灌满死水的真正的冰隧道里。因此，它只要前进或者后退，然后下潜几百米就能轻而易举地从大浮冰下脱身。

客厅的顶灯已经熄灭，不过客厅里依然“灯火通明”。原来，冰壁强大的反射作用把舷灯光强烈地反射进来。我无法描绘电灯光照射在这些任意切割的大冰块表面的视觉效果。冰块的每个角、每条棱，每个面，根据冰块上不同的纹路折射出不同的光亮，简直是一座令人眼花缭乱的宝石矿，尤其是一座蓝光与翡翠绿光交织在一起的蓝宝石矿。在许许多多像钻石般耀眼的强烈光点中间，到处弥漫着无限柔和的乳白色微光。舷灯的功率因此而增强了百倍，犹如是一盏透过一流灯塔的凸镜的强光灯。

“多美啊！多美的景色！”龚赛伊叫个不停。

“是啊！”我应和道，“真是令人心旷神怡的景色。尼德，你说呢？”

“哎，真是活见鬼！是啊，”尼德·兰粗声粗气地回答说，“真是漂亮极了！我为不得不承认这一点而感到恼火。我从来没有见过这样的景色。不过，这可能会要我们付出昂贵的代价。要是能让我一吐为快，我想，我们在这里看到了上帝不容许人眼看见的东西！”

尼德没有说错，是太美了。突然，龚赛伊惊叫一声，我转过身去问道：

“怎么啦？”

“先生快闭上眼睛！请先生千万别看！”

龚赛伊一边说，一边用手紧紧地捂住眼睛。

“怎么啦，我的小伙子？”

“我眼花，我看不见了！”

我的目光不由自主地移向舷窗。但是，我的眼睛也承受不了透过舷窗投射进来的强烈光线。

我明白了发生了什么事。“鹦鹉螺号”刚才加快了马力，正在飞速行驶。于是，刚才冰壁上一个个静态的耀点现在变成了一道道闪光，无数金光闪烁的耀点交织、连贯在了一起。“鹦鹉螺号”在螺旋桨的推动下，犹如在一只电光炉里漫游。

于是，客厅舷窗的防护板被重新关上。我们都用手捂住受到强光刺激的眼睛。当眼睛的视网膜受到阳光的刺激以后，强烈的光亮就会在视网膜前游离。我们的视觉障碍需要一段时间才能恢复。

最后，我们终于放下了双手。

“我的天哪，我简直不敢相信！”龚赛伊松了口气说道。

“可我还是不信！”加拿大人说道。

“我们饱览了这么多的自然奇观，”龚赛伊接着又说，“等回到陆地上以后，我们真不知怎么看待那些可怜的大陆和出自人类之手的小玩意儿呢！不，人类居住的世界再也不值得我们留恋了！”

这些话竟然出自一个对什么都无动于衷的弗莱米人的嘴巴，足以说明我们的热情已经高涨到了何等地步。不过，我们这位加拿大人少不了要给我们泼点冷水。

“人类居住的世界！”他摇着头说道，“龚赛伊友，请尽管放心，我们是回不去喽！”

此时是清晨五点。就在这个时候，“鹦鹉螺号”的前部又发生了撞击。我明白，它的冲角撞到了一块冰块。这可能是操纵不当所致，因为在这个有冰块阻塞的海底“隧道”里航行可不是件容易的事。因此，我想，尼摩艇长会改变航向，或者绕过障碍物，或者顺着弯弯曲曲的“隧道”而行。无论如何，我们绝对不能因被阻挡而退缩不前。可是，出乎我的预料，“鹦鹉螺号”明显是在往后退。

“我们在后退？”龚赛伊问道。

“是的，”我回答说，“想必，‘隧道’这头不通。”

“那可怎么办？”

“好办，”我回答道，“原路退回，然后从南‘出口’出去。就这么简单。”

我这么说，是想表明自己心里很笃定，其实不然。这时，“鹦鹉螺号”加快了后退的速度，螺旋桨倒转，载着我们飞速倒退。

“这可要耽搁时间了。”尼德开口说道。

“早几个小时,晚几个小时,又有什么关系,只要我们能够出去。”

“是啊,只要能够出去!”尼德重复道。

我在客厅和图书室之间来回踱了一会儿步。我的两位同伴坐着一声不吭。一会儿,我也坐倒在一张长沙发上,随手拿起一本书机械地浏览着。

过了有一刻钟时间,龚赛伊走到我的身旁,问我:

“先生看的书精彩吗?”

“精彩。”我回答说。

“这我信。先生是在看自己的书嘛。”

“我自己的书?”

果真,我手里拿的是我的著作《海底世界》,我自己还没有意识到。我合上书本,又踱起步来。尼德和龚赛伊站起身来想退出去。

“朋友们,别走!”我挽留他们说,“在走出这条死胡同之前,我们别走散。”

“只要先生乐意!”龚赛伊回答道。

几个小时过去了。在这期间,我不停地看着挂在客厅墙壁上的仪器。压力表指示,“鹦鹉螺号”一直保持在300米深的水层里航行;罗盘表明,它始终在向南行驶;速度计指示的速度是每小时20海里。在这么狭窄的空间里航行,这个速度是太快了。不过,尼摩艇长心里清楚,不能开得太快。可眼下,几分钟就相当于几个世纪。

八点二十五分,又发生了第二次碰撞。不过,这次是在后部。我的脸色发白,我的两个同伴走到我的身旁。我一把抓住龚赛伊的手,我们用目光相互询问着对方,这要比用语言表达我们的思想更加直截了当。

这时,尼摩艇长走进客厅,我迎了上去。

“南面的去路也被堵住了?”我问他说。

“是的,先生。冰山倒下来封住了所有的出路。”

“我们被困在这里喽?”

“是的。”

十六

缺氧

“鹦鹉螺号”的前后左右、上上下下，都是不可穿越的冰墙。我们成了大浮冰的囚犯！加拿大人用他那力大无比的拳头把桌子敲得砰砰作响；龚赛伊一声不吭；我望着尼摩艇长，他又恢复了往常的镇静，交叉着双臂，陷入了沉思；而“鹦鹉螺号”却一动也不动。

艇长终于说话了。

“先生们，”他平静地说道，“鉴于我们目前的处境，有两种死法可以选择。”

这个不可理喻的怪人俨然像一个数学老师在给学生们做证明题。

“第一种，”他接着说道，“是被压死；而这第二种是窒息而死。我不说饿死的可能性，是因为‘鹦鹉螺号’上的食物储备肯定能比我们维持更长的时间。因此，我们只需考虑被压死和窒息而死这两种可能性。”

“至于窒息，艇长，”我回答说，“这不用担心，因为我们的储气舱装得满满的。”

“您说的没错。”艇长继续说道。“不过，它们只能提供维持两天的空气。而我们已经在水下待了 36 个小时了，‘鹦鹉螺号’上已经缺氧的空气需要更换。48 小时以后，我们的储备空气将被耗尽。”

“那好，艇长，但愿我们能在 48 小时内脱离危险！”

“至少，我们要进行尝试，把困住我们的冰层凿开。”

“凿哪一侧呢？”我问道。

“这个，探测器会告诉我们的。我会把‘鹦鹉螺号’停在下面的冰礁上，我手下的人换上潜水服，去凿冰山最薄的冰壁。”

“我们可以打开客厅舷窗的防护板吗？”

“没问题。我们现在又不走。”

尼摩艇长走了出去。不一会儿，一阵哨声告诉我，储水舱正在灌水。“鹦鹉螺号”缓缓下沉，停在了一块离海平面350米——潜艇下面的冰块沉没在海里的深度——的冰礁上。

“朋友们，”我说道，“形势是严峻的，不过我相信你们的勇气和你们的能力。”

“先生，”加拿大人回答说，“我不会在这种时候用尖刻的指责来烦您。我已经作好准备，为我们大家的脱险贡献一切。”

“好样的，尼德！”我边说，边把手伸过去和他握手。

“我还要说一句，”尼德又接着说，“我使唤铁镐和使唤鱼叉一样得心应手，如果尼摩艇长有用得着我的地方，尽管吩咐我。”

“他不会拒绝你的帮助的。来吧，尼德。”

我领加拿大人来到“鹦鹉螺号”的船员们正在换潜水服的更衣室，并向艇长转达了尼德的毛遂自荐。艇长欣然接受，加拿大人换上了潜水服，与他的工作伙伴一样很快就做好了准备。他们每人背上背着充满纯净空气的鲁凯罗尔储气舱。为此，耗用了大量而又必需的“鹦鹉螺号”上的储备空气。至于伦可夫照明灯嘛，在充满电灯光的明亮水域里就派不上用场了。

等尼德装备好以后，我回到了客厅。这时，舷窗的防护板已经打开。我在龚赛伊旁边坐了下来，查看起“鹦鹉螺号”周围的冰层来。

过了片刻，我们见到十来个船员走到了冰礁上。尼德身材魁梧，在他们中间一眼就能辨认出来。尼摩艇长也和他们在一起。

在着手破冰以前，艇长命令先进行探测，以便确定施工难度较小的位置。长长的探杆被钻进了两侧的冰壁。探杆钻进冰壁15米深，但仍没有穿透厚厚的冰墙。凿穿头顶上的冰层肯定是不行的，因为我们的头顶上是大浮冰本身，厚达400米以上。于是，尼摩艇长命船员探测我们脚下的冰块。这下面的冰层有十米厚，是这片冰原的一般厚度。现在，我们要挖凿同“鹦鹉螺号”吃水线以下的面积一样大的冰坑，总共大约要清除6 500立方的冰，以便挖一个能让“鹦鹉螺号”潜到冰原以下脱身的窟窿。

挖凿工程立即开始，并且以一种不知疲倦的执着坚持着。围着“鹦鹉螺号”挖凿，施工比较困难。尼摩艇长命令在距离潜艇左舷后部八米的冰原上画了一条长沟。然后，船员们在线内好几个点同时挖凿。一会儿，铁镐猛烈地敲打着坚硬的冰层，冰块一大块一大块地被敲开。在有趣的比重作用下，这些被敲开的冰块由于比水轻，因此可以说是飞到了“隧道”的拱顶下面。于是，下面的冰层越来越薄，而上面的冰层却越来越厚。不过，这无关紧要，只要下面的冰层变薄就行。

经过两小时的奋战，尼德筋疲力尽地回到舱里。尼德和他同一班的伙伴由下一班的同伴替换，我和龚赛伊也加入了他们的行列。第二班由“鹦鹉螺号”的大副指挥。

我觉得海水特别冷。不过，我挥舞起铁镐，一会儿工夫就觉得身上热乎乎的。尽管我们是在30个大气压下作业，可是，我仍然行动自如。

等我工作了两小时后回到舱里吃东西、休息时，我感觉到了鲁凯罗尔储气舱提供的纯净气流和“鹦鹉螺号”舱里碳酸气含量很高的空气之间的明显区别。舱里已经有48小时没有更换空气了，空气里的氧气已经大大减少。然而，在短短的两个小时里，我们只在画线的范围内挖掘了一米厚的冰，或者说600立方米。如果每12小时能完成相同的工作量，那么需要四天五夜才能完成这项工程。

“得四天五夜！”我对我的同伴们说，“而我们只有够用两天的储备空气。”

“还不算，”尼德插嘴说道，“一旦出了这个地狱，我们依然被困在大浮冰之下，还不可能马上与大气接触！”

说得对！有谁能够预测我们脱身最少需要多少时间呢？在“鹦鹉螺号”重新浮出海面之前，我们难道不会因窒息而被闷死吗？难道我们命中注定要和冰墓里的一切同归于尽吗？我们的处境看来很可怕。不过，没有人顾得上细想，人人都决心尽好自己的义务，坚持到最后一刻。

正如我预见的那样，夜里又从大冰坑里挖出了一米厚的冰。但是，早晨，我换上潜水服在零下六七度的水中行走时，注意到两侧的冰壁渐渐地在相互靠近，远离我们工地的水域因没有人工作和工具的摩擦而趋于凝固。面对这一迫在眉睫的新危险，我们自救的可能性还有多少呢？如何阻止周围的海水凝冻呢？不然的话，“鹦鹉螺号”的舱壁会像玻璃一样爆裂！

我压根没敢把这个危险告诉我的两位同伴。何必要冒险去打击他俩投入于艰苦的自救工作的热情呢？不过，我回到舱里后马上就提醒尼摩艇长注意这个新的严重情况。

“我知道，”他用平静的语气说道，再可怕的情形也改变不了他的沉着劲儿，“这又多出来一个危险。可是，我想不出任何克服它的办法。自救的唯一运气，就是加快施工进度，赶在凝冻之前。关键是要捷足先登，情况就是这样。”

捷足先登！最终，我还是不得不接受他的说法。

这天白天整整好几个小时，我顽强地挥舞着铁镐，这项工作支撑着我。何况，挖冰就可以离开“鹦鹉螺号”，能够直接呼吸由鲁凯罗尔储气舱提供的纯净空气，躲避“鹦鹉螺号”舱里混浊、缺氧的空气。

傍晚时分，又挖去了一层冰。当我回到舱里时，差点没被充斥舱内的二氧化碳窒息而死。哎，我们要是能用化学手段来驱逐这种有害的气体该有多好啊！氧气，我们并不缺乏，海水里含有大量的氧气。用我们大功率的电池将它从水中分解出来，海水说不定能为我们释放清新的气流。我想的倒是挺好的，可有什么用呢？因为我们呼出的二氧化碳已经充斥潜艇的每一个角落。要吸收掉舱里的二氧化碳，必须装满许多苛性钾的容器，并不停地晃动容器。可是，潜艇上没有苛性钾，而且不能用任何物质替代。

那天晚上，尼摩艇长不得不打开储气舱的阀门，在舱里释放一点纯净的空气。要不是他采取这一谨慎措施，我们很可能就不会醒来。

第二天，三月二十六日，我继续干矿工做的活，挖掘第五米的冰层。两侧的冰壁和大浮冰底部的表面明显在加厚。显然，在“鹦鹉螺号”脱险之前，它们就能会合。一度，我的心里充满了失望，铁镐差点从我的手里掉下来。如果我要被这些将要变成像石头一样硬的冰块的海水闷死或压死——就连残酷的野蛮人也没有发明的酷刑——的话，再挖冰又有什么用呢？我仿佛觉得落入了妖怪正在不可抗拒地合拢的血盆大口。

这时，边指挥边挖冰的尼摩艇长从我身旁经过。我用手碰了碰他，并指了指我们“牢房”的四壁。鹦鹉螺号右舷的冰墙距离潜艇船身已经不足四米了。

艇长明白了我的意思，示意我跟他走。我们回到了舱里。我脱掉了潜水服，陪他来到了客厅。

“阿罗纳克斯先生，”他对我说，“必须尝试某种大胆的办法。否则，我们就会被冰封在这里正在凝固的水中，就像被浇注在水泥里一样。”

“是的，”我回答说，“可是有什么办法呢？”

“咳，要是我的‘鹦鹉螺号’能承受这股压力而不被压扁该有多好啊！”他大声叫喊道。

“那又怎么样呢？”我没有明白尼摩艇长的意思。

“您难道不明白，”他继续说道，“水这样凝固能帮助我们！您难道没有发现，水一旦凝固，就能炸裂围困我们的冰层，就如同水在凝固的时候能冻裂最坚硬的石头一样！您难道不觉得，水将成为拯救我们的因素，而不是摧毁我们的力量！”

“我明白了，艇长，也许吧。可是，不管‘鹦鹉螺号’具有多大的抗压强度，它都承受不了这股可怕的压力，而被压得像一张铁皮一样。”

“先生，这我知道。这样看来，是不能指望大自然的援助了，只能依靠我们自己。必须阻止海水凝固，务必加以阻止。不但两侧的冰墙在相互靠拢，而且前后的冰壁距离‘鹦鹉螺号’也还剩下不到十英尺的水了。凝冻的海水正从四面八方向我们逼来。”

“潜艇上的储备空气还够我们呼吸几个小时？”我问道。

艇长正视着我。

“过了明天，储气舱就要空了！”他回答说。

我顿时直冒冷汗。可是，难道我应该对他的回答感到吃惊吗？“鹦鹉螺号”是在三月二十二日潜入未冰封的南极海域的，今天是三月二十六日，我们已经靠储备空气生活了五天了！剩下的可供呼吸的空气应该留给当班的船员。此刻，在撰写这本书的手稿时，我对此的印象仍然是那样地深刻，以至于一种不由自主的恐惧骤然攫住了我的整个灵魂，而且我的两肺仿佛仍然缺氧似的！

与此同时，尼摩艇长正一动不动地在默默思考。显然，有一个念头闪过他的脑际，不过，看样子又被他否定了。他自己对自己作出了否定的回答。最后，从他嘴里终于吐出了这样一个词：

“沸水！”他讷讷地说。

“沸水？”我大声反问。

“是的，先生，我们被封闭在一个相对狭窄的空间里。‘鹦鹉螺号’的水泵不停地吐出的沸水难道不能提高我们周围的水温，延缓海水的凝固吗？”

“不妨试试。”我坚决地说。

“让我们试试吧，教授先生。”

温度表上指示的舱外水温是零下七度。尼摩艇长领我来到厨房。在厨房里，采用蒸馏法制造饮用水的巨大蒸馏器正在运转。蒸馏器盛满了海水，热水器通过放置在水中的蛇皮管向海水释放热能。几分钟以后，海水的温度就能达到100度。然后，沸水被送到水泵，冷水又取而代之。热水器能释放强大的热能，从海里汲取的冷水只要通过热水器，流到泵体里时就变成了沸水。

排放沸水开始了。三小时以后，温度表上指示的舱外水温是零下六度。水温已经升高了一度。又过了两小时，温度计指示的温度只有零下四度了。

“我们会成功的。”通过多次观察对这项实验的进展情况进行了跟踪和控制以后，我对尼摩艇长说道。

“我也这么认为，”他回答我说，“我们不会被压死了，还需要担心的只是缺氧窒息问题。”

夜里，水温上升到了零下一度，沸水也无法把水温再升高一度。不过，由于海水只有在水温达到零下二度时才会凝结，我终于不用再为海水凝固问题担心了。

第二天，三月二十七日，我们已经挖了一个六米深的大坑，还只剩下四米了，相当于48小时的工程量。鹦鹉螺号舱里的空气再也不可能更换了，因此只会变得更加糟糕。

一种难以忍受的沉闷压迫着我。下午三点左右，我胸口的沉闷感发展到了强烈的程度，哈欠一个接着一个，打得我的颌骨都快要脱臼了。我的两肺不停地喘息着，在寻觅呼吸不可或缺的助燃气体，而这种气体在“鹦鹉螺号”舱里变得越来越稀缺。我开始精神麻木。我有气无力地瘫睡着，几乎失去了知觉。我的朋友龚赛伊也出现了同样的症状，忍受着同样的痛苦，但一直守在我身旁，握着我的手，不断地鼓励我。我还能听到他低声说话：

“咳，要是我能够不呼吸，把空气让给先生，那该有多好！”

听到他这么说，我情不自禁地热泪盈眶。

虽然我们在舱里的情形对于我们大家来说是难以忍受的，但是轮到我们换上潜水服干活时个个表现得那么急切，人人都感到幸运！铁镐敲得冰层叮当直响。我们的臂膀挥累了，手掌磨破了皮。可是，这些劳累又算得了什么，这些伤痛又有什么关系！有维持生命的空气进入肺叶，我们在尽情地呼吸，贪婪地呼吸！

然而，没有人超时在水里干活。完成任务以后，人人都把救命的储气舱交给气喘吁吁的同伴。尼摩艇长以身作则，带头遵守这条严格的纪律。时间一到，他就把储气舱交给别人，自己便回到舱里混浊的空气中。他始终是那么的镇静，毫无怨言，精神抖擞。

这一天，大伙的劲头比往常更足，只剩下两米了，我们和流水才相距两米。可是，储气舱几乎都空了。仅剩的一点儿空气要留给干活的人，“鹦鹉螺号”舱里已经不能再供给一个氧分子！

当我回到舱里时，几乎喘不过气来。多么难熬的夜晚！我不知怎样来描绘。这样的痛苦是无法描述的。第二天，我感到呼吸困难。头疼再加上头昏眼花，我变得像个醉鬼似的。我的两个同伴出现了同样的症状，有几个船员已经奄奄一息。

那天，我们被困的第六天，尼摩艇长嫌用铁镐和铁锹挖得太慢，决定把分隔我们和流水的冰层压碎。他这个人始终保持着镇静和充沛的精力，并用精神力量来制服肉体上的疼痛。他始终在思考、策划和付诸实施。

于是，根据艇长的命令，潜艇减轻了负荷，也就是说，通过改变比重离开了冰层。潜艇浮起来以后，我们就拖它到按照它的吃水线挖的大坑里。然后，往储水舱里罐水，潜艇就下沉嵌入冰坑里。

这时，全体船组人员都回到了舱里，与外界相通的双重门也已经关上。于是，“鹦鹉螺号”就被搁在了不到一米厚、并且被钎子凿得千疮百孔的冰层上。

储水舱的阀门大开，100 立方米的海水涌进了储水舱，“鹦鹉螺号”的负荷因此而增加了十万公斤。

我们在等待，我们在倾听，忘记了身上的疼痛，仍然满怀着希望。我们把脱险的宝押在了这最后一招上。

尽管我脑袋嗡嗡作响，不过，我很快就听到了“鹦鹉螺号”船体下传出的颤动声。船体开始有点倾斜。冰层崩裂了，发出了奇特的响声，很像纸张被撕破的声音，而“鹦鹉螺号”则陷了下去。

“我们成功了！”龚赛伊贴着我的耳朵小声说道。

我没有力气回答他，抓住了他的手，因一次无意的抽搐而将他的手攥紧。

突然，“鹦鹉螺号”因为过度超负荷而像一枚炮弹一样陷入了水里，也就是说，犹如掉进了真空！

于是，水泵开足了马力，立刻将储水舱里的水排出。几分钟以后，潜艇的下沉被控制住了。压力表的指针甚至也很快就开始往上移动。螺旋桨全速旋转，整个船体，就连螺栓都在颤动，我们朝着北方驶去。

可是，在大浮冰下驶到未冰封的海域需要航行多久呢？还得航行一天？在这之前，我恐怕已经死了。

我半躺在图书室的一张长沙发上，喘不过气来。我的脸色发紫，双唇发青。我暂时丧失了各种官能，既看不见又听不到。时间概念已经从我的意识中消失。我的肌肉也不能收缩了。

时间就这样一小时一小时地过去，我毫无知觉。可是，我意识到自己的临终时刻正在开始，我明白自己将不久于人世……

突然，我恢复了知觉，几口空气沁入我的肺叶。我们难道已经重新浮出水面？我们难道已经闯过了大浮冰？

没有！是尼德和龚赛伊这两个忠实的朋友做自我牺牲拯救了我。在一个潜水服的储气舱里还剩有那么丁点空气。他们自己没舍得呼吸，而是留给了我。他们自己气喘吁吁，却把生命一点一滴地输给了我！我想把气阀推掉。他们按住了我的手，我痛快地呼吸了几分钟。

我把目光移向时钟，这时是上午十一点。这天应该是三月二十八日。“鹦鹉螺号”在跟海水搏斗，它以40海里的时速在超速行驶。

尼摩艇长在哪里？他已经死了？他的同伴们都和他一起死了？

这时，压力表告诉我们，我们距离海面只有20英尺了。只有一层不厚的冰层把我们和空气分隔开来。我们难道不能撞破这层冰层？

兴许能吧！无论如何，“鹦鹉螺号”将会进行尝试。果然，我感觉到了，它采取了冲角向上、尾部朝下的姿势。采取这种姿势，只要调动一下储水舱里的水就行了。然后，在它那大功率的螺旋桨的推动下，“鹦鹉螺号”犹如一个力大无比的撞墙锤，向上面的冰层冲去。它渐渐地顶裂了冰层，然后退回来再全速向冰层冲去，一点一点地把冰层撞穿。最后，“鹦鹉螺号”猛力一冲，终于冲破了冰层，凭借自己的重量压碎了冰层。

舱盖打开了，可以说是被顶开的。于是，纯净的空气涌入了“鹦鹉螺号”的每一个角落。

十七

从合恩角到亚马逊河

我不知道自己是怎么上的平台，也许是加拿大人把我背上去的。总之，我呼吸着，我吮吸着海上的清爽空气。我的两位同伴在我身旁，也陶醉在清新的空气分子里。很长时间没有进食的人一下子不能吃得太多。我们却不同，没有必要节制。我们可以尽情地吸进这空气中的各种原子。是微风，正是微风给我们送来了这份令人心旷神怡的陶醉！

“啊！”龚赛伊感慨叹息道，“氧气真好！先生不用为缺乏空气而担心，人人都有空气呼吸。”

至于尼德·兰，他一声不吭，张开大嘴，就连鲨鱼见了都会感到害怕。多么有力的吸纳！加拿大人吸气，就像一只充分燃烧的炉子。

我们很快就恢复了气力。我环顾四周，发现只有我们三人在平台上，没有见到一名船组人员，就连尼摩艇长也不在。“鹦鹉螺号”的古怪的船员们只满足于舱内流通的空气，没人来享受这海上的空气。

我开口说的第一句话,就是感激我的两位同伴。尼德和龚赛伊在我垂危之际延长了我的生命。无论我怎么感激,都不足以报答这样的无私奉献。

“好了,教授先生,”尼德回答我说,“这不值一提!我们又有什么功劳?没有任何功劳。这只不过是一道简单的算术题。您的生命比我们的更有价值,所以应该保存下来。”

“不,尼德,”我回答说,“我的生命并非更有价值。没有人比善良、慷慨的人更加高贵,而你们就是这样的人!”

“是的,是的。”加拿大人局促不安地应和说。

“还有你,好样的龚赛伊,你也吃了不少苦。”

“不瞒先生说,还过得去。当时,我就缺少那么几口空气,而我以为自己是能够克服的。再说,我看到您晕了过去,也就不想呼吸了。于是,正如人们所说的那样,我就断了呼吸……”

龚赛伊觉得说这些平庸事,有点不好意思,于是就没有往下说。

“朋友们,”我万分激动地说,“我们永远心心相印,而且你们有恩于我……”

“我会要您报答的。”尼德抢着说。

“嗯。”龚赛伊哼了一声。

“是的,”尼德继续说道,“要您跟着我离开这艘地狱般的‘鹦鹉螺号’。”

“对了,我们的航向正确吗?”龚赛伊问道。

“正确,因为我们是朝着太阳航行。在这里,太阳是在北面。”我回答说。

“这个没错,”尼德·兰接着说道,“问题是要知道,我们是去太平洋还是大西洋,也就是说,是去交通繁忙的海域还是荒无人烟的远海。”

对于这个问题,我可回答不上来。我担心,尼摩艇长宁可把我们带回濒临亚洲和美洲海岸的浩瀚海洋。这样,他就能完成他的海底环球旅行,并且回到“鹦鹉螺号”完全能随心所欲的海域。如果我们重返太平洋,远离有人居住的任何陆地,尼德·兰如何实施他的计划呢?

关于这个重要的问题,要不了多久,我们就会心中有底的。“鹦鹉螺号”在快速航行,很快就穿越了南极圈,朝着合恩角方向驶去。三月三十一日晚上七点,我们抵达了美洲大陆的尖角附近。

这时,我们所受的痛苦已经被抛在了脑后,被困在冰窟里的回忆已经从我的记忆中抹去。我们只关心未来。尼摩艇长再也没有出现在客厅里和平台上。我通过大副每天在航海图上标注的方位得以了解"鹦鹉螺号"的准确航向。而且,那天晚上,我们向北重返大西洋看来已成定局,这一点令我非常满意。

我把自己的观察结果告诉了加拿大人和龚赛伊。

"好消息!"加拿大人说道,"不过,'鹦鹉螺号'要去哪里呢?"

"尼德,我说不上来。"

"它的艇长从南极回来后,是否想去北极冒险,然后从著名的西北通道重回太平洋呢?"

"我们得提防着点。"龚赛伊回答说。

"那么,我们在这之前就离他而去。"加拿大人说。

"不管怎样,"龚赛伊补充说,"这位尼摩艇长是一位人中豪杰,我们不会因结识他而感到遗憾。"

"特别是在我们离开他以后!"尼德·兰针锋相对地说。

第二天,四月一日,中午前几分钟,"鹦鹉螺号"重新浮出洋面,我们在西边见到了陆地。原来,那就是火地岛。早期的航海家看到土著人的茅屋上冒着滚滚浓烟,便给这个岛屿起了这样一个名字。这个火地岛是一个大群岛,位于南纬 53 度和 56 度与西经 67 度 50 分和 77 度 15 分之间,长 30 海里,宽 80 海里。这个群岛的海岸看上去很低,可是远处高山耸立。我甚至认为瞥见了海拔 2 700 米的萨尔眠图峰,这是一座金字塔形的页岩山,山峰非常陡峭。尼德·兰告诉我说:"顶峰有云雾缭绕就预示着天气要变坏;没有云雾,就预示着晴天。"

"一支了不起的晴雨表,我的朋友!"

"是的,先生,一支天然晴雨表。我从前行船经过麦哲伦海峡时,它从来没有报错过天气。"

此时,我觉得,萨尔眠图峰轮廓清晰,那么就预示着晴天。它很灵验。

"鹦鹉螺号"潜入水中,驶近海岸。不过,它沿着海岸线只航行了几海里。透过客厅的舷窗玻璃,我看到一些长长的藤本植物和巨大的墨角藻。南极未冰封的海域里也生长着几种墨角藻。算上黏糊、光滑的茎须,有些墨角藻竟长达300米。它们是真正的绳索,有一英寸多粗,非常抗拉,可做船舶的缆绳。另有一种名叫维尔普的海草,叶子有四英尺长,沾满了珊瑚虫的分泌物,生长在海底。无数的甲壳动物、软体动物、螃蟹和墨鱼把它当做巢穴和食物;海豹和海獭按照英国人的习惯,把鱼肉夹在海藻里美美地享用。

"鹦鹉螺号"以极快的速度穿过了这片植物茂盛、动物兴旺的海底,傍晚时分驶近马洛因群岛①。第二天,我望见了群岛上陡峭的山峰。这一带海域不深。因此,我不无理由认为,这两座大岛和周围众多的小岛从前曾经是麦哲伦发现的大陆的一部分。马洛因群岛可能是由著名的约翰·戴维斯②发现。戴维斯强行把它们命名为南戴维斯群岛。后来,理查德·霍金斯将它们命名为处女群岛。接着,十八世纪初,它们又被圣马洛的渔民命名为马洛因群岛。最后,英国人又把它们命名为福克兰群岛。如今,这个群岛属于英国。

在这一带沿海,我们的渔网捞到了一些漂亮的海藻标本,尤其是一些根部栖生着世界上最美味的贻贝的墨角藻。十几只海鸭和海鹅停栖到平台上,很快就走进舱口。至于鱼类嘛,我主要看到一些属于虾虎鱼类的硬骨鱼,尤其是一些长20厘米、身上布满黄白斑点的布尔罗鱼。

我还欣赏到许多水母,马洛因群岛沿海特有的变形水母是同类水母中最漂亮的一种。时而,它们形似一把半球形太阳伞,表面非常光滑,上面有红褐色的条纹点缀,边缘还有12个规则的花彩;时而形似一只倒置的花篮,篮边优雅地洒落着宽大的叶子和长长的红色细枝。它们靠摆动四条叶腕游动,丰富的触须随波飘逸。我真想保存几个这种娇嫩的植形动物的标本。可是,它们只是些游云,是影子,是虚幻,离开了它们赖以生存的环境就会融化、蒸发。

当马洛因群岛上的最后几座高峰消失在天边时,"鹦鹉螺号"潜入了20—25米深的水层,并且沿着美洲海岸航行。尼摩艇长一直没有露面。

四月三日以前,我们一直在巴塔哥尼亚海域航行,时而潜入水里,时而浮出海面。"鹦鹉螺号"驶过了巴拉塔河入海口宽阔的喇叭形河口湾,并于

---

① 马洛因群岛:即马尔维纳斯群岛。

② 约翰·戴维斯(1550? —1605):英国航海家。

四月四日抵达乌拉圭附近的海域，可是距离海岸有50海里。“鹦鹉螺号”保持着朝北的航向，沿着南美洲漫长而又弯曲的海岸航行。自从在日本海登上潜艇以来，我们已经行驶16 000法里。

上午十一点左右，我们沿着西经37度越过了南回归线，走远海绕过弗里奥岬。尼摩艇长不喜欢紧挨巴西有人居住的海岸，指挥潜艇以令人目眩的速度疾驶，这一点令尼德·兰大为不满。没有一条鱼，没有一只鸟陪伴我们左右，即使它们速度再快，也赶不上“鹦鹉螺号”。这一带海域的自然奇珍异宝都躲过了我们的眼睛。

这样的速度一连保持了好几天。四月九日傍晚，我们看到了南美洲最东面的圣罗克角。可是，“鹦鹉螺号”又重新离开这里，潜入到更深的水层去寻找一条位于圣罗克角和非洲海岸塞拉里昂之间的海底峡谷。这条峡谷在安的列斯群岛附近开始分岔，北边一直延伸到一块9 000米深的大洼地。在这个地方，大西洋的地质剖面一直到小安的列斯群岛，是一个长六公里的像刀削一样陡峭的悬崖，在佛得角附近也是一堵不比这个悬崖小的峭壁。沉入海底的亚特兰蒂斯大陆就位于这些悬崖峭壁之间。在这个大峡谷的底部矗立着几座山脉，把这一带的海底景色点缀得秀丽无比。这些海底地形，我是根据“鹦鹉螺号”图书室里的几幅手绘海图来描述的。显然，这是尼摩艇长根据他亲自观察的结果绘制的海图。

一连两天，“鹦鹉螺号”凭借其倾斜的尾翼潜入水中，在这一带荒凉的深海里游弋。“鹦鹉螺号”能够沿着漫长的对角线在任何深度的水域里航行。可是，四月十一日，它突然浮出水面，我们在亚马逊河河口重新见到了陆地。这是一个宽阔的河口湾，流量巨大，以至于方圆几海里海域都是淡水。

我们越过了赤道。法属圭亚那就在西边，距离我们20海里。我们在那里可以很容易地找到藏身之处。可是，风大浪高，一艘小艇难以顶住如此的狂风恶浪。尼德·兰当然明白这一点，尽管他压根也没有与我谈起这个问题。至于我嘛，我也丝毫没有提起他的逃跑计划，因为我无意迫使他去进行必然会失败的尝试。

我轻而易举地通过从事有趣的研究来补偿这方面的延误。四月十一日、十二日两天白天，“鹦鹉螺号”一直在海面上航行，它的拖网收获颇丰，捕获到许多植形动物、鱼和爬行动物。

有些植形动物是挂在网纲上被拖上来的，其中大部分是一些属于海葵科的美丽茎须海藻，尤其是这一带海域特产的一种茎须海藻，短小的圆柱形茎干上有红色的直线纹和斑点点缀，头顶美丽无比的触须状花饰。至于软体动物嘛，都是一些我见到过的种类。例如，锥螺、线纹和红褐色斑点相间的肉色斑岩斧蛤、活像发呆的蝎子的任性蜘蛛螺、甲壳透明的玻璃贝、船蛸、味道鲜美的墨鱼、被古代博物学家归入飞鱼，主要用作捕捉鳕鱼的鱼饵的章鱼。

至于这一带海域我还没有机会观察的鱼类中，我记录下了不同的种类。在软骨类中有：形似鳗鱼、长 15 英寸的普里卡石斑鱼，浅绿色的脑袋，紫色的鳍翅，灰蓝色的脊背，银褐色的腹部布满了色彩艳丽的斑点，虹膜周围有一圈金边，这种奇特的鱼一般都生活在淡水里，可能是被亚马逊河的流水带到海里的；多结节鳐鱼，尖喙，尾长而纤细，身上长着一根齿形长刺；一米来长的小角鲨，皮灰白色，几排尖牙往里弯曲，俗名叫鞋匠鱼；蝙蝠鮟鱇，形状像一个等腰三角形，浅红色，有半米长，胸鳍长在突肉上，使它看上去像蝙蝠，但鼻孔附近的角质附属器官，又使它享有海麒麟的美名；最后是几种鳞鲀，布满斑点的两侧金光闪闪的飒鲀和淡紫闪色——像鸽子的喉部——的刺鲀。

现在，我要以观察到的硬骨鱼系列来结束这种枯燥而又精确的分类：属于无鳍属的帕桑鱼，雪白的钝喙，浑身乌黑，身上长着一根长而纤细的肉带；长刺的牙鱼；银光闪闪的沙丁鱼；加尔鲭鱼，长着两根肛鳍；黑色的中脊索鱼，长两米，肉肥白、结实，鲜，味同鳗鱼，晒干后味像熏鲑鱼，人们点着火把捕捉这种鱼；只有脊鳍和肛鳍附近有鱼鳞的粉红色隆头鱼；金银鳞鱼，金银色和红宝石色与黄玉色交相辉映；味道鲜美无比的金尾鲷，身上磷光闪闪；舌头纤细的橙色鲍布鲷；长着黑色硬鳍的金尾石龙鱼；苏里南突眼鱼；等等。

"等等"这个词并不能阻止我还要列举一种龚赛伊不无原因地长久耿耿于怀的鱼。我们的渔网拖上来一种身体很扁的鳐鱼。这种鱼有 20 来公斤重，割去尾巴，就成了一个完美无缺的圆盘；上半身呈粉红色，下半身呈白色，身上布满了深蓝色的大圆点，每个圆点外面围着一个黑圆圈，鱼皮非常光滑，尾鳍分为两片。一条扁鳐被平放在潜艇的平台上，挣扎个不停，抽搐着想翻过身来,费了好大劲,最后一跃,差点蹦到了海里。不过,监视着鳐鱼的龚赛伊,迅速地扑了上去,用双手把它按住,我阻拦都来不及。

龚赛伊随即就两脚朝天摔倒在平台上,半身不能动弹,嘴里大叫:

“啊!我的主人,我的主人!快来扶我。”

这个可怜的小伙子,这还是第一次不用第三人称跟我讲话。

我和加拿大人两人把他扶起来,使劲地给他按摩。等他缓过神来时,这位永远不忘本职的分类者口中又开始念念有词,断断续续地低声说:

“软骨纲,软鳍固定鳃目,横口次目,鳐鱼科,电鳐属!”

“完全正确,我的朋友,”我对他说,“是一条电鳐把你电成这副狼狈相的。”

“啊!先生可以相信我,”龚赛伊随即回答说,“我一定要报复这条鱼的。”

“怎么个报复法呢?”

“把它吃了。”

他当晚就这么做了,不过纯粹是出于报复,坦率地说,这鱼的肉简直啃不动。

倒霉的龚赛伊遭到了同类中最危险的电鳐的电击。这种奇特的鱼在像水这样的导体环境中能放电击死几米外的各种鱼类,它的放电器官的功能极大,身体主要部位的带电面积不会小于54平方英尺。

第二天,四月十二日白天,“鹦鹉螺号”靠近荷兰海岸①向马罗尼河河口驶去。那里栖息着几群以家族为单位生息的海牛。这些海牛像儒艮和海马一样属于海牛目。这些健壮的动物温和、不伤害人,有六七米长,至少重4 000公斤。我告诉尼德·兰和龚赛伊,有先见之明的大自然赋予了这些哺乳动物一个重要的角色。事实上,是它们像海豹一样,吞噬海底牧草,以这种方法来阻止海草聚集,堵塞热带江河的入海口。

“你们是否知道,”我补充说道,“自人类几乎全部消灭了这些有用的物种以来所导致的后果吗?腐烂的海草毒化了空气,被毒化的空气导致了黄热病,黄热病使这些美丽富饶的地方变得一片荒芜。有毒的植物在这个酷

① 荷兰海岸:指原荷属圭亚那,今苏里南。

热地区的海域里快速生长,黄热病势不可挡地从拉普拉塔河蔓延到了佛罗里达!”

按照图瑟耐尔的说法,这种灾难比起因海洋里鲸鱼和海豹减少而给我们的子孙后代造成的灾难来还真算不了什么。到那个时候,由于海洋里没有了上帝派来清扫海面的大胃口动物,章鱼、水母和鱿鱼就会充斥海洋,海洋将成为巨大的疾病传染源。

然而,“鹦鹉螺号”的船员捕获了六头海牛,倒不是要无视这些论说,原来是为了给潜艇上的食品储藏室提供优于黄牛和小牛肉的上等肉食。这次捕猎毫无意思,海牛们束手就擒,毫不反抗。好几千公斤待晒干的海牛肉被储藏在了潜艇上。

这一带海域的物产真丰富,我们又捕获了许多鱼,增加了“鹦鹉螺号”上的食物储备。我们的拖网网眼里挂着一些头后有一块椭圆形肉盘的鱼。那是些属于亚鳃软骨目第三科的鲫鱼。它们头后面的椭圆形肉盘是由可活动的横软骨组成。它们可以在活动的横软骨之间制造真空,然后像吸盘一样将自己吸在物体上。

我在地中海见到的印头鱼就属于这一种。这里的鲫鱼是这一带海域特产的软骨鲫鱼。我们的船员捉到这种鱼以后,就把它们养在盛满海水的桶里。

捕鱼结束后,“鹦鹉螺号”就向海岸驶去。这里,有一些海龟在波涛汹涌的海面上睡着了。捕捉这种珍贵的爬行动物真不容易,稍有风吹草动,就会把它们吵醒。它们背上坚硬的甲壳经得起鱼叉的戳刺。可是,用鲫鱼能够特别稳当、准确地捕捉到这些海龟。原来,这种鱼就像是活鱼钩,能给天真的垂钓者带来运气和财富。

“鹦鹉螺号”的船员们在这种鲫鱼的尾巴上系一个相当大的环,这样不会妨碍鲫鱼的行动;在环上系一根绳,绳的另一头拴在潜艇上。

这些鲫鱼被扔回海里以后马上就开始发挥它们的作用,去吸住海龟的腹甲。而且这种鲫鱼非常顽固,宁可被撕烂,也不愿意松开吸盘。然后,船员们就收起绳索,连鲫鱼带海龟一起拖上潜艇。

他们就采用这种方法捉到了好几只宽一米、重200公斤的卡古阿纳海龟。它们的甲壳上覆盖着一层薄而透明的褐色角质,上面有白色和黄色的斑点。这种海龟因此而变得十分珍贵。此外,从食用的角度看,这种海龟还是一种上等的佳肴,味道鲜美。

我们在亚马逊河口海域的逗留以这次捕鱼的结束而告终。夜幕降临,“鹦鹉螺号”重新又回到了远海。

十八

章鱼

一连几天,“鹦鹉螺号”始终远离美洲海岸。显然,它不愿意在墨西哥湾或安的列斯海海域航行。不过,既然这一带海域的平均水深达 1 800 米,那么不是因为水浅而避开这一带海域,而很可能是因为这一带海域岛屿星罗棋布、汽轮来往频繁而不适合尼摩艇长。

四月十六日,我们望见了距离 30 海里左右的马提尼克岛和瓜德鲁普岛。有一会儿工夫,我还望见了高高的山峰。

加拿大人本指望在墨西哥湾实施其逃跑计划,或者逃到附近的某一块陆地上,或者是搭乘某来往于岛屿之间的众多船只中的一条。可现在,他显得十分沮丧。如果在近海航行,尼德·兰能够背着尼摩艇长窃取小艇,那么逃跑计划非常切实可行。可是,在远海航行,那么就想也不要去想。

我和龚赛伊、尼德·兰,我们就这个问题展开了一场相当长的讨论。我们被囚禁在“鹦鹉螺号”上已经有六个月了,行程 17 000 法里。正如尼德·兰所说的那样,没有道理不结束这种生活。因此,他居然向我提出了一个我没有料到的建议,那就是直截了当地向尼摩艇长提出这个问题:难道艇长准备无限期把我们囚禁在潜艇上吗?

我讨厌进行这样的交涉。依我看,不会有结果。对“鹦鹉螺号”的指挥官不要抱任何希望,一切还得靠我们自己。再说,这段时间以来,这个人变得比较阴郁,深居简出,不爱与我们交往。他仿佛是在有意躲避我,我很少见到他。以前,他很喜欢给我介绍海底奇观。现在,他扔下我使我独自做我自己的研究,而且不再来客厅。

他那里到底发生了什么变化呢?是因为什么原因呢?我可没有任何需要自责的地方。也许,我们留在潜艇上使他觉得难受?然而,我并不应该指望他会还我们自由。

因此,我请求尼德在行动之前容我先考虑考虑。如果与尼摩艇长交涉毫无结果的话,这样只会重新引起他的猜疑,导致我们的处境更加困难,并且不利于加拿大人的计划的实施。我还要补充说,我们无论如何也不能以我们的健康为借口。除了南极冰封区域的严峻考验,无论是尼德、龚赛伊还是我本人,我们的身体状况从来也没有比在这里更好。潜艇上有益健康的饮食、有益于身体的空气、有规律的生活和恒定的温度使我们免受疾病的困扰。对于一个毫不留恋陆地生活的人来说,对于一个视“鹦鹉螺号”如家、独断独行,在别人看来行动诡秘地实现自己的目标的尼摩艇长来说,我理解这样一种生活方式。可是,我们并没有断绝与人类的关系。对于我来说,我不想让自己如此有趣、如此新颖的研究成果和我一起葬身大海。现在,我有权利写一部关于大海的著作,而且希望这本著作能够尽早公布于世。

在安的列斯海距离海面十米以下的水域里,透过防护板开着的舷窗,我又看到了多少应该记录在案的有趣海产!在植形动物中主要有一种学名叫远海僧帽水母的船形水母,一个长方体的珠光大囊袋,它们的体膜迎风鼓起,犹如丝线的蓝色触须随波飘逸,用眼看是美丽的水母,用手摸则是分泌腐蚀性液体的真正荨麻。在节肢动物中,有一些长一米半左右的环节动物,长着粉红色的吻管和1 700个移动器官,在水里蜿蜒而行,所经之处洒下七彩的微光。在鱼门动物中,有莫吕巴鳐,一种长十英尺、重达600磅的巨大软骨鱼,长着三角形的胸鳍,脊背中央微微隆起,两眼挤在头部的前端,犹如船舶的残骸随波漂泊,有时像不透光的百叶窗一样贴在我们舷窗的玻璃上;大自然只赋予它们黑白两色的美洲鳞鲀;黄鳍、隆颌的虾虎鱼,体长多肉;属于白鲭种的细鳞鲭,体长16分米左右,牙齿短而尖;接着,出现了一大群从头到尾布满金色条纹的羊鱼,晃动着金光闪烁的鳍翅,真像古代供奉给狄安娜的珠宝极品,尤其受罗马富翁的青睐,俗话说:“捉到这种鱼的人,请别吃它们!”身披“丝绒袍”、翠绿色的细带随波飘逸的金鳍鱼,犹如韦罗内塞①画笔下的老爷从我们眼前摇摇摆摆地游过;多刺的斯巴尔鱼迅速地划动着胸鳍匆匆而过;15 英寸长的鲱鱼磷光闪烁;尾巴肥大的鲻鱼;红鲑划动着胸鳍,像是在劈波斩浪;银白色的月亮鱼堪称名副其实,跃出海面,犹如一弯弯银月。

要不是“鹦鹉螺号”渐渐地潜入深水层,我本来还可以观察到好多其他新奇的鱼种!“鹦鹉螺号”使用自己倾斜的尾翼一直下潜到了深达 2 000—3 500 米的海底。这里的动物只有海百合、海星;形似海蜇头的美丽的五角海百合,挺直的茎干顶端长着一个小花萼;属于大宗沿海软体动物的马蹄螺、血淋淋的齿形贝和裂纹贝。

四月二十日,我们又重新上浮到平均距离海面 1 500 米深的水层。这时,离我们最近的陆地是巴哈马群岛,犹如石堆一样散布在海面上。海底矗立着一堵堵底座庞大、表面粗糙的悬崖峭壁。悬崖峭壁上的幽深洞穴连我们的电灯光也没能照射到它们的洞底。

这些岩石上覆盖着一层厚厚的大海草、巨型昆布和巨型墨角藻,形成了一道名副其实的、堪称泰坦②世界的水生植物屏障。

我和尼德、龚赛伊受这些巨型海洋植物的启发,自然谈起了巨型海洋动物。前者显然注定是后者的食物。然而,透过几乎不动的“鹦鹉螺号”的舷窗,我在这些长长的茎须上只看到一些腕足类中的主要节肢动物,如长足海蜘蛛、紫色螃蟹和安的列斯海特产的克里奥蟹。

大约十一点,尼德·兰提醒我注意在巨型海藻下异乎寻常地有许许多多的动物在攒动。

“看来,”我说道,“这里是名副其实的章鱼洞。我觉得,在它们中间看到几个庞然大物也不足为奇。”

“什么鱼?”龚赛伊问道,“是一些章鱼,一些属于头足纲的普通

---

① 韦罗内塞(1528—1588):意大利文艺复兴后期威尼斯画派主要画家,以擅长运用华美色彩著称。

② 泰坦:希腊神,天神和大地神之子。

章鱼吗?”

“不,”我回答说,“是一些大章鱼。不过,尼德友想必是看错了,我可是什么也没看见。”

“多么遗憾。”龚赛伊回答说,“我想好好观察一条经常听说能把轮船拽入海底深渊的章鱼。这些海兽被描绘成……”

“应该说被吹成。”加拿大人嘲讽地回答说。

“被描绘成了海妖。”龚赛伊毫不示弱,不顾同伴的嘲笑坚持把话说完。

“我不会轻易相信,”尼德·兰说,“有这样的海兽存在。”

“为什么不信?”龚赛伊反诘道,“我们不是都很相信先生说的独角鲸吗?”

“龚赛伊,我们都错了。”

“也许是吧!可是,别人肯定仍然还信以为真呢!”

“有可能吧,龚赛伊。不过,对于我来说,只有在我亲手杀死了这些海怪以后,我才会相信它们的存在。”

“这么说来,先生也不信大章鱼喽?”

“嗨!鬼才相信它呢!”加拿大人大声说道。

“尼德友,有很多人相信呢。”

“渔夫才不信呢,有些学者相信,那倒是可能的!”

“对不起,尼德,相信它存在的人中间既有渔夫也有学者!”

“不过,我要告诉你,”龚赛伊再正经不过地说道,“我清楚地记得曾经见到一艘大船被一条头足类鱼拽入水下。”

“你真的看见了?”

“看见了。”

“是亲眼看见的?”

“亲眼看见的。”

“那请问,是在哪里看见的?”

“圣马洛。”龚赛伊毫不含糊地回答。

“在港口里?”尼德·兰讥讽地追问道。

“不,是在一座教堂里。”龚赛伊回答说。

“教堂里?”加拿大人大叫起来。

“是的,尼德友,是一幅描绘大章鱼的画。”

“好啊,龚赛伊先生是在耍我。”尼德·兰说完,哈哈大笑。

“的确,他是对的。”我说道,“我曾经听说过这幅画。不过,这幅画取材于一则传说。你知道应该如何看待博物学方面的有关传说。再说,只要是涉及妖怪,人们就会想入非非。不但有人声称,大章鱼能够把轮船拽入海底,而且一个叫奥拉于斯·马格纳斯的人说起过一条长一海里的头足类动物,它更像一个岛屿,而不像海洋动物。还有人讲述,一天,尼德罗斯主教在一块巨大的礁石上摆了一张供桌。等他做完弥撒,那块礁石开始移动了,钻入了海底。原来,这块礁石是一条章鱼。”

“您说完了?”

“还没有呢。”我回答说,“另一位主教蓬托比丹·德·贝格汉姆也讲起过一条上面能容纳一个团骑兵的章鱼呢!”

“这些从前的主教,他们没事吧?”尼德·兰挖苦地问道。

“总之,古代的博物学家们提到过嘴巴像一个海湾、身体大得不能从直布罗陀海峡通过的海怪。”

“真神了!”加拿大人说。

“可是,在这些故事当中,有真实可信的吗?”龚赛伊半信半疑地问道。

“没有,我的朋友们,至少从上升为神话或传说要超越的真实界限这个角度来看,没有任何真实性可言。尽管如此,但是,编故事的人总得有个想象的原因,或者至少要有个假托。人们可以否定非常大的章鱼和鱿鱼的存在,不过它们总要比鲸类动物小。亚里士多德曾经见到一条五肘长,也就是3.1米长的章鱼。我们的渔民经常看到长1.8米的章鱼。的里雅斯特和蒙彼利埃博物馆陈列着两米长的章鱼标本。而且,根据博物学家们的计算,一条只有六英尺长的章鱼,其触须竟长达27英尺。这样的章鱼足以被说成海怪了。”

“如今,有人捉到过这么大的章鱼吗?”加拿大人问道。

“虽然没有捉到过它们,但至少有海员见到过它们。我的一个朋友,住在勒阿弗尔港的加拿大人保尔·鲍斯,经常跟我提起他在印度海域见到过的一个身体庞大的海怪。最令人惊讶,也是最不容人们否定的巨型动物存在的事实是发生在几年前,也就是一八六一年。”

“什么事实?”尼德·兰问道。

“事情是这样的:一八六一年,在特内里费岛,也就是在差不多我们现在所处的纬度上,‘阿莱克顿号’护卫舰发现了一条巨大的章鱼在周围的水域里游动。布盖舰长指挥护卫舰向章鱼靠近,并且下令用鱼叉和枪对它进行攻击,但没起多大作用。因为子弹和鱼叉像穿过没有硬性的果冻一样穿过它那软绵绵的肉。在经过多次成效不大的尝试以后,全体船员终于成功地在章鱼的四周系了一个活结。活结滑到章鱼的尾鳍,就停了下来。船员们想收绳索,把章鱼拖上护卫舰。可是,这个庞然大物实在是太重了,以至于绳索只把它的尾巴拽了上来。章鱼丢下了尾巴,掉入水中消失了。”

“这总算是个事实。”尼德·兰说道。

“一个无可争议的事实,我的尼德友。因此,有人建议把它命名为‘布盖章鱼’。”

“它有多长?”加拿大人问道。

“它不是长约六米吗?”坐在舷窗前的龚赛伊一边说,一边又重新观察起凹凸不平的悬崖来。

“正是。”我回答说。

“它的头上不是长着八根触须,在水里扭动时就像一窝水蛇吗?”

“正是。”

“它那长在花丛般脑袋上的眼睛是不是非常的大?”

“没错,龚赛伊。”

“它的嘴巴不像鹦鹉嘴,而是一张血盆大口?”

“的确如此,龚赛伊。”

“那么,不怕先生生气,”龚赛伊从容地说,“如果这不是布盖章鱼的话,至少是它的一个兄弟。”

我不解地望着龚赛伊。尼德挤到舷窗前。

“可怕的海兽!”他大叫起来。

我也挤上前去看个究竟,不禁吓了一跳。在我眼前游动着一个值得收入畸形动物传说的令人恐怖的怪物。

那是一条巨大的章鱼,足有八米长。它极其迅速地倒退着向“鹦鹉螺号”游来。它用自己那双海蓝色眼睛盯着我们。它那八根长在头上的触须,更确切地说是触角——因此而被命名为头足类——有它的身体的两倍长,像复仇女神的头发缠绕在一起。我们清晰地看到排列在触角内侧表面像半球形包膜一样的250个吸盘。有时,它把吸盘附吸在客厅舷窗的玻璃上。这只海怪的嘴巴——像鹦鹉喙一样的角质喙——上下张开或合拢。它的角质舌头上长着好几排尖牙,伸出来时活像一把剪刀。大自然真是稀奇古怪!一只软体动物长着鸟喙!它那梭状的身体,中间鼓起,像一个肉坨,大概有2万到2.5万公斤重。它身上那不稳定的颜色会根据它恼怒的程度以极快的速度发生变化,从灰白色变成红褐色。

这只软体动物因为什么而恼怒呢?肯定是因为比它自己还庞大的"鹦鹉螺号"的出现,还因为它那长有吸盘的触角或大颌吸不住也咬不动"鹦鹉螺号"。然而,这些章鱼是多么庞大!造物主赋予了它们多么旺盛的生命力!它们的行动是多么有力!原来,它们长着三个心脏!

我们碰巧遇上了这条章鱼。因此,我不想丧失这次仔细研究这个头足类标本的机会,克服了它丑陋的形象在我心中引起的恐怖,于是拿起一支铅笔开始对它进行描绘。

"也许,这就是'阿莱克顿号'护卫舰碰到的那条章鱼。"龚赛伊说道。

"不对,"加拿大人回答说,"因为这一条完整无缺,而那一条掉了尾巴!"

"这并不是理由,"我解释说,"这些动物的触角和尾鳍会重新长出来。七年来,布盖章鱼肯定有足够的时间重新长出尾鳍来。"

"况且,"尼德接着说,"如果不是那条布盖章鱼,那么也许是一条布盖章鱼之辈!"

果然,其他章鱼也出现在客厅的右舷窗前。我数了一下一共是七条,它们是在给"鹦鹉螺号"护航呢!我听到它们用嘴巴咬"鹦鹉螺号"钢板发出的咯咯声。我们正在被它们尽情地享用。

我继续工作。这些庞然大物在我们周围的水域里非常精确地保持着它们的姿势,以至于它们就像是不会动的标本似的。我简直能够把它们缩小以后临摹在舷窗的玻璃上。再说,我们也正以缓慢的速度在行驶。

突然,"鹦鹉螺号"停了下来。一阵撞击使潜艇的各个部位都在颤动。

"触礁了?"我问道。

“不管怎样，”加拿大人回答说，“可能已经脱险了，因为我们没有搁浅。”

当然，“鹦鹉螺号”是没有搁浅。不过，它停止了行驶，螺旋桨的叶片没有在击水。一分钟过去了。尼摩艇长走进客厅，身后跟着他的大副。

我有一段时间没有见到他了。我觉得，他神情阴郁。他没有理睬我们，也许是没有看见我们，径直走到舷窗前观察外面的章鱼，并且跟大副说了几句话。

大副走了出去。舷窗的防护板很快就被关了起来，客厅的顶灯亮了。

我朝尼摩艇长走去。

“一群奇特的章鱼。”我以一个业余爱好者在参观水族馆时的轻松口吻说道。

“的确如此，博物学家先生，”他回答我说，“我们就要同它们展开肉搏了。”

我看了他一眼，以为没有听清他的话。

“肉搏？”我问道。

“是的，先生。螺旋桨被卡住了。想必是其中一条章鱼的角质下颌绞进了螺旋桨。因此，我们无法航行了。”

“您准备怎么办呢？”

“浮到水面上去，宰了这些害人精！”

“这可是一项艰巨的任务。”

“的确如此。电弹在这一大堆软绵绵的肉前面无能为力，因为打上去没有足够的阻力引发爆炸。不过，我们将用斧头来对付它们。”

“先生，用鱼叉，如果您不拒绝我的帮助的话。”加拿大人毛遂自荐。

“兰师傅，我接受你的帮助。”

“我们同你们一起去。”我说道。我们跟在尼摩艇长后面，向中央扶梯走去。

十来个肩扛太平斧的船员站在中央扶梯旁，整装待发。我和龚赛伊也各拿了一把斧头，而尼德·兰手里则握着一把鱼叉。

此时，“鹦鹉螺号”已经重新浮出海面。其中的一个船员站在中央扶梯的最后几级阶梯上，松开了舱盖的螺栓。但是，螺母刚松开，舱盖就被极其猛烈地打开了,显然是被章鱼触角上的吸盘给掀开的。

一根长长的触角随即像蛇一样,从舱口探了进来。而且,另外有二十根触角在舱口外面舞动。尼摩艇长挥起斧头,一下就砍断了一根缠绕在中央扶梯阶梯上的可怕触角。

正当我们争先恐后地往平台上挤的时候,另外两根触角扑打过来,缠住了走在尼摩艇长前面的那位船员,以势不可挡的力量把他卷走了。

尼摩艇长大吼一声,冲了出去。我们急忙跟在他后面蜂拥而上。

多么惊心动魄的场面!那个被紧紧缠住的不幸船员,被吸盘吸得牢牢的,被那根巨大的触角举在半空中随心所欲地甩来晃去的。他气喘吁吁,喘不过气来了。他叫喊着:"救命!快来救命!"这句用法语发出的呼救声,使我惊愕不已!潜艇上居然有我的一个同胞,或许还有好几个呢!这撕心裂肺的呼救声将永远在我的耳边回响!

这个不幸的人快不行了。有谁能够从这么猛烈的束缚中把他拯救出来呢?然而,尼摩艇长奋不顾身地冲向章鱼,一斧头又砍下了一根触角。大副狂怒地在与其他几个爬在潜艇两侧的庞然大物搏斗。全体船组人员用斧头在奋战。我和加拿大人、龚赛伊握着手中的武器拼命地往一个个肉坨上砍或捅。空气中弥漫着一股浓郁的怪味。真是可怕极了。

一度,我还以为,被章鱼缠住的那个不幸船员可以从章鱼强有力的吸盘底下救出来了。这条章鱼的八根触角被砍断了七根。仅剩的那根触角在半空中弯来转去的,挥动那个船员就像舞动一根羽毛那样轻松。正当尼摩艇长和大副要向这根触角冲去的时候,这条章鱼喷出了一股从它腹部的墨囊中分泌出来的浅黑色的液体。我们一下子就瞎了,什么也看不见了。等这团"乌云"散尽后,章鱼卷着我那个不幸的同胞,已经不知去向!

于是,我们忍无可忍,把满腔的怒火全部发泄在这些海怪身上。有十或十二条章鱼爬上了"鹦鹉螺号"的平台和两侧。在鲜血如流、墨液滚滚的平台上,我们在犹如蟒蛇般探头探脑的章鱼触角丛中跌打滚爬。这些黏糊糊的触角仿佛像七头蛇的头一样能够再生。尼德·兰百发百中,叉叉击中章鱼的海蓝色眼睛,戳破了它们的眼珠。可是,我这个勇敢的伙伴突然因躲闪不及而被一条大章鱼的触角掀倒在地。

啊!我是既激动又惊慌,心都要跳出来了!那条可怕的章鱼向尼德张开血盆大口。这个不幸的人将被咬成两段。我赶紧上前搭救。可是,尼摩艇长赶在了我的前头,抡起手中的斧头深深地砍进了章鱼巨大的牙床骨。加拿大人奇迹般地获救了,赶忙从地上爬起来,将鱼叉整个地捅进了章鱼的三颗心脏。

“我应该报答你!”尼摩艇长对加拿大人说。

加拿大人只是对着尼摩艇长鞠躬,但没有吭声。

这场战斗持续了一刻钟。这些海怪被打败了,死的死,伤的伤,剩下的最后都弃阵落荒而逃,消失在大海的波涛之中。

尼摩艇长浑身是血,站在舷灯旁一动不动,呆呆地看着吞没了他的一个伙伴的大海,大颗大颗的泪珠从他的眼睛里淌了下来。

十九

墨西哥湾流

四月二十日这可怕的一幕,我们中任何一个人都永远也不会忘记。就在我写这段故事的时候,我依然思绪万千,心潮澎湃。写好以后,我又重新阅读了一遍,并且还念给龚赛伊和加拿大人听。他们觉得故事情节符合事实,但是描写不够生动。然而,只有我们当代最杰出的诗人、《海上劳工》的作者的笔触,才能够栩栩如生地描述这样的画卷。

我上面说过,尼摩艇长悲痛万分,凝视着大海热泪滚滚。自我们上“鹦鹉螺号”以来,这是他失去的第二个伙伴。他死得好惨啊!这位朋友是被章鱼力大无比的触角勒死的,窒息死的,挤碎而摔死的,是被它铁一般坚硬的牙床骨咬死的。而且,他不能在宁静的珊瑚墓地与他死去的伙伴们安息在一起了!

对于我来说，在这场搏斗期间，这个不幸的船员在绝望中发出的呼救声曾使我撕心裂肺。这个可怜的法国人在生命垂危的时刻忘记了潜艇上的暗语，重新开始用自己祖国的母语发出了最后的呼唤！在“鹦鹉螺号”全体与尼摩艇长心心相印、患难与共，并且像他一样逃避同人类接触的船组人员中间，居然会有我的一个同胞！在这个显然由不同国籍的成员组成的秘密团体中，他难道是唯一一个来自法兰西的成员？这又是一个找不到答案的疑问，而且不停地萦绕在我的脑际！

尼摩艇长回自己的房间去了，而且后来又有好一阵子没有露面。不过，从这艘他作为灵魂，并接受他的所有情感的潜艇来看，他一定非常悲痛、绝望甚至彷徨！“鹦鹉螺号”失去了明确的航向，像一具尸体一样随波漂泊，来回徘徊。它的螺旋桨已经拾掇干净，但现在几乎派不上用场。潜艇在漫无目的地转悠，舍不得离开这个刚发生过战斗的战场，这片吞没了它的一个成员的海域！

十天就这样过去了。直到五月一日，“鹦鹉螺号”在巴哈马运河入海口望见了巴哈马群岛以后，才重新果断地取道北上。于是，我们沿着这一带海域的最大洋流航行，我称它湾流。这条洋流有自己的海岸、鱼种和水温。

事实上，这是一条在大西洋上自由奔流的洋流，而且它的水也不同大西洋的水混杂在一起。这是一条咸水洋流，它的水比周围大西洋的水还要咸。它的平均深度为 3 000 英尺，平均宽度为 60 海里。某些流段水的流速达到每小时四公里。它那永恒不变的水量比地球上所有洋流的水量还要大。

如果能接受这种说法，那么这条湾流的真正源头由莫里舰长发现，它的发源地在比斯开湾。这股洋流在那里颜色还比较浅，水温也比较低，但已经开始形成，然后往南沿着赤道非洲流淌。在酷热带阳光的照耀下，洋流的水开始变热，接着横穿大西洋，在巴西海岸流抵圣洛克角；然后分为两股洋流，一股洋流在安的列斯海还要吸纳热分子。因此，湾流开始发挥平衡器的作用，负责调节水温，并且调和热带海域海水和北冰洋海水的温差。这条洋流流经墨西哥湾时水温又大幅度升高，然后沿着美洲海岸北上一直到纽芬兰；接着与戴维斯海峡的寒流汇合，并在寒流的推动下，沿着一条等角线在地球上画了一个大圆弧，重新回到大西洋。洋流在北纬 43 度的地方分为两条支流。一条支流在东北信风的推波助澜下，重新回到比斯开湾和亚速尔群岛海域；另一条支流流过爱尔兰和挪威沿海，一直穿越斯匹次卑尔根群岛海域。随后，水温就降低到四度，流入北极未被冰封的海域。

现在，“鹦鹉螺号”就在大西洋的这条洋流上航行。湾流从巴哈马运河附近流出来时，宽有 14 法里，深 350 米，并且以每小时八公里的速度流淌。随着向北的推进，它的流速持续递减。但愿这种持续性能够保持下去。因为，正如有人指出的那样，如果湾流的流速和流向万一发生变化，那么欧洲的气候就会出现紊乱，由此造成的后果难以估算。

中午时分，我和龚赛伊坐在平台上。我在给他介绍湾流的有关特征。介绍完以后，我就请他把双手放在水里。

龚赛伊照我的话做了。可是，令他感到惊讶的是，他既没有冷的感觉也没有热的感觉。

“这是因为，”我对他解释说，“湾流的水刚从墨西哥湾流出，现在的温度几乎同人体血液的温度没有什么差异。这股暖流可是保证欧洲海岸四季常春的大暖炉。按照莫里的说法，这股暖流的热能要是能够被充分利用，那么它所提供的热能就可以使像亚马逊河或密苏里河这么多的熔铁流保持在熔点的温度。”

这时，湾流的流速是每秒 2.25 米。它的水流与周围的海水泾渭分明，以至于它那受挤压的流水高出洋面，从而与周围的冷水不是处于相同的水平。此外，它的水色偏深，并且富含盐分，它那靛蓝色的水流和周围绿色的海水界限清楚。两者之间是如此泾渭分明，以至于“鹦鹉螺号”驶抵加罗林群岛附近时，它的冲角已经在湾流上劈波斩浪，而它的螺旋桨还在拍击大西洋的水呢！

在这股暖流中栖息着各种各样的生物。地中海里常见的船蛸在这里成群结队、浩浩荡荡。在软骨动物中间，最引人注目的是鳐鱼，它们的尾巴纤长，几乎要占体长的三分之一，身体形似菱形，长达 25 英尺；还有一米来长的小角鲨，大大的脑袋，短短的圆吻，嘴里长着几排尖牙，身上像是覆盖着鱼鳞。

在硬骨鱼中，我记录下了这一带海域特产的花白隆头鱼；虹膜像火光一样闪亮的斯帕尔鱼；一米来长的石首鱼，常常发出轻微的叫声，宽宽的嘴巴里长满了细小的牙齿；我前面已经提到过的黑色的中脊索鱼；蓝底金银纹的高丽菲鱼；堪称海洋彩虹的鹦嘴鱼，能与热带最美丽的鸟禽争妍斗丽；三角头的白丛鱼；淡蓝色的无鳞菱形鱼；身上有一个形似希腊字母 t 的黄色彩带的两栖鱼；万头攒动的小虾虎鱼，全身布满了褐色的斑点；银头、黄尾的双翅鱼；不同种类的鲑鱼；被拉塞佩德视为可爱的终身伴侣的鲻鱼，身体修长，柔光闪烁；最后是美丽的美国高鳍石首鱼，这种鱼身上挂满了各种“勋章”和“绶带”，出没于这个勋章和绶带不受重视的泱泱大国的沿海。

我还要补充说，夜间，尤其是遇到经常光顾的暴风雨天气时，湾流磷光闪烁的流水堪与我们的舷灯媲美。

五月八日，我们横穿湾流，向位于北卡罗来纳州附近的哈特拉斯角驶去。这里的湾流宽达 75 海里，深 210 米。“鹦鹉螺号”还在漫无目的地转悠，潜艇上似乎取消了任何监控。我想，在这种条件下逃跑有可能获得成功。的确，在有人居住的海岸，很容易找到栖身之地。海面上，来往于纽约或波士顿和墨西哥湾的汽轮川流不息，双桅纵帆船日夜穿梭在美洲沿海各地之间。我们有希望被它们收留。尽管“鹦鹉螺号”距离美国海岸还有 30 海里，但这仍不失为逃跑的有利时机。

可是，天气非常糟糕。这个讨厌的天气绝对不利于加拿大人逃跑计划的实施。我们在靠近风暴经常肆虐的海域，这里是由湾流导致的龙卷风和旋风的故乡。驾着一叶弱不禁风的小舟在经常是波涛汹涌的海域搏击，这无异于白白送死。尼德·兰自己也承认这一点。因此，他虽然苦受思乡病的极度折磨——而且只有逃离“鹦鹉螺号”才能治愈——也只能咬紧牙关忍受。

“先生，”那天，他对我说，“这一切该结束了。我想有一个了结。您的那个尼摩在避开陆地，重新北上。我得跟您说清楚，南极我已经受够了，我可不愿跟他去北极！”

“尼德，既然无法现在逃跑，那么该怎么办呢？”

“我还是坚持自己的意见，向尼摩艇长摊牌。当我们在您的国家附近的海域时，您什么也没说。现在，我们是在我的国家附近的海域，我想跟他挑明了。再过几天，‘鹦鹉螺号’将驶抵新斯科舍海域，那里靠近纽芬兰有一个宽阔的海湾，圣劳伦斯河就在这里流入大海。圣劳伦斯河，是我朝思暮想的河流，是流经魁北克的河流，而魁北克是生我养我的故乡。当我想到这一切时,我的气就会不打一处来,我甚至会头发直竖。您瞧着吧,先生,我宁可跳海,也不会留在这里! 我会被憋死的!”

显然,加拿大人已经到了忍无可忍的地步。他那刚烈的性格无法适应这种遥遥无期的囚禁生活。他一天比一天消瘦,而且神情也越来越阴郁。我能够感受他所忍受的痛苦,因为思乡之情也同样苦苦地折磨着我。快七个月了,我们得不到陆地上的任何消息。此外,尼摩艇长孤僻的性格,尤其是大战章鱼以来,他那每况愈下的心情,以及他的沉默,使我从不同的角度去看待事物。我自己也失去了头几天的热情。只有像龚赛伊那样的佛朗德人才能接受在这种专门为鲸类动物和其他海洋居民准备的环境里生活的处境。说真的,如果这个好样的小伙子长的不是肺,而是鳃的话,我相信,他一定会成为一条与众不同的鱼!

“先生,怎么不说话啊?”尼德·兰见我不吭声,便问我说。

“尼德,你是要我去问尼摩艇长处置我们的打算?”

“是的,先生。”

“这个,他不是早就告诉我们了吗?”

“是说过。可我希望能最后再确认一下。如果您愿意的话,就替我一个人说说,而且就以我的名义。”

“可是,我很少碰见他。他甚至有意在躲避我。”

“这就更有理由去找他了。”

“尼德,我会去问他的。”

“要等到什么时候呢?”加拿大人坚持问道。

“等我见到他的时候。”

“阿罗纳克斯先生,要不要我去找他?”

“不,让我来办。明天……”

“今天就去。”尼德·兰说。

“好吧,我今天就去见他。”我答应了加拿大人。如果由着他去见尼摩艇长,一定会把事情弄糟。

尼德走了,留下我一人。一旦我拿定主意,便决定立即付诸行动。我这个人喜欢说干就干,而不爱拖拉。

我回到自己的房间,听到隔壁尼摩艇长的房间里有走动的脚步声。不应该错过这个找他的机会。于是,我去敲他的房门,没有应答。我又敲了一下,就转动了门把手。房门开了。

我走了进去。尼摩艇长正在房间里伏案工作,没有发觉我进他的房间。我决心已定,不问个明白,就不出这个房间。于是,我走近他。他猛地抬起头来,紧锁着眉头,语气生硬地问我说:

“您来这儿干吗?有事吗?”

“想跟您谈谈,艇长。”

“可是,先生,我正忙着呢!我在工作。我给了您独处的自由,难道我就不能享受这种自由?”

接待的方式真叫人泄气。不过,我还是决定先洗耳恭听,再一吐为快。

“先生,我要跟您谈一件不容拖延的事。”我冷冷地说道。

“什么事,先生?您难道有了什么我没有发觉的重大发现?难道您又揭示了大海的什么新的奥秘?”他讥讽地问我说。

我们俩要谈的话题简直是风马牛不相及。我还没来得及回答,他就对我指指他案头摊开着的一份手稿,以更加严肃的语气说道:

“阿罗纳克斯先生,这是一份用好几种语言撰写的手稿,是我对海洋研究的总结。如果上帝愿意的话,它就不会和我一起离开这个世界。这本手稿署上了我的姓名,而且还附上了我一生的经历,它将被装在一个不会下沉的小容器里。‘鹦鹉螺号’上的最后一位生存者将把这个容器扔进大海。然后,它将随波漂泊。”

这个人的姓名、他自己写的履历!这么说来,他的秘密终有一天会昭示后世?不过,此时此刻,我只能把这个话题作为这次对话的切入点。

“艇长,”我回答道,“我只能赞成驱使您这么做的想法。您的研究成果不应该丢失。不过,我觉得,您采用的手段有点原始。有谁知道风会把这个容器吹到哪里去,它会落到什么人的手里?您不觉得这样更好,您或你们中的某个人难道不能……”

“绝对不行,先生。”他激动地打断了我的话。

“可是,我和我的同伴们随时准备把这份手稿保存起来,如果您能还我们自由……”

“自由!”尼摩艇长一边说,一边站起身来。

"是的,先生。我想问您的就是有关这方面的问题。我们上您的潜艇已经有七个月了。今天,我以我本人和我同伴们的名义问您,您是否想把我们永远扣在这里。"

"阿罗纳克斯先生,我今天要回答您的,就是我在七个月以前已经回答过您的话:上了'鹦鹉螺号'的人就别想再离开它。"

"您这是把奴隶制度强加在我们头上!"

"随便您怎么说都行。"

"可是,各国的奴隶都拥有恢复自由的权利!不管他们采取什么样的手段,都会认为是正当的!"

艇长交叉着双臂看着我。

"先生,"我对他说,"我们再回过头来谈谈这个您我都不感兴趣的问题。既然已经谈及这个问题,那么就把它谈透彻。我再对您重复一遍,这不仅仅涉及到我本人。对于我来说,搞研究是一种补救,一种非常有效的消遣,一种驱动力,一种能使我忘却一切的嗜好。和您一样,我是一个不求出名,但求默默无闻地生活的人,我也抱着微弱的希望,希望有朝一日能把自己的研究成果放在一个靠不住的小匣子里托付给风浪处置,能够将它们留给后世。总而言之,我可以敬佩您,毫无怨言地跟着您扮演一种我只了解某些方面的角色。但是,您生活中的其他方面,我隐约觉得蒙着一层我和我的同伴们一无所知的复杂和神秘色彩。甚至当我们的心在为你们跳动,为你们所忍受的某些痛苦而激动,或者为你们的天才和勇敢行为感动的时候,我们还必须克制自己丝毫不能流露那些因为看到善和美或者遇到敌人或朋友而应该流露的情感。就是这种我们跟和您有关的一切没有关系的感觉,使我们的处境即使对于我来说也变得不可接受、不能容忍,而对于尼德来说就更加难以容忍了。凡是人,仅仅是因为他是人,就值得别人去为他着想。您是否想过,对自由的向往,对被奴役的憎恨,有可能会使像加拿大人这样性格的人产生报复念头的后果吗?您有没有想过,他可能在想什么,他会企图做什么,他会干出什么来吗?"

我停下不说了,尼摩艇长站了起来。

"尼德在想什么,企图做什么,会干些什么,随他的便吧,这跟我有什么关系?又不是我找他来的!我也不愿意把他扣在潜艇上啊!至于您嘛,阿罗纳克斯先生,您是那种不说也会明白的人。我再也没有什么要对您说的了。这是您第一次谈论这个问题,但愿也是最后一次。要是再有第二次的话,我连听都不会听。”

我退了出来。打那天起,我们的处境变得非常紧张。我把自己和艇长的谈话情况告诉了我的两个同伴。

“现在,我们明白了。对这个人不能再有什么指望了。”尼德说道,“‘鹦鹉螺号’快驶近长岛了。我们一走了事,管它什么天气呢!”

这时,天气变得越来越坏,飓风的征兆逐渐显见。天空灰蒙蒙的,还带一点乳白色。天边,拖着长尾巴的卷云后面紧随着滚滚乌云。一些低层云块在飞快地逃离。海面上波涛汹涌,巨浪翻滚。除了喜欢暴风雨的海燕以外,其他飞鸟已经无影无踪。气压表明显下降,说明空气中湿度极高。在空气中饱和的电离子的作用下,风暴预测管里的混合体正在分解,雷电风雨即将来临。

五月十八日白天,确切地说,当“鹦鹉螺号”位于长岛附近、距离去纽约的航道几海里的海面上航行时,暴风雨降临了。我之所以能够描写这场雷电风雨的肆虐,是因为尼摩艇长出于一种无法解释的任性,不是指挥“鹦鹉螺号”潜入大海的深水层里躲避风暴,而是停留在海面上与暴风雨抗争。

大风是从西南刮来的,先是刮疾风,也就是说,每秒钟 15 米的风速。到了下午三点时,风速加快到了每秒钟 25 米。这可是暴风的风速。

尼摩艇长站在平台上,迎着狂风,岿然不动。他腰间系着一根绳索,以便抵抗迎面扑来的惊涛骇浪。我也拴了一根绳子,顶风而立,为的是欣赏这场暴风雨和这个与暴风雨顽抗的无与伦比的汉子。

大海波涛汹涌,乌云在海上翻滚,几乎要被波涛溅湿。眼前看不到波谷中的细小浪花,只见烟灰色的长浪,而且后浪推着前浪,一浪高过一浪。“鹦鹉螺号”时而侧身倒伏,时而像桅杆一样高高耸起,在惊涛骇浪里前后颠簸,左右摇晃,情形极其可怕。

五点左右,一场倾盆大雨哗哗而下,但并没有平息风浪。飓风像脱缰的野马,以每秒 45 米,即将近每小时 40 法里的速度席卷而来。这种速度的飓风能掀翻房屋,将瓦片嵌入木门,刮散铁栅栏,卷走口径 24 厘米的加农炮。然而,“鹦鹉螺号”顶住了暴风雨的考验,验证了一位博学多才的工程师的话:“结构合理的船体经得起大海的挑战!”这不是一块能被海浪摧毁的坚石,而是一个驯服、灵活,既无索具又无桅樯的钢梭,它能够安然无恙地顶住狂风恶浪。

此时,我正全神贯注地观察着迎面扑来的狂澜。它们足有 15 米高,150 到 175 米长,推进的速度是风速的一半,即每秒钟 15 米。水越深,浪就越大,也就越猛烈。于是,我明白了,海浪卷着空气,把它压缩到海底,同时也把生命和氧气带到了海底。有人曾经计算过,在受海浪冲击的表面最大压强能高达每平方英尺 3 000 公斤。正是这样的海浪在赫布里底群岛刮走了一块重达 84 000 磅的石块;也就是这样的海浪于一八六四年十二月二十三日在日本把野岛城的一部分建筑刮倒以后,同天又以每小时 700 公里的速度袭击了美洲海岸。

夜间,暴风越刮越猛。气压表像在留尼汪岛一八六〇年刮的一场旋风期间一样跌到了 710 毫米。日落时分,我看见海平线上有一艘大船在艰难地与狂风恶浪搏斗。为了在惊涛骇浪中保持平衡,它在顶风低速航行。这条船很快就消失在暮色当中,这可能是一艘来往于纽约—利物浦或纽约—哈瓦那的班轮。

夜里十点,空中电闪雷鸣,划出一道道斑马纹。我受不了电闪雷鸣,而尼摩艇长正望着闪电出神,仿佛要从暴风雨中汲取灵感。空气中充斥着海浪的拍打声、狂风的呼啸声和雷鸣声组合而成的震耳欲聋的巨响。狂风大作,从四面八方吹来,从东面吹来的风转到北面、西面和南面,随后又向东吹去,与南半球的旋暴风正好形成相反的走向。啊!这个湾流,真不愧为风暴之都!正是它通过水流中夹杂的不同温度的气层酝酿成这种可怕的旋风。

雨停之后又是一阵闪电。有人会说,尼摩艇长是想让闪电击死,希望自己能死得其所。一阵可怕的摇晃以后,“鹦鹉螺号”的钢铸冲角冲出了海面,像一根避雷针一样竖在那里,我看见上面闪烁着长长的火花。

我已经被颠得精疲力竭,瘫倒在平台的舱口旁。我掀开舱盖,进入舱里,来到了客厅。风暴的强烈程度已经到了无以复加的地步,在舱里已经无法站立。

午夜时分,尼摩艇长回到舱里。我听见储水舱慢慢地灌满了水,“鹦鹉螺号”渐渐地离开了海面,潜入水里。

透过防护板开着的舷窗，我看到一群惊慌失措的大鱼，像幽灵一般在闪光的水里一掠而过。有几条鱼就在我的眼前被闪电击死了！

“鹦鹉螺号”一直在下潜。我以为，下潜到15米的水层，就能恢复安宁。没有！上层水汹涌澎湃。必须下潜到50米深的水层，才能够恢复宁静。

而这里，是多么安宁，多么寂静！多么宁静的环境！有谁会说，可怕的飓风此时正在海上肆虐呢？

二十

北纬47度24分、西经17度28分

暴风雨过后，我们又取道向东。一切去纽约海岸和圣劳伦斯河沿岸的希望全都化为了泡影。可怜的尼德因失望而像尼摩艇长一样把自己关闭起来。于是，我和龚赛伊便形影不离。

我说过，“鹦鹉螺号”取道向东。更确切地讲，我应该说，驶向东北方。一连几天，“鹦鹉螺号”在一片令航海家提心吊胆的大雾中航行，时而在洋面上转悠，时而潜入水下。这里的浓雾主要是由于冰雪融化导致空气中湿度极高所致。曾经有多少船只在寻找海岸边模糊的灯塔时沉入海底！有多少海难事故因这里弥漫的大雾而发生！有多少船只因强烈的风声掩盖了海浪拍打礁石的响声而触礁！有多少船只在这里相撞，尽管它们点亮了方位灯，并且鸣汽笛、敲警钟提醒对方！

因此，这里的海底活像一个战场。大西洋的“手下败将”都抛尸在这一片海底：有的因年代久远而已经腐烂；有的则是初来乍到，我们的舷灯光照在它们的铁器和铜铸的水下体上还闪闪发光。其中，有多少船只连船带物、

全体船员和旅客一起葬身在这些统计资料标明的危险海域:拉丝角、圣保罗岛、贝尔岛海峡、圣劳伦斯湾!仅仅相隔几年时间,在这本海难事故年表中新增添的船只就有:皇家邮轮公司、伊玛纳公司和蒙特利尔公司的班轮、“索尔威号”、“彩虹号”、“帕拉马塔号”、“匈牙利号”、“加拿大号”、“盎格鲁-撒克逊号”、“洪堡号”、“美利坚合众国号”,它们都因触礁而葬身大海;“亚尔蒂克号”、“里昂号”,都因碰撞而沉没;“总统号”、“太平洋号”、“格拉斯哥城号”,都由于不明的原因而失踪。“鹦鹉螺号”就在这些沉船阴森森的残骸中航行,犹如是在翻阅一本死人名册!

五月十五日,我们位于纽芬兰浅滩的南端。这块浅滩是海洋冲积的产物,是一个巨大的有机物残屑堆。这些有机物残屑,有的是由湾流从赤道带来,有的则是由沿美洲海岸北上的逆流从北极带来的。那里堆积着由顺流而下的淌凌带来的流石;还形成了一个无数在这里死去的鱼类、软体动物或植形动物的巨大残骸堆。

纽芬兰浅滩附近的海域并不是很深,最多也就数百法寻。不过,靠南面海域有一个突然下沉的凹陷,深达3 000米。湾流就在这里变宽,水流就在这里展开,流速放慢,水温下降,但却变成了大海。

在被“鹦鹉螺号”沿途惊动的鱼类中,有一米长的圆鳍鱼,浅黑色的脊背,橘红色的腹部,堪称同类中配偶忠诚的楷模,但它们树立的榜样很少被同类效仿;一条长长的于内纳克鱼,一种翠绿色的海鳝,味道极佳;一条大眼卡拉克鱼,脑袋像狗头;像蛇一样卵生的鳚鱼;圆球形虾虎鱼或20厘米长的黑色鲄鱼;银光闪闪的长尾鱼,这种鱼游速极快,能去遥远的北极海域冒险。

“鹦鹉螺号”的渔网也捕捉到一种大胆、鲁莽、强壮、肌肉发达的鱼,身长两三米,头上有刺,鳍里藏针,活像一只蝎子,是鳚鱼、鳕科鱼和鲑鱼的凶狠敌人。它就是北方海域中特有的满身长满结节的红鳍褐色杜父鱼。“鹦鹉螺号”上的船员费了一番工夫才捉到了这种鳃盖骨不怕干燥空气的鱼。这种鱼离开海水以后还能存活好长时间。

我现在再列举一些鱼以作备忘:丛鱼,一种喜欢陪伴船只左右的北极小鱼;北大西洋特有的靠鼻子吸氧的欧鲌;伊豆鲉;我注意到一种主要属于鳕类的鳕科鱼,我在它偏爱的水域、茫茫的纽芬兰浅滩附近的海域意外地见到过它。

鳕鱼可以说是一种山上的鱼，纽芬兰浅滩只是一座海洋里的山。当“鹦鹉螺号”在稠密的鳕鱼群中穿行时，龚赛伊禁不住叫道：

“瞧！这么多的鳕鱼！可我原来还以为，鳕鱼像黄盖蝶和箬鳎鱼一样，身体是扁的呢！”

“真幼稚！”我大声说道，“只有食品杂货店里的鳕鱼才是平扁的。它们被破肚摊开着。但是，在水里，它们与鲻鱼一样身体呈梭形，非常适合在水里穿梭。”

“我愿意信先生的话，”龚赛伊回答道，“真是鳕鱼如云，密密麻麻的像蚂蚁一样！”

“哎，我的朋友，要是没有敌人——伊豆鲉和人类——的话，还要多呢！你知道吗，一条雌鳕鱼能产多少卵？”

“我多说一点吧，”龚赛伊说道，“50 万颗。”

“1 100 万颗，我的朋友。”

“1 100 万颗，我是永远也不会相信的，除非我自己来数。”

“那么，就请数吧，龚赛伊。不过，还是相信我来得快。法国人、英国人、美国人、丹麦人和挪威人成千上万地捕捉鳕鱼，人们消费鳕鱼的数量大得惊人。要不是这种鱼繁殖力惊人，在这些海域里恐怕早就见不到鳕鱼的踪影了。仅英国和美国就拥有 5 000 条渔船、75 000 名船员专门从事捕捉鳕鱼。每条船平均捕捉 40 000 条鳕鱼，总共就要 2 500 万条①鳕鱼。挪威沿海的情况大致相同。”

“好吧，”龚赛伊回答说，“我就相信了先生吧，不数了。”

“不数什么了？”

“1 100 万颗鱼卵啊！不过，有一点要说明。”

“哪一点？”

“就是如果所有的鱼卵都能孵出鱼来，那么四条雌鳕鱼的卵就足以供应英国、美国和挪威了。”

当我们贴着纽芬兰浅滩的海底航行时，我清清楚楚地看见一些长长的钓鱼线，每根线上拴着 200 来只鱼钩，每条渔船下了十来根钓鱼线。每根钓

---

① 原文如此。

鱼线的一端拴着一个四爪小锚沉入水中，浮在水面上的一端系在一个固定在软木浮标上的浮标索上。“鹦鹉螺号”不得不灵巧地在由这些钓鱼线织成的海底网络之间穿行。

还好，“鹦鹉螺号”没有在这片交通繁忙的海域停留很长时间。它向北一直开往北纬 42 度，而大西洋海底电缆的终端就处于纽芬兰的圣约翰斯和赫尔斯康顿港的同一纬度上。

“鹦鹉螺号”没有继续北上，而是取道向东，似乎要沿着铺设电缆的海底高地行驶。经多次探测，这一带的海底地形标注极其精确。

五月十七日，我在距离赫尔斯康顿港大约 500 海里、离海面 2 800 米深的海底，发现了躺在海底地面上的电缆。龚赛伊因为我事先没有告诉他，还以为是一条巨大的海蛇，并且按照老规矩给它分类。我提醒了这位老实巴交的小伙子。为了安慰他，我给他讲了许多有关铺设海底电缆的特殊知识。

第一根电缆于一八五七年和一八五八年间铺设，但在大约传送了 400 封电报以后就出了故障。一八六三年，工程师们又制造了一根新的电缆，长 3 400 公里，重 4 500 吨，由“大东方号”轮运载。这次尝试还是失败了。

五月二十五日，“鹦鹉螺号”潜入 3 836 米的深水层，正好是因电缆断裂而导致失败的地方，距离爱尔兰海岸 638 公里。下午两点，有人发现与欧洲的通讯刚刚中断。负责检修这条电缆的电工们决定先割断电缆，再把它打捞上来。夜里十一点，他们把损坏的那段电缆打捞了上来，把断了的电线连接起来，并编结好电缆以后，重新又把电缆沉到海底。可是，没过几天，电缆又断了，而且没能从大西洋海底再把它打捞上来。

美国人并不气馁。这项工程的倡导人勇敢的赛勒斯·菲尔德冒险投入了自己的全部财富，发起了一次新的集资活动。这次集资活动随即就获得了成功。又一条海底电缆在更好的条件下被制造了出来。被包裹在古塔橡胶封套里的绝缘导线束外面由包在金属包皮里的织物衬垫保护。一八六六年七月十三日，“大东方号”再次扬帆起航。

一切进展顺利。然而，又突然发生了意外。在展开电缆时，电工们在多处发现了企图弄坏导线芯而新钉的钉子。安德森船长、职务船员和工程师们开会商讨，最后决定张榜布告，如果罪犯在船上被当场抓获，那么他将不经审判就被扔进大海。从那以后，没有再发现犯罪企图。

七月二十三日，有人从爱尔兰给“大东方号”发电报，告诉它萨多瓦战役以后普鲁士和奥地利之间签署停战条约的消息。二十七日，“大东方号”在浓雾中驶抵赫尔斯康顿港。工程圆满结束，年轻的美洲在发给古老的欧洲的第一封电报中致来了富有哲理而又如此费解的贺词：荣耀属于天上的上帝，和平属于地上善良的人们！

我并不指望看到一条像刚出厂时那样崭新如初的电缆。这条长虫外面覆盖着一层贝壳的碎片、布满了有孔虫类，包裹在一层石质黏糊物里，因此能免受钻孔软体动物的侵扰。它静静地躺在海底避开了汹涌的波涛，处于一种有利于电讯传播的压力之下。电讯从美洲传输到欧洲只需 0.32 秒。这根电缆的寿命有可能是无限期的，因为据有人观察，古塔橡胶在海水中浸泡的时间越长就越坚固。

此外，在这个选址合理的海底高地上，电缆永远不会因沉入水里太深而发生断裂。“鹦鹉螺号”沿着电缆一直来到电缆沉入海底最深的地方，距离海面 4 431 米。即使在这样深的海底，它也没有承受任何拉力。然后，我们就向一八六三年发生海难事故的出事地点驶去。

大西洋海底在这里形成了一个宽 120 公里的峡谷。如果把勃朗峰搬到这个峡谷来，山峰不会露出海面。这个海底峡谷的东边有一堵高达 2 000 米的峭壁。我们于五月二十八日到达这个峡谷，“鹦鹉螺号”距离爱尔兰只有 150 公里。

尼摩艇长会继续北上在大不列颠群岛登陆吗？没有。令我惊讶不已的是，它竟然掉头南下，向欧洲海域驶去。在绕祖母绿岛航行时，我一度望见了克利尔角和法斯特内特灯塔。这座灯塔为从格拉斯哥和利物浦驶出的数千条船只指明航道。

这时，我的脑子里浮现出一个重要的疑问：“鹦鹉螺号”有胆量在英吉利海峡航行吗？自从我们重新向陆地靠近以来，尼德·兰又露面了，他不停地问我。怎样回答他呢？尼摩艇长还是不见踪影。让加拿大人瞥见美洲海岸以后，难道他要让我看看法国海岸吗？

此时，“鹦鹉螺号”始终在向南航行。五月三十日，我在右舷望见了位于英格兰端角和锡利群岛之间的地端岬。

如果他想驶入英吉利海峡，那么就得径直取道向东。但是，他又没有这么做。

五月三十一日整个白天，“鹦鹉螺号”一直在海上转悠，我因此而感到纳闷。它仿佛是在寻找一个不怎么好找的地方。中午，尼摩艇长亲自测定我们所处的方位。他没有和我讲话。我觉得，他比以往任何时候都要阴沉。是什么导致他如此忧愁的呢？是因为接近欧洲海岸的缘故？难道他心里产生了对被他抛弃的祖国的几许思念？那么，他会有何感受呢？是内疚还是后悔？这些问题久久萦绕在我的脑际。我有一种预感：要不了多久，尼摩艇长的秘密会偶然泄露出来。

第二天，六月一日，“鹦鹉螺号”仍然在漫无目的地兜圈子。显然，它是在设法辨认大西洋上某个准确的方位。像昨天一样，尼摩艇长又出来测量太阳的高度。大海湛蓝，晴空万里。东边，大约距离八海里的海平面上出现了一艘大汽轮。轮船的斜桁上没有挂任何旗帜。因此，我没法辨认它的国籍。

在太阳经过子午线之前几分钟，尼摩艇长拿起六分仪，进行着极其精确的观察。海面上风平浪静，非常有利于他操作。“鹦鹉螺号”纹丝不动，既不左右摇晃，又不前后颠簸。

此时，我正在平台上。艇长测量完以后，就说了这么一句话：

“就在这里！”

他又从舱口回到了舱里。他是否看到那艘汽轮改变了航向，仿佛是在向我们驶来？我可说不上来。

我重新回到客厅，舱盖又被关上。我听到往储水舱里灌水的水流声。“鹦鹉螺号”开始垂直下沉，因为没有运转的螺旋桨不可能为它传递任何动力。

几分钟以后，它停在了833米深的海底地面上。这时，客厅的顶灯熄灭了，舷窗的防护板打开了。透过舷窗玻璃，我发现周围半海里方圆的海域被舷灯光照得通明。

我从左舷窗朝外张望，只见茫茫无际的宁静海水。

从右舷窗望出去，海底有一大堆东西引起了我的注意，仿佛是一堆覆盖着一层灰白色贝壳的废墟，犹如上面盖着一件雪白的大褂。仔细观察这堆东西，我觉得是一艘轮廓变厚的船只，桅杆都已齐根折断，看样子是从船艏沉入大海的。这起海难事故肯定是发生在很早以前。船的残骸上结起了这么厚的水垢，一定是沉没海底已有多年。

这是一艘什么船呢？“鹦鹉螺号”为什么要来这里为它扫墓呢？难道是一起失事将这艘船葬身大海的？

我的脑子里浮现出这一连串的问题。这时，我听见尼摩艇长在我身旁慢慢地说道：

“从前，这艘战舰的名字叫‘马赛人号’，船上装备着74门火炮，于一七六二年服役。一七七八年八月十三日，‘马赛人号’由朴瓦普—维尔特法里指挥，勇敢地与‘普雷斯顿号’舰展开了对攻战。一七七九年七月四日，它和德斯坦[①]海军中将率领的舰队一起援助参加了攻占格林纳达的战役。一七八一年九月五日，它在切萨皮克湾参加了格拉斯伯爵发起的海战。一七九四年，法兰西共和国给它更换了舰名。同年四月十六日，它在布勒斯特加盟维拉雷—茹瓦耶兹的舰队，负责为一支由冯·斯塔贝尔海军中将率领的、从美洲运送小麦的船队护航。共和国历二年牧月[②]十一日和十二日，这支运输船队遇上了英国舰队。先生，今天是牧月十三日，公历一八六八年六月一日。七十四年前的今天，一天不多一天不少，就是在这个地点，北纬47度24分、西经17度28分，这艘战舰经过了英勇的反击以后，折断了三根桅杆，海水涌进了船舱；三分之一的水兵丧失了战斗力，他们不愿投降，宁愿与356名海员一起跳海殉国。于是，他们把国籍旗钉在船尾上，这艘战舰在‘共和国万岁’的呼声中消失在茫茫大海之中！”

“‘复仇号’！”我喊道。

“是的，先生。一个多好的船名！”尼摩艇长低声答道，双臂交叉在胸前。

---

① 德斯坦(1729—1794)：法国海军将领，美国独立战争时期，率舰队支援北美殖民地人民；法国大革命时期任凡尔赛国民自卫军司令，因涉嫌保皇而被斩首。

② 法兰西共和历的第九个月，相当于公历五月二十日—六月十八日。

二十一

大屠杀

先是讲述这个故事的语气，这个意外的场合，这艘爱国战舰的英勇史；然后是这个怪人说最后几句话和“复仇号”这个名字时表现出来的激动之情——其含义不言自明——所有这些因素结合在一起，深深地触动了我的灵魂。我的目光再也没有离开艇长。他双手伸向大海，用炽热的目光凝视着这艘光荣的战舰的残骸。也许，我永远也不可能知道他是什么人，从哪里来，到哪里去。不过，我越来越清楚地看出这个人不是学者。而且，不是一种普通的愤世嫉俗的情绪，而是一种时间无法磨灭的深仇大恨或崇高的复仇目的驱使尼摩艇长和他的同伴们离群索居，把自己关在“鹦鹉螺号”里。

这种仇恨还在寻求报复吗？用不了多久，我便会知道的。

此时，“鹦鹉螺号”重新在缓慢地浮向海面，“复仇号”模糊的轮廓渐渐从我眼前消失。很快，潜艇一阵轻微的前后颠簸，说明我们已经浮出水面。

就在这个时候，传来一阵沉闷的爆炸声。我瞥了一眼艇长，他站在那里一动不动。

“艇长？”我开口叫他。

他没有搭理我。

我离开了他，登上平台。龚赛伊和加拿大人已经在平台上。

“爆炸声是从哪里传来的？”我问道。

“是一声炮响。”尼德·兰回答说。

我朝着刚才望见大汽轮的方向眺望。汽轮已经驶近“鹦鹉螺号”，可以望见它正冒着滚滚浓烟，相距我们大概有六海里。

“这是艘什么船,尼德?”

“从它的帆缆索具、下桅的高度来看,”加拿大人回答道,“我敢打赌,这是一艘战舰。它能追上我们吗?必要时会击沉这艘该死的‘鹦鹉螺号’吗?”

“尼德友,”龚赛伊回答说,“它又能给‘鹦鹉螺号’造成什么样的伤害呢?它能在水下打它吗?它能追到海底炮击它吗?”

“告诉我,尼德,”我问道,“你能辨认出它的国籍吗?”

加拿大人锁起眉头,眯起眼睛,以锐利的目光对那艘船凝视了一会儿。

“不,先生,”他回答说,“它没有挂国籍旗,我没法认出它属于哪个国家。不过,我能肯定,这是一艘战舰,因为在它的主桅上飘扬着一面长长的战旗。”

整整一刻钟时间,我们一直在观察这艘向我们疾驶而来的汽轮。然而,我不相信,相隔这么远,它能看清“鹦鹉螺号”,更不相信它能知道这是一艘潜艇。

过了一会儿,加拿大人告诉我,这是一艘有冲角的双层装甲大战舰。滚滚浓烟从两根大烟囱直往外冒。绷得紧紧的船帆紧靠着桅杆。斜桁上没有挂任何国籍旗。由于离得远,还分辨不清像一条细带一样飘扬的战旗的颜色。

它飞速前进。如果尼摩艇长让它靠近我们的话,这倒是为我们提供了一次脱身的机会。

“先生,”尼德对我说道,“等这艘船距离我们还有一海里时,我就跳入大海,我劝您跟着我干。”

对于加拿大人的建议,我未置可否,而是继续眺望这艘看上去越来越大的船。无论这艘船是英国的、法国的,还是美国的、俄国的,有一点可以肯定,只要我们能够上这艘船,他们一定会收留我们。

“先生好好回忆一下,”龚赛伊说道,“我们有过游泳的经历。如果他同意跟着尼德友行动的话,他可以搭着我,由我来拖着他游向那艘船。”

我正要回答,这时,战舰的前面喷起一道白色的水汽。接着几秒钟以后,一个沉重物体坠落在海里,溅起了高高的水柱,扑洒在“鹦鹉螺号”的船尾。稍后,一阵爆炸声钻进了我的耳朵。

“怎么,他们向我们开炮了?”我惊诧地问道。

“好样的!”加拿大人轻声说。

“这么看来,他们没有把我们当做攀附在失事船只残骸上的遇难船员!”

“不怕惹先生生气……好啊,”龚赛伊一边抖掉另一枚炮弹溅在他身上的水,一边说道,“不怕惹先生生气,他们以为是一头独角鲸,他们是在朝独角鲸开炮。”

“他们得看清楚了,他们打的是人!”我大喊道。

“也许,他们要打的就是人!”尼德·兰看着我回答说。

我恍然大悟。毫无疑问,关于存在所谓的海怪这个问题,现在已经真相大白。显然,在“鹦鹉螺号”和“亚伯拉罕·林肯号”舰相撞的一刹那,加拿大人用鱼叉叉“鹦鹉螺号”时,法拉格特舰长不是已经认出所谓的独角鲸是一艘比一头传奇式的鲸类动物更加危险的潜艇了吗?

是的,应该是这样。毫无疑问,现在,人们在各个海域追寻这种可怕的杀伤性武器!

的确太可怕了,如果正像我们假设的那样,尼摩艇长用“鹦鹉螺号”在进行复仇!在印度洋上,他把我们关在禁闭室里的那天夜里,难道不是在攻打某一艘船吗?那个现在被埋葬在珊瑚墓地的船员,难道不是死于“鹦鹉螺号”发起的一次撞击吗?是的,我再重复一遍,应该是这样。尼摩艇长的神秘生活部分已经暴露出来。虽然还没有弄清他的身份,但至少联合起来对付他的各个国家现在正在追剿的不是一个凭空捏造的怪物,而是与他们有不共戴天的仇恨的仇人!

可怕的往事历历在目。我们在这艘正在向我们靠近的船上能碰到的,将不是朋友,而是无情的敌人。

这时,我们周围炮声隆隆。有几发炮弹落在海面上,像打水漂似的滑得很远。不过,没有一发炮弹击中“鹦鹉螺号”。

这时,装甲船距离我们只有三海里了。尽管海上炮声隆隆,但尼摩艇长仍没有在平台上露面。然而,只要有一枚锥形炮弹能正常地击中“鹦鹉螺号”的船身,那对它来说将会是致命的。

就在这个时候,加拿大人对我说:

“先生,我们得想尽一切办法脱离这个险境。我们发信号吧！管他呢！他们也许能明白我们是些好人!”

尼德·兰掏出自己的手绢准备在空中挥舞。可是,他刚刚展开手绢,就被一只铁臂打趴了下去,尽管他力气过人,但仍跌倒在甲板上。

“混蛋!”尼摩艇长骂道,“看来,你是想要我在‘鹦鹉螺号’去攻打这艘船之前,先把你钉在它的冲角上。”

尼摩艇长呵斥的声音听起来可怕,可他的模样看起来更加吓人。他的面孔因心脏抽搐而变得苍白;他的心跳可能停顿了一下;他的目光吓人;他的嗓子不是在说话,而是在吼叫。他身体前倾,一手按住加拿大人的肩膀。

然后,他放开了尼德,转身面对战舰。炮弹像雨点一样纷纷掉落在我们的周围。

“哎,这个该死国家的船！你知道我是谁吗?”他大声吼道,“我不用看国籍旗,就能够认出你来！看好了,我让你看看我的旗帜!”

说着,尼摩艇长在平台前展开了一面跟插在南极的那面旗帜相似的黑旗。

就在这个时候,一枚炮弹斜擦在“鹦鹉螺号”的船体上,从艇长身旁掠过,落到了海里,但并没有毁坏“鹦鹉螺号”。

尼摩艇长耸了耸肩,然后生硬地对我说道:

“到舱里去！您和您的同伴,都到舱里去!”

“先生,”我大声问道,“这么说,您准备攻打这艘船喽?”

“先生,我要把它击沉。”

“不要这样!”

“我要这样。”尼摩艇长冷冷地回答。“先生,轮不到你对我指手画脚。命运让你看到了不应该看到的东西。攻击业已开始,反击将是恐怖的。快进舱里去吧!”

“这艘船是哪个国家的?”

“你不知道？那太好了！至少,它的国籍对于你来说还是个秘密。进舱里去吧。”

我和加拿大人和龚赛伊只能俯首听命。“鹦鹉螺号”的 15 名船员围着尼摩艇长,怀着不共戴天的仇恨盯视着离他们越来越近的战舰。可以感觉到，一种同仇敌忾的复仇情绪在他们每一个人的心头涌动。

我进舱里时，又有一枚炮弹落在了“鹦鹉螺号”上。我听到艇长大声嚷道：

“打吧，你这艘丧心病狂的船！把你这些没用的炮弹统统打光吧！你逃脱不了‘鹦鹉螺号’的冲角。不过，这里可不是你的葬身之地！我可不想让你的尸骨和‘复仇号’混在一起！”

我回到了自己的房间。尼摩艇长和大副仍留在平台上。螺旋桨开始转动，“鹦鹉螺号”快速撤离，很快就位于战舰炮弹的射程之外。追逐仍在继续，尼摩艇长只满足于和这艘战舰保持一定的距离。

下午四点左右，我无法按捺心中的焦急和忧虑，重新向中央扶梯走去。舱盖开着，我斗胆登上平台。尼摩艇长还在那里急促地来回踱步，并且不停地眺望依然相距五六海里的战舰。“鹦鹉螺号”像一头野兽一样围着它转圈，并且诱使它追赶，将它引往东边。不过，“鹦鹉螺号”没有发起反击。也许，尼摩艇长还在犹豫？

我想最后一次进行干涉。可是，我刚开口想劝尼摩艇长，他就要我闭嘴。

“我就是法律，我就是正义！”他对我说，“我是被压迫者，他们才是压迫者呢！就是因为他们，我眼睁睁地看着我所热爱过的、钟爱过的和崇尚过的一切离我而去，眼睁睁地失去了我的祖国、我的妻儿和我的父母！这就是我一切仇恨的根源！你给我闭嘴！”

我向冒着滚滚浓烟的战舰投去了最后一瞥，接着便去寻找尼德和龚赛伊。

“我们逃吧！”我大声叫嚷。

“好！”尼德赞许道，“这艘船是哪一国的？”

“我不知道。不过，无论是哪一国的，天黑之前，它将被击沉。总而言之，宁可与这艘船同归于尽，也强似做不知其正义与否的报复行动的同谋。”

“我也这么想，”尼德·兰冷静地说，“我们等到天黑再行动吧。”

天黑了，潜艇上一片寂静。罗盘告诉我们“鹦鹉螺号”没有改变航向。我听到螺旋桨有规则地快速拍打着海水。它在海面上航行，轻微地左右摇晃。

三天以后可能就是望月，这时的月亮闪烁着明亮的光辉。我和我的同伴们决定等那艘战舰靠近我们，近得能听见我们的喊声或看见我们的信号时才开始行动。一旦登上了那艘战舰，虽然我们无法防范它所面临的危险，但至少我们可以采取一切可以采取的措施。有好几次，我都以为“鹦鹉螺号”已经做好了攻击的准备。不过，它只是让对手靠近一些。过一会儿，它又溜之大吉。

夜晚已经过去了一段时间，不过还是相安无事。我们窥视着逃跑的时机。我们太激动了，几乎说不出话来。尼德·兰早想跳进大海，但我强迫他耐心等待。依我看，“鹦鹉螺号”必然在海面上攻打那艘双层甲板战舰。到时候，不但可能，而且很容易实施逃跑计划。

凌晨三点，我忧心忡忡地来到平台上，尼摩艇长还没有离去。他站在平台的前部，就在他那面旗帜的旁边。这面旗帜在他的头顶上迎风招展。他目不转睛地盯着那艘战舰。他那特别强烈的目光似乎能比拖轮更加稳当地吸引、诱惑和拖住那艘战舰！

月亮已经移到头顶，木星也已出现在东方。万籁俱静，天空和大西洋在争相比静。大海从来没有为月亮提供过如此美妙的明镜。

当我想到，天空和大海是如此深沉地宁静，而微不足道的“鹦鹉螺号”舱里却人人满腔怒火时，我感到浑身在颤抖。

这时，那艘战舰离我们只有两海里了。它已经缩小了相隔的距离，而且始终朝着暴露“鹦鹉螺号”位置的磷光驶来。我看见了它绿色和红色的方位灯，以及悬挂在前桅主索上的白色信号灯。一道模糊的反光照射在帆缆索具上，表明这艘船已经开足了马力：一束束火星，一块块熊熊燃烧的煤炭从船的烟囱里冒出来，仿佛是在向空中播撒星星。

就这样，我一直待到早晨六点，尼摩艇长似乎并没有发现我。那艘战舰距离我们大约还有1.5海里。凭借拂晓的最初几缕曙光，它重又开始对“鹦鹉螺号”进行炮击。“鹦鹉螺号”向它的敌人进行反击的时候不可能太远了，我和我的同伴们，我们将永远离开这个我不敢轻易作出评价的人。

我正要回舱里通知他俩的时候，大副来到了平台上，而且由好几个船员陪伴。尼摩艇长没有看见他们，或者是不想看见他们。“鹦鹉螺号”已经采取了某些可以被称为战斗准备的措施。其实，战斗准备也非常简单：当做护栏围在平台四周的扶手绳已经被放下来;舷灯罩和驾驶舱也已经缩回船体。这根长长的钢铸雪茄表面没有一处可能妨碍行动的突出部位。

我回到了客厅。“鹦鹉螺号”始终浮在海面上,几缕晨曦已经投射进海水。在轻微起伏的水波下,客厅舷窗的玻璃映照着旭日喷发出的红红朝霞。可怕的六月二日开始了。

五点[①],测速器告诉我,“鹦鹉螺号”的航速在减慢。我明白,它是在让敌舰靠近。再说,炮声也越来越强烈,炮弹带着奇特的呼啸声纷纷坠入水中,在四周的海面上溅起了朵朵浪花。

“朋友们,”我说道,“时候到了!让我们握一下手吧!愿上帝保佑我们!”

尼德·兰神情坚决,龚赛伊十分镇静,而我却非常激动,勉强能够克制住自己。

我们来到图书室,我正要推开通向中央扶梯的门,这时听到上面的舱盖猛然关上的声音。

加拿大人向扶梯冲去,被我一把拦住。一阵非常熟悉的水流声告诉我,潜艇上的储水舱正在灌水。果然,不一会儿,“鹦鹉螺号”潜入了距海面几米深的水里。

现在采取行动已经为时已晚。我明白“鹦鹉螺号”的意图,它不想攻打双层甲板战舰难以穿透的装甲,而是想攻击吃水线以下金属装甲保护不到的两侧船壳板。

我们重新被囚禁起来,被迫充当这起正在酝酿之中的阴森恐怖的悲剧的见证人。再说,我们几乎没有时间思考。我们三人躲在我的房间里避难,大家面面相觑。我的大脑被极度的惊愕所占据,已经停止了思维。我一直处在等待可怕的爆炸声响起这么一种难受的状态。我在等待,我在倾听,我全身只有听觉器官还在工作!

此时,“鹦鹉螺号”的航速明显加快,它就这样冲了上去,整艘潜艇都在颤抖。

突然,我大叫一声。撞击发生了,不过还不算严重。我感觉到了“鹦鹉

---

① 原文如此。

螺号”钢铸的冲角的穿透力，听到了摩擦声和船壳板破裂的声响。“鹦鹉螺号”在推进器强大推力的作用下穿过战舰的船体，就像旗鱼的吻刺刺破渔网那样轻而易举！

我再也控制不住自己了。我疯了，我发狂了。我冲出自己的房间，狂奔到客厅。

尼摩艇长在客厅里。他一声不吭，神情阴郁、冷酷，透过左舷窗在向外张望。

一个巨大的物体在水中下沉。为了丝毫不错过它沉没的情形，“鹦鹉螺号”跟着它潜入海底深渊。我在相隔十米的地方看到了这艘船开裂的船体，海水正哗哗地直往里灌，接着是双层加农炮和船的舷墙。甲板上满是黑压压的惊慌失措的人影。

海水在往上漫，战舰上不幸的人们有的正在往桅索上爬，有的正顺着桅杆向上攀，有的则在水中绝望地挣扎。这些受海水入侵惊吓的人简直就像热锅上的蚂蚁！

我目睹了这一切，因恐惧而瘫倒，全身僵硬，毛发直竖，两眼圆睁，呼吸急促，一声不吭，毫无感觉。一种不可抗拒的吸引力把我粘在了舷窗的玻璃上！

巨大的战舰在慢慢地下沉。“鹦鹉螺号”紧随其后，跟踪着它的一举一动。突然，一声爆炸。压缩空气炸飞了战舰的甲板，好像爆炸发生在底舱。爆炸引发了巨大的海水推力，导致“鹦鹉螺号”偏离了航向。

这时，这艘不幸的战舰加快了下沉的速度。挤满受害者的桅楼出现在我们眼前，接着是一根根被水兵压弯了的桅桁，最后是主桅的顶端。随后，这团黑影从我们的视线中消失了，战舰上全体官兵的尸体也随之被一个巨大的旋涡卷入海底……

我转身面对尼摩艇长。这个可怕的伸张正义者，名副其实的复仇天使还在张望。当一切结束之后，尼摩艇长向他的房门走去，推开房门，进了房间。我目送着他。

在他房间底端的护墙板上，在他心目中的英雄的肖像底下，我看见一张一个年纪尚轻的妇女和两个小孩的半身照片。尼摩艇长对着这张照片凝视了片刻，向他们伸出双臂，然后跪倒在地上哽咽起来。

二十二

尼摩艇长的最后一句话

对着这个恐怖画面的舷窗已经关上了防护板，客厅里还没有点灯。“鹦鹉螺号”被笼罩在黑暗和寂静之中，它以极快的速度驶离了这个距离海面100英尺深的令人悲伤的地方。它要去哪里？是南下还是北上？在实施了这一恐怖的复仇行动以后，这个人要逃往哪里？

我回到了自己的房间，尼德和龚赛伊正默默地在那里等我。对于尼摩艇长，我心里产生了一种难以克制的厌恶。无论他因为他们蒙受过多少苦难，他没有权利对他们进行这样的报复。他虽然没有使我成为他的同谋，但至少成了他这些复仇行动的目击者！这已经是太过分了。

十一点，顶灯重新亮了。我走进客厅，里面空无一人。我查看了所有的仪器，“鹦鹉螺号”正以每小时25海里的速度向北逃遁，时而浮出海面，时而潜入30英尺深的水层。

根据海图上的标示，我发现，我们正经过英吉利海峡入口，并以无与伦比的速度向北极海域航行。

我勉强能够看清从我们旁边游过的长鼻角鲨、经常出没这一带海域的猫鲨、锤头双髻鲨、很大的鹰石首鱼、成群密密麻麻的像国际象棋中马的图案的海马、像金蛇焰火蜿蜒而行的海鳗、成群蜷缩着大螯落荒而逃的螃蟹，以及速度堪与“鹦鹉螺号”匹敌的鼠海豚。不过，现在不是对它们进行观察、研究和分类的时候。

临到傍晚时分，我们已经在大西洋上航行了200法里。夜幕降临，黑暗笼罩着大海，直到明月升起。

我回到自己的房间，无法入睡。噩梦困扰着我，恐怖的沉船情景反复在我的脑海中浮现。

从这天起，有谁能够知道“鹦鹉螺号”要在北大西洋海域把我们带到哪里去？始终以难以估计的速度在航行！始终被笼罩在北极的浓雾之中！它会去斯匹次卑尔根群岛和新地岛冒险吗？是否会去白海、喀拉海、奥比湾、利亚洛夫群岛和陌生的亚洲沿海等无人光顾的海域游弋？我无可奉告。这样流逝的时间有多长，我无法估计。潜艇上的时钟已经停止。就像在极地一样，白昼和黑夜不再按正常的规律运转。我觉得自己被带入了一个离奇的世界，埃德加·坡的过度想象力可以自由自在地驰骋。每时每刻，我都像虚构的戈顿·皮姆①一样期盼着见到“这张披着面纱的人脸，这张横躺在北极四周汪洋大海之中的面孔比陆地上任何居民的面孔不知都要大多少倍”！

我估计——不过，也许我估计错了——“鹦鹉螺号”这次冒险航行整整持续了十五或二十天，而且要不是遇上终止这次航行的灾难，我真不知道它还会延续多久。尼摩艇长不见踪影，大副也不比艇长多露面，潜艇上的其他船员也没有露过一次面。“鹦鹉螺号”几乎是不停地在水下航行。当它浮出海面更换空气时，舱盖也是自动开启或关闭。也不再有人在海图上标注方位，我不知道我们是在哪里。

我还得说说加拿大人，他已经灰心丧气至极，也关在房间里不再露面。龚赛伊也无法使他开口，真担心他因妄想病发作或思乡过度而自寻短见，因此时刻守护在他身旁。

我们都明白，这种状况不会再持续很久。

一天早晨——我不知道是哪一天——天刚亮，我还迷迷糊糊的，一种难受、病态的迷糊。等我完全清醒时，发现尼德俯身看着我，并且低声对我说：

“我们逃吧！”

我坐起身来。

“什么时候？”我问道。

“今天夜里。‘鹦鹉螺号’好像没有设防，似乎已不知所措。先生，您准

---

① 戈顿·皮姆：埃德加·坡的小说《亚瑟·戈顿·皮姆历险记》的主人公。

备好了吗?”

“准备好了。可我们是在哪里?”

“今天清晨,我在雾中见到了陆地,就在我们东面20海里。”

“那是什么地方?”

“我不知道。不过,管它是什么地方,我们就往那里逃。”

“说的对,尼德!好,我们今夜就行动,哪怕被大海吞没也要逃!”

“海况十分糟糕,风刮得很猛。不过,划‘鹦鹉螺号’上的小艇走20海里,我倒不怕。我可以瞒过船员准备一点食品和几瓶水。”

“我跟你一起干。”

“而且,就算我被发现了,我也会自卫的,让他们杀了我才好。”加拿大人补充说道。

“尼德友,就是死,我们也要死在一起。”

我决定豁出去了。加拿大人走后,我就上了平台。大海波涛汹涌,我勉强能够站稳。天空黑压压的,暴风雨即将来临。但是,既然陆地就在那一片浓雾中,我们就应该行动。我们不应该浪费一天,甚至一小时。

我重又来到客厅,既害怕又渴望遇到尼摩艇长,既想又不想再见到他。见到他,说些什么呢?我能够掩饰他在我心里引发的那种非我本意的厌恶吗?不能!最好不要面对面地遇见他!最好还是把他忘了!可忘得了吗?

可能是我在“鹦鹉螺号”上度过的最后一天的白天有多长啊!尼德和龚赛伊因担心走漏风声而避免跟我讲话,我单独一人待着。

下午六点,我用了晚餐。可是,我一点也不饿。尽管我不想吃,但我还是强迫自己进食,因为我不想让自己身体虚弱。

六点三十分,尼德来我的房间,告诉我说:

“行动以前,我们不再见面。晚上十点,月亮还不会升起。我们趁月黑的时候开始行动。您到小艇上去,我和龚赛伊在那里等您。”

说完,没等我来得及回答,加拿大人就退了出去。

我想了解一下“鹦鹉螺号”的航向,就去了客厅。我们在海面以下50米深的水层,以惊人的速度朝着东北偏北方向航行。

我向堆积在陈列室里的自然界的奇珍异宝和艺术精品,以及有朝一日注定要和他的主人一起葬身海底的举世无双的收藏投去了最后一瞥。我想在我的脑子里烙下最后的印象。我沐浴在顶灯的灯光下,浏览着玻璃柜里闪闪发光的珍宝,就这样度过了一个小时。然后,我就回房间去了。

在房间里,我换上了结实的航海服,收拾好我的笔记本,并把它们小心翼翼地绑在自己的身上。我的心在剧烈地跳动,我无法控制自己的脉搏。要是遇上尼摩艇长,我的慌乱,我的烦躁不安肯定逃不过他的眼睛。

这时候,他在做什么呢? 我把耳朵贴着他的房门上,听见里面有脚步声。尼摩艇长在自己的房间里,还没有上床睡觉。他每走动一步,我都仿佛觉得,他会出现在我的面前,质问我为什么要逃走! 我感到惊慌不已。我的想象力又使我的惊慌有增无减。这种感觉变得越来越强烈,以至于我自问,还是进尼摩艇长的房间和他面对面地对视,跟他顶撞算了!

这是一个疯狂的想法。幸好,我克制住了自己。我躺倒在自己的床上,以平息内心的烦躁不安。我的紧张情绪稍微平静了一点,但是大脑仍然兴奋过度。我迅速地回忆着打自己从"亚伯拉罕·林肯号"上失踪以来,在"鹦鹉螺号"上经历的所有快乐和不幸的往事:海底狩猎、托雷斯海峡、巴布亚土著人、搁浅、珊瑚墓地、苏伊士海底隧道、桑托林岛、克里特岛潜水人、维哥湾、亚特兰蒂斯、大浮冰、南极、囚禁冰层、大战章鱼、墨西哥湾流暴风雨、"复仇号"轮、与全体官兵一起被击沉的那艘战舰的可怕一幕! 所有这些往事犹如戏台布景上的星星一样浮现在我的眼前。而这时,尼摩艇长在这个奇特的场合不断地变得高大,他的特征愈加凸显,变得超凡脱俗。他不是我的同类,他是一个海洋人,一个海神!

九点半了,我双手捧着自己的脑袋,生怕它会炸裂。我合上了眼睛,不想思考。还要等待半小时! 半小时的噩梦会使我发疯的!

就在这个时候,我听到了朦胧的管风琴和弦,一支不知名的歌曲的悲怆和声,一个与陆地断绝关系的灵魂的怨诉。我同时动用我全部的感官在倾听,几乎屏住了呼吸,像尼摩艇长一样沉浸在一种带他脱离尘世的对音乐的痴迷之中。

我脑子里突然闪过一个念头,把我给吓坏了:尼摩艇长离开了他的房间,他在我逃跑必须经过的客厅里。也许,我会最后一次在客厅里碰上了他,他会看见我,还会和我讲话呢! 他只需做一个手势,就能要我的命;他只要说一句话,就可以把我绑在潜艇上!

此时，十点的钟声就要敲响了。离开我的房间，去和我的同伴们会合的时候到了。

即便是尼摩艇长站在我的面前，也不能有任何犹豫。我小心翼翼地推开房门。可是，我仍仿佛觉得房门在旋转时发出了可怕的响声。也许，这一响声只存在于我的想象之中！

我在“鹦鹉螺号”昏暗的纵向通道里摸索着前进，每走一步，都要停下来平复一下心跳。

我走到客厅的角门前，轻轻地把门推开。客厅里一片黑暗，能听到轻微的管风琴声，尼摩艇长就在那里，他看不到我。我甚至认为，只要他完全被音乐所陶醉，就是灯火通明，他也发现不了我。

我在地毯上慢慢地移动着双脚，以免发出哪怕是最小的碰撞声，暴露我的行动。我花了五分钟的时间才走到客厅尽头那扇通往图书室的门。

我正要开门，尼摩艇长的一声叹息把我吓得停在原地不敢动弹。我知道，他站了起来。图书室的几缕灯光渗到了客厅，我甚至隐约看见了他。他双臂交叉在胸前，一声不吭，像一个幽灵一样疾步朝我走来。他那受压迫的胸脯因抽噎而起伏着。我听见他喃喃地说了这么一句话——我听到他说的最后一句话：

“万能的上帝！够了，够了！”

这是这个人因良心发现而发自肺腑的忏悔？

我一阵慌乱，赶紧冲进图书室。我登上了中央扶梯，沿着上层纵向通道来到小艇旁。我从舱门钻进了小艇，我的两个同伴已经在里面等我。

“出发！我们出发！”我急切地叫道。

“这就出发！”加拿大人回答道。

小艇和“鹦鹉螺号”相通的舱口事先已经被关上，并用尼德·兰随身携带的英式螺丝刀拧紧。小艇的舱门也已关上。加拿大人开始松开将小艇和潜艇拧在一起的螺栓。

突然，潜艇舱里传来一阵响声，有人在高声对答。发生了什么事？有人发现了我们的行动？我觉得，尼德·兰把一把匕首塞到我手里。

“对！我们应该做好牺牲的准备！”我低声说道。

加拿大人停下了手中的活。不过，一个重复了20遍的名词，一个可怕的名词,告诉了我“鹦鹉螺号”上发生骚动的原因。潜艇上的人不是冲着我们来的!

“大旋涡!挪威西海岸的大旋涡!”

挪威西海岸的大旋涡!难道还有更加可怕的名词能够在一个更加可怕的场合传入我们的耳朵吗?这样看来,我们正处在挪威沿海危险的海域喽?“鹦鹉螺号”会不会在小艇脱离它时被卷入旋涡?

众所周知,在海水涨潮时,潮水拥挤在弗罗群岛和弗罗敦群岛之间的海域里,水流急剧加速,势不可挡,形成湍急的旋涡。船只一旦被卷入其中,就别想脱身。惊涛骇浪从四面八方涌向这里,形成了一个被恰如其分地称作“大西洋第一旋涡”的大旋涡,其吸引力的直径竟达15海里。不但船只,就连鲸鱼甚至北极熊也被卷进了这个旋涡。

“鹦鹉螺号”被它的艇长——无意,或许是故意地——开到了这里。“鹦鹉螺号”画了一个半径越来越小的螺旋形,还挂在“鹦鹉螺号”上的小艇也随着它以令人目眩的速度在旋转。我觉得我们旋转了一段时间以后,接下来是更长时间的回转。我们惊恐不已,我们恐慌至极,血液停止了循环,神经失去了反应,大汗淋漓!弱不禁风的小艇被惊天动地的巨响所包围!几海里以内回响着海浪的咆哮声!急流冲击在海底尖利的岩石上发出震耳欲聋的响声,再坚硬的物体也会粉身碎骨,树干被冲毛了表面,用挪威人的话来说,变成了“毛皮”。

多么危急的境遇!我们胆战心惊地在急流中颠簸。“鹦鹉螺号”像人一样在进行着自我防卫。它那钢铁骨架在呻吟。有时候,它直立起来,我们便随之横着躺倒!

“双手抓紧了!”尼德喊道,“得把螺栓重新拧紧!贴在‘鹦鹉螺号’上,我们还可能有救……”

没等他把话说完,只听见咔嚓一声。螺母掉了,脱离了“鹦鹉螺号”的小艇犹如投石器掷出的一块石头坠入了旋涡中央。

我的脑袋撞在了一根铁杆上,我便失去了知觉。

二十三 尾声

这次海底旅行已接近尾声。那天夜里所发生的事:小艇是怎样逃出大旋涡的,我和尼德·兰、龚赛伊是怎样从这个旋涡里脱身的,我无从知道。不过,当我苏醒过来时,我已经躺在弗罗敦群岛一个渔民的小屋里。我的两位同伴安然无恙,守在我的身旁,紧紧地握着我的手。我们三人激动地拥抱在了一起。

此时,我们还不能考虑回法国。挪威北方和南方之间只有很少的交通工具。因此,我们只好等待半个月一次从北角出发经过这里的班轮。

因此,就在这个岛上,在这些收留我们的好心人中间,我又看了一遍这次历险的记述。准确无误,没有一个事实被遗漏,没有一个细节被夸张。这是关于在一个人类不可及的海底世界里探险的忠实记述。尽管它不像是真的,但随着人类的进步,大海终有一天会成为人类自由驰骋的通途。

人们会相信我吗?我心中没底。说穿了,这无关紧要。我现在能够肯定的是,我有权谈论那些在不到十个月的时间里我周游了20 000法里的海洋,我有资格讲述这次让我穿越太平洋、印度洋、红海、地中海、大西洋以及南极和北极海域,饱览海底奇观的环球海底旅行!

可是,“鹦鹉螺号”现在怎么样啦?它是否逃出了大旋涡?尼摩艇长还健在吗?他是否会继续在大西洋海底进行骇人听闻的报复,或者是在上次大屠杀以后已经洗手不干了呢?海潮会不会有一天把那本记载着他一生经历的手稿漂泊到海岸边呢?我最终是否会知道这个人的姓氏呢?那艘沉没海底的战舰会通过它自己的国籍告诉我们尼摩艇长的国籍吗?

我希望所有这些问题能得到肯定的回答。我还希望,尼摩艇长那艘强大的潜艇能够战胜大西洋上最可怕的旋涡;“鹦鹉螺号”能够在那么多船只葬身的地方幸存下来！如果真能这样,如果尼摩艇长依然居住在大西洋这个他自己选择的“寄居国”,但愿仇恨能在这个愤世嫉俗的心灵里平息！但愿静观如此多的奇观能使复仇的念头在他心中泯灭！但愿他不再做伸张正义者,而已成为继续安稳地探索海洋的学者！虽然他的命运不同寻常,但仍然是高尚的。我难道不了解他吗？我不也亲身经历了十个月异乎寻常的生活吗？因此,对于《传道书》6 000 年前提出的这个问题:有谁能够探测深渊的深度？在人类当中现在只有两个人有资格回答,那就是我和尼摩艇长。

经典译林

Yilin Classics

书名	单价	书名	单价
癌症楼	78.00 元	艾青诗集	35.00 元
爱的教育	39.00 元	爱丽丝漫游奇境	29.00 元
安娜·卡列尼娜	65.00 元	安徒生童话选集	42.00 元
傲慢与偏见	36.00 元	奥德赛	92.00 元
八十天环游地球	32.00 元	巴黎圣母院	42.00 元
白洋淀纪事	39.00 元	百万英镑	35.00 元
包法利夫人	38.00 元	悲惨世界（上、下）	98.00 元
背影	28.00 元	被侮辱与被损害的人	39.00 元
边城	36.00 元	变色龙：契诃夫中短篇小说集	39.00 元
变形记 城堡	38.00 元	草叶集：惠特曼诗选	39.00 元
茶馆	32.00 元	茶花女	35.00 元
查拉图斯特拉如是说	38.00 元	沉思录	29.00 元
城南旧事	29.00 元	大卫·科波菲尔（上、下）	79.00 元
当代英雄	45.00 元	稻草人	29.00 元
地心游记	32.00 元	飞鸟集·新月集：泰戈尔诗选	39.00 元
飞向太空港	39.00 元	福尔摩斯探案集	58.00 元
复活	42.00 元	傅雷家书	49.00 元
富兰克林自传	36.00 元	钢铁是怎样炼成的	39.00 元
高老头	39.00 元	格列佛游记	35.00 元
格林童话全集	49.00 元	给青年的十二封信	38.00 元

书名	单价	书名	单价
古希腊悲剧喜剧集（上、下）	118.00 元	海底两万里	38.00 元
红楼梦	55.00 元	红与黑	49.00 元
呼兰河传	35.00 元	呼啸山庄	39.00 元
基督山伯爵（上、下）	108.00 元	纪伯伦散文诗经典	42.00 元
寂静的春天	35.00 元	假如给我三天光明	32.00 元
简·爱	39.00 元	金银岛	35.00 元
经典常谈	29.00 元	荆棘鸟	45.00 元
静静的顿河	128.00 元	镜花缘	49.00 元
局外人·鼠疫	38.00 元	菊与刀	35.00 元
克雷洛夫寓言	32.00 元	宽容	32.00 元
昆虫记	39.00 元	老人与海	32.00 元
理想国	45.00 元	聊斋志异	55.00 元
列那狐的故事	39.00 元	猎人笔记	38.00 元
林肯传	39.00 元	鲁滨逊漂流记	39.00 元
鲁迅杂文选集	36.00 元	绿山墙的安妮	36.00 元
罗马神话	16.80 元	罗生门	39.00 元
骆驼祥子	32.00 元	美丽新世界	35.00 元
名人传	39.00 元	拿破仑传	49.00 元
呐喊	29.00 元	牛虻	38.00 元
欧·亨利短篇小说选	36.00 元	欧也妮·葛朗台	32.00 元
彷徨	32.00 元	培根随笔全集	38.00 元
飘（上、下）	88.00 元	普希金诗选	42.00 元
骑鹅旅行记	36.00 元	乞力马扎罗的雪	39.80 元
热爱生命·海狼	38.00 元	人间草木：汪曾祺散文精选	49.00 元

书名	单价	书名	单价
人类群星闪耀时	36.00 元	人性的弱点	39.00 元
日瓦戈医生	68.00 元	儒林外史	42.00 元
三个火枪手	59.00 元	三国演义	59.00 元
沙乡年鉴	42.00 元	莎士比亚喜剧悲剧集	49.00 元
少年维特的烦恼	28.00 元	神秘岛	48.00 元
神曲（共三册）	128.00 元	十日谈	68.00 元
世说新语（上、下）	89.00 元	双城记	45.00 元
水浒传	69.00 元	四世同堂（上、下）	78.00 元
苔丝	39.00 元	谈美	35.00 元
谈美书简	36.00 元	汤姆·索亚历险记	32.00 元
汤姆叔叔的小屋	45.00 元	唐诗三百首	39.00 元
堂吉诃德	78.00 元	天方夜谭	42.00 元
童年	38.00 元	童年·在人间·我的大学	49.00 元
瓦尔登湖	36.00 元	我是猫	39.00 元
乌合之众	35.00 元	物种起源	42.00 元
雾都孤儿	44.00 元	西顿野生动物故事集	38.00 元
西游记	48.00 元	希腊古典神话	49.00 元
乡土中国	36.00 元	小妇人	45.00 元
小王子	29.00 元	星星离我们有多远	35.00 元
喧哗与骚动	58.00 元	羊脂球	38.00 元
一九八四	36.00 元	一间自己的房间	36.00 元
伊利亚特	82.00 元	伊索寓言：555 则	36.00 元
尤利西斯	58.00 元	约翰·克利斯朵夫（上、下）	98.00 元
月亮和六便士	45.00 元	战争与和平（上、下）	108.00 元

书名	单价	书名	单价
朝花夕拾	22.00 元	中国民间故事	39.00 元
子夜	49.00 元	最后一课	36.00 元
罪与罚	66.00 元